Good Morning Mr. Anderson

Ein Roman von Cassidy Davis

Impressum

cassidydavis.novelist@gmail.com

Korrektorat: Ruth Rademacher, www.rr-text.de

Coverdesign von Sabrina Dahlenburg unter Verwendung von:
© kiuikson, Fotolia.com
http://art-for-your-book.weebly.com

Layout von Cassidy Davis unter Verwendung von:
© sayasha, Fotolia.com
© kiuikson, Fotolia.com
© coka, Fotolia.com

Herausgeber

V.i.S.d.P.
Autorencentrum.de
Ein Projekt der BlueCat Publishing GbR
Peter Maassen
Gneisenaustr. 64
10961 Berlin
E-Mail: bluecatmedia@web.de
Tel.: 030 / 61671496

Für die Mitglieder meiner Facebookgruppe, die die Geschichte von Aaron und Lauren von Anfang an geliebt haben ♥

1. Kapitel

Ich liebe Frauen.

Sie sind süß, sexy, liebenswert ...

Okay, okay. Ich *liebe* Frauen, wenn sie nackt in meinem Bett liegen und es kaum erwarten können, dass ich mit ihnen Dinge anstelle, die sie vorher noch nie erlebt haben. Wenn sie meinen Namen schreien, als wäre ich ein griechischer Gott, wenn sie ihre Lippen um meinen Schwanz legen und ihn ins Paradies lutschen oder wenn sie am nächsten Morgen aus meiner Wohnung verschwinden und ich in ihren Augen lesen kann, dass kein Mann jemals an das herankommen wird, was ich die Nacht geleistet habe.

Es gibt also durchaus viele Momente, in denen ich Frauen wirklich liebe. Das Exemplar vor mir stellt jedoch all das dar, was ich an Frauen nicht leiden kann.

Sie ist zickig, hat auf alles eine Antwort, die sie mir mitteilen muss, ist nicht fähig, das zu tun, was ich ihr sage, und sieht aus wie eine Klosterschülerin. Gott hat Frauen einen wunderbaren Körper geschenkt. Selbst wenn das eine oder andere Pfund zu viel drauf ist – Kurven können sexy sein. Die richtige Kleidung, ein bisschen Make-up und man kann aus jeder Frau ein Wunder der Natur zaubern. Aber bei der Vertreterin des weiblichen Geschlechts vor mir ist jede Hoffnung verloren gegangen.

Was zum Teufel hat sie mit ihren Haaren gemacht?

Vor allem müsste man ihr erst einmal den Mund zukleben, bevor sie anfangen kann, sexy zu sein.

Ihre durchaus schlanke Figur steckt in einem Hosenanzug, den sie mit Sicherheit in der Männerabteilung gekauft hat. Dazu trägt sie flache Schuhe und eine unvorteilhafte Bluse in einem seltsamen Blauton. Immerhin hat sie Make-up aufgelegt, aber bei genauerer Betrachtung hätte sie es lieber sein lassen sollen. Und dann ihre Haare ... Ich fange gar nicht erst an.

Oder besser doch. Es ist eine Katastrophe. Wenn ich das Haar von Frauen anfasse – was durchaus passiert, wenn sie meinen Schwanz im Mund haben – fühlt es sich geschmeidig an. Es duftet nach Blumen und rinnt durch meine Finger. Wenn ich der Frau vor mir in die Haare fassen würde, könnte ich genauso gut einen Strohballen streicheln. Sie hat versucht, es in einem Pferdeschwanz zu bändigen, aber es steht ihr trotzdem zu allen Seiten ab.

Am schlimmsten ist jedoch die Brille auf ihrer Nase. Sie ist ihr zu groß, weswegen sie alle zwei Sekunden damit beschäftigt ist, das überdimensionale Ding ihren Nasenrücken hochzuschieben. Brillen an Frauen sind sexy. Insbesondere wenn man auf Rollenspiele steht und die Frau die wilde Sekretärin gibt. Wenn ich mir vorstelle, wie mein Gegenüber versuchen würde, mich zu verführen, wird mir schlecht.

Lieber verliere ich ein Ei, ehe ich sie auch nur anfassen muss!

»Mr. Anderson? Hören Sie mir zu?« Sie schnippt mit ihren Fingern vor meiner Nase und ich reiße die Augen auf. Ihre

Stimme ist das Einzige an ihr, das ansatzweise erschließen lässt, dass sie ein weibliches Wesen ist. Zu Telefonsex würde ich nicht Nein sagen. Dafür hätte ich sie aber vorher nicht sehen dürfen.

»Ich bin noch da«, erwidere ich und richte mich in meinem Stuhl auf. Die neue Position verbessert den Ausblick jedoch nicht. Als Ralph mir mitteilte, dass er sich um eine Assistentin für mich gekümmert hat, damit ich die Kontrolle über das Geschäft nicht verliere, während er im Urlaub ist, hätte ich ihn glatt ein Wochenende lang ans Ende der Welt schießen können. Sobald ich sie aber leibhaftig vor mir sitzen hatte, hätte ich ihn für mindestens ein Jahrzehnt auf eine einsame Insel mit Kokosnüssen und Affen gesetzt.

Ich habe es bereits des Öfteren mit einer Assistentin versucht, aber es hat nie funktioniert. In der Regel, weil sie breitbeinig auf meinem Schreibtisch landeten und mehr wollten. Die Assistenten, mit denen ich es dann versuchte, haben es nicht einmal eine Woche bei mir ausgehalten, waren schlampig oder der Meinung, die Stelle wäre ein Casting für meinen besten Buddy. Also habe ich es sein lassen und mich mit meinen Belangen an Caroline - Ralphs Sekretärin und gleichzeitige Ehefrau - gewandt. Denn, dass sie breitbeinig auf meinem Schreibtisch landet, ist ausgeschlossen. Auch wenn sie heiß ist und ich sie unter anderen Umständen nicht nur mit ins Bett, sondern auch mit unter die Dusche nehmen würde, ist sie mit meinem besten Freund verheiratet. Und das schiebt sie damit in die absolute Tabuzone. Dort befindet sie sich in netter Gesellschaft mit allen Frauen, die mit Ralph blutsverwandt sind oder die er bereits nackt gesehen hat. Beste Freunde wildern nicht im Revier des anderen. Und da ich in L.A. genug hübsche Frauen antreffe, habe ich mit dieser Vereinbarung keine Probleme.

Immerhin ist die Wahrscheinlichkeit gleich null, dass die Dame vor mir in den Genuss meiner Fähigkeiten kommt, die die Assistentinnen-Chef-Beziehung in der Vergangenheit immer belastet haben.

»Ich brauche auf den Verträgen Unterschriften. Die entsprechenden Stellen sind mit einem bunten Pfeil markiert.« Sie wirft mir die Dokumente auf den Schreibtisch, ehe sie weiter schnattert. »Dann haben Stevenson und Hound angerufen, um einen Termin wegen des Deals mit den Buckers abzusprechen. Wann würde es Ihnen passen?«

Ihre Augenbrauen wandern nach oben. Zupft sie sich wenigstens die Augenbrauen? Ich kneife die Augen ein wenig zusammen, um es auf die Entfernung besser einschätzen zu können, aber die hässliche Brille ist im Weg. Ihre Stirn legt sich in Falten und ich erinnere mich an die Frage zurück.

»Morgen Mittag zum Lunch«, antworte ich, da ich ihr bereits den bissigen Kommentar, dass ich ihr nicht genügend Aufmerksamkeit schenke und sie dementsprechend ihren Job nicht machen kann, bereits angesehen habe. Ich lächle sie zufrieden an.

Sie hingegen verschränkt ihre Arme vor der Brust und legt den Kopf leicht schief. Die Pose gefällt mir gar nicht. »Morgen Mittag haben Sie einen Termin mit den Groovers. Am Nachmittag die Konferenz mit Thailand, am Abend ihr Date mit

Sarah. Morgen und übermorgen sieht es ähnlich aus.«

»Moment mal ...«, unterbreche ich sie und hebe die Hände. »Was für ein *Date*? Mit was für einer *Sarah*?« Ich bin beeindruckt, dass sie an ihrem ersten Tag bereits meinen gesamten Kalender auswendig kennt. Ich hoffe jedoch, dass sie nicht meine Termine mit denen ihres vorherigen Arbeitgebers durcheinanderbringt.

»Sarah Watson. Tochter von –«

Ich schneide ihr das Wort ab und fange mir einen wütenden Blick dafür ein. »Ich weiß, wer Sarah Watson ist.« Sie ist die Tochter einer meiner Mitbewerber und zufällig in meinem Bett gelandet. Und wenn ich zufällig sage, meine ich auch zufällig. Ich hatte keine Ahnung, wer sie war, als ich sie abends in einem Club aufgegabelt habe. Erst als ich am nächsten Morgen ein Foto von ihr und ihrem Daddy in ihrer Wohnung sah, verfluchte ich meinen Schwanz. Töchter, Schwestern, Ehefrauen und Ex-Geliebte von Mitbewerbern sind genauso tabu, wie die von meinem besten Freund. Jedoch führe ich kein Handbuch mit mir und habe mir eine aus dem verbotenen Teich herausgefischt. Leider wusste sie, wer ich war und dachte, dass der falsche Name, den ich ihr genannt habe, ein lustiges Rollenspiel war.

»Warum zum Teufel habe ich ein Date mit Sarah Watson?«, frage ich nun meine Assistentin. Oder vielmehr Ex-Assistentin. Ich pack das mit Sicherheit keine weiteren vier Stunden mit ihr.

»Sie hat heute Früh angerufen und nach einem Date gefragt. Da es sich so angehört hat, als würden Sie sich mit ihr treffen wollen, habe ich ihr einen Termin gegeben. Was nebenbei bemerkt mein Job ist.«

Ich presse die Lippen aufeinander und versuche krampfhaft, nicht laut zu werden. Bislang muss ich ihr zugutehalten, dass sie durchaus kompetent war – zumindest den halben Morgen, den ich mit ihr bereits verbracht habe. Aber das ist wirklich ...

Ich habe dafür nicht einmal ein Wort.

»Sie können nicht wildfremden Frauen Dates mit mir vermitteln.«

»Sie ist keine wildfremde Frau.«

»*Bitte?*«

»Augenscheinlich hatten Sie Sex mit ihr und es ist lediglich anständig, wenn man sich mit der Frau erneut verabredet, um diesmal ein vernünftiges Gespräch zu führen.«

Ich muss mich verhört haben. Ich stütze mich auf dem Schreibtisch ab und richte mich auf. Immerhin blicke ich nun auf sie herunter. »Was zum Teufel stimmt mit Ihnen nicht?«, blaffe ich sie nun an.

»Mit mir ist alles in Ordnung. Danke der Nachfrage. Wann soll ich also den Termin mit Stevenson und Hound ansetzen?«

»Gar nicht«, knurre ich nun.

»Das wird die Herren aber nicht erfreuen«, lautet ihre besserwisserische Antwort.

»Ich will, dass Sie Sarah Watson anrufen, das Date absagen, Ihre Sachen packen und verschwinden.«

»Das wird nicht passieren«, sagt sie, ohne mit der Wimper zu zucken. »Ich habe einen Vertrag über sechs Wochen, der nicht kündbar ist. Also versuchen Sie nicht einmal, mich zu feuern – es ist unmöglich.«

»Was soll denn der Scheiß?« Und so etwas habe ich meinem besten Freund zu verdanken? Ralph würde die beste Entscheidung seines Lebens treffen, wenn er aus seinem Urlaub vorerst nicht zurückkehrt!

Sie lächelt mich süffisant an. »Ralph hat mich vorgewarnt, dass Sie schwierig sind. Aber dass Sie bereits nach vier Stunden die Flinte ins Korn werfen, hätte ich nicht gedacht.«

Sie tippt mit ihren Fingern – die nebenbei noch nie eine professionelle Maniküre gesehen haben – auf ihren Oberarm und betrachtet mich abwartend. »Canceln Sie das Date mit Sarah und rufen Sie stattdessen Stevenson und Hound an. Ich treffe mich mit ihnen zum Abendessen.«

»Wird gemacht, Sir.« Sie dreht sich um und hat sich bereits einige Schritte von mir entfernt, als ich ihren Namen rufe und sie stehen bleibt.

»Lauren? Wagen Sie es nicht noch einmal, irgendeiner Frau ein Date mit mir zu vermitteln.« Sie dreht sich langsam zu mir um. Ich kann jedoch nichts in ihrer Miene ablesen. »Und bringen Sie mir einen Kaffee.«

»Sie haben heute schon fast einen Liter in sich hineingekippt. Das ist ungesund. Ich bringe Ihnen einen Tee.«

Fassungslos starre ich ihr hinterher, als sie mein Büro verlässt. Die Tür fällt ins Schloss und ich greife nach dem Telefon. Ich drücke die Taste, die mich direkt auf Ralphs Handy verbindet. Es springt die Mailbox an, was nicht verwunderlich ist, da er mir angekündigt hat, sechs Wochen mit Caroline von der

Bildfläche zu verschwinden. Da er seine Frau mitgenommen hat, hat er es für nötig erachtet, mir Lauren Hastings vor die Nase zu setzen. Eine Frau, die mich in den nächsten 48 Stunden mit Sicherheit zum ersten Mordversuch treiben wird – denn, dass ich es schaffe, sie beim ersten Mal um die Ecke zu bringen, ist nicht realistisch. Sie ist hartnäckig und hat mit Sicherheit mehr als ein Leben.

»Ich hasse dich. Wenn ich wüsste, wo auf diesem Planeten du deinen Hintern am Strand liegen hast, würde ich sofort zu dir fliegen und dir einen kräftigen Arschtritt verpassen!«, spreche ich ihm auf die Mailbox und knalle den Hörer wieder auf das Telefon.

Schaffe ich es, den Konzern alleine am Laufen zu halten, falls Ralph etwas in seinem Urlaub passiert? Ja. Definitiv ja! Und wenn ihm nichts im Urlaub passiert, wird ihm spätestens etwas passieren, sobald er in meinem Büro auftaucht. Oder noch besser – ich passe ihn unten am Empfang ab. Während das Arschloch, das sich mein bester Freund schimpft, mit seiner wunderbaren Frau für sechs Wochen unter einem Palmendach liegt, habe ich den Schrecken der Menschheitsgeschichte vor meiner Bürotür sitzen.

Ich werde es ihm heimzahlen. Das steht fest. Ich weiß noch nicht wie, aber irgendein Abgrund tut sich immer auf, wenn man ihn braucht. Man muss nur geduldig sein. Und ich bin ein geduldiger Mensch. Lediglich sechs Wochen, bis Caroline wieder da ist und ich Lauren Hastings persönlich vor die Tür setzen kann. Sechs Wochen sind nichts. Sie werden schneller vorüber sein, als ich es mir gerade vorstelle.

Ich fasse mir mit der Hand an den Nasenrücken und versuche, mein inneres Gleichgewicht wiederzufinden, das Lauren bereits den ganzen Morgen ins Chaos stürzt.

Tief durchatmen, Aaron.

Sechs Wochen ...

Lediglich sechs Wochen ...

Und die ersten vier Stunden und zwölf Minuten habe ich bereits überlebt.

Die Tür wird geöffnet und ich blicke auf. Geradewegs in das Gesicht des Teufels, der sich mir nach 33 Jahren auf diesem Planeten endlich offenbart hat.

Lauren kommt mit einer Tasse in der Hand auf mich zu. Sie hat nicht angeklopft. Da sie flache Schuhe trägt, hat sie nicht einmal einen sexy Hüftschwung, der mir ein Licht am Ende des Tunnels zeigt. Dann wiederum ist es Lauren, die auf mich zukommt. An ihr will ich nicht einmal einen sexy Hüftschwung sehen.

»Der versprochene Tee«, sagt sie mit einem Lächeln, das falscher nicht sein könnte, und stellt die Tasse vor mir ab. Der Teebeutel schwimmt noch im Wasser.

»Ich wollte Kaffee«, erwidere ich.

»Heute gibt es für Sie nur noch Wasser und Tee. Alles andere könnte ich nicht verantworten. Das Dinner mit Stevenson und Hound heute Abend steht. Im Four Seasons. Gerald Buckers ist nicht in der Stadt, aber seine Schwester wird anwesend sein. Gibt es sonst noch etwas, um das ich mich kümmern soll?«

Das ist wahrscheinlich die erste ehrlich gemeinte Frage an

diesem Tage, die ich von ihr höre. »Nein, Lauren. Ich habe alles Weitere im Griff.« Ich verkneife mir eine Nachfrage wegen des Dates mit Sarah. Da ich aber heute Abend an einem Dinnertisch mit drei Geschäftspartnern sitzen werde, ist das Date mit Sarah augenscheinlich Geschichte. Zumindest ihre Fehler bekommt sie einwandfrei korrigiert. Das ist der Lichtschimmer am Ende des Tunnels, den ich gebraucht habe.

Den sexy Hüftschwung kann ich mir heute Abend nach dem Dinner im *Paradise* abholen – einem der besten und exklusivsten Stripclubs an der ganzen Küste. Ein vorfreudiges Lächeln auf den restlichen Verlauf des Tages breitet sich in meinem Gesicht aus, das im Gegensatz zu dem Ausdruck in Laurens Gesicht ehrlicher nicht sein könnte.

»Den Teebeutel müssen Sie in genau fünf Minuten aus der Tasse nehmen, sonst wird der Tee bitter«, belehrt mich meine reizende Assistentin, ehe sie sich umdreht und mein Büro wieder verlässt. Das ist mein neuer Lieblingsanblick – ihre Kehrseite, wenn sie sich von mir entfernt.

Die Tür schlägt wieder zu und ich bin alleine. Ein wunderbarer Zustand. Mit der rechten Hand schiebe ich den Tee auf die andere Seite des Schreibtisches, wo er auch stehen bleiben wird, bis die Putzkolonne ihn heute Nacht entsorgt.

Dann nehme ich die Verträge, die Lauren auf den Tisch gelegt hat, und unterschreibe sie nacheinander an den Stellen mit den bunten Pfeilen. Sie hat das Datum bereits überall eingetragen. Sogar mit einem Füllfederhalter, der meinem gleicht. Sobald ich fertig bin, lege ich die Verträge fein säuberlich rechts von mir ab und öffne den Terminkalender, um mir die anstehenden Meetings für diese Woche anzuschauen. Da Lauren ihn bereits verinnerlicht hat, wäre es ein Gutes, einen Wissensvorsprung zu haben – oder zumindest gleichzuziehen. In der Regel lasse ich mir von Caroline erzählen, wann ich wo zu sein habe und schenke den Kalendern auf meinem PC und in meinem Handy nicht viel Beachtung. Wenn das weibliche Exemplar vor meiner Tür aber seine Finger in mein Leben steckt, will ich genau wissen, was es da treibt.

Ich bin gerade bei Mittwoch angekommen, als mich Laurens Stimme über das Intercom aus der Konzentration reißt.

»Die fünf Minuten sind um«, sagt sie. Dann ist die Leitung wieder tot.

Ich schiele zum Tee, dann zu dem Intercom.

Lediglich sechs Wochen, rufe ich mir erneut mein Tagesmotto ins Gedächtnis. Aber ob ich will oder nicht – ich weiß, dass es die längsten sechs Wochen meines Lebens werden.

2. Kapitel

Feierabend.

Ich habe mich in meinem Leben noch nie so sehr gefreut, dieses Wort aussprechen zu können. Vor genau zwei Minuten und zehn Sekunden ist meine Babysitterin verschwunden. Denn zu einer Babysitterin hat sie sich im weiteren Verlauf des Nachmittags entpuppt. Nachdem ich in die Buchhaltung gelaufen bin, um mir dort einen Kaffee zu klauen, kam sie in mein Büro stolziert, nahm den Kaffee mit und schickte ein Memo an alle Abteilungen, dass sie mir keine koffeinhaltigen Getränke aushändigen sollen.

Glücklicherweise dachten alle, das wäre ein Scherz, und ich bekam doch noch meinen Kaffee - zumindest solange ich ihn nicht mit zurück an meinen Arbeitsplatz nahm. Offensichtlich kann Miss Babysitter aber jeden Verstoß gegen ihre Auflagen meilenweit riechen und hat mich danach verfolgt. Überall, wo ich hinlief, folgte sie mir wie ein treues Hündchen. Aber leider nicht stumm, sondern wild schnatternd. Also schloss ich mich in mein Büro ein, arbeitete den Stapel unerledigter Dinge ab, den ich eigentlich weiterhin ignorieren wollte, und rief Geschäftspartner an, bei denen ich mich wieder blicken lassen sollte, damit mein Terminkalender die nächsten Wochen nur aus Außenterminen besteht, zu denen mich Lauren Hastings nicht verfolgen und wo ich in Ruhe einen Kaffee trinken kann.

Aber sie ist verschwunden.

Zumindest für heute bin ich sie los und kann zu meinem üblichen Leben zurückkehren. Unkompliziert und frei!

Ich ziehe mir mein Sakko über, stecke Handy und Autoschlüssel ein und verlasse mein Büro. Als ich mich bereits ein paar Schritte von meinem Büro entfernt habe, bleibe ich stehen, drehe mich und gehe zurück. Ich habe das Licht angelassen. Und so wie ich die Sachlage einschätze, wird Lauren davon Wind bekommen und ich werde mir morgen den ganzen Tag lang anhören dürfen, dass wegen mir die Polkappen schmelzen.

Sobald ich in der Tiefgarage angekommen bin, meinen Ferrari 488 Spider entriegle und mich auf die weichen Ledersitze gleiten lasse, fühle ich einen Moment der Stille. Ich schließe die Augen, lasse meine Finger über das Lenkrad gleiten und weiß, dass alles gut werden wird. Manche Menschen brauchen ihre Mutter oder besten Freund, der einem diese Worte sagt, mir reicht mein Ferrari.

Ich starte den Motor. Jedes Mal, wenn ich das Brummen des Motors nicht nur höre, sondern auch mit jeder Faser meines Körpers fühle, weiß ich, dass ich es im Leben geschafft habe. Frauen liebe ich, aber das Auto vergöttere ich. Obwohl ›Auto‹ ein absolut unpassender Begriff ist. Es gleicht einem Paradies. Einer Wohltat. Einer Auszeit. Selbst der beste Blowjob ist nicht mit dem Gefühl zu vergleichen, in diesem Auto zu sitzen.

Wenn jemand jemals einen Kniefall von mir zu erwarten hat, ist das der Ingenieur, der dieses göttliche Geschenk für uns Männer entworfen hat.

Ich schalte das Radio an und eine meiner Playlisten läuft weiter - Robin Schulz. Aus dem Handschuhfach nehme ich meine Sonnenbrille, setze sie auf und lasse den Motor aufheulen.

Yes, Baby!

Ich lege den Rückwärtsgang ein und beschließe, einen kleinen Umweg zu fahren. Die Zeit mit meinem Geschenk Gottes braucht mein Ego jetzt einfach.

»Guten Abend, Sir«, werde ich im Foyer des Four Seasons höflich begrüßt.

»Ich habe eine Reservierung auf den Namen Anderson«, erwidere ich und muss mich zusammenreißen, mein Grinsen in den Griff zu bekommen. Eine halbe Stunde mit meinem Baby auf dem Highway und alle Sorgen sind verpufft. Zumindest bis morgen Früh. Aber ich habe eine neue Taktik - wenn mir der Teufel zu sehr auf die Pelle rückt, werde ich mich in die Garage schleichen, mich für fünf Minuten in mein Auto setzen und mit einer inneren Ruhe, die selbst Miss Hastings nicht zerstören kann, an meinen Arbeitsplatz zurückkehren. Und wenn das nicht reicht, mache ich eine Spritztour. Genügend Außentermine habe ich ja heute Nachmittag.

»Natürlich, Mr. Anderson«, sagt mein Gegenüber und deutet mir mit einem Lächeln und einer Handbewegung an, ihm zu folgen. Er führt mich zu dem Wartebereich, der mit gemütlichen Sesseln und Sofas ausgestattet ist. Vor einer Sitzecke bleibt er stehen. Roger - wie ich seinem Namensschild entnehme.

»Darf ich Ihnen bereits etwas zu trinken bringen?«

»Einen Dry Martini«, antworte ich und setze mich in einen der Sessel.

»Natürlich, Sir.«

Ich beobachte, wie Roger meine Bestellung an der Bar abgibt und sich wieder auf seinen Platz begibt. Nun ist er außerhalb meines Sichtfelds. Ich ziehe mein Handy aus der Hosentasche und überfliege die E-Mails, die in der letzten Stunde eingetroffen sind. Einige öffne ich, die anderen überlasse ich meiner wunderbaren Assistentin. Immerhin kann sie mir nicht auf die Eier gehen, wenn sie in Arbeit ertrinkt. Das gehört ab sofort auch zu meinem Plan - sie mit Arbeit überhäufen, damit sie nicht einmal mehr Zeit findet, sich um meinen Koffeinlevel zu kümmern.

»Aaron!«, ruft jemand meinen Namen. Ich hebe den Blick. Vor mir stehen Harry Stevenson und Lucas Hound. Zwei meiner ältesten Geschäftspartner, mit denen mein Vater bereits Geschäfte gemacht hat. Ich stecke mein Handy weg, setze mein bestes Lächeln auf und begrüße beide Männer mit einem Handschlag. Harry bestellt sich ebenfalls einen Dry Martini, Lucas einen Scotch mit Soda.

»Wie geht's dir?«, fragt mich Harry.

»Geschäft läuft, das mit den Frauen läuft. Ich kann mich nicht beklagen«, erwidere ich. Dass die Sache mit den Frauen einen kleinen Haken hat, gehört nicht in ein Geschäftsgespräch. Zumal der Haken nach meiner Spritztour sehr klein geworden ist. »Bei euch?«

»Wenn der Deal heute klappt, können wir beruhigt in den Ruhestand gehen«, sagt Lucas und amüsiert sich im selben Augenblick über meinen überraschten Gesichtsausdruck.

»Ruhestand? Ihr zwei? Ihr seid doch gerade erst ...«

»72 und 74 geworden«, hilft mir Harry auf die Sprünge. »Es wird Zeit, das Business an die nächste Generation abzutreten.«

»Wer schwebt euch denn vor?«

Harry hat keine Kinder und Lucas Kinder sind alle in anderen Branchen untergekommen. Keiner wollte ins Bau-Business. Was ich nach 13 Jahren Arbeit nachvollziehen kann. Baustellen sind Magneten für Katastrophen jeglicher Art. In meiner Laufbahn als Investor habe ich es noch nie erlebt, dass ein Objekt zu dem Zeitpunkt fertig war, an dem es stehen sollte.

»Lucy und Riley«, nennt Harry die beiden Damen, die bereits einen Großteil des Architekturbüros leiten. Mit Riley hatte ich bereits das Vergnügen, sie nackt unter und auf mir zu haben. Das war noch zu jenen Zeiten, in denen ich der Überzeugung war, Frauen schaffen es niemals in die Chefetage. Aber sie ist professionell und ich bin professionell.

Lucy hingegen ist eine knallharte Geschäftsfrau. Im Gegensatz zu Riley fällt sie auf mein charmantes Lächeln nicht herein. Aber was nicht ist, kann ja noch werden. Mit Fischen aus dem verbotenen Teich steige ich zwar nicht mehr ins Bett, flirten ist aber erlaubt. Und je besser das funktioniert, desto grandioser die Deals.

»Dann stoßen wir auf euren perfekten Ruhestand an«,

sage ich, als die Getränke serviert werden. Wir heben die Gläser und nehmen alle einen kräftigen Schluck. Der Martini fühlt sich gut auf meiner Zunge an. Das wird mit Sicherheit nicht mein letzter Drink für diesen Abend sein.

Aus den Augenwinkeln nehme ich eine Bewegung wahr und sehe Céline Buckers auf uns zukommen. Ich stelle meinen Drink auf den kleinen Tisch und erhebe mich. Ich knöpfe mein Sakko zu und gehe einen Schritt auf sie zu. Mit einem Küsschen rechts und links begrüße ich sie. »Du siehst wie immer fabelhaft aus, Céline.«

»Du Charmeur«, sagt sie und streichelt meinen Arm. Céline ist Mitte 60, hat einen unbeirrbaren Modegeschmack und ist einer der liebenswertesten Menschen, denen ich je begegnet bin. Zumindest wenn sie jemanden mag. Und mich mag sie. Ich bin so etwas wie ihr Ersatz-Enkelsohn, dem sie immer noch Manieren beibringen will – aber wie wir alle wissen, ist der Zug bereits abgefahren. Um ehrlich zu sein, war er das bereits an meinem 13. Geburtstag, als ich das erste Mal die Brüste einer Frau anfassen durfte.

Céline begrüßt Harry und Lucas ebenfalls mit einem Satz Küsschen, bestellt sich einen Champagner und setzt sich zu uns.

»Wo treibt sich denn dein Bruder herum?«, frage ich sie ehrlich interessiert.

»Panama. Er hat dort ein interessantes Angebot für ein bisschen Bauland erhalten und wollte es sich direkt anschauen.«

»Aus der Nummer sind wir aber raus«, erwidert Harry mit

einem Lachen.

»Ich werde ihm den Zahn auch noch ziehen. Aber Männer soll man bekanntlich erst einmal von der Leine lassen, ehe man sie wieder zu sich ruft.«

»Ganz die Céline, die ich kenne«, werfe ich ein. Ihr Champagner wird serviert und wir stoßen erneut an. Diesmal auf ein angenehmes und erfolgreiches Dinner.

Wir fallen in ein ausgelassenes Gespräch. Die oberste Regel lautet: Beim Aperitif Smalltalk, beim Dinner das Geschäftliche. Wir sind ein eingespieltes Team. Céline und ihr Bruder erwerben die Grundstücke und wickeln den Bau der Objekte ab, die Harry und Lucas entwerfen. Mein Konzern liefert das nötige Kleingeld.

»Möchten Sie bereits die Speisekarten sehen oder noch auf die fünfte Person warten?« Roger steht neben uns mit vier Karten in der Hand.

Ein Blick auf meine Uhr verrät mir, dass wir bereits eine halbe Stunde hier sitzen und über unser Geplänkel die Zeit aus den Augen verloren haben.

»Wir sind vollständig«, sage ich. Wahrscheinlich hat Lauren den Tisch für fünf Personen reserviert, bevor sie wusste, dass Céline alleine kommen wird. Das werde ich ihr morgen Früh direkt als Erstes unter die Nase reiben.

Roger reicht uns die Karten, wir blättern sie durch und haben fix unsere Bestellungen zusammen. Immerhin treffen wir uns beinahe wöchentlich hier.

Ich entscheide mich für das Krabben Custard als Vorspeise und das Rinderfilet mit Cranberrys und gerösteten Kartoffeln als Hauptgang. Die Bestellungen der anderen fallen ähnlich aus, damit wir alle in den Genuss desselben Weines gelangen. Ein Ritual bei unseren Geschäftsessen.

Wir bestellen uns eine neue Runde Drinks, bis die Vorspeise serviert wird und wir an unseren Tisch geführt werden.

Die Stimmung ist ausgelassen und ich fühle, dass es diesmal fünf Minuten dauern wird, bis wir uns über die Details geeinigt haben und unseren lockeren Plausch fortsetzen können. Roger führt uns an den entsprechenden Tisch. Ich helfe Céline auf den Stuhl und lasse mich dann zu ihrer Rechten nieder. Der runde Tisch ist groß genug, sodass wir uns gut unterhalten können, dennoch genug Freiraum haben.

Unsere Drinks werden uns gereicht und der entsprechende Wein für die Vorspeisen ausgeschenkt. Als Roger erneut an unserem Tisch auftaucht, gehe ich im ersten Moment davon aus, dass es ein Problem mit unserer Bestellung gibt. Er ist jedoch nicht allein, sondern in Begleitung einer Person, die hier absolut nichts zu suchen hat.

»Es tut mir so furchtbar leid, dass ich zu spät bin. Aber Aaron hat mir leider erst kurzfristig Bescheid gegeben«, sagt Sarah und blickt entschuldigend in die Runde.

Céline, Harry und Lucas schauen mich genauso an, wie ich mich fühle – völlig überrumpelt. Was zum Teufel macht sie hier? Ich dachte, Lauren hat das Date abgesagt? Wieso ist sie dann hier?

Und dann macht es Klick ...

Laurens süffisanter Gesichtsausdruck, als sie in den Feierabend ging und mir ein unterhaltsames Dinner wünschte.

Dieses Biest!

Ich bringe sie morgen Früh eigenhändig um! Was rede ich da! Ich fahre gleich zu ihr hin und bringe sie um die Ecke! Klammheimlich in ihrer Wohnung, wo auch immer die sein mag! Und ich werde einen Heidenspaß dabei haben!

Céline rückt ein Stück beiseite, dann wird ein Stuhl für Sarah zwischen mich und Céline gestellt. In Windeseile ist ein neues Gedeck herbeigezaubert, Sarah lässt sich das kommen, was ich mir bestellt habe, und blickt glücklich in die Runde.

»Ich wollte euch nicht unterbrechen«, sagt sie und blickt mich erwartungsvoll an.

Ja.

Nicht unterbrechen.

Wir haben nicht einmal angefangen und werden es heute Abend mit Sicherheit auch nicht mehr tun, weil die Tochter meines Konkurrenten mit am Tisch sitzt und jedes einzelne Wort, das hier gesprochen wird, brühwarm ihrem Daddy berichten wird. Ein Blick in die Gesichter der anderen und ich könnte im Boden versinken. Das ist die reinste Katastrophe!

Sarah legt ihre Hand auf meinen Oberschenkel und strahlt über beide Wangen. Ich versuche, ein Lächeln in mein Gesicht zu zaubern, aber es will mir nicht gelingen. Denn in meinem Kopf gehe ich alle Szenarien durch, wie ich Lauren Hastings umbringen kann und welches davon das qualvollste sein wird.

3. Kapitel

Ich habe die Nacht kein Auge zugetan. Nicht für zwei Minuten. Und dies lag ausnahmsweise nicht daran, dass ich mich in einem Hotelzimmer voll hübscher Frauen befand.

Nein.

Ich lag alleine in meinem Bett, die Kleidung noch am Körper, die Hände hinter dem Kopf verschränkt und starrte meine Decke an. Ich hatte bis heute nicht einmal eine Ahnung, wie meine Decke aussieht!

Zu meinem Bedauern verlief das Dinner nicht halb so katastrophal, wie es angefangen hatte. Sarah ist eine wahre Smalltalk-Künstlerin, die das Gespräch am Tisch immer am Laufen hielt. Sie hielt es nicht nur am Laufen – sie lieferte eine großartige Entertainerin ab. Sie schmeichelte Harry und Lucas, die sie bereits von Partys ihres Vaters kannte, und schmierte Céline so viel Honig um den Mund, dass sie beinahe Winnie Puuh hätte sein können.

Am Ende wäre es ein Leichtes gewesen, sie mit in meine Wohnung zu nehmen und Sex zu haben. Immerhin ist sie wahrscheinlich nur deswegen bei dem Dinner überhaupt aufgetaucht.

Aber es ging nicht.

Zum ersten Mal in meinem Leben schlug ich die Aussicht

auf grandiosen Sex aus. Und grandios wäre es gewesen. Ich durfte mich bereits einmal davon überzeugen, was Sarah alles mit ihren Händen und Lippen anstellen kann.

Jedoch hatte ich nur das Gesicht einer Frau vor Augen, deren Leben heute enden würde. Lauren Hastings hat den Vogel abgeschossen. Meine Wut im Bauch ist so immens groß, dass sie die Blutzufuhr zu meinem Schwanz unterbunden hat und ich nicht in der Lage war, Sex zu haben. Das kommt einem Weltkrieg gleich.

Ein Weltkrieg zwischen meiner Assistentin und mir, der sofort im Keim erstickt wird, da ich gleich ihren Arsch feuern werde. Scheiß auf Kündigungsfristen! Mir gehört die Hälfte des Ladens, und falls ich ihr eine Abfindung zahlen muss, zahle ich die sogar aus meiner eigenen Tasche, wenn es bedeutet, dass ich diese Frau los bin.

Mit meiner Keycard betrete ich den Fahrstuhl in der Tiefgarage und fahre bis ins Obergeschoss, wo mein Büro liegt. Es ist erst 6 Uhr in der Früh und ich bin der Erste auf der Arbeit. Ich hätte mir gewünscht, dass ich mein Vorgehen vorher mit der Rechtsabteilung hätte abklären können, aber ich werde das Problem alleine lösen. Jeder Mensch hat einen Preis. Und der von Miss Hastings kann nicht allzu hoch sein.

Ich verlasse im obersten Stockwerk den Fahrstuhl und eile den Gang zu meinem Büro hinunter, als ich abrupt stehen bleibe, sobald es in Sichtweite gerät.

Ich bin nicht die erste Person auf der Arbeit.

Meine baldige Ex-Assistentin sitzt bereits an ihrem

Schreibtisch und arbeitet. Sie tippt auf der Tastatur, hält inne, um sich die Brille den Nasenrücken nach oben zu schieben und tippt weiter.

Was zum Teufel macht sie um diese Uhrzeit hier?

Es kann mir auch egal sein. Je eher sie hier ist, desto schneller kann ich sie feuern. Ich bin mein Problem offensichtlich schneller los, als ich dachte. Ich brauchte sie nur zu sehen und meine Wut von gestern Abend hat sich wieder in meinem Bauch angesammelt.

»Guten Morgen, Mr. Anderson«, begrüßt sie mich mit einem liebreizenden Lächeln auf den Lippen, ohne mich anzusehen.

»Sie sind gefeuert«, fliegt es ungehalten über meine Lippen. Mit auf die Hüften gestemmten Händen stehe ich vor ihr und blicke auf sie hinab. Von oben sehen ihre Haare noch grausamer aus, als von vorne.

»Ach, bin ich das?«, fragt sie unschuldig, hört auf zu tippen und lehnt sich mit verschränkten Armen in ihrem Stuhl zurück, um zu mir aufzublicken.

»Sie haben mir Sarah Watson auf ein Geschäftsmeeting geschickt. Dadurch ist der Deal geplatzt und unserem Konzern Hunderte von Millionen Dollar durch die Lappen gegangen. Und all das, nur weil sie Amor spielen wollten.« Meine Stimme ist ruhig, aber berechnend und schneidend.

»Mhm«, lautet ihre Antwort und sie schaut mich weiterhin durch ihre Brillengläser abwartend an.

»*Mhm?*«, äffe ich ihren Tonfall nach. »Worauf warten Sie? Packen Sie Ihre Sachen und verschwinden Sie von hier!«

Anstatt das zu tun, was ich ihr sage, beugt sie sich zur Seite und zieht einen Stapel Papiere aus dem Drucker. Sie ordnet die Papiere und hält sie mir dann hin. Als ich mich nicht rühre, wedelt sie in einer eindeutigen Bewegung damit vor meiner Nase herum.

»Was ist das?«, knurre ich. Ich will es nicht anfassen, wenn es von ihr kommt.

»Die Hunderte von Millionen Dollar, die Ihnen gestern Abend durch die Lappen gegangen sind«, säuselt sie.

Ich reiße ihr die Papiere aus der Hand und überfliege die Dokumente.

»Stevenson und Hound lassen grüßen, und Céline Buckers lässt ausrichten, dass Ihre Begleitung wirklich reizend war und eine Fusion der beiden größten Finanziers im Business eine überraschende Wendung sei.«

Ich muss an mich halten, die Dokumente in meiner Hand nicht in tausend Stücke zu zerreißen und sie damit zu bewerfen. »Wo haben Sie das her?« Diesmal wedle ich mit den Papieren vor ihrem Gesicht herum.

»Die Verträge kamen per E-Mail vor einer halben Stunde. Und wenn Sie sie mir wiedergeben, kann ich Ihnen die bunten Fähnchen an die Stellen kleben, an denen Ihre Unterschrift gefordert wird.«

»Sie haben hier nichts mehr verloren, Lauren. Ich will Sie nicht mehr hier haben. Packen Sie Ihre Sachen und verschwinden Sie endlich.«

»Und wie ich Ihnen bereits gestern mitteilte –«

»Wissen Sie, wie scheißegal mir das ist? Ich zahle Ihnen

50.000 Dollar, wenn Sie jetzt sofort verschwinden und nie wiederkommen.«

Ich wollte ihr nur fünftausend bieten. Aber ich ertrage sie keine fünf Minuten länger. Sie versucht unbeteiligt auszusehen, schafft es aber nicht, ihre Überraschung für sich zu behalten. Ihre Augen zucken und sie beißt sich auf die Innenseite ihrer Wange.

Sie starrt mich an und scheint zu überlegen. Dann hat sie ihre Entscheidung getroffen. Ihr blödes Lächeln kehrt zurück. »500.000 Dollar«, sagt sie und schlägt die Beine übereinander. Bei ihren Vorgängerinnen hätte mich das für einen Moment aus dem Konzept bringen können, da die sowieso schon sehr kurzen Röcke noch höher gerutscht wären, aber da Lauren Hosen trägt, juckt mich dieser Schachzug von ihr nicht im Geringsten.

»Eine halbe Million?«, frage ich sprachlos nach.

Sie nickt und ihr Lächeln wird breiter. »Ich weiß, was Sie im Jahr verdienen. Wenn Sie mich also wirklich loswerden wollen - Sie kennen meinen Preis jetzt.«

Ich schüttle den Kopf.

Ich bin an eine Wahnsinnige geraten.

Mein bester Freund - das Arschloch - hat mir eine Verrückte vor die Bürotür gesetzt.

Ich hebe die Hand und will etwas sagen. Das Blut pocht in meinem Kopf und mit jeder Sekunde, die ich Lauren ins Gesicht schaue, wird meine innere Wut über die Situation größer. Dann erinnere ich mich an etwas, das mein Vater mir als kleiner Junge gesagt hat - wähle deine Kämpfe mit Bedacht, denn alle kannst du nicht gewinnen. Ich schlucke notgedrungen das Bedürfnis, der Frau vor mir den Hintern ordentlich zu versohlen und sie dann höchstpersönlich aus der Tür zu schmeißen, herunter. Ein letzter Blick auf ihre selbstgerechte Miene und ich drehe mich wortlos mit den Papieren in der Hand um.

Ich brauche keine blöden Fähnchen, um die Stellen zu finden, an denen ich diesen Vertrag unterschreiben muss. Schnell verschwinde ich in meinem Büro, schließe die Tür von innen ab, was ich seit dem letzten Fick auf meinem Schreibtisch nicht mehr getan habe – der sage und schreibe drei Wochen und vier Tage her ist –, und lasse mich seufzend auf meinen Bürostuhl nieder.

Ich atme tief durch.

Das waren die schlimmsten 24 Stunden meines Lebens und es würde mich lediglich eine läppische halbe Million kosten, dafür zu sorgen, dass sie sich in den nächsten sechs Wochen nicht in einer Endlosschleife wiederholen.

Eine halbe Million ...

Fuck!

Ich will der Frau keinen Cent zahlen!

Wenn sie aber weg wäre, könnte ich mich endlich wieder den wichtigen Dingen in meinem Leben widmen.

Mein Auto, Frauen und Arbeit.

Und zwar genau in der Reihenfolge.

Aber sie wird nicht weggehen. Sie wird die vollen sechs Wochen vor meiner Tür sitzen und einen Heidenspaß daran haben, mich in den blanken Wahnsinn zu treiben. Ich fahre mir mit den Händen über das Gesicht und überlege fieberhaft, was meine Alternativen sind. Entweder zahle ich ihr das Geld oder sie bleibt. Da ich ihr definitiv keine halbe Million geben werde und sie nicht mit sich verhandeln lässt, wird sie bleiben. Die Frage ist nur, wie ich das überleben soll ...

Und dann kommt mir eine Idee. Wenn ich sie nicht dazu bringen kann zu gehen, muss sie aus freien Stücken gehen!

Ich klatsche einmal in die Hände, stehe auf und tigere in meinem Büro auf und ab, um aus der zündenden Idee einen Plan zu gestalten. Und der ist schneller entworfen, als ich denken kann.

Lauren Hastings, der Kampf kann beginnen!

›*Vergessen Sie mein Sandwich nicht*‹, tippe ich in mein Handy und schicke die SMS auf Laurens Smartphone. Sofort wird meine Nachricht mit dem Vermerk *Gelesen* versehen. Immerhin ist ihr eine Eigenschaft zuteil, die eine persönliche Assistentin haben muss - sie ist schnell. Auch wenn ich es an ihr nicht immer leiden kann, da sie mit ihrem Mundwerk genauso flott ist, wie mit ihren Aufgaben.

›*Jawohl, Sir*‹, erfolgt die Antwort und ich weiß, dass es ihre Masche ist, mir mitzuteilen, was sie von meiner neuen Taktik hält - nämlich gar nichts.

Ich habe sie heute Morgen von ihrem Schreibtisch abkommandiert und durch halb L.A. geschickt. Sie sollte meine Sachen in die Reinigung bringen. Aber natürlich nicht in die um die Ecke, die ich sonst benutze, sondern die Reinigung, die sich am anderen Ende der Stadt befindet. Dann habe ich sie zu einigen meiner Geschäftspartner fahren lassen, um wichtige Dokumente persönlich vorbeizubringen. Der Inhalt der Umschläge - ein Zettel mit der Frage, wann der nächste Billard-Abend stattfindet. Eine Stunde später durfte sie wieder dort auftauchen, um die Antwort abzuholen.

Seitdem ich heute Morgen den Plan geschmiedet habe, ihr die Aufgaben zu übertragen, die einer Assistentin würdig sind, habe ich meine Gelassenheit und Freude am Leben wiedergefunden. Und meine Kreativität kennt keine Grenzen. Gerade google ich, wo am Ende der Stadt ein gutes Restaurant ist, in das ich Lauren morgen Mittag schicken kann, damit sie mir ein Mittagessen besorgt. Die Tage danach bin ich fast immer um die Mittagszeit für Geschäftstermine außer Haus. Wenn ich es perfekt plane, ist Lauren unterwegs, wenn ich hier bin. Damit müssten die nächsten sechs Wochen leicht zu überleben sein.

Ich habe sogar ein Dokument auf meinem Desktop abgespeichert, in dem ich alle guten Gedanken zu dem Thema speichere. Wer weiß, wann ich in die Situation komme, sie unbedingt für eine gewisse Zeit loswerden zu müssen.

Ich blicke auf die Uhr. Sie wird noch mindestens eine halbe Stunde brauchen, bis sie wieder hier ist. Die Zeit sollte ich nutzen, um mich um das Geschäft zu kümmern. Wenn Lauren sich in meiner Nähe aufhält, verliere ich meine Konzentrationsfähigkeit, da mich nur noch ein Gedanke beschäftigt. Und zwar der, wie ich sie zum Schweigen bringen kann. Momentan sieht mein Masterplan die Rolle Tesafilm vor, die auf ihrem Schreibtisch steht.

Ich nehme mein Handy zur Hand, um die restlichen Termine für heute zu überfliegen, als es an der Tür klopft. Sofort rast mein Puls und ich blicke erschrocken auf. Sie kann im Leben noch nicht zurück sein.

Und dann bemerke ich, dass die Person angeklopft hat. Lauren Hastings klopft nicht an. Sie betritt einfach mein Büro.

»Ja?«, antworte ich, während ich versuche, meine gute Laune noch bei der Stange zu halten. Zumindest bis meine wundervolle Assistentin mit meinem Sandwich wieder da ist.

Die Tür geht auf und einer meiner besten Freunde, Aiden, betritt den Raum. Der Mann sieht verboten zufrieden aus. So zufrieden, dass meine gute Laune in einem undefinierbaren Dunst über mir verschwindet.

»Mann, siehst du scheiße aus«, begrüßt er mich und lässt sich mir gegenüber nieder.

»Ich habe dich und deine blöden Sprüche unheimlich vermisst«, merke ich mit einem Augenverdreher an und lege mein Handy beiseite. Ralph, Aiden und ich haben zusammen studiert. Bei Ralph und mir stand es mit der Aufnahme in Yale fest, dass wir die Firma unserer Väter übernehmen werden. Aiden hingegen schaffte es mit einem Stipendium an die Universität und wusste eine Zeit lang nicht, welche der vielen Türen, die ihm nun offen standen, er nehmen sollte. Letztendlich entschied er sich für das Bankwesen. Momentan arbeitet er für eine große Bank in London und verbringt einen Großteil seiner Zeit dort, weswegen wir ihn kaum in L.A. zu Gesicht bekommen.

»Was machst du hier?«, frage ich ihn daher freiheraus. Er

hat eine Verlobte, eine Hochzeit zu planen, und das letzte Mal, als ich die Nachrichten geschaut habe, war Europa in einer kleinen Bankenkrise – und London liegt in Europa. Somit auch seine Bank.

»Ralph hat mich angerufen und gesagt, dass ich mal nachsehen soll, ob du noch lebst.«

»Das Arschloch«, raune ich ungehalten.

Aiden zieht lediglich eine Grimasse und grinst mich amüsiert an. Er lehnt sich in seinem Stuhl zurück und betrachtet mich eingehend. »Sie hat dich bei den Eiern, stimmt's?«

»Ich habe nicht den blassesten Schimmer, wovon du redest.«

»Wo ist sie?«

»Weg.«

»Hast du sie mit deinem unwiderstehlichen Charme in die Flucht geschlagen?«

»Wenn ich meinen Charme einsetze, machen Frauen so einige Dinge. Fliehen ist keins davon«, belehre ich ihn.

Er lacht wieder auf und verschränkt die Arme hinter seinem Kopf. Aiden ist ein gut aussehender Kerl, bei dem die Frauen Schlange stehen. Dumm nur, dass er sich eine Verlobte angelacht hat und den halben Spaß im Leben verpassen wird.

»Was macht Christina?«, frage ich nach seiner Verlobten.

Sein erheitertes Gesicht verwandelt sich binnen weniger Sekunden in eine eiskalte Maske. »Ich habe nicht den blassesten Schimmer«, erwidert er in einer Tonlage, die ich noch nie an ihm gehört habe.

»Du weißt nicht, was deine Verlobte macht?« Ich klinge nicht nur leicht schockiert, ich bin es auch. Wenn man eine Frau bittet, den Rest des Lebens – oder was davon noch nach einer Hochzeit übrig ist – mit einem zu verbringen, sollte man in jeder Sekunde darüber informiert sein, was sie wo mit wem treibt.

»Sie ist verschwunden«, erwidert er. Sein Kiefer ist angespannt, seine Mimik hat jede Spur von Humor verloren.

»Was meinst du mit ›*verschwunden*‹?«

»Weg, abgehauen, nicht auffindbar.«

»Entführt?«

»Schön wäre es. Sie hat kalte Füße bekommen und hat das Weite gesucht«, antwortet Aiden. Ich kann den Frust aus seiner Stimme deutlich heraushören.

»Das ist nicht dein Ernst.« Ich kann das nicht glauben.

»Oh doch. Eines Tages wache ich auf, das Bett neben mir ist leer und ihre Sachen weg. Zumindest ein Koffer voll mit ihren Sachen. Seitdem habe ich kein Sterbenswörtchen von ihr gehört. Ihre beste Freundin Rachel meinte, dass es ihr gut ginge, sie aber selbst nicht wisse, wo Christina ist, damit ich es nicht aus ihr herausquetschen kann. Und eins kannst du mir glauben – ich hätte es aus ihr herausgequetscht.«

»Scheiße, Alter«, erwidere ich und fühle mich wie in einem dieser bescheuerten Hollywood Movies. Ralph hockt mit einem Cocktail und einer scharfen Frau im Bikini am Strand und bei Aiden und mir läuft alles schief. »Hast du die Hochzeit abgesagt?«

Aiden blickt mich an, als hätte ich ihn gefragt, ob er noch

an den Weihnachtsmann glaubt. »Die Braut ist weg. Was soll ich sonst tun?«

»Dir eine Neue suchen? Ich wette, du wirst schnell fündig.«

»Ich war nie der Typ, der eine Frau, Haus und Kinder haben wollte. Ich sah mich mit 50 noch in einem geilen Apartment wohnen, in dem mich jeden Abend eine andere Frau ins Bett begleitet. Und dann kam Christina.«

»Sie hatte einen hübschen Hintern. Den Geschmack bei Frauenärschen muss ich dir lassen«, werfe ich ein und fange mir einen bösen Blick von ihm ein. »Was denn?«, erwidere ich und hebe beschwichtigend die Hände. »Sie ist dir abgehauen, also verpflichtet mich der Kodex dazu, über so etwas zu reden.«

»Der Kodex verpflichtet dich zu einem Scheiß, Aaron.«

Ich sehe ihm die Erschöpfung an. Das muss wirklich hart sein. Da trifft man eine Frau, die einen so um den Finger wickelt, dass man als Mann all die anständigen Vorsätze im Leben über Bord schmeißt und man wird schneller als einem lieb ist daran erinnert, warum der Lebensstil vorher so vernünftig war.

»Tut mir leid«, sage ich schließlich und meine es tatsächlich ehrlich. Auch wenn ich mit einer Frau, deren Anwesenheit ich nebenbei bemerkt nicht länger als drei Monate in meinem Leben ertragen würde, nie glücklich aussähe – Aiden war glücklich. Er liebte Christina und hat sich beinahe in die Hose geschissen, als der Abend kam, an dem er ihr den Antrag gemacht hat. Das war für mich einer der schlimmsten Abende meines Lebens, da mein Verstand mich dazu nötigen wollte, ihn von der dämlichen Idee abhalten zu wollen, mein Anstand als bester Freund mir aber genau das verbot und nur eine Handlungsalternative zuließ - ihn zu beruhigen und ihm immer wieder dieselbe Lüge an den Kopf zu knallen. *Sie wird Ja sagen und dich zum glücklichsten Mann auf der Welt machen.* So viel dazu.

»Hast du darüber nachgedacht, einen Privatdetektiv anzuheuern?«, frage ich nach.

Aiden schüttelt den Kopf. »Was soll das bringen? Sie will mich nicht heiraten. Aber anstatt es mir zu sagen, ist sie einfach abgehauen. Ich bin fertig mit der Frau.«

»Wie lange bist du hier?«

Er zuckt mit den Schultern. »Eine Woche? Vielleicht zwei? Je nachdem wie unterhaltsam das Verhältnis zwischen dir und deiner Assistentin noch wird.«

»So mies kann es dir nicht gehen, wenn du darüber Witze machen kannst.«

»Ralph hat mich ausgiebig darüber informiert. Und es ist wirklich witzig.«

»Sie ist der Teufel. Die Ausgeburt der Hölle. Das Böse in weiblicher Gestalt.«

»Ich bleibe hier so lange sitzen, bis ich sie kennengelernt habe. Sie scheint wirklich ein Geschöpf des Himmels zu sein.« Aiden lacht sich halb tot auf seinem Stuhl.

»Hast du mir überhaupt zugehört?«

»Ich habe Ralph zugehört. Und als er mir mitteilte, dass er dir eine Assistentin besorgt hat, die wirklich dafür sorgt, dass du arbeitest, dachte ich, der verascht mich. Aber das hier ist besser als jede Schmierenkomödie.«

»Euch zwei wird das Lachen noch vergehen«, spreche ich eine leere Drohung aus, da ich nicht im Ansatz weiß, wie ich Ralph das jemals heimzahlen soll. Und an Aidens Stelle würde ich mich wahrscheinlich ebenso sehr darüber amüsieren. Also keine nachtragenden Gefühle an der Stelle. Außerdem bin ich dankbar, dass er hier ist und mir hilft, zumindest die nächsten Tage heil durchzustehen.

»Was hast du heute Abend vor?«, fragt er mich.

»Noch nichts.«

»Lust auf ein paar Drinks?«

»Mit hübschen Frauen?«

»Mit hübschen Frauen«, bestätigt er meine Frage.

»Deal«, erwidere ich und freue mich auf das *Paradise*. Nach der Uni sind wir fast jedes Wochenende zu dritt dort aufgetaucht und haben der Geschäftsführung ordentlich die Kassen gefüllt. Es wird Zeit, die alten Zeiten wieder aufleben zu lassen. Zumal ich dringend einen Drink mit Aussicht auf ein paar nette Frauenattribute vertragen kann und Aiden aufgrund der neuesten Ereignisse in seinem Leben sowieso.

»21 Uhr? Üblicher Ort?«

Er nickt und ein vorfreudiges Lächeln platziert sich in seinem Gesicht. »Und wehe du machst vor mir schlapp«, ermahnt er mich mit erhobenem Finger.

Ich will etwas erwidern, komme aber nicht dazu, weil die Tür zu meinem Büro auffliegt. Da entspanne ich mich gerade und halte einen lustigen Plausch mit einem verschollenen

Freund und der Satan muss nur sein Gesicht zeigen, damit die gute Stimmung verflogen ist. Zumindest bei mir. Bei Aiden scheint sie gerade erst richtig aufzukommen.

Lauren stapft mit großen Schritten auf mich zu. Heute trägt sie einen hellgrauen Hosenanzug, eine rosafarbene Bluse und eine Perlenkette. Sie sieht aus wie Mrs. Miller - die ehemalige Sekretärin meines Dads, ehe sie in Rente ging.

Immerhin hält sie eine braune Papiertüte in der Hand, in der ich mein Mittagessen vermute. Ihre Miene ist bitterböse, als sie vor mir stehen bleibt. Aiden schenkt sie nicht einmal Beachtung. Sie hält die Tüte auf meiner Augenhöhe über den Schreibtisch und lässt sie dann einfach los. Dann stemmt sie ihre Hände auf die Hüften und fixiert mich mit ihren blitzenden Augen. Dies hat aber nur bedingt den Effekt, den sie sich wünscht, da ihre Brille die Nase herunterrutscht und sie die Pose lösen muss, um sie sich wieder vor die Augen zu schieben.

»Miss Hastings«, spreche ich sie formell an. »Vielen Dank für das Sandwich.«

»Es war mir ein Vergnügen, Ihnen den gesamten Morgen für private Zwecke zur Verfügung zu stehen.« Mit dem Sarkasmus in ihrer Stimme könnte man ganz L.A. einschmieren.

»Das freut mich sehr, da ich noch weitere Aufgaben für Sie habe.«

»Nein«, erwidert sie bestimmend, worauf ich die Augenbrauen hebe.

»Nein?«, frage ich nach, für den Fall, dass ich mich verhört habe.

»Nein«, wiederholt sie das eine Wort, das eine persönliche Assistentin eigentlich nie über die Lippen bringen sollte. Aus den Augenwinkeln beobachte ich, wie Aiden sich ordentlich anstrengen muss, sich vor Lachen nicht in die Hose zu pissen. Arschloch.

»Ich erinnere Sie ungern daran, Lauren. Aber Sie sind meine persönliche Assistentin und sollten mich daher mit Eifer und Wohlwollen in allen Lebenslagen unterstützen.«

»Ich unterstütze Sie liebend gerne in allen Ihren komplizierten Lebenslagen, sofern sie etwas mit dem Wohlwollen der Firma zu tun haben.« Ihre rechte Augenbraue wandert nach oben, sodass ich sie hinter dem dicken Rand der Brille nicht mehr sehen kann. Ihr Blick ist ernst, ihre seltsame Pose untermauert ihre Worte. Ich muss ganz dringend ein Machtwort sprechen. Aber das werde ich nicht in Anwesenheit von Aiden tun, da mich der Kerl lebenslang dafür auslachen wird. Dass das Machtwort nämlich im ersten Durchgang in Laurens Dickschädel ankommt, wage ich zu bezweifeln. Und die Show, die es bedarf, damit das am Ende passiert, will ich Aiden nicht auf einem Silbertablett liefern.

»Darf ich mich vorstellen?«, gibt Aiden schließlich von sich und steht auf. Er reicht Lauren die Hand. Sie wirft ihm einen Blick von der Seite zu und reicht ihm schließlich die Hand. Immerhin hat sie so viel Benehmen, ihn nicht vollends zu ignorieren.

Anstatt, dass Aiden ihre Hand aber schüttelt, nimmt er sie und führt ihren Handrücken an seine Lippen, um ihr einen

Handkuss zu geben. Lauren ist das sichtlich unangenehm und sie wird puterrot im Gesicht. Insbesondere als Aiden sie dann mit seinem charmanten Lächeln vollends aus dem Konzept bringt. Obwohl er mit seiner Prince-Charming-Nummer fertig ist, lässt er ihre Hand nicht los und wendet die Augen auch nicht von ihr ab. Ein bisschen hilfesuchend schaut sie zu mir hinüber. Ich habe aber nur ein gehässiges Lächeln für sie übrig. Wahrscheinlich ist sie noch Jungfrau und hat noch nie einen Mann angefasst.

»Es freut mich sehr, Ihre Bekanntschaft zu machen, Miss Hastings.«

»Das ist Aiden Harrison. Ein langjähriger Freund von mir«, stelle ich den Herzensbrecher vor.

Aiden lässt ihre Hand nicht freiwillig los, sodass sie sich ihm praktisch entreißen muss. Sie tritt einen Schritt zurück, so als hätte sie Angst, dass er gleich mit beiden Armen auf sie losgeht und umarmen will. Unbeholfen schiebt sie sich wieder die Brille den Nasenrücken nach oben, wirft mir einen unsicheren Blick zu und streicht sich die Hose glatt.

»Ich werde jetzt an meinen Schreibtisch gehen und die Arbeit erledigen, die den ganzen Vormittag über liegen geblieben ist.« Mit erhobenem Kopf verlässt sie mein Büro. Die Tür fällt hinter ihr ins Schloss und Aiden wirft mir einen vielsagenden Blick zu.

»Sie ist doch zahm wie ein Lamm.« Er lacht auf und fasst sich ans Kinn. Das breite Grinsen in seinem Gesicht verrät mir, dass ich ihm für die folgenden Worte eine reinhauen sollte. »Und sie hat dich bei den Eiern.«

Ehe ich tatsächlich aufspringen und meinen Gedanken Taten folgen lassen kann, dreht er sich um und folgt Lauren. »Bis heute Abend. 21 Uhr«, ruft er, bevor er mit diesem blöden Grinsen im Gesicht aus der Tür verschwindet.

Ich balle die Hände zu Fäusten und versuche, ruhig durchzuatmen. Essen beruhigt meine Nerven vielleicht. Ich greife nach der Tüte, die Lauren auf meinen Schreibtisch hat fallen lassen, und öffne sie. Ein seltsamer Geruch strömt mir entgegen. Ich hole das Sandwich heraus. Eine grüne Masse verteilt sich zwischen dem Belag, der definitiv nicht so appetitlich aussieht, wie ich es mir gewünscht habe. Da es frisch belegt ist, liegt keine Zutatenliste, geschweige denn ein Warnhinweis in Form einer Beschreibung bei. Jedoch finde ich einen handgeschriebenen Zettel von Lauren.

Das ist ein veganes Avocado-Creme-Sandwich. Gut für den Kreislauf. Ich wünsche einen guten Appetit, Sir.

Avo... was?!

Schmieren sich Frauen das nicht ins Gesicht? Und ich soll das essen?

Mein fassungsloser Blick wandert von dem Sandwich zu dem Zettel und wieder zurück. Ich knülle das Stück Papier zusammen, packe das Sandwich zurück in die Tüte und stehe auf. In wenigen Schritten habe ich mein Büro verlassen und baue mich vor Laurens Schreibtisch auf. Sie tippt auf der Tastatur, hebt aber den Blick, sobald sie mich sieht. Ihre Unsicherheit von eben ist vollständig verschwunden und das Biest ist wieder da. Ich habe bereits Luft geholt, um meine Wut ungefiltert an ihr auszulassen, besinne mich aber eines Besseren.

»Ich gehe zum Lunch aus. Leiten Sie nur die wirklich wichtigen Gespräche auf mein Handy weiter.«

Ich werfe ihr die Tüte mit dem Sandwich zu, die sie auffängt, drehe mich um und verschwinde von hier. Eine Sekunde länger und ich würde meinen Verstand gänzlich verlieren. Es reicht nicht, sie den halben Tag außer Haus zu schicken - sie muss für immer weg.

Ich habe bloß immer noch keine Ahnung wie. Aber vielleicht fällt mir der ultimative Masterplan bei einem hervorragenden Steak ein.

4. Kapitel

Ich nippe erneut an meinem Drink. Es ist bereits mein dritter Drink an diesem Abend, aber ich kann mich nicht entspannen. Nicht eine Faser in meinem Körper bekommt Lauren Hastings aus ihrem System. Und das lässt mich langsam, aber sicher verzweifeln.

Laphroaig, 15 Jahre alt, weicher, aber dennoch rauchiger Abgang. Ich rieche an dem besten Single Malt Whisky auf der ganzen weiten Welt und nehme erneut einen Schluck. Aber ich bekomme diese Frau nicht aus meinem Kopf. Vor mir tanzt mit Sicherheit eine der schönsten Frauen hier in L.A. und die Bedienungen stehen ihr in nichts nach. Sexy Kurven, aufreizende Augenaufschläge und ein guter Drink. Trotzdem höre ich nach wie vor nur Laurens Stimme und das Klappern ihrer flachen Absätze, wenn sie unaufgefordert in mein Büro stolziert.

Ich reibe mir erschöpft über die Augen.

»Was ist los?«, fragt mich Aiden und klopft mir viel zu fest auf die Schulter. Ich werfe ihm einen vielsagenden Blick zu. »Ach ja ..., deine liebreizende Assistentin.« Er kippt den Rest seines Wodkas hinunter.

»Hör auf, sie mit Adjektiven zu beschreiben, die unpassend sind.«

»Ich fand sie nett.«

»Du hast sie zwei Minuten gesehen und sie sexuell bedrängt.«

Aidens Mundwinkel heben sich amüsiert. »Vielleicht solltest du das versuchen.«

»Nur zwei Minuten mit ihr in einem Raum sein?«

»Nein, du Idiot. Sie um den Finger zu wickeln.« Von seiner Idee überzeugt blickt er mich an, ehe er eine der knapp bekleideten Bedienungen an unseren Tisch ruft, um sich einen neuen Drink zu bestellen. »Du auch?«

Ich schüttle den Kopf und deute auf mein halb volles Glas. Mir ist heute nicht nach Trinken, da es das erste Mal in meinem Leben keinen Spaß macht. Erst der Sex, jetzt die Drinks. Vielleicht sollte ich ihr doch die halbe Million Dollar zahlen. Immerhin hätte ich dann einen deutlichen Teil meiner Lebensqualität zurück.

Normalerweise ist das *Paradise* der Ort, an den wir kommen, um Spaß zu haben und die Vorzüge des Lebens zu genießen. Heute wird diese Illusion zerstört. Obwohl Aiden beim vierten, ich nach wie vor beim dritten Drink bin, haben wir kaum ein Wort miteinander gesprochen. Wir sitzen nebeneinander, starren die Frauen an, ohne sie tatsächlich anzublicken, und hängen unseren eigenen Gedanken nach. Es ist das reinste Trauerspiel.

»Was ist nur mit uns passiert?«, frage ich und fahre mit dem Finger über den Glasrand meines Drinks. Aiden weiß sofort, was ich meine.

»Frauen«, erwidert er tonlos auf meine Frage. »Ich kann immer noch nicht glauben, dass Christina einfach abgehauen ist. Ich war mir so sicher, dass sie die Eine ist. Diese eine verdammte Frau, für die man alles über Bord wirft.«

»Sei froh, dass dir deine weggelaufen ist. Ich wünschte, meine würde einfach über Nacht verschwinden«, seufze ich.

»Heute Mittag hast du schon beschissen ausgesehen. Aber jetzt siehst du echt am Ende aus. Was hat sie gemacht?«

Ich werfe ihm einen müden Blick zu. »Du willst mich ernsthaft nötigen, darüber zu reden?«

»Ja. Das bringt mich auf andere Gedanken. Also tu mir als bester Freund den Gefallen und erheitere mein Gemüt. Immerhin ist mir die Braut abgehauen.«

»Sie hat mir irgendein veganes Sandwich mit grüner, ekliger Creme mitgebracht. Ich habe es ihr zurückgegeben und bin aus dem Büro verschwunden, um mir ein ordentliches Mittagessen zu gönnen.«

»Lass mich raten – sie ist dir gefolgt.«

Ich schüttle den Kopf. »Ich habe sie gebeten, nur die wichtigen Anrufe weiterzuleiten, da ich in Ruhe meine Mittagspause verbringen wollte. Und was macht sie? Leitet jedes einzelne Gespräch, das sie in die Leitung bekommt, an mich weiter.«

Aidens Laune hebt sich mit seinem dämlichen Grinsen und er schafft es sogar, mit der Bedienung zu flirten, die ihm den nächsten Drink bringt. Zumindest einem von uns geht es besser. Ich hingegen bin an dem Punkt angekommen, an dem ich das Handtuch werfen will. Lauren hat offensichtlich irgendein Problem mit mir und setzt alles daran, mein Leben in eine Hölle zu verwandeln. Ob ich will oder nicht, muss ich ihr eins lassen – sie ist damit ziemlich erfolgreich.

Was für ein abgefuckter Mist.

Ich schiebe meinen Drink von mir weg. Der Alkohol lässt mich noch tiefer in den Sumpf sinken, in dem ich drinstecke, dabei sollte er mich locker machen.

»Weißt du, was du tun solltest?«

»Mich gleich hier erschießen?«, erwidere ich sarkastisch, greife nun doch wieder nach meinem Glas und kippe den Rest in einem Zug hinunter.

»Versuch doch einfach, nett zu ihr zu sein.«

Prompt verschlucke ich mich an meinem Drink. »Ich soll *was?*«

»Schmier ihr ein bisschen Honig um den Mund, mach ihr ein paar Komplimente, bedank dich bei ihr für ihre Weitsicht, auf deine Gesundheit zu achten.«

»Hast du was geraucht?«

Aiden lacht auf. »Probier es doch einfach aus. So wie ich das sehe, fällt dir sowieso nichts Besseres ein.«

»Selbst wenn ich einmal in meinem Leben auf dich hören würde, wäre es nicht möglich, auch nur ein nettes Wort gegenüber dieser Frau auszusprechen.«

»Stell dir vor, sie sitzt in heißer Nachtwäsche auf deinem Schreibtisch, wenn du das nächste Mal nichtsahnend dein Büro betrittst. Mit dieser Vorstellung im Kopf kannst du mit Sicherheit nett zu ihr sein.«

»Dabei wird mir lediglich schlecht. Hast du sie dir mal von Nahem angesehen?«

»Ob du es glaubst oder nicht – ich war ihr ziemlich nahe.«

»Bevor ich auf dich und deine blöden Ratschläge höre, krepiere ich freiwillig in meiner Hölle.«

»Tu dir keinen Zwang an.« Aiden zieht sein Portemonnaie und wirft einige Geldscheine auf den Tisch. »Ich lade dich ein.«

»Du gehst schon?« War er nicht die Person gewesen, die mich ermahnt hatte, nicht schlappzumachen?

»Du bist eine beschissene Gesellschaft. Du jammerst noch mehr als ich. Wir sehen uns.« Er klopft mir auf die Schulter, steht auf und verschwindet zum Ausgang, ohne mir noch einen letzten Blick zuzuwerfen.

Obwohl Aiden längst verschwunden ist, blicke ich immer noch an den Punkt, an den ich ihn zuletzt gesehen habe. Wenn Ralph mit der Nummer vorgehabt hat, mir jeden Spaß im Leben zu nehmen, hat er damit unverhofften Erfolg.

Ich weiß, dass ich häufig ein Mistkerl war und Ralph in ungünstige Situationen gebracht habe. Mir war der Spaß im Leben wichtiger, als die Verantwortung gegenüber meinem besten Freund und dem Konzern. Wie oft habe ich Meetings verpasst, bin zu spät gekommen oder hatte nicht die Zeit, mich auf Kundengespräche ausreichend vorzubereiten, weil ich die Nacht zuvor mit hübschen Frauen und jeder Menge Alkohol die schöne Seite des Lebens gefeiert habe. Ralph machte mir oft die Hölle heiß, es prallte aber unbeeindruckt an mir ab. Mir gehören 50 Prozent der Firma, genau wie Ralph. Und das gab mir für meine Begriffe das Recht, tun und lassen zu können, was ich wollte.

Doch dann lernte Ralph Caroline kennen und meine Sicht

auf die Dinge veränderte sich in dem Moment, in dem sie sich von ihm trennte, weil er zu sehr damit beschäftigt gewesen war, das Chaos hinter mir aufzuräumen, anstatt Zeit mit seiner Freundin zu verbringen. Er musste Verabredungen mit ihr absagen, verschieben, sogar unterbrechen, weil ich nicht zu erreichen gewesen bin.

Ich hatte ihm angesehen, dass Caroline dieses berühmt-berüchtigte Puzzlestück gewesen ist, das einen Mann vervollständigt. Seine Konzentrationsfähigkeit ging den Bach runter, wenn sie ihm eine SMS schrieb, er lächelte den ganzen Tag vor sich hin und seine Laune konnten selbst schlechte Umsatzprognosen nicht schmälern. Und dann trennte sie sich meinetwegen von ihm und seine Welt zerfiel in Schutt und Asche. Zumindest sagte er das damals in einer kurzen Ansprache an meine Person und vermied es danach, mit mir überhaupt noch ein Wort zu wechseln. Ich ertrug es wie ein Mann und machte mit meinem wunderbaren Lebensstil weiter.

Ich kann mich nicht mehr daran erinnern, was der Auslöser für meine plötzliche Erkenntnis war, aber ich begriff eine elementare Gegebenheit in meinem Leben - Ralph hatte seine Traumfrau gehen lassen, weil er mir den Rücken freihielt. Anstatt mich zum Teufel zu jagen, ließ er sie gehen.

Es dauerte zwar eine Weile, bis ich die Tragweite dessen verstand, aber ich war dankbar, dass ich es am Ende tat. Am nächsten Morgen tauchte ich bei Caroline auf und flehte sie an, Ralph noch eine Chance zu geben. Sie sagte, sie müsse es sich überlegen und schlug mir die Tür vor der Nase zu. Zwei

Wochen lang ließ sie mich absichtlich in meinem schlechten Gewissen schmoren, ehe sie bei uns im Büro auftauchte und Ralph einfach küsste. Sie erlöste ihn und damit auch mich.

Seitdem beschränke ich meine privaten Partys auf das Wochenende und schicke Frauen, die zufälligerweise unter der Woche in meinem Bett landen, um spätestens 1 Uhr nach Hause. Das funktioniert. Lediglich die Damen sind nicht davon begeistert, wenn sie mitten in der Nacht vor die Tür gesetzt werden.

Wer aber leicht zu haben ist, wird dementsprechend schnell vor die Tür gesetzt.

Als Ralph vor einigen Wochen vor meinem Schreibtisch auftauchte und mir verkündete, dass er mit Caroline sechs Wochen in den Urlaub fliegen wird, war das keine Frage, sondern eine Tatsache, die er mir mitteilte. Er wusste, dass ich ihm und seiner Frau ein Leben lang etwas schuldig sein werde, und er fordert es immer dann ein, wenn es ihm passt. Und dass er mir irgendwann zurückzahlen wird, was ich damals angestellt habe, war so sicher wie das Amen in der Kirche.

Mit Lauren hat er den Vogel aber abgeschossen. Sein Leben kann damals nie im Leben dieser Hölle geglichen haben. Vielleicht aber doch. Und ich habe das hier mit jeder Sekunde, die es andauert, verdient. Ich greife nach Aidens Drink und kippe den Wodka hinunter. Es gleicht Blasphemie, auf den Laphroaig so einen billigen Wodka-Pansch zu trinken, wie Aiden ihn bechert. Ich spüre das Brennen in der Kehle, die leidigen Gedanken werde ich trotzdem nicht los.

»Hey Babe«, raunt mir plötzlich eine Frau ins Ohr.

Ich drehe mich um. Laynie rutscht auf die Bank neben mich, schmiegt sich an mich und legt ihre Hand auf meinen Oberschenkel.

Perfekt manikürte Fingernägel, denke ich lediglich, als ich ihre Hand betrachte.

»Hey Laynie«, erwidere ich wenig motiviert. Sie ist Stripperin im Paradise und hat für mich die eine oder andere Klausel in ihrem Vertrag gebrochen. Kein Sex mit Kunden steht darin. Und was wir hatten, war bereits jede Menge Sex. Heißer, intensiver, phänomenaler Sex.

Aber heute könnte mir nicht weniger danach sein.

»Was ist los?«, fragt sie mit zuckersüßer Stimme, während sie mit ihrer rechten Hand über meinen Nacken und durch meine Haare fährt.

»Stress bei der Arbeit«, erwidere ich unverbindlich.

»Ich weiß etwas, das helfen könnte«, flüstert sie mir ins Ohr, und wenn ich mich nicht irre, spüre ich sogar ihre Zunge. Vor drei Tagen hätte ich spätestens jetzt einen Ständer bekommen, wäre mit ihr zu meinem Auto gegangen und hätte die ganze Nacht nichts anderes getan, als sie zum Schreien zu bringen. Aber jetzt? Jetzt will ich nach Hause in mein Bett. Und zwar alleine.

»Sorry, aber heute nicht.« Ich lächle sie schief an. Sie begreift sofort, dass sie heute Abend nicht in meinem Bett landen wird.

»Kann ich dir noch was zu trinken bringen?« Ihre Stimme gibt keine ihrer unterdrückten Emotionen wieder. Ich weiß aber, dass sie enttäuscht ist. Sie war nicht in mich verliebt.

Dafür macht sie zu lange diesen Job und hat gesehen, was passieren kann, wenn man sich verliebt. Aber die Schwärmerei habe ich ihr jedes Mal angesehen. Wahrscheinlich wird sie nach der Abfuhr heute Abend nie wieder in meinem Bett landen.

»Nein, danke. Ich sollte gehen«, erwidere ich. Ich lege meinen Arm um ihre Hüfte und ziehe sie zu mir. Ich drücke ihr einen freundschaftlichen Kuss auf die Wange. »Es tut mir leid, Laynie«, flüstere ich ihr ins Ohr.

Diesmal platziert sich ein trauriges Lächeln in ihrem Gesicht. »Ich weiß«, antwortet sie, löst sich von mir und steht auf. Ihr Körper ist der Hammer und ihre roten Locken passen perfekt in das Gesamtkonzept, das Gott für diese Frau vorgesehen hat. Mit einem sexy Hüftschwung entfernt sie sich auf ihren mörderischen High Heels. Wehmütig blicke ich ihr hinterher und beobachte, wie sie sich auf den Schoß von irgendeinem anderen Kerl setzt. Ich lege auf Aidens Geldscheine noch einen von mir und verlasse den Laden mit der Gewissheit, hier wahrscheinlich nie wieder herzukommen. Heute Abend hat der Ort für mich den Glanz verloren, den ich sonst immer gespürt habe.

5. Kapitel

Mein Kopf brummt, meine Lider sind schwer und mein Gehirn gleicht einem Haufen Matsch. Jede Bewegung, jedes grelle Licht und vor allem jedes Geräusch verursacht ein ungeheures Ziehen hinter meiner Stirn. Direkt nach dem Aufstehen habe ich zwei Aspirin eingeworfen, aber ich fühle keine Besserung. Das ist die Strafe dafür, wenn man auf den besten Single Malt Whisky nicht nur einen Wodka, sondern gleich noch eine halbe Flasche vom Supermarkt hinterherkippt.

Vorsichtig taste ich mit den Fingerspitzen meine Stirn ab, bekomme den Schmerz aber nicht zu fassen. Ich will den Tag heute gar nicht in meine Gedanken rufen. Da ich Lauren so wenig wie möglich sehen wollte, habe ich heute einen Außentermin nach dem anderen. Baustellenbesichtigungen, persönliche Kundengespräche, Lunch mit ein paar Geschäftspartnern und weitere Meetings, die ich außer Haus gelegt habe.

»Guten Morgen, Mr. Anderson«, dringt Laurens Stimme durch das Rauschen in meinen Kopf.

Ich erwidere nichts, nehme die Unterlagen für mich von ihrem Schreibtisch und verziehe mich in mein Büro. Die Papiere landen unsanft auf meinem Tisch. Dass sie nicht verstreut auf dem Boden liegen, ist ein wahres Wunder. Meine erste Amtshandlung ist das Schließen der Blenden. Ich setze mich auf meinen Stuhl und fahre mit den Fingern an meinem Hemd entlang nach oben, bis ich den Krawattenknoten spüre. Seitdem ich vor einer Stunde ohne Krawatte das Apartment verlassen habe und Spencer, der Portier, mich dezent darauf hingewiesen hat, habe ich eine Krawatten-Paranoia entwickelt.

Der Stuhl ist zu unbequem. Und aufrecht sitzen ist momentan nicht gut für meinen Magen. Die Fahrt zur Arbeit war bereits zu viel Aufregung. Ich schnappe mir die Unterlagen, die ich Lauren eben abgenommen habe und gehe zu der Sitzecke, die sich in meinem Büro befindet. Ein bequemes Sofa - auf dem man großartigen Sex haben kann - und zwei passende Sessel. Ich lege die Papiere auf den Beistelltisch, ziehe mein Sakko aus und werfe einen Blick auf die große Wanduhr. Kurz vor 8. Ich habe noch eine Stunde, bis ich auf der Baustelle sein muss. Ich ziehe mir die Schuhe von den Füßen und lege mich samt den Unterlagen auf das Sofa.

Ich versuche tatsächlich zu lesen, was auf den Blättern steht. Aber die Buchstaben verschwimmen immer wieder. Ein Wunder, dass ich es lebendig durch den Straßenverkehr in L.A. bis zur Arbeit geschafft habe.

Für einen Moment schließe ich die Augen. Es ist aber immer noch zu hell. Also lege ich die Mappe auseinandergebreitet auf mein Gesicht. Das ist gleich viel besser. Wenn es nicht Wunschdenken ist, werden die Kopfschmerzen sogar mit jedem Atemzug besser.

Ich sollte Ralph eine E-Mail schreiben. Als Erstes entschuldige ich mich für mein beschissenes Verhalten vor fünf Jahren und dass ich mich geändert habe, wie er bereits mehrfach wohlwollend zur Kenntnis genommen hat. Dann informiere ich ihn darüber, dass sein Plan aufgegangen ist und ich der Hölle ein Stück näher gekommen bin. Ach Quatsch. Am besten sage ich ihm gleich, dass er mir die Hölle aus nächster Nähe gezeigt hat. Und am Schluss flehe ich ihn an, mir mein Leben zurückzugeben. Zum einen werde ich spätestens Ende nächster Woche reif für den Friedhof sein und zum anderen geht sein eigentlicher Plan - mich bei der Arbeit zu halten - nicht auf. Seitdem Lauren vor meiner Tür sitzt, ist meine Konzentration weg und ich tue alles, außer ordentlich zu arbeiten.

Ja, ich sollte Ralph wirklich eine E-Mail schreiben ...

»Mr. Anderson?«

Ich hebe leicht den Ordner an und sehe erst ein paar sehr ansehnliche Beine, ehe ich Lauren ins Gesicht schaue. Sie steht mit verschränkten Armen vor mir und schaut mich tadelnd an. Ich lasse den Ordner wieder sinken und grummle: »Ja?«

Irgendetwas ist heute anders an ihr. Die Brille ist nach wie vor da, die Haare sind immer noch eine Katastrophe und ...

»Wir müssen los.«

»Wohin?«

»Das neue Harmony Shoppingcenter?« Ich kann ihrer Tonlage anhören, dass sie gerade die Augen verdreht.

»Der Termin ist erst um 9 Uhr.«

»Aufgrund der aktuellen Baustellenlage wäre es am besten, jetzt loszufahren, damit wir pünktlich sind.«

Zum zweiten Mal höre ich ein Pronomen, das mir nicht

gefällt. Ich nehme den Ordner vom Gesicht und blicke zu ihr auf. »Sie brauchen sich überhaupt keine Sorgen darüber machen, dass Sie zu spät auftauchen werden, weil ich nicht wüsste, was Sie dort zu suchen haben«, erwidere ich und wollte ihr eigentlich starr in die Augen blicken. Aber mein Blick wandert automatisch nach unten und ich weiß plötzlich, was an ihr anders ist.

Sie trägt einen Rock.

Einen Rock, der über ihren Knien aufhört.

Direkt auf meiner Augenhöhe.

Und sie steht verdammt nah an der Couch, auf der ich liege.

Ohne dass ich in irgendeiner Art und Weise den Befehl dafür gegeben hätte, zuckt es in meiner Hose und ich stelle mir sofort vor, wie es unter diesem Rock aussieht.

Schwarze Spitze?

Tanga?

Gottverdammt!, ermahne ich mich sofort.

Das ist Lauren Hastings! Die Frau, wegen der ich meinen Stripclub nicht mehr mag, vor vier Tagen keinen Sex mit Sarah hatte, und die mich jede Minute meines grausamen Lebens leiden lässt! Und wegen dieser Frau bekomme ich gerade einen Ständer? Ich drehe jetzt völlig durch. Das ist die einzige Möglichkeit! Ich drehe durch und es fängt bei meinem Schwanz an.

Sie vernimmt meinen Blick, der auf ihre blanken Knie geheftet ist, und tritt unruhig einen Schritt zurück.

Sie trägt nicht einmal eine Strumpfhose ...

Erneut schießt ein heißer Blitz in meine Hose und ich richte mich abrupt auf. Die Mappe lege ich neben mich und beginne damit, mir meine Schuhe anzuziehen, damit ihr Blick bloß nicht auf meinen Schritt fällt. Aus den Augenwinkeln linse ich auf die Stelle. Es ist noch nichts passiert, was sehenswert wäre.

Sobald ich die Schnürsenkel gebunden habe, schnappe ich mir mein Sakko, streife es über und nehme die Unterlagen. Dann stürme ich an ihr vorbei aus meinem Büro. Ich will sie in diesem dämlichen Rock einfach nicht mehr sehen. Ich will ihre Stimme nicht mehr hören und diesen scheiß Pornofilm, der gerade in meinem Kopf abläuft, abschalten!

Ich fasse in meine rechte Hosentasche – Handy ist da.

Mehr brauche ich nicht. Ich ziehe es heraus und rufe Gavin, den Fahrer, an, der meist Ralph oder mich durch die Gegend kutschiert.

»Gavin, Aaron hier. Fahren Sie bitte vor, ich muss zu einer Besichtigung.«

»Ich stehe bereits vor dem Gebäude, Sir.«

»Wunderbar. Bin in zwei Minuten da«, informiere ich ihn und lege auf. Glück im Unglück nenne ich das.

»Ich habe ihm bereits Bescheid gegeben«, ertönt es hinter mir. Abrupt bleibe ich stehen und Lauren rennt geradewegs in mich hinein. Dann fällt sie mit einem Schrei auf ihren Hintern. Perplex starre ich auf sie hinunter. Ihre Brille hängt ihr schief im Gesicht und rote Flecken bilden sich in ihrem Dekolletee. Sie räuspert sich, setzt sich die Brille wieder gerade auf die Nase und versucht, in diesem engen Rock aufzustehen. Ich klemme mir die Papiere unter den Arm und greife ihr Handgelenk. Ihre Haut ist viel wärmer und weicher, als ich gedacht hatte. Mit einem Ruck ziehe ich sie wieder auf die Füße.

»Alles okay?«, frage ich, sobald sie wieder steht.

»Ja. Bleiben Sie einfach nicht mehr plötzlich stehen.«

»Folgen Sie mir einfach nicht.«

»Keine Option«, sagt sie, richtet ihre Kleidung, hebt ihre überdimensionale Tasche auf und spaziert an mir vorbei.

»*Wo* gehen Sie hin?«

»Zum Eingang. Dort wartet Gavin auf *uns*.«

»Er wartet auf *mich*«, korrigiere ich sie und eile ihr hinterher. Offensichtlich liegt ihr einiges daran, nicht mehr hinter mir zu gehen.

»Ich werde Sie begleiten. Ob Sie wollen oder nicht.« Sie verlässt vor mir das Gebäude und der Straßenlärm dringt an meine Ohren, ehe das grelle Licht mich blendet und ich für einen Moment stehen bleiben muss, da mir schwindelig wird. Als ich die Augen wieder öffne, kann ich beobachten, wie Gavin Lauren die Tür zum Fond des Wagens aufhält und sie ihre Füße elegant in den Fußraum des Autos verfrachtet. Sie rutscht durch und Gavin schaut mich nun fragend an. Ich reiße mich zusammen und folge Lauren.

Sie sitzt bereits in dem Auto. Und selbst wenn ich ein anderes nehmen würde – sie weiß, wo ich hin will und würde mich verfolgen. Ohne Zweifel würde sie das tun.

Ich setze mich neben sie und mein Blick heftet sich automatisch auf das Stück nackte Haut, das durch das

Rutschmanöver entblößt wurde. Ich setze mich so weit wie möglich von ihr entfernt in meine Ecke, hebe die Mappe vor meine Augen und tue so, als würde ich mich auf die verschwommenen Buchstaben konzentrieren. Nebenbei bete ich, dass der Bauleiter auf der Baustelle einen Overall hat, den ich Lauren unter irgendeinem plausiblen Vorwand andrehen kann.

6. Kapitel

Die Mappe liegt zwischen Lauren und mir und markiert so etwas wie eine Grenze, hinter der für mich keine Frau mit zu kurzem Rock sitzt. Eins muss ich ihr aber zugestehen – sie hatte recht, was den Verkehr betrifft. Um uns herum wird gehupt, geschimpft und wir stehen die meiste Zeit. Deswegen nutze ich die unverhoffte Auszeit dazu, Ralph besagte E-Mail zu schicken.

Ich hatte mir vorgenommen, ihn anzuflehen. Das, was ich aber seit fünf Minuten in Worte fasse, gleicht eher absoluter Kapitulation. Mit meinem Kopf können Ralph und Lauren tun, was sie wollen. Aber dass diese Verwirrung auf meinen Schwanz abfärbt, ist etwas, das ich in keinem mir vorstellbaren Szenario zulassen werde.

Ich lese die letzten Sätze erneut, da mein Blick immer wieder auf diese entblößten Beine neben mir wandert. Ich rutsche unruhig auf meinem Sitz herum und versuche, mich auf die Mail zu konzentrieren, die mich hoffentlich erlösen wird.

»Was machen Sie da?«, fragt mich Lauren von der Seite.

»Arbeiten«, erwidere ich.

»An was?«

Ich drehe den Kopf und schieße ihr einen Blick zu, der jede andere Frau zum Schweigen gebracht hätte – aber nicht

Lauren Hastings. »Das geht Sie nichts an«, sage ich und wende mich wieder meinem Handy zu.

»Ich bin Ihre persönliche Assistentin. Mich geht alles was Sie tun, etwas an. Wenn ich darüber nicht Bescheid weiß, kann ich auch keine eventuellen Probleme lösen.«

»Oh ... Das Problem hier könnten Sie sofort lösen«, erwidere ich mit einem tonlosen Lachen.

»Dann informieren Sie mich darüber und ich löse es für Sie.«

»Nein. Gucken Sie sich die hübschen Hausfassaden an, an denen wir vorbeifahren und lassen Sie mich in Ruhe arbeiten.«

»Wenn Sie eine E-Mail schreiben, sollten Sie mich drüberlesen lassen.«

»Am besten gebe ich Ihnen ab sofort alle meine Aussagen in dreifacher und schriftlicher Ausführung, da Sie sie beim ersten Mal nicht zu verstehen scheinen.«

»Sie haben eine Komma-Schwäche. Und höfliche Floskeln sind in Ihren E-Mails ebenfalls Mangelware.«

Wie so oft in den letzten 72 Stunden habe ich keine Ahnung, was ich darauf erwidern soll. Sie ist wie die zweiköpfige Hydra, der für jeden abgeschlagenen Kopf fünf neue wachsen. Egal wie sehr ich versuche, gegen sie anzukämpfen - für jeden Erfolg, den ich verbuchen kann, tauchen neue Probleme auf. Probleme, die noch schlimmer sind, als die vorherigen.

Meine Kopfschmerzen melden sich zurück, als ich ihr verbissen ins Gesicht schaue. Sie schiebt sich ihre Brille wieder den Nasenrücken nach oben und erwidert den Blick abwartend. »Können wir bitte einfach aufhören, über meine E-Mails zu diskutieren? Mir fehlen dafür gerade die Nerven.« Obwohl es eine freundliche Bitte hätte sein können, ist mein Tonfall alles andere als nett.

Sie presst ihre Lippen zusammen und wendet dann den Blick ab. Augenscheinlich habe ich einmal gewonnen. Ich konzentriere mich wieder auf die Mail, setze ein fettes ›BITTE‹ mit zwanzig Ausrufezeichen ans Ende und sende sie ab.

Ich atme auf und schicke der Mail noch ein Stoßgebet hinterher, dass Ralph sie zeitnah liest und mein Flehen erhört. Mein Handy stecke ich weg, Lauren zieht ihres aus der riesigen Handtasche heraus. Dafür musste sie nicht einmal wühlen, wie ich es vermutet hätte. Ich recke mich ein Stück, um einen Blick in die Tasche werfen zu können, sie stellt sie aber wieder in den Fußraum neben ihre Füße. Meine Augen bleiben wieder an dem halb entblößten Oberschenkel hängen.

Verdammter Mist ...

Ich reiße meinen Blick von Laurens Beinen los, lehne mich in dem gemütlichen Ledersitz zurück und schließe die Augen. Dann versuche ich, an etwas zu denken, das so verdammt unsexy ist, dass sich in meiner Hose für die nächsten zwei Tage nichts mehr regt. Aber mir fällt nichts ein. Und dann gibt Lauren ein seltsames Geräusch von sich, das mich meine Augen wieder öffnen lässt. Sofort fixiere ich sie. Ihre Aufmerksamkeit ist auf ihr Handy gerichtet, das sie mit beiden Händen fest umklammert hält. Sie beißt sich auf die Unterlippe, trägt aber trotzdem ein Lächeln um ihre Mundwinkel, das mir ganz und gar nicht gefällt, als sie sich wieder mir zuwendet.

»Was?«, frage ich nach, da sie mich mit diesem seltsamen Ausdruck im Gesicht anschaut und ihre Gedanken das erste Mal, seitdem sie ungefragt in mein Leben geplatzt ist, für sich behält.

»Nichts«, erwidert sie mit einem Schulterzucken und wendet sich wieder ihrem Handy zu. Ehe ich begreife, was ich da tue, strecke ich meine Hand aus und reiße ihr das Gerät aus den Händen. Sie keucht erschrocken und reißt ihre Augen vor Fassungslosigkeit auf. Sobald ich sicher bin, dass sie nichts Verrücktes tun wird, um sich das Handy wieder zu angeln, werfe ich einen Blick auf das Display und mein Blut gefriert mir augenblicklich in den Adern. Wahrscheinlich fühlt es sich genauso an, wenn man kurz vor einem Kollaps steht. Mir bricht kalter Schweiß aus und alles um mich herum passiert in Zeitlupe. Ich kann jeden einzelnen Atemzug in meinen Ohren rauschen und das Blut in meinem Kopf pochen hören.

Ich sehe mir die E-Mail an, die ich soeben an Ralph geschrieben habe.

Wieso ist dieses Schriftstück, das besser nie das Licht der Welt erblickt hätte, auf dem verdammten Handy meiner Assistentin?

»Woher zum Teufel ...«, beginne ich, schaffe es vor Wut aber nicht, den Satz zu Ende zu bringen.

Sie schluckt und fummelt unruhig mit ihren Händen herum. Anscheinend weiß sie, dass sie gerade eine Grenze überschritten hat, von der sie sich besser ferngehalten hätte. »Ich habe Zugang zu allen Ihren Accounts. Weil ich als persönliche Assistentin über alles informiert sein muss«, belehrt sie mich dennoch in einem Tonfall, den sie für ihre fünf Streberkinder reservieren kann, aber nicht für ihren *Chef*!

»Das gibt Ihnen noch lange nicht das Recht, in meinen Privatangelegenheiten zu schnüffeln!«

Gavin blickt bereits irritiert in den Rückspiegel.

»Ich habe mehrfach gefragt und Sie haben nicht geantwortet!«, schnaubt sie nun zurück und verschränkt die Arme stoisch vor der Brust.

»Vielleicht hatte es ja einen Grund, dass ich es Ihnen nicht gesagt habe!«

Diesmal bleibt eine ihrer schlagfertigen Antworten aus. Sie schiebt sich stattdessen die Brille wieder die Nase hoch und streckt ihre Hand aus. »Mein Handy bitte.«

»Nein.« Ich stecke das Handy in meine Sakkoinnentasche.

»Wie soll ich meinen Job ohne Handy machen?«

»Gar nicht. Sie haben gesagt, dass Sie mein Problem lösen. Sie sind mein Problem, also lösen Sie es, verdammt noch mal.«

Der überhebliche Blick, den sie sonst im Gesicht trägt, ist augenblicklich verschwunden und etwas Undefinierbares spielt sich in ihren Augen und um ihren Mund herum ab. Sie rümpft die Nase in einer seltsamen Geste und wendet schnell den Blick ab. Ich darf nun ihren Hinterkopf betrachten. Ihren unordentlichen Pferdeschwanz, der bei jedem unruhigen Atemzug, den sie tätigt, leicht hin und her wippt.

Dann trifft es mich wie ein Blitz.

Gottverdammt ... *Weint sie etwa?*

Es gibt drei Dinge in meinem Leben, mit denen ich nicht

umgehen kann.

Als Allererstes ist es der Moment, in dem mein Auto kaputtgehen wird. Dann der Moment, in dem mir ein Arzt erzählt, dass ich keinen Alkohol mehr trinken darf. Und zu guter Letzt sind das weinende Frauen.

Hilflos sitze ich auf meinem Platz und überlege, was ich tun soll. Mich entschuldigen? Nie im Leben! Immerhin hat sie mich dazu getrieben, diese Sachen zu sagen. Dummerweise kann ich mich nicht einmal mehr daran erinnern, was genau es war, das diese Reaktion in ihr ausgelöst hat.

Der Wagen ruckelt und ich werfe einen Blick aus dem Fenster. Wir fahren gerade auf die Baustelle.

Perfektes Timing.

»Danke, Gavin«, sage ich und steige aus, ehe er die Chance hat, sich überhaupt abzuschnallen, um mir die Tür zu öffnen. Für einen Moment hoffe ich, dass Lauren im Auto sitzen bleibt und wie ein echtes Schulmädchen schmollt. Dann dürfte sich Gavin um das Problem kümmern. Wenn einer mit emotional instabilen Frauen zurechtkommt, dann dieser Mann.

In meinem Rücken höre ich, wie er Lauren die Tür öffnet, sie aussteigt und versucht, mir zu folgen. Aufgrund ihrer flachen Schuhe ist sie schneller zu Fuß, als die üblichen Frauen in meinem Umfeld. Sobald ich sie hinter mir spüre, drehe ich mich seufzend um.

»Egal, was ich gerade gesagt habe – es tut mi…« Ich kann den Satz nicht zu Ende sprechen.

»Mein Handy!«, fordert sie ihr Gerät mit offener Hand zurück. Ihr Blick ist entschlossen. Nicht eine Spur von Tränen.

Das Biest hat mit mir gespielt und ich bin darauf hereingefallen! Ich brauche einen Moment, um zu meiner üblichen Selbstsicherheit zurückzufinden, die Lauren mit ihrer gespielten Weinerlichkeit ordentlich ins Wanken gebracht hat. Zumal sie mir mal wieder das Gefühl gegeben hat, dass ich das Arschloch in der momentanen Situation bin und sie das Opfer.

Ich spanne mich an, ignoriere ihre Worte und wende mich von ihr ab, um meinen Weg zum Büro des Bauleiters fortzusetzen.

»Geben Sie mir mein Handy wieder!«, wiederholt sie sich und holt schneller auf, als mir lieb ist.

»Nein«, erwidere ich betont gelassen. »Sie bekommen es wieder, wenn mir danach ist.« Und das wird erst der Fall sein, wenn sie dabei ist, ihren Arbeitsplatz auf immer und ewig zu verlassen.

Ich reiße die Tür zum Büro des Bauleiters auf und betrete den kleinen Container, ohne auch nur einen Gedanken an die Frau zu verschwenden, die mir auf Schritt und Tritt folgt. Es wird Zeit, dass ich mich endlich auf die Arbeit konzentriere und nicht in die Situation gerate, Ralph in ein paar Wochen erklären zu müssen, warum der Laden geradewegs absäuft.

Ich halte mein Handy ans Ohr und warte darauf, dass die angerufene Person abnimmt. Kurz bevor ich zur Mailbox weitergeleitet worden wäre, höre ich eine weibliche Stimme.

»Céline«, begrüße ich sie freundlich.

»Aaron! Was für eine schöne Überraschung! Wie geht es

deiner Freundin?«

Sie ist mir abhandengekommen, hätte ich beinahe gesagt, da Lauren für mich der Inbegriff einer Langzeitfreundin ist – hängt ständig an einem, hält nicht die Klappe, weiß alles besser und mischt sich in jede noch so kleine Angelegenheit ein.

»Falls du Sarah meinst – sie hat wohlbehütet in ihrem eigenen Bett ohne mich geschlafen«, erwidere ich. Das ist einer der Gründe, warum ich sie anrufe. Nach dem Gespräch mit Lauren habe ich ein flaues Gefühl im Magen gehabt, welchen Nachgeschmack das Auftauchen von Sarah bei unserem Geschäftstermin gehabt haben kann.

»Aaron«, seufzt Céline meinen Namen. »Ich bin eine Frau. Ich sehe wahre Liebe, wenn sie mir über den Weg läuft.«

»Hmm«, lautet meine begeisterte Antwort. Auf Sarahs Seite vielleicht. Auf meiner mit Sicherheit nicht. Aber Sarah hatte alle Beteiligten am Tisch so sehr um den Finger gewickelt, dass keiner mir noch Aufmerksamkeit geschenkt hat.

»Komm mit ihr zum Essen vorbei«, schlägt Céline direkt vor.

Das Gespräch habe ich mir definitiv anders vorgestellt. »Vielen Dank für die Einladung, aber Sarah ist momentan sehr beschäftigt.«

»Dann gib Bescheid, wenn ihr es einrichten könnt.«

»Mit Sicherheit werde ich das tun.« Das ist immerhin keine Lüge. Da wir es nie werden einrichten können, komme ich nie in die Verlegenheit, ihr Bescheid geben zu müssen.

»Weswegen ich eigentlich anrufe«, komme ich auf das eigentliche Thema zurück. »Ich bin gerade am Harmony

Shoppingcenter.«

»Wie ist die Lage?«, fragt sie sofort neugierig. Da kommt augenscheinlich die Frau in ihr durch, die es kaum erwarten kann, eine neue Shopping-Oase in der Nähe zu wissen.

»Es sieht gut aus. Wir liegen locker im Zeitplan, keine Verzögerungen. Der Bauleiter sagte, dass sie mit Glück sogar vor der Deadline fertig werden.« Ich drehe mich um und blicke auf den grauen Kasten vor mir. Mit der Verkleidung wird in den nächsten Tagen begonnen, parallel erfolgt der Innenausbau. Alle Leitungen liegen bereits, was so viel bedeutet, dass die Arbeiten, die den Zeitplan meistens sprengen, bereits abgeschlossen sind.

»Das hört sich vielversprechend an, Aaron«, sagt Céline. Ich höre im Hintergrund, wie ihre Absätze auf dem Boden klackern. »Jetzt interessiert mich lediglich noch eine Sache«, sagt sie. Ich spitze sofort die Ohren. »Warum bist du gerade auf der Baustelle vom Harmony Shoppingcenter?«

Ich hatte gebetet, dass sie nicht weiter auf meiner nicht existenten Beziehung zu Sarah herumreitet. Diese Frage ist aber nicht viel besser. Ich beiße mir auf die Unterlippe. Diese Unart hat mit Sicherheit von Lauren auf mich abgefärbt. Sie macht das nämlich ständig, wenn sie nachdenkt. Noch ein Grund, warum ich sie so schnell wie möglich loswerden muss.

»Ich wollte mir ein Bild von dem Fortschritt des Baus machen«, antworte ich so beiläufig klingend wie möglich. Aber Céline ist eine clevere Frau, der ich nichts vormachen kann.

»Du hast noch nie einfach so eine Baustelle besucht, Aaron. Es sei denn, das Projekt flog uns um beide Ohren.«

»Ich brauchte ein bisschen Zeit außerhalb des Büros«, rücke ich mit der Wahrheit heraus. Zumindest dem Teil, der nicht preisgibt, dass die Person, vor der ich geflohen bin, mir gefolgt und nun verschwunden ist.

»Deine neue Assistentin ist übrigens äußerst reizend«, informiert mich Céline.

Reizend. Ja. Definitiv das erste Wort, das mir in den Kopf poppt, wenn ich an Lauren denke.

»Ich habe sie auch bereits lieben gelernt«, sage ich und muss mich zusammenreißen, diesen Satz überhaupt über die Lippen zu bekommen. »Ich melde mich, wenn es etwas zu besprechen gibt.«

»Ich freue mich«, verabschiedet mich Céline und das Gespräch ist beendet.

Ich fahre mir durch die Haare und lasse meine Hand auf meinem Kopf liegen. Die Kopfschmerzen sind schlimmer geworden. Die pralle Sonne und die stickige Luft in dem Container haben mir den Rest gegeben. Aus dem dumpfen Pochen ist ein konstanter ziehender Schmerz geworden. Zu allem Übel muss ich mich nicht nur mit meinen Kopfschmerzen herumärgern, sondern auch mit der Tatsache, dass meine Assistentin spurlos verschwunden ist. Dummerweise hat sie ihr Handy nicht bei sich, weswegen ich sie nicht anrufen kann. Denn das Gerät steckt bekannterweise in meiner Sakkoinnentasche, wo es gerade wirklich sinnvoll aufgehoben ist.

Ich hatte sie mit einem der Verantwortlichen auf die Reise geschickt, sich das Shoppingcenter anzuschauen, da ich sie für lediglich fünf Minuten loswerden wollte. Jetzt sind es über zwei Stunden. Wenn sie in zehn Minuten nicht aufgetaucht ist, fahre ich alleine zurück ins Büro. Verdient hätte sie es. Sollte sie dann tatsächlich wie ein kleines Kind anfangen zu weinen, geschieht es ihr recht. Außerdem ist davon auszugehen, dass sie den Weg alleine zurückfindet. Zumal sie flache Schuhe trägt und sogar laufen könnte.

»Haben Sie sie erreicht?«, frage ich einen Assistenten aus dem Management, der versucht hat, den entsprechenden Verantwortlichen ans Telefon zu bekommen, der mit Lauren unterwegs ist. Er schüttelt den Kopf.

Mein Blick liegt wieder auf dem Gebäude vor mir. Ich könnte loslaufen und sie suchen. Dafür reichen meine Nerven aber nicht aus.

»Ich warte am Auto«, informiere ich den Mann und trete den Rückzug an. Gavin hat wenigstens eine Klimaanlage im Auto und dort ist es schattig.

»Mr. Anderson!«, höre ich plötzlich meinen Namen. Ich drehe mich wieder um und sehe Lauren auf mich zueilen. Sie trägt einen Bauhelm auf dem Kopf, der ihr viel zu groß ist, und eine Warnweste. Zudem hält sie ein Klemmbrett in der Hand, das sie in ihre Tasche steckt, um Helm und Weste abzunehmen. Sie reicht die Utensilien einem Herrn, der seinen Blick definitiv auf ihrem Arsch hat, während sie sich bemüht, nichts fallen zu lassen.

Mistkerl.

Auch wenn ich Lauren nicht leiden kann, ist sie immer noch meine Assistentin und gehört damit zu mir. Und Frauen, die in meiner Begleitung sind, starrt niemand lüstern an.

Ich setze mich in Bewegung, Lauren ist aber schneller. Sie drückt dem Gaffer die Sachen an die Brust und eilt dann auf mich zu. Einige Haarsträhnen haben sich aus ihrer Frisur gelöst und hängen ihr wirr in den Augen, die vor Freude und Aufregung funkeln.

»Das war phänomenal!«, eröffnet sie mir mit einem breiten Lächeln.

Haben die sie an irgendwelchen Isolierungen zu hart schnüffeln lassen?

»Wunderbar, wenn Ihnen das gefallen hat«, erwidere ich unschlüssig, wie ich reagieren soll.

Sie scheint zu begreifen, was sie gerade gesagt hat und wer vor ihr steht. Sofort verschwindet das Funkeln aus ihrem Gesicht und die besserwisserische Lauren ist mit ihrem strengen Blick zurück. Na wer sagt es denn. So schnell kann es gehen.

»Was hat so lange gedauert?«, fordere ich zu wissen.

»Es ist eine große Baustelle.«

»Sie hätten sich ein bisschen beeilen können, zumal ich nicht verstehe, was meine Assistentin überhaupt hier will.«

»Praxiserfahrung«, sagt sie mit einem Schulterzucken. »Außerdem sind Sie selbst schuld.«

»Sind wir wieder an dem Punkt, an dem Sie mir die Schuld in die Schuhe schieben wollen?«

»Sie haben mir mein Handy weggenommen.«

»Das Sie auch so schnell nicht wiederbekommen werden.«

»Wetten wir, dass ich es wieder habe, bevor wir im Büro sind?« Ihre Mundwinkel ziehen sich wieder zu diesem süffisanten Lächeln nach oben, von dem ich nachts Alpträume bekomme.

»Wetten wir, dass Sie zu viele Tagträume haben?«

»Wenn ich gewinne, sprechen Sie mich einen Tag lang mit ›Eure Hoheit‹ an«, erwidert sie und geht an mir vorbei.

»Vergessen Sie's!«, rufe ich ihr hinterher und folge ihr.

Eure Hoheit? Ernsthaft? Die Frau hat heute Morgen zu heiß geduscht!

Gavin hält ihr die Tür auf, damit sie auf ihrer Seite einsteigen kann. Ich öffne meine selbst und setze mich neben sie. Obwohl mein eigentlicher Plan vorsah, mich nach vorne neben Gavin zu setzen. Denn nun haften meine Augen wieder an ihren Oberschenkeln. Mich jetzt aber umzusetzen, wäre idiotisch.

Gavin startet den Motor und ich schaue aus dem Fenster. Alles ist besser, nur nicht Lauren ansehen zu müssen. Ich höre, wie sie in ihrer Tasche kramt – also doch zu unübersichtlich für die Frau! –, gebe meiner Neugierde aber nicht nach.

»Mr. Anderson«, spricht sie schließlich meinen Namen aus und ich drehe mich automatisch zu ihr um. Sie hält eine Flasche Wasser und eine Tablettenverpackung in der Hand.

»Ja?«, erkundige ich und frage mich, was sie vorhat. Wenn das ihre Tabletten sind, die ihr der Psychiater verschrieben hat, erklärt das vieles. Braucht sie Hilfe beim Öffnen der Flasche? Meine Erlaubnis, dass sie die Pillen auch während der Arbeit schlucken darf?

»Das hier«, sie wedelt mit den Tabletten, »im Tausch für mein Handy.«

»Was zum Teufel soll ich mit Ihren Lustigmachern,

Lauren?«

Ihr blödes Grinsen kehrt zurück. »Das sind keine Lustigmacher. Das ist das effektivste Mittel auf dem Markt gegen einen Kater.«

»Ich weiß nicht, wovon Sie sprechen«, sage ich und schaue wieder aus meinem Fenster. Aber nicht, ehe ich mir den Namen der Verpackung nicht gemerkt habe. Wenn ich zur Mittagspause das Büro verlasse, wird meine erste Handlung sein, eine Apotheke aufzusuchen und mir einen ganzen Vorrat von dem Zeug zu kaufen.

»Wie Sie wollen ...«, sagt sie und lässt die Sachen in ihre Handtasche fallen. »Sie haben gleich eine Konferenz mit Peking, danach das Gespräch mit der PR-Abteilung und dann ...«

»Ich kenne meinen Terminplan, danke«, erwidere ich mit zusammengebissenen Zähnen, da meine Kopfschmerzen tatsächlich immer schlimmer werden. Insbesondere, seitdem ich die Tabletten in unmittelbarer Nähe weiß.

»Ich wollte Sie nur darauf hinweisen.« Ich brauche ihr Gesicht nicht zu sehen, um ihr selbstgefälliges Lächeln aus der Tonlage herauszuhören.

Ich werde den Tag auch so überleben. Ich brauche weder Lauren noch ihr Wundermittel. Wie viele durchzechte Nächte habe ich schon hinter mir? Und bislang habe ich jeden Morgen danach überlebt. Daran gedenke ich nichts zu ändern.

Plötzlich fährt Gavin über eine Bodenwelle auf der Straße und wir werden leicht durchgeschüttelt. Das führt bei mir aber zu einem unterdrückten Schmerzaufschrei, da das Ziehen hinter meiner Stirn sich geradewegs in mein Gehirn bohrt und dann den Nacken hinunter zu meinen Schultern wandert.

Ich überlebe das niemals im Leben.

Ohne darüber nachzudenken, greife ich in meine Sakkoinnentasche und halte Lauren wortlos ihr Handy hin. Immerhin hat sie den Anstand, das nicht weiter zu kommentieren, nimmt mir das Handy aus der Hand und reicht mir die Tabletten samt Wasserflasche.

Ich nehme direkt zwei und schlucke sie mit dem Wasser hinunter. Den Rest der Fahrt verbringen wir schweigend. Erst als wir wieder am Büro angekommen sind, ergreife ich das Wort.

»Bilden Sie sich darauf bloß nichts ein«, raune ich, ohne sie anzublicken.

»Sie haben etwas vergessen«, sagt sie unbeeindruckt.

»Ach ja?«, frage ich und schaue sie nun doch an. Ich habe die Tür bereits geöffnet, wende mich Lauren aber noch einmal zu.

»Bilden Sie sich darauf bloß nichts ein, *Eure Hoheit.*« Sie wedelt mit ihrem Handy vor meinem Gesicht herum.

»Ich dachte wirklich, Sie würden langsam, aber sicher etwas von Ihrem Job verstehen«, erwidere ich ungehalten. Gavin ist bereits ausgestiegen und hält Lauren die Tür auf, sie bewegt sich aber keinen Millimeter. Augenscheinlich müssen wir wieder etwas ausdiskutieren. Von mir aus gerne. Ihr Wundermittel hat Wirkung gezeigt und meine Kopfschmerzen sind auf dem Rückzug, somit kann ich den nächsten Kampf mit ihr aufnehmen.

»Und ich dachte wirklich, dass Sie Ihre durchzechten

Nächte nur noch auf die Wochenenden verschoben haben.« Damit steigt sie aus und geht erhobenen Hauptes auf den Eingang unseres Hauptsitzes zu. Ich verlasse ebenfalls das Auto, bleibe dann aber stehen und starre ihre Kehrseite an, während sie die Treppen hinaufsteigt.

Woher in aller Welt weiß sie, dass ich in der Vergangenheit geschworen habe, keine durchzechten Nächte mehr unter der Woche vorzuweisen?

Sie ist erst seit drei Tagen für mich tätig und hat vorher nicht für den Konzern gearbeitet. Es sollte also unmöglich sein, dass sie weiß, wie mein Leben vor ein paar Jahren noch aussah. Es sei denn ...

Es sei denn, ich bin ihr bereits in meinem Leben begegnet. In einer Zeit, in der ich mich nicht einmal an die Namen, geschweige denn an all die Gesichter der Frauen erinnern kann, mit denen ich geschlafen habe.

Ich kneife die Augen zusammen und schüttle den Kopf. Das ist undenkbar. Mit so jemandem wie Lauren hätte ich niemals im Leben Sex gehabt. Selbst im betrunkenen Zustand nicht. Und selbst wenn – ich könnte mich den Rest meines Lebens daran erinnern, weil mir ihre Art nie wieder aus dem Kopf gegangen wäre.

Langsam folge ich ihr. Sie hat sich gerade verplappert, so viel steht fest. Die Frage ist nur, wie lange ich brauche, um hinter ihr Spiel zu kommen. Denn dass es ein Spiel ist, das sie mit mir treibt, steht außer Frage.

7. Kapitel

Mit der Spitze des Kugelschreibers fahre ich über die Liste, an der ich seit einer halben Stunde arbeite. Eine Liste mit all den Frauen, die bislang in den wunderbaren Genuss meiner sexuellen Fähigkeiten gekommen sind. Dummerweise fallen mir nicht alle ein. Eigentlich ist es so, dass mir gar nicht alle einfallen können, weil ich in vielen Situationen nicht nach dem Namen gefragt habe. Es war auch unwichtig. Hätte ich mal ein Büchlein über meine sexuellen Aktivitäten geführt. Am besten mit Geburtstag, Adresse, Foto und Körbchengröße.

Ich lege den Kugelschreiber weg. Es ist sehr unwahrscheinlich, dass ich mit ihr Sex hatte. Wo könnte ich ihr ansonsten begegnet sein? Praktisch überall ...

Verdammt.

»Alles okay, Aaron?« Miranda betrachtet mich stirnrunzelnd. Sie sitzt im Vorstand und ist maßgeblich für unsere PR verantwortlich. Unsere sehr erfolgreiche PR wohlgemerkt. Ich hatte eben ein Meeting mit ihr und ein paar ihrer wichtigsten Mitarbeiter. Danach beschlagnahmte ich ihr Büro mit den Worten: ›*Ich brauche fünf Minuten Ruhe.*‹ Vor Lauren will ich nicht über die Liste nachgrübeln. Nicht wenn sie diesen Rock trägt und mein Schwanz jedes Mal eine Vorfreude verspürt, wenn ich sie sehe, und in meinem Kopf die seltsamsten Vorstellungen auftauchen.

Miranda überließ mir ihren Schreibtisch ohne Widerworte. Sie bot mir sogar einen Kaffee an. Das ist genau das Verhältnis, das ich mir zwischen Lauren und mir gewünscht hätte. Ich bin der Chef - sie die Mitarbeiterin. Aber *Eure Hoheit* hält davon schließlich nichts. Und ich bezweifle, dass ich jemals mit ihr auf einen grünen Zweig kommen werde, wenn es zwischen uns eine Vorgeschichte gibt, von der ich nichts weiß.

Will sie Rache üben?

Mein Kopf beginnt zu rattern. Was ist, wenn sie die Schwester, beste Freundin oder Nachbarin von einer Frau ist, mit der ich Sex hatte, und die ich dann habe fallen lassen? Und nun versucht Lauren, sich an mir zu rächen, weil sie gegen meine Avancen immun ist?

Das muss es sein!

»Alles super!«, antworte ich Miranda und springe von dem Stuhl auf. Ich schiebe ihn zurück unter den Tisch, nehme meine Liste und bin aus der Tür, ehe sie Nachfragen stellen kann. Eine Fahrstuhlfahrt und zwei Gänge später erreiche ich meinen eigentlichen Arbeitsplatz, der nach wie vor gut bewacht wird. Jetzt gilt es nur herauszufinden, welche Frau das Verbindungsglied zwischen Lauren und mir ist. Dann kann ich sie ausfindig machen, ihr klarmachen, dass sie sich ein anderes Hobby als mich suchen muss und ich bin meine nervige Assistentin schneller los, als ich gucken kann.

Lauren sitzt auf ihrem Schreibtischstuhl und sortiert Kopien. »Hallo, Sir«, sagt sie und unterbricht ihre Arbeit, als ich näher komme und vor ihr stehen bleibe. Wenn Sie mich mit ›Sir‹ anspricht, klingt es jedes Mal so, als wäre es das lächerlichste Wort auf diesem Planeten.

»Kennen wir uns von irgendwoher?«, platze ich mit der Frage, die mir unter den Nägeln brennt, direkt heraus. Ich kann Frauen ansehen, wenn sie lügen. Meistens stört es mich nicht. Da sie verneinen, einen Ehemann zu haben oder mir erzählen, dass sie kein Problem damit haben, dass es nur Sex ist.

»Wenn Sie versuchen, mich mit so einem schlechten Kneipenspruch anzumachen, haben Sie zu viele von den Tabletten genommen«, erwidert sie und weicht meiner Frage aus.

»Beantworten Sie mir die Frage«, frage ich ungeduldig.

»Ja, wir kennen uns«, sagt sie schließlich.

Hah! Da haben wir es!

»Seit drei Tagen sitze ich hier auf diesem Stuhl und arbeite für Sie«, führt sie fort. Mein Triumph verfliegt genauso schnell, wie er gekommen ist.

»Sind wir uns davor schon einmal begegnet?«

Sie verengt ihre Augen und ihr Gesicht nimmt einen nachdenklichen Ausdruck an. »Wenn, dann wäre es keine angenehme Begegnung gewesen. Und eins können Sie mir glauben – Sie würden sich an mich erinnern und mich nicht danach fragen müssen.«

Genau meine Rede ...

Ich seufze auf. »Vergessen Sie's«, erwidere ich und trete zwei Schritte von ihrem Schreibtisch zurück. »Ich habe noch was unten in der PR-Abteilung vergessen. Ich bin gleich wieder da«, sage ich.

»Okay«, antwortet sie sichtlich überrascht, da ich sie in der Regel nicht darüber informiere, wo ich hingehe. Ich teile ihr lediglich mit, dass ich kurz weg bin und sie löchert mich, wo meine Reise denn hingehen wird. Wenn ich es ihr dann nicht sage, folgt sie mir. Und da ich auf gar keinen Fall will, dass sie mir folgt, serviere ich ihr die Information auf einem Silbertablett.

»Bis gleich«, verabschiede ich mich und ignoriere ihren irritierten Gesichtsausdruck. Ich verhalte mich definitiv anders und sie merkt es.

Fuck!

Ehe ich noch etwas von mir gebe, das sie hellhörig werden lässt, entferne ich mich von ihr. Ich betrete die Fahrstuhlkabine, anstatt aber zurück zu Miranda zu gehen, fahre ich noch zwei Stockwerke tiefer. Dort sitzt die Personalabteilung. Da ich nie hier bin, werden mir ziemlich viele erstaunte und verwirrte Blicke zugeworfen. Ich versuche nicht so auszusehen, als wäre die Abteilung in Schwierigkeiten und ich hier, um ein paar Leute zu feuern. Glücklicherweise finde ich direkt das Büro des Mannes, den ich gesucht habe.

Clive Mitchell. Der Mann, der über alle Mitarbeiter Bescheid weiß.

Ich klopfe und trete ein, ohne ein Herein abzuwarten. Dementsprechend überrascht sieht Clive mich an. Bislang ist er in meinem Büro aufgetaucht und ich nicht in seinem. Ich blicke mich flüchtig in dem kleinen Büro um und widme mich dann meinem Gegenüber. Er telefoniert gerade, beendet das Gespräch aber zügig, sobald ich mich vor ihm niederlasse und ihm damit signalisiere, dass ich nicht für zwei Sätze Smalltalk hier bin.

»Aaron, das ist eine Überraschung«, beginnt er und wirkt sichtlich nervös.

»Ich bräuchte die Akte einer Mitarbeiterin«, falle ich direkt mit der Tür ins Haus. Wer weiß, wie misstrauisch Lauren ist. Und wenn sie mich sucht und mich bei Miranda nicht findet, weiß sie, dass ich auf dem besten Wege bin, hinter ihr kleines dreckiges Geheimnis zu kommen.

»Von einer Mitarbeiterin? Gibt es ein Problem?«

»Oh nein, nein«, wehre ich direkt mit erhobenen Händen ab. »Sie erledigt ihren Job nur so außerordentlich gut, dass ich sie gerne weiter fördern würde und dazu bräuchte ich ihre Akte.« Ich schenke ihm mein überzeugendstes Lächeln. Da ich mich aber noch nie für einen Mitarbeiter persönlich starkgemacht habe, kann ich Clives Skepsis voll und ganz nachvollziehen. Er ist Mitte 50, seine Haare sind bereits ergraut und er hat genug Erfahrung in dem Job, die es ihm erlaubt, mir den Blödsinn, den ich ihm erzähle, nicht abzukaufen. Er lässt es sich aber nicht anmerken.

»Wie ist ihr Name?«, fragt er.

»Hastings. Lauren Hastings. Sie hat vor drei Tagen hier angefangen. Ihre Akte müsste also noch ganz oben auf dem Stapel liegen.«

Bei meinen Worten kann er sich ein amüsiertes Schmunzeln nicht verkneifen. »Wir führen keine Akten mehr, sondern legen eine Kartei auf unseren Servern an.«

»Noch besser. Dann können Sie mir Laurens Kartei direkt in mein E-Mail-Fach weiterleiten«, schlage ich vor und bin im Begriff aufzustehen, als er mich durch eine Handbewegung bittet, noch sitzen zu bleiben.

Er öffnet eine Schublade, zieht einen Zettel heraus und schiebt ihn auf meine Seite des Tisches. Ich nehme das Stück Papier in die Hand, falte es auseinander und erblicke eine Telefonnummer. Lediglich eine Zahlenfolge steht auf dem Papier. Kein Name. Nichts.

Was ich aber erkenne, ist Ralphs lausige Handschrift.

»Ich bin nicht befugt, Ihnen Zugang zu Lauren Hastings Unterlagen zu geben.«

Ein Satz, den ich ebenso wenig mag, wie Laurens obligatorisches Nein.

»Und wer ist dann befugt, wenn Sie es nicht sind, Clive?«, fordere ich zu wissen.

Er deutet mit dem Finger auf den Zettel in meiner Hand. »Anweisung von ganz oben«, murmelt er.

Ganz oben. Aha. Ich sitze *ganz oben*! Und es gibt nur eine Person, die mit mir da oben sitzt.

Ralph.

»Danke, Clive«, erwidere ich, stehe auf und verlasse sein mickriges Büro.

Ehe ich den Fahrstuhl erreiche, habe ich mein Handy aus der Tasche gezogen und die Nummer vom Zettel eingetippt. Ich zerknülle das Stück Papier und werfe es in den nächsten Papierkorb. Dann halte ich mein Handy ans Ohr und nehme die Treppe, um die drei Stockwerke nach oben zurückzugehen. Im Aufzug hätte ich keinen Empfang gehabt.

Es läutet, aber niemand beantwortet den Anruf. Dann springt die Mailbox an. Fluchend will ich bereits auflegen, als ich plötzlich Ralphs Stimme höre. Es ist eine Bandansage. Abrupt bleibe ich mitten im Treppenhaus stehen, halte mich an dem Geländer fest und lausche seinem amüsierten Tonfall.

»*Aaron! Ich nehme an, wenn du das hier hörst, sind maximal sieben Tage mit deiner liebenswürdigen Assistentin ins Land gezogen und du willst härtere Geschütze gegen sie auffahren. Ich bewundere deinen Enthusiasmus, dass du sogar bei Clive vorbeigeschaut hast, um etwas gegen die wunderbare Lauren in die Hand zu bekommen. Aber lass dir einen gut gemeinten Rat geben – ertrage die nächsten fünf Wochen wie ein Mann*« - er lacht. Ich stehe kurz davor, meine Faust in die Wand neben mir zu rammen - »*Lauren ist ein Schatz. Du musst sie nur mit Samthandschuhen anfassen.*« Dann rauscht es in der Leitung und ich höre Carolines Stimme. »*Vergiss nicht, Aaron – wir haben dich unglaublich gern!*« Beide lachen und die Leitung ist tot.

Fassungslos starre ich mein Handy an. Das ist nicht sein Ernst.

Und doch befürchte ich, dass es genau das ist.

Ich setze mich auf die Treppe und fahre mir müde mit den Händen über die Augen. *Ertrage es wie ein Mann ...*

Wenn ich damit fertig bin, habe ich keine Eier mehr. So viel ist sicher.

Ich hätte Ralph nie im Leben in den Urlaub fliegen lassen dürfen. Wenn ich es genauer betrachte, hätte ich vor all den

Jahren einfach nicht so ein Arschloch sein sollen.

Was ich brauche, ist ein Plan. Den werde ich mir nie im Leben zusammenschustern können, während ich hier mit einem dumpfen Pochen in meinen Schläfen im Treppenhaus sitze. Widerwillig erhebe ich mich und trete den Rückweg zu Lauren an. Irgendetwas wird mir schon einfallen. Ralph ist nämlich von seiner Liebe zu Caroline so geblendet, dass er an irgendeiner Stelle seines genialen Plans einen Fehler eingebaut hat. Diesen einen Fehler muss ich finden. Komme, was wolle.

Ich nehme die letzten Stufen und betrete die Etage, auf der ich meine Tage im Büro verbringe. Sobald ich in Sichtweite bin, hebt Lauren bereits fragend den Blick. Ihre ganze Mimik verrät mir, dass sie wissen will, wo ich war. Dass ich nicht bei Miranda war, hat sie mit Sicherheit bereits in Erfahrung gebracht.

»Haben Sie es gefunden?«, fragt sie und betrachtet meine leeren Hände.

»Was soll ich gefunden haben?«, lautet meine kritische Nachfrage. Weiß sie, dass ich der Lösung für mein Problem ein Stück näher gekommen bin?

»Sie sagten, Sie hätten etwas bei Miss Craig liegen gelassen?« Ihre Augenbrauen verschwinden wieder hinter dem Rand ihrer Brille.

»Ich habe lediglich vergessen, Miranda etwas zu sagen«, informiere ich sie kurz angebunden und hoffe, dass sie es dabei belassen wird. Ich bin nicht gut darin, ein Lügengerippe aufzubauen. Notlügen, um Frauen loszuwerden, kommen mir wie Honig über die Lippen. Da ich mir aber nicht die Mühe mache, mir all diese Lügengeschichten aufzuschreiben und schnell den Überblick verliere, bin ich kein geeigneter Kandidat dafür, einen ganzen Lügenstrang zu kreieren.

»Was denn?«, bohrt Lauren weiter.

»Ist das wichtig?«

»Ja. Vielleicht vergessen Sie es ja wieder und dann kann ich Sie daran erinnern.«

Wieso überrascht mich noch irgendetwas, das aus ihrem Mund kommt? »Nein, danke. Das werde ich schon nicht vergessen.«

»Sicher?«

»Sicher. Und wissen Sie auch warum?« Sie antwortet nicht, da es eindeutig eine rhetorische Frage war. Ich beuge mich vor, stütze mich auf ihrem Schreibtisch ab und komme ihrem Gesicht mit meinem gefährlich nahe. Sie zuckt aber nicht zurück. Nicht einmal ein Gefühl von Unbehagen, wie es bei Aiden der Fall gewesen ist. In Vorfreude auf ihre Reaktion auf meine Worte platziert sich bereits der Anflug eines Lächelns in meinem Gesicht. Ich werde sie mit Sicherheit damit aus der Fassung bringen, weil sie damit nicht rechnet. »Weil es Miranda und mich in sehr diskreten Situationen betrifft.« Dass ich mit diskreten Situation persönliche Gespräche über unser Marketing meine, muss ich Lauren nicht auf die Nase binden.

Erst reißt sie ihre Augen erschrocken auf, dann kneift sie sie zusammen. »Sie sind ein chauvinistisches ...«, setzt sie an, bricht aber ab, ehe ein Schimpfwort ihren Mund verlassen kann.

»Ach ja?«, frage ich provozierend nach.

»Ja!«, zischt sie. »Sie springen von einer Frau zur nächsten! Wir sind auch Wesen mit Gefühlen!«

»Wenn Sie Gefühle hätten, würden Sie mir meinen Kaffee nicht vermiesen.«

»Das tue ich erst nach der vierten Tasse«, rechtfertigt sie sich.

»Was bedeutet, dass Sie damit vor 12 Uhr anfangen.«

»Sehen Sie es positiv - ich sorge dafür, dass Ihre *Leistung* in diskreten Situationen noch lange gesichert ist.«

Mir liegen so viele Kommentare auf den Lippen, die ich aber alle hinunterschlucke. Sollte ich auch nur einen davon hervorbringen, würde Lauren ihr Gesicht geradewegs in meine Gefühlslage gedrückt bekommen. Und dass mich erst der eine beste Freund, dann der andere und am Ende auch noch mein Schwanz im Stich lässt, muss ich ihr nicht auf die Nase binden. Wenn ich sie nicht überschätze, wird sie diesen Sachverhalt noch früh genug spitzkriegen. Immerhin steckt sie ihre Nase in alle meine Angelegenheiten.

»Sorgen Sie mal lieber dafür, dass meine Leistung am heutigen Tage gesichert ist und besorgen Sie mir einen Kaffee.« Wenn mich meine Erinnerung nicht trügt, hat sie mir heute noch keinen einzigen serviert. Und die vier Becher, die ich auf der Baustelle bekommen habe, hat sie nicht gesehen.

Überraschenderweise gibt sie keine Widerworte, rollt ihren Stuhl nach hinten und steht auf. »Wird erledigt, Sir«, sagt sie, als ich mich aufrichte und sie an mir vorbeigeht.

»Lauren?«, rufe ich sie zurück. Sie bleibt stehen und schaut mich an. »Hören Sie auf mich ›Sir‹ zu nennen.«

»Wie soll ich Sie dann nennen?«

»Mr. Anderson«, erwidere ich nüchtern.

»Wie Sie wünschen, *Mr. Anderson.*« Sie zieht die Silben meines Namens ebenso ins Lächerliche, wie das Wort ›Sir‹. Damit werde ich einfach sechs Wochen lang leben müssen. Glücklicherweise sind es nur noch fünf Wochen und vier Tage. Mit ein bisschen Glück regnet es an Ralphs Aufenthaltsort zu viel und er kommt ein paar Tage eher wieder. Jede Stunde, die er eher zurückkehrt, ist ein Segen.

Ich will mich gerade in mein Büro bewegen, als mir etwas auf Laurens Schreibtisch auffällt. Das Klemmbrett, das sie auf der Baustelle mit sich herumgeschleppt hat, liegt unter einem Stapel Papiere. Ich drehe mich um und halte nach ihr Ausschau. Sie ist aber nicht zu sehen. Ich setze mich auf ihren Stuhl, schiebe die Dokumente beiseite und nehme das Brett in die Hand. Mit geschultem Blick überfliege ich ihre Notizen. Immerhin hat sie eine saubere Handschrift, die ich ohne Probleme entziffern kann. Überrascht über die Worte, die ich lese, blättere ich ihre Mitschrift durch. Sie hat alles aufgeschrieben. Jede Information zu dem Gebäude, alle Deadlines, Fortschritte, Problembereiche und vieles mehr. Sie hat aus dem stellvertretenden Bauleiter jedes Stückchen Insider-Information zu dem Shoppingcenter herausgesaugt, das vorhanden war.

Ich lasse das Brett sinken und lege die Papiere wieder drüber. Dann erhebe ich mich und gehe in mein Büro. Vor meinem eigenen Schreibtisch bleibe ich stehen.

Es gab von Anfang an keinen Grund für sie, mit auf diese Baustelle zu kommen. Jetzt ist mir aber bewusst: Sie wollte an Informationen gelangen, die sie in unserem Server-Netzwerk nicht bekommen konnte. Was ist, wenn sie eine Industrie-Spionin ist? Immerhin würde es damit zusammenpassen, dass sie Sarah in das wichtige Meeting hat platzen lassen?

Ich atme tief durch, als mir bewusst wird, dass ich gerade dabei bin, alle Puzzlestücke zusammenzufügen.

Sarah ist das Bindeglied.

Sie ist sauer, weil ich sie habe fallen lassen, und hat sich einen raffinierten Plan überlegt. Sie hat jemanden eingeschleust, der mein Privatleben überwacht und sie über mögliche Konkurrentinnen informiert und sie jederzeit über meinen Aufenthaltsort in Kenntnis setzen kann. Zudem kann Lauren dafür sorgen, dass ich unfreiwillig Zeit mit Sarah verbringe. Wenn sie mich dadurch nicht zurückgewinnen kann, wird sie mich mit all den Insiderinformationen, die Lauren in ihrer Zeit hier gesammelt hat, erpressen. Entweder stimme ich einer Beziehung zu oder sie gibt die hübsch zusammengefassten Notizen ihrem Vater.

Ich fasse mir an den Kopf. Wie zum Teufel kann Ralph so etwas zulassen?

Ich beginne vor meinem Schreibtisch aufgeregt auf und ab zu laufen. Lauren ist bereits drei Tage hier und als meine persönliche Assistentin hat sie Zugang zu fast allen Unterlagen. Hat irgendjemand sie überprüft?

Sarah muss gewusst haben, was Ralph plant. Sie muss Teil des Ganzen sein, da sie es ansonsten nicht bis ins Detail hätte ausarbeiten können. Denn dass ich keinen Zugriff auf Laurens Personalakte habe, spielt ihr perfekt in die Karten.

Verdammter Mist!

Erschrocken zucke ich zusammen, als die Tür zu meinem Büro aufgeht und Lauren erscheint. Sie läuft an mir vorbei und stellt die dampfende Kaffeetasse auf meinen Schreibtisch.

»Bitteschön«, sagt sie und wendet sich wieder ab. »Erwarten Sie keinen weiteren Kaffee heute«, sagt sie, als sie bereits an der Tür angekommen ist.

»Das ist die erste Tasse heute!«, empöre ich mich.

»Mit Sicherheit nicht. Ich habe den Kaffee an Ihnen gerochen, den Sie auf der Baustelle bekommen haben. Und mit Sicherheit waren das mehr als zwei Tassen.« Ich habe bereits den Mund geöffnet, um zu widersprechen, als sie mir wie so oft in den letzten 72 Stunden über den Mund fährt. »Ich kann auch gerne dort anrufen und nachfragen.«

Eine Drohung, die sie mit Sicherheit gedenkt wahrzumachen. Ich schüttle den Kopf und wende mich ab. Sie versteht den Wink und schließt die Tür. Ich habe bei Weitem wichtigere Probleme, als mich mit Lauren über meinen täglichen Kaffeekonsum zu streiten.

Ich muss diese unerträgliche Situation schnellstens beenden. Da ich die Schlüsselfigur nun kenne und sogar weiß, wo sie wohnt, werde ich alle meine Kräfte darauf konzentrieren, Sarah diesen Schwachsinn, den sie sich im Kopf zusammengebraut hat, auszureden. Dafür muss ich lediglich bis zum Feierabend warten. Dann werde ich in ihrem Apartment auftauchen und sie zur Rede stellen. Und diesen

Moment kann ich kaum erwarten.

Ich nehme einen Schluck von dem Kaffee, setze mich hinter meinen Schreibtisch und bereite mich auf das nächste Meeting vor. Dass ich morgen endlich meinen gewohnten Büroalltag wieder haben werde, spüre ich bereits in meinen Fingerspitzen. Diese Vorfreude motiviert mich ungemein. Und die Vorstellung, Lauren heute zum letzten Mal zu sehen, zaubert mir sofort ein Lächeln auf die Lippen.

8. Kapitel

Industrie… *was*?« Aidens Stimme plärrt viel zu laut aus der Anlage meines Autos. Ich regle sie sofort mit einem Knopf am Lenkrad herunter.

»Industriespionin«, wiederhole ich das Wort, mit dem ich Lauren soeben gegenüber meinem verbliebenen besten Freund in Verbindung gebracht habe.

»Wie kommst du auf so einen idiotischen Scheiß?«

Ich wusste, dass er das fragen würde. Ich wollte es selbst nicht glauben, aber die Beweise sind zu eindeutig. Auch wenn ich Lauren erst drei Tage kenne, ist sie eine Person, die über alles die Kontrolle behalten will. Jedoch scheine ich ihr genauso die Kontrolle zu rauben, wie sie mir, da sie sich ansonsten nicht verplappert hätte. Wir sind uns vorher bereits begegnet und das logischste Bindeglied ist und bleibt Sarah. Auch wenn ich Sarah vor fünf Jahren noch nicht kannte, weiß sie mit Sicherheit von der Situation, die damals zwischen Ralph, Caroline und mir herrschte. Sie ist eine Frau. Und Frauen gelangen in der Regel an alle möglichen Informationen, wenn sie wollen. In Anbetracht dessen, war es nicht die klügste Idee, sie nach dem Dinner einfach stehen zu lassen, ohne mit ihr noch ein Wort zu wechseln.

Ich bin ein Arschloch.

Das macht mich aber nicht zu dem schlechten Menschen,

zu dem mich Frauen gerne verteufeln. Ich lotse sie schließlich nicht mit dem Versprechen eines Rings am Finger in mein Bett. Sie hüpfen nach meiner kurzen Ansprache - mehr als Sex wird das nicht - freiwillig in mein Bett. Wenn sie ihre Fähigkeiten, mich zu bekehren, überschätzen, ist das nicht meine Schuld.

Ich blicke auf die Anzeige, die mir mitteilt, dass ich bereits über fünf Minuten mit Aiden telefoniere. Solange haben wir noch nie telefoniert. Es sei denn wir waren in einer geschäftlichen Konferenz. Die Sekunden rauschen vorbei und ich weiß, dass er auf eine Erklärung wartet.

»Vertrau mir einfach, Aiden. Ich habe da sehr lange drüber nachgedacht. Lauren hat sich heute verplappert. Sie kennt mich von früher. Und das ist die logische Erklärung.«

»Bist du so verzweifelt, dass dein Hirn sich diesen Mist von alleine ausdenkt, oder hast du mit Drogen nachgeholfen?«

Von seiner aggressiven Haltung überrascht überlege ich, was ich darauf sagen soll. Ich hatte mit ziemlich vielen Reaktionen gerechnet - dass er aber auf irgendeine Art und Weise Lauren in Schutz nimmt, war keine davon.

»Was ist, wenn es stimmt?«, stelle ich die alles entscheidende Frage in den Raum. Ich trommle mit den Fingern auf dem Lederlenkrad und starre die Regentropfen an, die auf die Frontscheibe fallen. Da ich in einem Cabrio sitze, sollte ich mich beeilen, in das Apartmenthaus zu gelangen, vor dem ich geparkt habe.

»Hast du dir mal überlegt, was du für eine Anschuldigung in den Raum stellst? Vor allem Ralph gegenüber?«

»Ja, habe ich. Aber er ist auch nur ein Mensch, der zu

Fehlern in der Lage ist. Was ist, wenn er von der Idee, mich zu ärgern, so besessen war, dass er nicht darauf geachtet hat?«

»Reden wir von demselben Mann, der so paranoid ist, einen Apfel dreimal zu waschen, ehe er ihn isst? Ralph passiert so etwas nicht.«

»Gleich werden wir schlauer sein«, erwidere ich und nehme das Handy vom Beifahrersitz. Ich unterbreche die Bluetooth-Verbindung zu meinem Auto und steige aus. Aiden hört das Geräusch der Autotür und wird hellhörig.

»Wo bist du?«, fragt er besorgt nach.

Ich halte mir das Handy ans Ohr und verriegle meinen Ferrari. Sobald sich das Verdeck zu schließen beginnt, wende ich mich ab und gehe auf den Eingang zu, den ich bereits zweimal gesehen habe. Einmal auf dem Weg zu Sarahs Apartment und einmal auf dem Rückweg zu meinem Auto ein paar Stunden später.

»Ich bin bei der Person, die das aufklären kann.«

»Du bist bei Lauren?« Wenn ich mich nicht irre, höre ich eine unterschwellige Panik aus seiner Stimme. Ich bleibe im Regen stehen.

»Ist das ein Problem?«, frage ich nach.

Er verhält sich bereits das gesamte Telefongespräch seltsam. Mit einem Räuspern erwidert er: »Nein«.

»Gut. Ich rufe dich an, wenn ich was weiß.« Damit beende ich das Gespräch und stelle das Handy auf lautlos.

Irgendetwas geht vor sich, von dem ich keine Ahnung habe. Lediglich eine Sache ist sicher – Lauren steckt über beide Ohren darin.

Ich tippe den Security-Code in das Zahlenfeld. Ein grünes Lämpchen erscheint und ich kann die Tür öffnen. Eine wunderbare Sicherheitsmaßnahme, wenn er nie geändert wird. Wenig später stehe ich vor Sarahs Apartment, das in der obersten Etage liegt und eine phänomenale Aussicht auf L.A. bietet.

Ich drücke die Klingel, dann klopfe ich mit der Faust gegen die Tür. Geräusche von der anderen Seite dringen zu mir. Somit ist sie zumindest zu Hause. Das Klappern von Sarahs Absätzen auf dem Holzfußboden nähert sich der Tür, dann öffnet sie sie und schaut mich mit ihren großen Augen überrascht an.

»Aaron?«, fragt sie verwundert nach und legt den Kopf leicht schief.

»Darf ich reinkommen?«

Sie tritt beiseite und deutet mir an einzutreten. Ich folge ihrer Geste direkt und gehe bis zum Wohnzimmer durch.

Vor der großen Fensterfront bleibe ich stehen und beobachte, wie L.A. für die Nacht mit den vielen Lichtern erwacht. Ich habe nie verstanden, warum sie bevorzugt, so weit außerhalb zu wohnen. Aber wer erstellt schon ein psychologisches Profil von jeder Frau, mit der er ins Bett geht?

Ich drehe mich zu ihr um. Sie steckt sich gerade einen Ohrring an. Ihr fragender Blick über mein plötzliches Auftauchen ist geblieben.

»Was tust du hier?«, fragt sie schließlich.

»Hast du irgendetwas mit Lauren zu tun?«

Sie legt erneut den Kopf leicht schief und wirft mir einen

irritierten Blick zu. »Lauren? Von wem redest du?«

»Meiner neuen Assistentin. Wenn du da mit drin steckst, werde ich es so oder so herausfinden. Also gib es besser gleich zu.« Ich schlage einen Ton an, der ihr gegenüber unangebracht ist. Aber ich kann es nicht verhindern. Lauren hat mir jedes gute Benehmen genommen und die Lücke mit Verzweiflung und Wahnsinn gefüllt. Zumal ich nach wie vor stocksauer bin, dass sie Sarah zu dem Dinner geladen hat. Meine Betthäschen haben nichts an einem Dinnertisch zu suchen. Schon gar nicht die Töchter meiner Konkurrenten.

»Ich habe keine Ahnung, wovon du sprichst«, erwidert sie und hebt abwehrend die Hände.

»Natürlich weißt du, wovon ich spreche. Du hast schließlich Lauren in mein Büro geschleust. Ich bin dahinter gekommen, Sarah. Das Einzige, was ich mir nicht zusammenreimen kann, ist Ralphs Blindheit in der ganzen Geschichte. Oder hast du ihn eingeweiht?«

Sie zieht die Augenbrauen zusammen. Ihre Verwirrung ist verschwunden, stattdessen sehe ich einen Hauch von Wut. »Glaubst du wirklich, du kannst hier in meine Wohnung marschieren und mir so einen Unsinn an den Kopf werfen?«

»Genauso sieht es aus.«

Sie verschränkt die Arme vor der Brust und funkelt mich nun mit ihren klaren blauen Augen an. »Ich dachte, du wolltest dich für dein miserables Verhalten nach dem Dinner entschuldigen. Aber da habe ich mich wohl in dir getäuscht.« Ihr Blick gleitet abfällig über mein Gesicht.

»Ich will einfach nur die Wahrheit hören. Dann bin ich

wieder weg.«

»Die Wahrheit ist, dass ich in deinem Büro angerufen habe, da ich eine berufliche Komplikation mit dir klären wollte. In einem persönlichen Gespräch. Und dann hat deine Assistentin mich in deinem Namen gebeten, zu dem Dinner zu erscheinen. Ich weiß, dass du deinen Schwanz kein zweites Mal in der Nähe von ein und derselben Frau haben willst. Auch wenn ich blond bin, verfüge ich über ein bisschen mehr Verstand, als du mir zutraust. Zudem weiß ich nicht, was dir das Recht gibt, mich wie den letzten Dreck zu behandeln.«

»Ich habe dich nicht zu dem Dinner eingeladen«, stelle ich sofort klar und ignoriere alle die anderen Worte, die sie gesagt hat. »Lauren hat dies eigenmächtig getan.«

Sie zieht fragend die Augenbrauen nach oben und scheint die Puzzlestücke in ihrem Kopf langsam zusammenzusetzen. »Deine Assistentin hat dich auf dem Kieker und schickt dir deswegen eine deiner Ex-Freundinnen auf ein Geschäftsdinner?« Sie klingt genauso ungläubig, wie sie mich ansieht. »Hör zu, Aaron«, unterbricht sie meine Suche nach einer passablen Antwort. Denn ob ich will oder nicht - wenn Sarah meinen Vorwurf so unverblümt ausspricht, hört sich das wirklich nach zu viel Drogenkonsum an. »Deine Assistentin hat mich in deinem Namen gebeten, zu dem Geschäftsdinner zu kommen und *nett* zu dir zu sein.«

»Und es kam dir nicht komisch vor, dass du plötzlich an einem Tisch mit Céline, Harry, Steve und mir sitzt? Als Tochter meines größten Konkurrenten?«

»Doch es kam mir komisch vor. Aber ich hatte so viel

Anstand mitzuspielen und keine Fragen zu stellen. Außerdem habe ich dich als Mann kennengelernt, der unergründliche Tiefen besitzt. Ich brauchte wirklich deine Hilfe und sah meine einzige Chance darin, einfach deiner Bitte nachzukommen, ohne groß nachzufragen.«

»Wieso brauchst du meine Hilfe? Renn zu deinem Vater.«

Der Kommentar war zu viel des Guten. Das sehe ich, als ich ihren Blick treffe. Sarah mag eine taffe Frau mit viel Selbstdisziplin sein. Emotionslos ist sie aber nicht.

»Du bist und bleibst ein Arschloch, Aaron.«

Ein Statement, das ich voll und ganz unterschreiben kann. »Soll das ein Kompliment sein?«

»Nein. Soll es nicht. Ich habe keine Ahnung, was ich dir getan habe. Ich hatte nie die Absicht, unseren Abend zu wiederholen. Dass du mich dafür so eiskalt abservierst und mich auf sämtlichen Anlässen, auf denen wir uns gesehen haben, ignoriert hast, war einfach nur unfair und lässt den Respekt vermissen, den ich von dir erwartet habe.«

Ich fasse mir an den Hinterkopf. Wenn man es so ausdrückt, hat Sarah wahrscheinlich recht und ich habe mich wie der letzte Mistkerl verhalten. »Du hast mir nicht gesagt, wer du bist. Erst als ich die Aufnahmen von dir und deinem Vater gesehen habe, war es mir bewusst. Was hätte ich denn denken sollen?«

»Dass ich dich nett fand und deswegen Zeit mit dir verbringen wollte? Auch wenn du von jeder Frau das Schlimmste denkst – nicht alle Frauen machen für jeden Kerl die Beine breit, nur, weil er in einem Anzug hübsch anzusehen ist.«

Ich rufe mir den Abend in Erinnerung, als ich Sarah zurück in dieses Apartment begleitet habe. Sie war mir sympathisch und wir haben ziemlich viel gelacht. Es war nett. Und um ihren Worten gerecht zu werden – sie hat sich tatsächlich nicht wie eine Klette an mich gehängt, wie andere Frauen es in der Vergangenheit getan haben.

»Es tut mir leid.«

Situationen, in denen ich mich aufrichtig bei Frauen entschuldige, sind in etwa so selten wie Momente, in denen meine Männlichkeit nicht abrufbereit ist. Das wird Sarah sich denken können, weswegen sie mich überrascht mustert.

»Es tut mir wirklich leid«, wiederhole ich mit einem ernsten Unterton. »Du hast recht. Ich war ein Arschloch zu dir.«

»Okay. Wow. Ich habe mit allem gerechnet – eine Entschuldigung war nicht dabei.«

»Es tut mir leid, dass ich damals ein Mistkerl war, dass ich beim Dinner so ein demütigendes Verhalten dir gegenüber an den Tag gelegt habe und dass ich hier heute so reingeplatzt bin und dir diese ganzen Sachen an den Kopf geworfen habe.« Wenn man einmal mit einer Entschuldigung angefangen hat, ist es doch leichter als gedacht. Vor allem fühle ich mich tatsächlich ein Stückchen besser.

»Du machst mir Angst«, erwidert Sarah, kann sich ein zaghaftes Lächeln aber nicht verkneifen.

»Ich mache mir selbst Angst.«

»Sag bloß, du hast dich noch nie bei einer Frau

entschuldigt?«

»Definitiv nicht so umfangreich«, gestehe ich.

»Habe ich da etwa die weiche Seite aus dir herausgekitzelt?«

»Nein. Mein Kopf ist einfach nicht ganz da«, seufze ich. »Was aber nicht bedeuten soll, dass ich das gerade eben nicht ernst gemeint habe«, setze ich hinterher und blicke ihr eindringlich ins Gesicht.

»Entschuldigung angenommen. Sofern du mich auf dem nächsten Empfang nicht wieder knallhart ignorierst.«

»Ich werde dir einen Drink nach dem anderen spendieren. Vielleicht können wir dann wieder über dumme Katzenvideos lachen.«

»Das hört sich vielversprechend an.«

Sie wendet sich von mir ab und nimmt die passende Kette zu ihren Ohrsteckern aus der Schatulle, die auf dem Küchentresen liegt. Ich trete an sie heran und nehme ihr die Kette aus der Hand. Automatisch dreht sie mir den Rücken zu und hebt ihr Haar hoch, während ich ihr die Kette umlege.

»Danke«, sagt sie und entfernt sich wieder einen Schritt von mir.

»Wobei sollte ich dir also helfen?«, frage ich nach.

Überrascht dreht sie sich wieder zu mir um. »Wieso fragst du nach?«

»Weil es mich interessiert, warum du das Dinner mitgemacht hast. Es scheint wichtig zu sein.«

»Das Dinner war nett. Wenn du glaubst, dass ich es schrecklich fand, muss ich dich enttäuschen. Einzig und allein dein Abgang war unter jeder Würde.«

Ich hebe beschwichtigend die Hände. »Ich weiß. Also? Warum bist du überhaupt gekommen?«

Sie schließt die Augen und atmet tief durch. Dann verschränkt sie ihre Finger ineinander. »Du weißt, dass ich nie das beste Verhältnis zu meinem Vater hatte«, beginnt sie mit einem traurigen Lächeln. Eins der Dinge, die mir von Anfang an aufgefallen sind. Der alte Watson pflegt ein sehr unterkühltes Verhältnis zu seinem einzigen Kind. »Momentan ist es nicht gerade einfach für mich. Er wollte schon immer einen Sohn. Und jetzt wo er kurz vor dem Ruhestand steht und keinen geeigneten Nachfolger hat, muss er sich mit der Frage herumschlagen, ob er mir das Ruder in die Hand drückt oder jemand Externes holt. Beides ist für ihn keine passable Lösung.«

»Er kann mir seinen Laden gerne verkaufen. Ich passe mit Sicherheit gut darauf auf«, scherze ich und schaffe es, ihr ein Lächeln ins Gesicht zu zaubern. Aber nur für ganze drei Sekunden. Dann verblasst es wieder.

»Bevor er dir auch nur einen Bleistift seines Unternehmens verkauft, würde er eher mich an die Unternehmensspitze setzen. Wenn er wüsste, dass du gerade in meinem Apartment stehst, würde ihn das wahrscheinlich frühzeitig ins Grab bringen.«

»Ich habe dich sogar schon nackt gesehen«, ergänze ich.

»Und das sollte er auf gar keinen Fall erfahren«, ermahnt sie mich in einer Tonlage, die mir klar und deutlich signalisiert, dass mein Leben in der Hölle noch eine Etage tiefer sackt, wenn ihr Vater das mitbekommt. Da ich das momentane Stockwerk schon kaum ertrage, werde ich mit meinem bisschen Restglück nicht pokern.

»Dein Vater wäre dumm, dich außen vor zu lassen. Du bist in dem Unternehmen aufgewachsen. Du kennst die Firmenkultur besser, als jeder Externe es sich je aneignen könnte.«

»Ich bin eine Frau. Er wird mich nie an die Spitze stellen.« Sie klingt wehmütig.

»Und ich soll dir jetzt helfen, deinen Vater vom Thron zu kicken und deinen wunderbaren Prachtarsch darauf setzen?«

Sie schüttelt den Kopf. »Ich bin keine von diesen Biestern, die ihre eigene Familie ins Grab bringen würde, um irgendwelche Ungerechtigkeiten aus der Welt zu schaffen.«

»Was willst du dann vor mir?«

»Ich wollte dich fragen, ob du einen Job für mich hast.«

Für einen Moment bleibt mir die Spucke weg. »Du willst für mich arbeiten?«, frage ich nach, da ich mich verhört haben muss.

»Ja.« Ein schlichtes und klares Ja, das eindeutiger nicht sein könnte.

»Und du meinst, dass das deinen Vater nicht vorzeitig ins Grab bringt, wenn eine Watson für einen Anderson arbeitet?«

»Ich würde ja nicht nur für einen Anderson arbeiten, sondern auch für einen Baker, oder?«

»Richtig. Aber ...«

Sie bringt mich mit einer Handbewegung zum Schweigen. »Es hat sich erledigt.«

»Hast du deine Bewerbung schon eingereicht und wurdest angenommen?« Es soll ein Witz sein, aber eine gewisse Panik schwingt in meinem Ton mit.

»Nein, Aaron. Ich würde es keine zwei Minuten aushalten, mit dir zu arbeiten.«

»Ach?«

»Du schaust mir ununterbrochen auf die Brüste.«

Sofort hebe ich den Blick, der wieder nach unten gesackt war. »Tue ich nicht«, dementiere ich trotzdem.

»Wir würden kein gutes Team abgeben.«

»Das habe ich aber anders in Erinnerung«, widerspreche ich sofort.

»Im Bett funktionieren wir beide vielleicht. Aber nicht an einem Verhandlungstisch.«

Ich weiß, was sie meint. Im Bett mag sie es, die Kontrolle abzugeben. Am Verhandlungstisch hingegen hat sie die Hosen an. Dafür müsste sie mir aber meine zuerst klauen und das könnte kompliziert werden.

»Ich finde schon einen Job. Mach dir um mich keine Sorgen«, erwidert sie mit einem Achselzucken und weicht meinem Blick aus.

Ich bin zwar kein Experte, wenn es um weibliche Emotionen abseits des Orgasmus geht, aber blöd bin ich auch nicht. Das war keine ehrliche Antwort. Aber vielleicht komme ich im Laufe eines Abendessens dahinter. Auch wenn mir eine Frau mit Geheimnissen eigentlich reicht.

»Hast du Lust, etwas essen zu gehen?«

Die Frage scheint sie ebenso zu überraschen, wie mich

selbst. Vor nicht einmal zwanzig Minuten bin ich in ihr Apartment gestürmt und habe sie mit Abstrusitäten beschuldigt, die kaum zu überbieten sind. Und nun will ich sie zum Dinner ausführen, obwohl sie augenscheinlich bereits eine Verabredung hat. Sie antwortet mir nicht, geht stattdessen an mir vorbei und greift zu dem Handy, das auf der Küchentheke liegt. Sie tippt etwas, wartet kurz und schaut mich dann an.

»Ja, gerne.«

»Hast du gerade einem Kerl abgesagt, um mit mir essen zu gehen?«, frage ich viel zu interessiert nach.

»Deine Arroganz macht auch keine Pause, oder?«

»In der Regel nicht.«

»Nein, Aaron. Ich habe keinem Liebhaber abgesagt, um nun Zeit mit dir zu verbringen. Ein paar Freundinnen wollten sich mit mir treffen, aber mir ist momentan nicht wirklich nach bunten Cocktails und pornografischen Witzen. Ein ruhiger Abend mit einem angenehmen Gesprächspartner ist mir lieber.«

»Dir ist bewusst, dass ich jede Menge versaute Witze kenne?«

»Ja. Aber ich spekuliere auf deinen Anstand, sie heute Abend nicht zum Besten zu geben.« Sie zwinkert mir zu, nimmt ihre Handtasche und zieht sich im Flur ein Jäckchen über. »Dann wollen wir mal, Mr. Anderson«, sagt sie und ich folge ihr aus der Wohnung.

»Du bist also vorhin wegen deiner Assistentin zu mir gekommen?« Sarah betrachtet mich über den Rand ihres Weinglases. Soeben wurde die Vorspeise abgeräumt. Ich entschied mich dafür, sie in ein nicht ganz so exklusives Restaurant auszuführen, dafür ist es ein Geheimtipp. Gutes Essen, guter Service und vor allem Ruhe.

Sie wartet immer noch auf meine Antwort, während ich überlege, ob ich das Fass aufmachen will. Bislang war es ein entspannter Abend und ich habe es tatsächlich geschafft, mir für eine halbe Stunde am Stück nicht den Kopf über Lauren Hastings zu zerbrechen. Dann wiederum könnte Sarah augenscheinlich eine unterhaltsame Geschichte gebrauchen und ich den Rat einer Frau. Die Ratschläge von Männern in meiner Umgebung haben mich nicht sehr weit gebracht und mein eigener Kopf kann bereits nichts Vernünftiges mehr produzieren.

Ein Seufzen fliegt über meine Lippen. Für einen kurzen Moment schließe ich die Augen und sehe wieder Lauren vor mir. Mit einem Ruck reißt mein Widerstand ein und meine Gedanken platzen förmlich aus mir heraus.

»Sie macht mich wahnsinnig«, stöhne ich und spüre praktisch die Kopfschmerzen von heute Mittag zurück in meinen Kopf kriechen. Ich setze mich aufrecht hin und blicke hilflos zu Sarah. Ein Hauch Belustigung kann ich in ihrer Mimik ablesen. Wunderbar, wenn ich für alle eine wandelnde Comedyshow bin. Aber daran habe ich mich bereits gewöhnt.

»Ich fand sie am Telefon wirklich nett«, erwidert Sarah.

»Das ist eins der Probleme!«, gebe ich viel zu gereizt von

mir. »Alle finden sie nett! Ich habe keine Ahnung, warum ich die Bitch in ihr abkriege.«

»Ein Versuch des Universums, den Schaden, den du beim weiblichen Geschlecht angerichtet hast, auszugleichen?«, rät Sarah und nimmt einen Schluck ihres Weißweins. Ein halbtrockener Chardonnay.

»Ralph hat sie angeheuert, um mich zu ärgern. Aber der Scherz hat sich längst verselbstständigt.«

»Nach drei Tagen?«

»Nach drei Tagen.«

»Nenn mir drei positive Dinge an ihr.«

Überrascht hebe ich den Blick.

»Mach schon«, fordert mich Sarah erneut auf. »Nicht zu lange darüber nachdenken. Einfach das ausspucken, was dir als Erstes in den Kopf kommt.«

»Sie macht sich nicht viel aus ihrem Aussehen, was dazu führt, dass die Wahrscheinlichkeit, Berufliches und Privates zu vermischen, sehr gering ist. Sie kann kompetent sein, wenn sie sich nur auf ihre Arbeit konzentriert und die Finger aus meinem Privatleben lässt. Und ...«

»Und?«, hilft Sarah mir auf die Sprünge.

»Das war's.«

»Okay. Und was kannst du an ihr nicht ausstehen?«

»Ihr süffisantes Lächeln, die Art, wie sie mich ansieht, die Tonlage, in der sie mit mir spricht. Dass sie allen die liebenswürdige und hilfsbereite Assistentin vorspielt und lediglich mein Leben in eine Hölle verwandelt.«

»Und du dachtest tatsächlich, ich hätte etwas damit zu

tun?«

»Für einen Moment, Ja«, gestehe ich.

»Ich habe dich oft verflucht, aber um dir so etwas anzutun, bin ich nicht durchtrieben genug.«

»Einzig und alleine Ralph ist an meiner Misere schuld. Er hat sie mir vor die Nase gesetzt, lacht sich unter seiner Palme halb tot und lässt mich hier elendig verrotten. Und das Schlimmste ist, dass ich bereits anfange, völlig durchzudrehen.«

»Wo hat er sie her?«

»Ich habe keine Ahnung. An ihre Personalakte komme ich nicht und über private Dinge spricht sie mit mir nicht. Ralph hat sie wahrscheinlich zu einem Workshop in sein Ferienhaus eingeladen und ihr jeden Tag eine bunte Powerpoint über mein Leben vorgetragen.« Bei den Worten macht es Peng in meinem Kopf. Das ist wahrscheinlich der Grund, warum sie über meine Vergangenheit Bescheid weiß und in jedem Moment den richtigen Knopf findet, den sie drücken muss, um mich zur Weißglut zu treiben. Ralph hat sie penibel genau auf diesen Job vorbereitet.

»Was?«, fragt mich Sarah und nimmt noch einen Schluck ihres Weines.

»Ich bin so ein Idiot«, erwidere ich niedergeschlagen.

»Ach was!« Sarah tätschelt behutsam meine Hand.

»Du hast da Spaß dran, oder?«

Ihr Lächeln beantwortet mir die Frage.

»Mein Leben scheint die Welt zu amüsieren.«

»Ein bisschen vielleicht«, antwortet sie und beißt sich auf

die Lippe. »Du musst zugeben, dass du es immer sehr leicht im Leben gehabt hast. Privatschule, eine der Top-5-Universitäten und am Ende ein Job an der Spitze des familieneigenen Unternehmens. Dann bist du mit diesem unheimlich attraktiven Aussehen gesegnet und die Frauen knien vor dir nieder.«

»Ich habe das einzig und allein Ralph zu verdanken«, setze ich die aktuellen Ereignisse in Bezug zu der Realität.

»Er wird seine Gründe haben, oder?« Sie zwinkert mir zu.

»Sag mir lieber, wie ich die nächsten fünf Wochen und vier Tage überlebe.«

Sarah lehnt sich zurück und nippt an ihrem Chardonnay. »Sie weiß, wie sie mit dir spielen muss, damit du am Ende die Fassung verlierst.«

»Erzähl mir etwas Neues«, lautet mein sarkastischer Kommentar.

»Sie weiß es, weil deine Handlungen vorhersehbar sind. Sie tut etwas und du reagierst genauso, wie sie es sich erhofft hat. Was schließen wir daraus?«

»Wenn du mir gerade ernsthaft vorschlägst, ich soll mich bei ihr für diesen ekelhaften Tee und diese widerlichen Avocado-Sandwiches bedanken, hast du dich geirrt.«

Sie zuckt unbeteiligt mit den Schultern. »Ich bin eine Frau. Zwei Tage im Kindergarten und ich wusste, wie Männer ticken. Und das hilft mir ungemein dabei, euch im weiteren Verlauf meines Lebens zu manipulieren. Wenn ich dir das Leben schwer machen wollen würde, täte ich das Gleiche wie sie. Und deine einzige Chance, diesen Kreislauf zu unterbrechen, ist, in dem du unberechenbar wirst. Reagiere auf ihre Provokationsversuche auf eine Art und Weise, die sie nicht erwartet, und du hast dein Leben schneller wieder, als du gucken kannst.«

Ich blicke sie unschlüssig an. »Wenn das so einfach wäre …«

»Es ist so einfach. Probiere es gleich morgen Früh aus. Cheers.« Sie hebt erneut ihr Weinglas und trinkt es leer. »Du siehst nämlich echt fertig aus. Und wir wollen nicht, dass der sexy Aaron Anderson verfrüht graue Haare bekommt, oder?«

»Graue Haare?«

»Ich glaube, ich sehe da schon eins«, witzelt sie und zeigt mit ihrem Finger auf meinen Kopf.

»Nicht witzig.«

»Wenn ich mir dein Gesicht anschaue, schon«, sagt sie mit einem Lächeln und stellt ihr Glas beiseite.

»Mach weiter und ich bestelle bunte Cocktails. Dann lasse ich doch noch meine versauten Witze vom Stapel.«

Sarah kichert und hält sich dann die Hand vor den Mund. »Dafür bereust du dein mieses Verhalten noch viel zu sehr.«

Wo sie recht hat, hat sie recht. Und vielleicht kann ich mit ihrem Tipp bezüglich Lauren doch etwas anfangen. Da ich keine andere Alternative habe, kann ich es zumindest ausprobieren.

»Heute Abend verschone ich dich noch. Aber das nächste Mal erzähle ich alle fünf Minuten einen.«

»Ich freu mich drauf«, erwidert sie mit einem Lächeln und lässt sich von dem Kellner ihr Glas nachfüllen.

Zum ersten Mal in drei Tagen verspüre ich so etwas wie eine gute Laune, die nichts mit der Vorstellung zu tun hat, Lauren ab morgen nicht mehr ertragen zu müssen. Mit dem Wunschdenken habe ich abgeschlossen und bin in der Realität angekommen – ich werde sie sechs Wochen lang ertragen müssen und diese sechs Wochen werden vielleicht doch nicht so langsam vergehen, wie ich befürchtet hatte.

9. Kapitel

D*anke für den schönen Abend.‹*

Ich lese Sarahs SMS und kann mir ein Lächeln nicht verkneifen. Es war tatsächlich ein schöner Abend. Ein Abend, der mich endlich auf andere Gedanken gebracht hat und all die Dinge in meinem Kopf, die Lauren aus dem Gleichgewicht bringt, wieder geradegerückt hat. Wir haben viel gelacht und Spaß gehabt. Wie Freunde eben miteinander umgehen. Nachdem wir das Dessert verspeist hatten, habe ich Sarah nach Hause gefahren und sie mit einem Wangenkuss verabschiedet. Ein richtiger Kuss oder sogar Sex standen nicht einmal zur Debatte. Je länger ich darüber nachdenke, desto attraktiver erscheint mir der Gedanke einer platonischen Beziehung zu einer Frau. Man bekommt die witzige und spaßige Seite und erspart sich die ganzen Dramen, da kein Sex und die damit verbundene chronische Eifersucht vorhanden ist.

»Guten Morgen, Mr. Anderson.«

Ich hebe den Blick von meinem Smartphone und kann gerade noch beobachten, wie Lauren ihre Brille die Nase hinaufschiebt. Den grimmigen Gesichtsausdruck habe ich bereits parat und meine schlechte Laune, die jedes Mal bei ihrem Anblick in mir emporsteigt, ebenfalls. Aber ausgedehnte und detaillierte Berichte von Sarah und ihren Erfahrungen mit Männern haben mich gestern Abend dazu animiert, von meiner griesgrämigen Strategie abzusehen und ihrem Ratschlag zu folgen.

Sei unberechenbar.

Das ist mein neues Tagesmotto. Meine eigenen Ideen haben schließlich nicht geholfen, sondern die Situation lediglich schlimmer gemacht.

»Guten Morgen, Lauren«, erwidere ich mit dem charmantesten Lächeln, das ich ihr entgegenbringen kann. Ihre Augenbraue zuckt und ich sehe ihr an, dass sie auf einen verbalen Gegenschlag auf ihre Freundlichkeit am Morgen wartet. Aber der wird nicht kommen. Nicht solange meine plötzliche Nettigkeit Früchte trägt. Dass es gewaltige Früchte sein werden, spüre ich bereits im Blut. »Was steht heute an?«, frage ich interessiert nach und blicke fragend auf sie hinunter.

Von der Frage überrumpelt wirft sie einen zögerlichen Blick auf ihren Bildschirm. »Telefonkonferenz mit Halby Investment, dann verschiedene Meetings mit Ihren Abteilungsleitern bis zum Lunch. Danach Außentermine.«

»Danke, Lauren. Bringen Sie mir einen von diesen unsagbar leckeren Tees? Seitdem ich weniger Koffein trinke, fühle ich mich wirklich besser. Ausgeschlafener und fitter«, erläutere ich motiviert.

Sie sagt nichts. Schweigt mich nachdenklich an. Ich muss mich zusammenreißen, nicht laut loszujubeln. Denn ich habe es gerade das erste Mal in 72 Stunden geschafft, dass Lauren Hastings keine besserwisserische Antwort in petto hat, sondern mich sprachlos anstarrt. Ein Zustand, an den ich mich sicherlich gewöhnen kann.

»Lauren?«, frage ich nach.

»Ein Tee. Kommt sofort«, sprudelt sie unsicher drauf los, steht auf und rauscht an mir vorbei. Aber nicht, ohne mir einen skeptischen Seitenblick zuzuwerfen. Ich winke ihr freundlich hinterher. Sobald sie die Geste wahrnimmt, dreht sie sich weg und blickt starr nach vorne, bis sie in der Büroküche verschwindet.

So kann jeder Morgen beginnen. Ich muss lediglich einen Weg finden, an meinen Kaffee und ordentliche Sandwiches zu gelangen. Vielleicht kann ich Aiden dazu überreden, zu meinem lokalen Dealer aufzusteigen, der mir die Ware direkt an meinen Schreibtisch bringt. Apropos Aiden. Dem guten Mann schulde ich einen Anruf.

Ehe ich mein Büro betrete, habe ich seine Nummer gewählt und halte mir mein Handy ans Ohr. Es springt aber direkt die Mailbox an. Ich beende den Anruf und stecke das Handy wieder ein. Dann fällt mir ein, dass ich etwas Elementares vergessen habe – das obligatorische Kompliment am Morgen für Lauren. Ich verlasse mein Büro und steuere direkt die Küche an. Einen Raum, den ich normalerweise nie betrete, da ich immer jemanden finde, der für mich etwas holt. Da der Morgen mit meiner wunderbaren Assistentin aber so grandios gestartet ist, will ich mir die Tour nicht versauen, indem ich mich nicht an jeden Einzelnen von Sarahs Ratschlägen halte. Somit laufe ich ihr hinterher, um das Kompliment abzulassen, ehe ich es mir doch anders überlege.

Sie trägt heute wieder einen Hosenanzug in Dunkelblau mit weißer Bluse und der üblichen Perlenkette. Ich sollte ihr ein Kompliment über ihre Frisur machen. Das mögen Frauen doch, oder? Frauen stehen auf alles, was wir Männer über ihre Haarpracht äußern. Als ich die Küche erreiche, bleibe ich aber abrupt stehen, da ich ihre Stimme höre. Sie spricht gedämpft. Aufgrund der offenstehenden Tür kann ich aber jedes Wort verstehen.

»Er weiß was«, flüstert sie und mir stellen sich alle Haare auf. »Nein. Ich bin mir sicher. Ich muss gestern Abend irgendetwas ... Ich weiß es nicht«, seufzt sie.

Ich halte die Luft an, während ich angestrengt versuche, jedes Wort zu verstehen. Dann beginnt aber das Wasser im Kocher zu brodeln und über das Rauschen hinweg dringen ihre Worte nicht bis zu mir durch. Der Wasserkocher stellt sich ab, aber das Gespräch ist bereits in den letzten Zügen.

»Ich melde mich, okay?« Das Telefonat ist beendet und ich höre sie lediglich mit etwas rascheln, das wahrscheinlich die Teebeutel sind. Plötzlich vibriert mein Handy. Blitzschnell ziehe ich es aus der Tasche und starre die automatische Mitteilung an, die mir mein Provider schickt, wenn ich eine besetzte Nummer angerufen habe und sie wieder frei ist.

Ich blicke zwischen dem Display und der Küche hin und her. Kann es sein, dass mein bester Freund soeben mit dem Feind telefoniert hat?

Bevor ich mir ausreichend Gedanken dazu machen kann, vibriert mein Handy erneut, weil Aiden diesmal anruft. Ich trete den Rückzug in mein Büro an und nehme das Gespräch an.

»Hey«, begrüße ich ihn und versuche, so normal wie möglich zu klingen.

»Selber hey«, erwidert er. »Du hattest angerufen?«

»Ja, aber die Mailbox ging direkt ran. Mit wem telefonierst du denn so früh morgens?«

Stille am anderen Ende der Leitung. Ein Zustand, der in den Gesprächen, die ich führe, momentan viel zu oft auftritt.

»Es ist nach acht, Aaron. Ich arbeite.« Er klingt gereizt. »Was wolltest du?«

»Lauren ist keine Industriespionin«, erwidere ich. »Zumindest keine, die Sarah geschickt hat.« *Aber offensichtlich eine, die du und Ralph geschickt haben,* füge ich in Gedanken hinzu.

»Du warst bei Sarah?«, ertönt seine überraschte Frage.

»Ja. Wir waren essen. Es war nett.«

»Nett? Warst du mit ihr im Bett?«

»Nein.«

»Lügen haben dir noch nie gestanden, Aaron.«

»Warum sollte ich lügen?«

»Weil wir hier von Sarah Watson sprechen. Der Frau, der du ans Höschen bist, obwohl sie die Tochter von deinem Erzfeind ist.«

»Wir haben uns eben gut verstanden. Und wir verstehen uns immer noch gut. Wir sind lediglich auf dem besten Weg, Freunde zu werden.«

»Mit Vorteilen?«

»Vorteile für meine Sozialstrukturen: Ja. Vorteile für meinen Schwanz: Nein.«

»Wie läuft es mit deiner Assistentin?« Er versucht beiläufig zu klingen. Das kaufe ich ihm aber nicht ab und er wird es wissen.

»Oh wunderbar. Du hattest recht - ich hätte schon viel eher nett zu ihr sein sollen.«

»Warum hast du nicht schon eher auf mich gehört?«

»Sarah hat mir ein paar Geheimtipps verraten.«

»Die da wären?«

Ich lache auf. »Als ob ich sie dir verrate, damit du sie für deinen Vorteil nutzen kannst.« Ich lasse es so klingen, als wäre ein Vorteil bei den Frauen gemeint. Wir haben aber schon oft genug in Business Meetings zusammengesessen, dass wir eine gewisse Geheimsprache haben und zwischen den Zeilen kommunizieren. Und Aiden teile ich gerade mit, dass ich weiß, dass die Scheiße auch an seinen Fußsohlen klebt.

Es würde auch Sinn ergeben, warum er jetzt plötzlich in L.A. aufgetaucht ist. Dies ist sein Kontrollbesuch, ob Ralphs und sein Plan auch aufgeht.

Die Tür geht auf und Lauren betritt wie immer ohne anzuklopfen mein Büro. Die Tasse Tee trägt sie in den Händen.

»Ich muss auflegen, Aiden.« Damit beende ich das Gespräch zwischen einem meiner besten Freunde und mir und wende mich Lauren zu. Bei dem Namen Aiden ist sie definitiv hellhörig geworden. War er vielleicht mit ihr im Bett und Christina hat sich deswegen von ihm getrennt? Immerhin weiß ich, dass Frauen für Aiden einiges tun. Mit Sicherheit auch, sich als verklemmte Assistentin im Büro des besten Freundes aufspielen, damit der Mann zuhause etwas zu lachen hat.

»Danke, Lauren. Stellen Sie die Tasse einfach auf den Schreibtisch.«

»Fünf Minuten muss der Tee noch ziehen.«

»Ansonsten wird er bitter. Ich weiß. Das Vergnügen hatte ich bereits«, sage ich mit diesem charmanten Lächeln, das ich ab sofort für sie reserviert habe. Ich habe tatsächlich an dem Tee genippt. Nachdem er kalt war und bereits drei Stunden gestanden hat. Einmal und nie wieder.

»Kann ich sonst noch etwas für Sie tun?«, fragt sie nach.

»Ja«, erwidere ich erneut zu ihrer Überraschung. »Sehen Sie zu, dass Sie alle wichtigen Dinge bis zum Lunch erledigt haben. Sie werden mich nämlich auf alle Außentermine heute begleiten.«

Und wieder ist sie sprachlos. Ich scheine das Spiel wirklich gut zu beherrschen.

»Haben Sie damit ein Problem? Gestern waren Sie noch ganz erpicht darauf, mich zu begleiten«, frage ich nach.

»Kein Problem, Sir.«

»Lassen Sie das ›Sir‹ endlich weg, Lauren«, erwidere ich in einem freundschaftlichen Tonfall, der sie noch weiter aus dem Konzept bringt.

»Natürlich.«

»Danke«, rufe ich ihr noch hinterher, als sie mein Büro wieder verlässt. Ich werfe einen Blick auf die Uhr. Ich bin bereits eine halbe Stunde auf der Arbeit und Lauren hat mir noch keinen ihrer besserwisserischen Kommentare entgegengebracht. So wie ich die Sachlage einschätze, wird das heute auch nicht mehr passieren. Beschwingt setze ich mich an meinen Schreibtisch und starte in meinen Berufsalltag, den ich endlich wieder zu haben scheine.

10. Kapitel

Ich kann mein Glück kaum fassen. Keine zickigen Kommentare, abfällige Blicke oder sonstige Sperenzchen, die Lauren die letzten Tage abgezogen hat. Sie ist zum Inbegriff eines indiskreten Schattens geworden, den sich jeder Chef in Form eines persönlichen Assistenten wünscht. Meiner ist mit ein bisschen Geduld doch noch wahr geworden. Geduld und ein bisschen Feingefühl sind die Zauberwörter. Natürlich die gute weibliche Freundin mit den tollen Vorschlägen nicht zu vergessen.

Man könnte meinen, dass mein Leben wieder dem Paradies gleicht, das es vor Laurens Auftauchen war. Aber leider habe ich den vollkommenen Zustand noch nicht herstellen können, da etwas Elementares in meinem Tagesablauf fehlt - Kaffee und gutes Essen.

Sollte ich von dem grünen Tee und den veganen Lunchpaketen abweichen, sehe ich bereits ihr dämliches Grinsen vor meinen Augen. Und den passenden Kommentar kann ich mir ebenfalls zusammenschustern: »*Na, Mr. Anderson? Doch nicht das Stehvermögen eines ganzen Kerls?*«

Will ich diesen Satz aus ihrem Mund hören? Nein! Also bleibe ich die nächsten sechs Wochen brav beim grünen Tee und den tierfreien Nahrungsprodukten. Ich muss einfach eine halbe Stunde eher aufstehen, um ordentlich zu frühstücken, und meinen Kühlschrank für die Abende gut gefüllt halten. Nichts leichter als das. Ich habe bereits mein Handy in der Hand, um Lauren mit der ehrenvolle Aufgabe der Befüllung meines Kühlschrankes zu beauftragen, als mir der fatale Fehler meines Plans auffällt - wenn ich Lauren damit behellige, habe ich einen Kühlschrank voll Tofu und Sojamilch. Daher beschließe ich, meiner Haushälterin die ehrenvolle Aufgabe zu geben. Emma ist Mitte 50 und die Diskretion in Person. Zudem weiß sie einfach, wie man einem Mann wie mir ein angenehmes Leben beschert. Das mag daran liegen, dass sie selbst drei Söhne hat, der älteste ist zwei Jahre älter als ich. Zu Weihnachten und zum Geburtstag erhält sie von mir einen extragroßen Präsentkorb samt Blumenstrauß.

Prompt erhalte ich auch eine Antwort auf meine SMS. Wenn ich heute Abend nach Hause komme, werde ich jede Menge männliche Nahrung in meinem Zuhause haben. Mit dem Gedanken an eine festliche Mahlzeit nach Feierabend lege ich mein Handy zurück auf den Schreibtisch, greife zur Gabel und beginne in dem Salat vor mir herumzustochern. Lauren hat ihn mir eben gebracht. Gurken, Tomaten und eine undefinierbare Masse, die ich als Tofu identifizieren würde. Immerhin liegt ein Stück Baguette dabei, das essbar ist.

Während ich überlege, ob ich es mit dem Tofu probieren soll oder nicht, klopft es an der Tür.

»Ja?«, erwidere ich, ohne den Tofu aus den Augen zu lassen. Sobald die Tür aufgeht, hebe ich dennoch den Blick, da es nicht Lauren sein kann. Die Frau klopft nicht. Eins der Dinge, die ich ihr noch beibringen muss.

Als ich meinen Besucher erblicke, beschäftige ich mich doch lieber wieder mit dem Tofu. Der ist mir sympathischer.

»Hey«, begrüßt mich Aiden und schlendert auf mich zu. Er trägt Freizeitkleidung. Eine dunkle Hose, ein hellblaues Poloshirt und ein lässiges Jackett darüber.

»Hey«, erwidere ich wenig amüsiert über seinen Besuch. Er nimmt vor mir Platz und ich lege die Gabel beiseite, um mich ihm widmen zu können.

Augenscheinlich weiß er nicht so recht, wie er anfangen soll, weswegen ich es ihm einfach mache. »Was willst du?« Mein Tonfall ist genauso feindselig wie mein Gesichtsausdruck. Noch nie in meinem Leben war ich so sauer auf einen meiner besten Freunde. Ralph hat wenigstens so viel Mumm, einfach zu verschwinden und mich alleine in meinem Elend verrotten zu lassen. Wenn er jeden Tag hier im Büro wäre und sich ins Fäustchen lacht, dann hätte ich ihm eine fette Delle in seinen Porsche gehauen. Dafür wäre ich sogar extra in einen Baumarkt gefahren, um einen Hammer zu kaufen.

»Mich entschuldigen«, erwidert Aiden und beobachtet mich ganz genau.

»Dich entschuldigen? Für was denn?«, frage ich gereizt nach.

»Du weißt wofür.«

»Nein, weiß ich nicht.« Da ich wahrscheinlich nur die Spitze des Eisbergs gesehen habe, würde ich gerne einen Blick auf den ganzen Brocken werfen. Da Aiden keine Ahnung hat, wie viel ich weiß und unsere Freundschaft nicht weiter belasten will, muss er alles ausspucken. Statt die ganze

Geschichte in allen Einzelheiten vom Stapel zu lassen, betrachtet er mich schweigend. »Entweder du redest oder du gehst. Du weißt schließlich, wo die Tür ist«, sage ich und greife demonstrativ zu meiner Gabel.

»Du willst das tatsächlich essen?«

»Das ist gesund. Frag deine Spionin da vorne. Sie hat es mir schließlich serviert.«

»Aaron«, seufzt er meinen Namen.

»Ihr seid scheiß Freunde. Ich hoffe, ihr wisst das«, murre ich.

»Wenn du an meiner Stelle gewesen wärst, hättest du es auch lustig gefunden«, rechtfertigt er sich.

»Wenn ich an deiner Stelle wäre, würde ich mir Sorgen über meine Zukunft machen. Denn die Rache wird kommen. Still und unvorhersehbar wird sie über dich hineinbrechen und du wirst dir wünschen, mir damals am College niemals über den Weg gelaufen zu sein.«

Aidens Mundwinkel zuckt, was mich noch rasender macht.

»Ich meine das ernst!«

»Ich weiß. Und ich werde die gerechte Strafe erwartungsvoll in Empfang nehmen.«

»Schön. Jetzt sag mir, wo ihr die da vorne herhabt.«

»Das kann ich dir nicht sagen.«

»Weil du nicht willst oder tatsächlich nicht kannst?«

»Ein bisschen was von beidem.«

»Wessen Idee war es? Deine oder Ralphs?«

»Wenn ich dir die Frage beantworte, wirst du mir das eh

nicht glauben, weswegen ich es gleich lasse.«

»Spuck's aus, Aiden.«

»Nein.« Ohne dass ich irgendetwas unternehmen kann, platziert sich eben jenes dämliche Lächeln in seinem Gesicht, das ich an Lauren ebenfalls immer anblicken darf.

Ich ziehe die Augenbrauen nach oben. »Denkst du nicht, dass es mehr als fair ist, mich nun einzuweihen?«

»Fair wäre es, aber das wird nicht passieren.«

»*Bitte?*«, frage ich fassungslos nach.

»Ich muss für ein paar Tage aus der Stadt«, erwidert Aiden und erhebt sich von dem Stuhl. Meine Nachfrage ignoriert er völlig. »Ich wollte nur kurz vorbeischauen, um mich davon zu überzeugen, dass du nicht mit einer Mistgabel auf mich losgehst, wenn du mich das nächste Mal siehst.«

»Glaube mir! Da wird nicht eine Mistgabel auf dich warten, sondern eine ganze Meute *mit* Mistgabeln!«

»Ich freu mich.« Sein Grinsen wird immer breiter.

»Nimm die Tussi vor meiner Tür mit, wenn du gehst!«, rufe ich ihm hinterher.

Er bleibt stehen und dreht sich zu mir um. Sein Grinsen ist verschwunden. »Erstens bleibt Lauren die vollen sechs Wochen dort sitzen. Ob du willst oder nicht. Zweitens kauft sie dir die Nummer mit deiner Verwandlung zum Veganer nur ab, wenn du den Tofu mitisst und drittens«, er legt eine kurze Pause ein, ehe er in einem ungewohnt ernsten Tonfall fortfährt, »gebe ich dir einen Tipp, der dir nach den sechs Wochen das Leben leichter macht – nenne Lauren nicht ›Tussi‹.« Damit verschwindet er wieder aus meinem Büro und lässt mich alleine mit der riesigen Rauchwolke in meinem Kopf zurück.

Was. zum. Teufel. war. das. denn?

Ich bin drauf und dran aufzuspringen, ihm hinterher zu eilen und ihm eine reinzuhauen. Hollywoodfilmreif. Aber ich verkneife es mir. Ich fasse mir an die Stirn und starre die Tofu-Brocken auf dem Salat an.

Aiden hat genau das bekommen, was er wollte – nämlich die Gewissheit, dass ich nichts weiß. Außer, dass die alle unter einer Decke stecken und ich machtlos bin.

Wenn ich die Kontrolle zurückerlangen will, brauche ich Informationen. Jede Menge Informationen über Lauren. Wenn ich weiß, wo sie herkommt und wer sie ist, wird es ein Leichtes sein, die Verbindung zu Ralph und Aiden zu finden – und dann habe ich sie.

Ich spieße ein Tofustück auf und stecke es in den Mund. Wieso ist daran noch niemand gestorben? Wahrscheinlich weil es die Veganer-Lobby vertuscht.

Während ich kaue, um das Übel so schnell wie möglich hinter mich zu bringen, tippe ich eine SMS an Sarah.

›*Ich brauche dringend deine Hilfe.*‹

»Hat der Salat geschmeckt?«

Ich blicke Lauren nicht einmal an, als sie mir die Frage stellt. Die Schaufenster, an denen wir vorbeifahren, sind wesentlich interessanter.

»Ausgezeichnet. Ihr Geschmack ist unübertreffbar«, säusle ich die übliche Kette von Komplimenten in ihrer

Gegenwart herunter.

»Das freut mich. Ich werde es mir gleich notieren.«

Nun schaue ich sie doch an und beobachte, wie sie ein Notizbuch hervorholt, darin blättert, bis sie die richtige Seite hat und etwas niederschreibt.

»Was schreiben Sie da?«

»Ich notiere mir, dass Ihnen der Tofu-Salat geschmeckt hat und ich Ihnen den erneut besorge.«

Für einen kurzen Moment erwäge ich, Einspruch zu erheben. Ich habe zehn Minuten gebraucht, diese Tofu-Stücke hinunterzubekommen und bete nach wie vor, dass sie auch unten bleiben und sich auf der Baustelle nicht wieder dem Tageslicht präsentieren. Meine Verdauung wird mir das noch tagelang nachtragen. Dessen bin ich mir sicher. Ich beschließe aber, meinen Mund zu halten und das zu tun, was die sinnvollste Alternative ist - mein Spiel weiter spielen.

»Sehr umsichtig von Ihnen, Miss Hastings.« Bei der Erwähnung ihres Namens dreht sie den Kopf zu mir und mustert mich angespannt. »Alles in Ordnung?«, frage ich daher in einem fürsorglichen Tonfall nach.

Trage sie auf Händen und sie macht dein Leben zu keiner unerträglichen Hölle ... Es ist dann lediglich eine erträgliche Tofu-Hölle ...

»Sie haben mich Miss Hastings genannt«, stellt sie trocken fest.

»Ich dachte, ich zolle Ihnen den gebührenden Respekt, den Sie dank Ihrer sehr guten Arbeit verdienen.« Glücklicherweise kann ich mir das Lächeln automatisch ins Gesicht knipsen.

Wenn sie auch nur ein Wort von dem ganzen Gesäusel und Geschwafel glaubt, ist sie nicht einmal halb so intelligent, wie ich dachte.

»Vielen Dank, Mr. Anderson«, erfolgt prompt die Antwort. Und das, was sich in ihrem Gesicht abspielt, gefällt mir nicht. Da ist der Anflug dieses süffisanten Lächelns, das mich bis in die Alpträume verfolgt.

Fuck.

Aiden hat erkannt, dass ich nichts weiß. Ansonsten wäre er nicht einfach wieder abgehauen. Und sie weiß es nun auch. Es ist also nur eine Frage der Zeit, bis ich die alte Hölle wieder von innen sehe. Ich werfe einen Blick auf mein Handy. Sarah hat sich aber bislang noch nicht wieder gemeldet. Sie sagte, sie hätte eine Idee und ich würde von ihr hören, wenn sie etwas wisse. Jede Sekunde, die das aber dauert, ist eine Sekunde, die ich nicht habe.

»Wie war Ihre Lunch-Pause?«, wechsle ich das Thema auf dünnen Smalltalk.

»Ich habe gearbeitet«, erwidert sie und verstaut ihr Notizbuch wieder in ihrer riesigen Tasche, die sie überall mit hinschleppt.

»Sie haben nichts gegessen?«, frage ich leicht schockiert nach. Nicht, dass mir ihr Wohlbefinden am Herzen liegt, aber für eine Frau, die nur einmal am Tag ein Salatblatt isst, habe ich sie nicht gehalten. Wenn dem so wäre, hätte ich ihr diesen ganzen Unsinn, den sie mit mir abzieht, schon längst aus dem Hirn gevögelt. Denn dann gehörte sie zu den Frauen, die in meinem Universum als ›heiß‹ zu bezeichnen sind. Sie sind nicht unbedingt die hellsten Kerzen auf der Torte, aber guter Sex hat schließlich nichts mit der Fähigkeit zu tun, einen Nobelpreis zu gewinnen.

»Doch habe ich. Mein Käse-Schinken-Croissant war hervorragend.«

Mein Gehirn braucht ganze fünf Sekunden, um diesen Satz zu verarbeiten. »Ihr *Käse-Schinken-Croissant*?«

Sie nickt lässig.

»Ein Croissant mit Käse und Schinken?«, frage ich erneut nach.

»Genau«, sagt sie mit einem belustigten Lächeln über meine Nachfragerei.

»Schmeckt so etwas überhaupt? Wenn es vegan ist?«

»Ich esse doch keine veganen Käse-Schinken-Croissants«, sagt sie und hat genau den Ausdruck im Gesicht, den ich gehabt haben muss, als ich den Tofu auf meiner Gabel hatte.

»Sie sind keine Veganerin?«

Sie winkt mit der rechten Hand ab. »Dafür liebe ich Grillpartys zu sehr.«

Worüber soll ich schockierter sein? Dass sie keine Veganerin ist oder dass sie tatsächlich auf Partys geht?

Mir klappt der Mund auf und der Wutausbruch formt bereits die ersten Worte in meinem Kopf, die gleich aus mir herausbrechen werden. Aber eine Stimme in meinem Kopf versucht, mich davon abzuhalten. Egal welche Vorlage ich ihr liefern werde - sie wird sie annehmen und mir mit 250 km/h zurück ins Gesicht schleudern. Das sehe ich ihrer selbstgefälligen Haltung wieder an und dem großspurigen

Lächeln, das sich langsam, aber sicher wieder an die Oberfläche durchkämpft. Das darf nicht wahr sein. Ich konnte die Frau gerade einmal einen halben Tag aus dem Konzept bringen?

Ich bin ein Loser. Ein verdammter Loser.

Aus den Augenwinkeln nehme ich zudem Gavin wahr. Er muss einen Luftsprung vor Freude gemacht haben, dass er uns beide wieder kutschieren darf. Wir sind für ihn wahrscheinlich die beste Unterhaltung in seiner ganzen Karriere.

Beinahe habe ich den Kloß in meinem Hals hinuntergeschluckt, als mein Blick wieder auf Lauren fällt. Sie beobachtet mich. Mit diesem saublöden Ausdruck im Gesicht. Sie wartet förmlich darauf, dass ich explodiere. Am liebsten würde ich ihr den Gefallen auch tun. Jetzt hier im Auto. Damit sie die geballte Wucht abbekommt und nicht abhauen kann. Aber ich tue es nicht.

Ich balle die Hände zu Fäusten und wende mich ab. Wie mein Vater bereits sagte - ich kann nicht alle Kämpfe gewinnen, und um den Krieg zu gewinnen, muss ich mir die Schlachtfelder ganz genau aussuchen. Und das hier ist wieder eins, das ich nicht gewinnen kann. Aber das Nächste wird es sein.

Geduld, Aaron.

Hab einfach Geduld und ein bisschen Vertrauen in Sarahs Fähigkeiten.

Sage ich mir immer und immer wieder, damit ich Lauren nicht im Hier und Jetzt an die Gurgel springe.

Sobald wir die Baustelle erreichen, steigt Lauren aus dem Auto und begrüßt den Bauleiter sofort mit einem Handschlag.

Ich bleibe einfach im Auto sitzen und habe nicht im Entferntesten Lust, einen Fuß zu bewegen.

»Sir?«, fragt Gavin, der mir bereits die Tür aufhält und darauf wartet, dass ich aussteige.

Ich gebe mir einen Ruck und verlasse das Auto. Vor Gavin bleibe ich stehen und knöpfe mein Sakko zu. »Das wird hier eine Weile dauern«, informiere ich ihn. »Könnten Sie mir einen Gefallen tun?«

»Natürlich, Sir«, höre ich die Antwort, die ich erwartet habe.

»Bitte besorgen Sie mir einen extragroßen Kaffee mit doppelt Koffein und einen echten Burger.«

Wenn er über meine Bitte verwundert ist, lässt er es sich nicht anmerken. »Selbstverständlich, Sir. Für die Dame auch?«

Er deutet auf Lauren, die gerade von dem Bauleiter einen Schutzhelm gereicht bekommt und ihn sich auf den Kopf setzt. Er ist ihr wieder viel zu groß. In einem anderen Leben hätte ich das vielleicht sogar witzig gefunden, sie mit dem Helm zu sehen und hätte sie aufgezogen.

»Nein, für die Dame nicht«, erwidere ich stur, klopfe Gavin aus Dankbarkeit auf die Schulter und begebe mich zu Lauren und dem Team, das auf mich wartet.

11. Kapitel

Ich stelle das Wasser in der Dusche an und schließe die Augen, sobald der eiskalte Wasserstrahl meine Haare trifft. Das Wasser läuft meinen Nacken hinab, über meine Schultern und bahnt sich dann den Weg über den Rest meines Körpers.

So ein verdammt beschissener Tag.

Ich strecke die Hände aus und stütze mich an den kühlen Fliesen ab. Allmählich wird das Wasser wärmer. Selbst wenn es eisig bleiben würde, störte es mich nicht.

Alle Außentermine, die ich heute dummerweise mit Lauren zusammen absolviert habe, glichen sich. Sie stieg als Erstes aus, bevor Gavin ihr die Tür öffnen konnte, eilte auf den Verantwortlichen zu, schüttelte Hände und schleimte sich bei allen ein. Sie lobte, stellte intelligente Fragen und hatte immer dieses arglose, charmante Lächeln um die Lippen, was sie als unschuldigen Engel darstellte und auf das die Baufuzzis alle abfuhren. Nur wenn sie mich ansah, änderte sich ihr Gesichtsausdruck und konnte an Selbstgefälligkeit nicht mehr übertroffen werden. Ich hielt mich dezent im Hintergrund, schaute mir alles an, hatte dazu aber nicht viel zu sagen. Immerhin schaute ich nie auf den Baustellen vorbei. Ich hatte Leute im Unternehmen, die Berichte bekamen, diese lasen und mir mitteilten, wenn ich auf einer Baustelle auftauchen musste, weil meine Kredithaiarroganz als Motivation gefordert war. Ich tauchte aber nie auf, um einen netten Plausch zu halten und um mir zeigen zu lassen, wie toll alles lief. Lauren hingegen war dafür Feuer und Flamme. Sie zog jedes Mal ihr Klemmbrett aus der Tasche und begann jedes Wort, das gesagt wurde, mitzuschreiben. Sie erkundigte sich nach Budgets, Bauplänen und all dem anderen Zeugs, das von Interesse ist, wenn man auf einer Baustelle herumläuft.

Mich interessierten die Baustellen nicht. Das Einzige, das mich interessierte, war Lauren. Ich beobachtete sie die ganze Zeit. Wenn sie in Gespräche vertieft war, wenn sie herumlief und sich Dinge ansah, wenn sie einfach stehen blieb, um auf ihrem Klemmbrett herumzukritzeln. Die meiste Zeit starrte ich ihren Schutzhelm an, der ihr jedes Mal zu groß war und ihr immer vor die Augen rutschte, wenn sie den Kopf bewegte. Entweder schob sie den Helm zurück an die richtige Stelle oder bewegte ihre Brille den Nasenrücken hinauf. Obwohl sie inhaltlich auf alle Beteiligten einen völlig kompetenten Eindruck machte, wirkte sie auf mich häufig unbeholfen. Ich konnte aber nicht zuordnen, wo das herkam. Sie ist souverän und hat für meine Begriffe zu viel Selbstbewusstsein. Irgendwie passt ihr Aussehen aber nicht zu ihrem Charakter. Ich weiß selbst nicht, wie ich auf so komische Gedanken komme.

Die Frau hat keine Schwäche.

Nichts.

Sie ist ein weiblicher Hulk, nur dass ihre Haare noch ein bisschen besser sitzen, sie nicht grün ist, ansonsten aber alles weghaut, was ihr Probleme machen könnte. Auf einer Baustelle saß eine riesen Spinne an der Wand. Hätte sie geschrien, wäre ich in den nächsten Scherzartikelladen gerannt und hätte jede Plastikspinne gekauft, die sie auf Lager gehabt hätten. Mir ist bewusst, dass ich damit ein kindisches Niveau erreicht hätte. Aber alleine der Gedanke daran, die Viecher überall an ihrem Arbeitsplatz zu drapieren, hätte mich bei Laune gehalten. Jedoch hat Lauren die Spinne gesehen und mit einem Schulterzucken »die ist doch ganz niedlich« die Anwesenheit des Insekts kommentiert. Wenn eine Frau nicht einmal vor Spinnen Angst hat, hat sie überhaupt keine Angst.

Sarah hat sich bislang nicht gemeldet, weswegen ich immer unruhiger werde. Bis zum Feierabend hatte Lauren ihre blöden Sprüche wieder aus dem Keller geholt und sie munter vom Stapel gelassen. Insbesondere, als Gavin mir meinen Kaffee und den Burger reichte.

Ja. Das war die Vorlage für volle zwei Stunden Lauren-Folter.

Das Wasser ist mittlerweile heiß und ich seife mich ab. Es bringt ja nichts, mich an dem Wasser zu verbrennen, während ich mir über eine Frau den Kopf zermartere, die keinen verdammten Schwachpunkt hat, an dem ich sie treffen könnte. Zumal mein letzter Gedanke in diesem Leben Lauren wäre. Und das ist eine Situation, die ich um alles in der Welt vermeiden möchte.

Nachdem ich das Shampoo ausgespült habe, drehe ich das Wasser ab und trete aus der Dusche. Ich trockne mich ab und ziehe mir eine Boxershorts über. Dann begegne ich meinem

Blick im Spiegel. Die Fläche ist noch beschlagen, weswegen ich mich nur schemenhaft erkennen kann. Mit der flachen Hand wische ich darüber. Feine Wassertropfen sind nach wie vor auf der Oberfläche, aber ich kann nun meine hellblauen Augen erkennen. Ich betrachte meine dunklen Haare, die nach dem Duschen Locken werfen, wenn ich sie zu lang trage, was momentan der Fall ist. Aber ich habe andere Probleme, als zum Frisör zu gehen.

Plötzlich bemerke ich sie - die Falte zwischen meinen Augenbrauen. Diese Falte habe ich bislang noch nie an mir gesehen. Erschrocken fasse ich sie an und ziehe sämtliche Grimassen, die mir in den Kopf kommen, aber sie geht nicht weg.

Seufzend gebe ich mich dem Offensichtlichen geschlagen - Lauren hat mir eine Falte in mein attraktives Gesicht verpasst. Und ich wette, dass ich die nie wieder loswerde.

Das Telefon läutet und bewahrt mich davor, mich weiter mit meinem entstellten Gesicht auseinanderzusetzen. Ich schlinge mir ein Handtuch um die Hüften und schnappe mir das schnurlose Festnetztelefon. Dem Display entnehme ich, dass der Anruf vom Portier kommt.

»Ja?«, frage ich deshalb direkt, als ich das Gespräch annehme.

»Guten Abend, Sir. Eine Dame ist hier und würde gerne zu Ihnen hoch gelassen werden.«

Wenn das Lauren ist, erschieße ich mich doch gleich selbst …

»Wie heißt denn die Dame?«

»Sarah Watson.«

Ich atme erleichtert auf. »Alles klar. Schicken Sie sie rauf.«

»Einen angenehmen Abend, Sir.« Ehe ich richtigstellen kann, dass Sarah weder eine Escort-Dame noch eine Freundin mit gewissen Vorteilen oder direkt ausgesprochen - eine der vielen Schlampen in L.A. ist, die sich auf reiche Männer spezialisiert hat –, hat er bereits aufgelegt. Ich lege das Telefon zurück auf die Station und ziehe mir in Windeseile ein Paar Socken, eine Chino-Hose und ein schlichtes T-Shirt an. Den Lounge Hoodie streife ich auf dem Weg zur Tür über. Ich öffne sie gerade, als Sarah klopfen will.

»Hey«, begrüßt sie mich unsicher, als sie bemerkt, dass ich gerade aus der Dusche komme. »Störe ich?«

»Nein, komm rein«, erwidere ich und trete beiseite. Sie geht mit einem verhaltenen Lächeln an mir vorbei. Ihr Parfüm nehme ich sofort wahr. Blumig mit einer leichten Süße. »Magst du was trinken?«, frage ich und bleibe vor meiner schwarzen Sitzgarnitur stehen, auf der sie sich niedergelassen hat.

»Ja, bitte.«

»Warte kurz«, sage ich und verschwinde in der Küche. Mir war es wichtig, ein Apartment zu besitzen, in dem die Küche nicht in den Wohnbereich integriert ist. Für den Fall, dass ich mal eine Frau mit nach Hause nehme, die der Meinung ist, für mich kochen zu wollen und meine ganze Wohnung mit Rauchschwaden füllt.

Ich hole ein Wasser für mich und eine Saftschorle für Sarah. Als ich neben ihr sitze, reiche ich ihr das Glas. Sie hat ihr Jackett ausgezogen und sitzt jetzt in einem roten

Bleistiftrock und einer weißen Bluse vor mir. Die hohen Schuhe hat sie sich ebenfalls von den Füßen geschoben. Auf ihrem Schoß liegt ein Tablet-Computer.

»Danke«, sagt sie und stößt mit mir an. »Auf ein erfolgreiches Video-Telefonat«, fügt sie hinzu und nimmt einen Schluck.

»Was für ein Video-Telefonat?«, frage ich verwirrt nach.

Sie stellt das Glas auf den Beistelltisch und nimmt dann das Tablet in beide Hände, ehe sie mich mit ihren Augen fixiert. »Du weißt doch, dass ich damals mit diesem Politiker ausgegangen bin.« Ich nicke. »Wir hatten Sex und er hat uns heimlich dabei gefilmt.«

»Ach ...«, ist das Intelligenteste, das mir dazu einfällt.

»Ja. Dumme, unerfahrene Sarah«, erwidert sie in Selbstironie. »Jedenfalls war er der Meinung, mich erpressen zu wollen. Entweder spendet mein Vater für seinen nächsten Wahlkampf eine hübsche Summe oder das Video landet bei den erstbesten Klatschmagazinen.«

»Und dein Vater hat bezahlt?«, frage ich unglaubwürdig nach.

»Nein«, antwortet sie mit einem Kopfschütteln. »Ich habe das Problem gelöst, ohne dass er Wind davon bekam. Und zwar mit Chens Hilfe.«

»Was ist Chen?«

»Die Frage ist, *wer* ist Chen.« Sie wedelt mit dem Pad in ihrer Hand. »Er ist einer der IT-Spezialisten in der Firma meines Vaters und wir haben zufällig denselben Humor, weswegen wir uns prächtig verstehen. Ich habe mich mit dem

Mistkerl von Erpresser erneut unter einem Vorwand, auf seine Forderung einzugehen, getroffen, die Sicherheitskopie mitgehen lassen - die nebenbei bemerkt sehr leicht zu finden war, weil er den Tick hatte, alles zu beschriften - und Chen hat sich in das System eingehackt, um alle anderen digitalen Kopien verschwinden zu lassen. Dabei hat er ein paar andere nette Videos von dem Kerl gefunden, die ich dann gegen ihn verwenden konnte, falls er irgendwo noch eine Sicherheitskopie gebunkert gehabt hätte.«

»Lauren hat mit mir leider kein Sexvideo gedreht, bei dem ich Hilfe brauche«, erwidere ich.

»Ich weiß. Aber Chen kann sich in euer System einloggen und an ihre Personalakte kommen. Das ist doch das, was du willst, oder? Wenn ja - die Akte ist ein Anruf entfernt.«

»Ruf ihn an«, sage ich sofort und sitze aufrecht neben ihr.

»Alles klar.« Sie loggt sich in die App ein und ruft den Typen namens Chen an.

Nach dem ersten Klingeln wird sofort die Verbindung hergestellt und ein asiatisch aussehender Mann winkt fröhlich in die Kamera. »Hi Sarah«, begrüßt er sie in akzentfreiem Englisch.

»Der ist ja gerade mal volljährig«, lautet mein erster Kommentar zu seinem Aussehen.

»Ich bin 22«, erwidert er sofort.

»Chen, das ist Aaron«, stellt Sarah mich vor.

»Hi Aaron«, werde ich nun ebenfalls mit einem Winken begrüßt.

»Chen war damals Praktikant, als er mir geholfen hat«,

fügt Sarah als Erklärung hinzu.

»Na dann«, erwidere ich und hoffe, dass er das halten kann, was Sarah soeben versprochen hat.

»Ich soll mich also bei Anderson & Baker im Netzwerk ein bisschen umsehen?« Er wirkt fast gelangweilt, wie er das so sagt.

»Ja, bitte«, sage ich. »Ich brauche nur eine Personalakte. Sollte nicht allzu schwer sein, da heranzukommen, wenn man weiß, was man tut.«

»Ich könnte Ihnen selbst alle klassifizierten Dokumente auf eine Festplatte ziehen, wenn ich wollen würde«, stellt Chen klar.

Als Konzernchef so etwas zu hören, ist natürlich unheimlich beruhigend.

»Haben Sie einen Log-in für mich?«

»Ich dachte, sie brauchen zwei Klicks?«, antworte ich mit einem leicht sarkastischen Unterton.

»Ich komme auch ohne Log-in hinein, aber wenn Sie mir einen geben, geht es zehn Minuten schneller.«

Ich nenne ihm Benutzer-ID und Passwort.

»Falls Sie sich Gedanken über die Spuren machen, die wir hinterlassen könnten – wenn es nach dem System geht, waren Sie seit Feierabend nicht mehr online«, führt er aus, während er auf einer Tastatur tippt, die nicht zu sehen ist. »Wie heißt die Person?«

»Lauren Hastings«, sage ich.

»Hab sie«, sagt er sofort.

»Und?«, fragen Sarah und ich zeitgleich.

»Moment«, erwidert Chen ungeduldig und schaut irritiert und zugleich todernst auf den Bildschirm, den wir nicht einsehen können.

»Was ist es?«, frage ich angespannt.

Chen wedelt mit der Hand vor der Kamera, um uns anzudeuten, ruhig zu sein. Sarah legt mir eine Hand auf den Unterarm und ich halte endlich meine Klappe, während Chen sich dort irgendetwas anzusehen scheint, das nicht das ist, was er erwartet hat. Die Sekunden ziehen sich quälend in die Länge, bis er wieder in die Kamera blickt.

»Okay«, sagt er.

»Okay, *was*?«, frage ich ungeduldig nach.

»Da ist keine Personalakte.«

»Aber du hast doch gerade eben gesagt, dass da eine ist!«, erwidere ich ungeduldig.

»Da ist ein Ordner mit ihrem Namen, aber keine Akte.«

»Nur ein Ordner? Mit nichts drin?«, lautet meine fassungslose Nachfrage.

»Als *nichts* würde ich das nicht bezeichnen. Schaut euch das selbst an.«

Er klickt mit der Maus und ein Download startet in dem Chatfenster. Gebannt beobachte ich den Balken, der sich immer weiter nach rechts schiebt, bis das Video geladen ist. Sofort drücke ich Play.

Chen verschwindet und das Video wird auf den gesamten Bildschirm vergrößert. Zu sehen ist Ralph, wie er an seinem Schreibtisch sitzt und gelangweilt in die Kamera blickt. »Echt jetzt, Aaron?«, fragt er nach und stützt seinen Kopf auf seiner rechten Hand ab. »Du hast einen Hacker beauftragt, das Konzernsystem zu infiltrieren? Ich hoffe, du traust dem Mistkerl. Ansonsten haben wir ein Problem.« Ich werfe bei Ralphs Worten Sarah einen fragenden Blick zu. Sie nickt beschwichtigend und ich konzentriere mich wieder auf die Videobotschaft. »Ich hatte wirklich gedacht, dass du die Eier hast, mit Lauren zurechtzukommen. Aber da habe ich dich augenscheinlich überschätzt. Ich wäre dir daher sehr dankbar, wenn du an deinen Fähigkeiten arbeiten würdest, dich mit schwierigen Situationen besser zurechtzufinden. Denn wenn du die sechs Wochen nicht aushältst, haben wir ein kleines Problem. Und ein kleiner Tipp am Rande - sei einfach nett zu ihr. Spiel mit ihr keine blöden Spielchen und versuche nicht, den Kopf vom Fisch zu finden. Sei einfach nett. Bekommen wir das hin? Ich hoffe! Und wenn ich zurückkomme und unser gesamtes Konzernnetzwerk dank eines Hackerangriffs lahm liegt, wird dein Kopf als Erstes rollen.«

Damit ist die Videobotschaft beendet und Chen erscheint wieder auf dem Display. »Nur um eines klarzustellen - ich bin *vertrauenswürdig.*« Er betont jede Silbe des letzten Wortes.

»Ich vertraue Sarah und wenn sie dir vertraut, reicht mir das. Und wenn du doch etwas anstellst - ich weiß, wie du aussiehst.«

»Jetzt schlottern mir die Knie«, erwidert er mit einem Augenverdreher. »War's das? Mehr kann ich für euch nicht tun. Wenn keine Akte da ist, kann ich sie nicht herzaubern.«

»Ja, danke, Chen«, antwortet Sarah.

»Alles klar. Schönen Abend noch«, verabschiedet er sich

und dann ist die Leitung tot.

Ich stöhne genervt auf. »Eins muss ich Ralph lassen - wenn er sich mit seinen Freunden einen Scherz erlaubt, dann richtig.«

»Was machen wir jetzt?«

»Es gut sein lassen?«, frage ich hoffnungslos. »Ich habe sie heute den ganzen Tag beobachtet. Die Frau hat keine Schwächen. Höchstens für schlechten Modegeschmack. Ralph und Aiden haben sie mit Sicherheit unter Tausenden von Bewerberinnen gecastet. Ich habe keine Ahnung, was der ganze Mist soll. Vielleicht ist es tatsächlich die Rache für mein früheres Verhalten und ich sollte es einfach so hinnehmen, wie es ist. Es sind noch gute fünf Wochen. Die überlebe ich irgendwie. Wenn nicht, mache ich einfach Urlaub. So wie ich Lauren in den letzten Tagen kennengelernt habe, schafft sie es, den gesamten Konzern alleine zu führen, wenn man sie lässt.«

»Tut mir leid«, sagt Sarah in einem aufrichtigen Tonfall.

Ich drehe den Kopf und blicke sie an. »Dir ist klar, dass Chen sich deinen Porno angeschaut hat?«

»Möglich«, sagt sie mit einem Schulterzucken und legt das Tablet beiseite, um einen Schluck von der Saftschorle zu trinken. »Er ist ein Mann. Alles andere hätte mich schockiert.« Sie grinst mich an.

Ich blicke ihr in die Augen und verweile ungewöhnlich lange in der Position. Sarah wird plötzlich nervös, fummelt an dem Ring an ihrem Zeigefinger und stiert mir schließlich auf den Mund. Die sexuelle Spannung zwischen uns ist greifbar.

»Wir hätten das vorher schon probieren sollen«, sage ich,

als ich den Blickkontakt unterbreche und einen Schluck von meinem Wasser nehme.

»Was?« Ihre Stimme ist brüchig.

»Freunde sein.« Ich schaue sie wieder an und die Funken zwischen uns sind verschwunden.

Sarah lächelt mich erleichtert an. Ich weiß, dass sie nicht Nein sagen würde, wenn ich es drauf anlegte. Ihr gegenüber will ich aber kein Arschloch mehr sein, weswegen ich die Finger von ihr lassen werde. Wir haben beide genug Probleme. Zudem ist sie momentan die einzige Allianz, die ich auf meiner Seite weiß. Um ehrlich zu sein, ist es zur Abwechslung nett, mit einer Frau ein normales Gespräch führen zu können, ohne dass ich sie gleich umbringen will. Lauren ist tatsächlich auf dem besten Wege, mich zum Psychopathen zu machen. Hoffen wir nur, dass am Ende nicht die Therapeuten als Gewinner aus der Sache hervorgehen.

»Woran denkst du?«, fragt mich Sarah und legt den Kopf leicht schief.

Ich lasse mich in die weichen Kissen sinken und starre die hohe Zimmerdecke an. »Ob ich am Ende zu einem Therapeuten muss, weil ich Lauren nicht mehr aus dem Kopf bekomme. Wahrscheinlich sollte ich auch einen Allgemeinmediziner aufsuchen, wenn ich mir überlege, was ich in den letzten Tagen meinem Körper alles zugemutet habe.«

»Ich muss morgen für ein paar Tage an die Ostküste. Aber wenn ich wieder da bin, hättest du Lust auf einen gemeinsamen Lunch?« Sie wirkt beinahe schüchtern, als sie mich das fragt.

»Klar«, erwidere ich sofort. »Wenn ich dir bei dieser Job-Sache helfen soll ...«

Sie schüttelt sofort den Kopf. »Ich hätte damit nie anfangen sollen.«

»Ich denke, wir sind beste Freunde. Denen erzählt man auch die richtig dummen Ideen.«

»Beste Freunde, hm?«

»Wie sagt ihr Frauen immer? BFF's?«

»Bewirbst du dich gerade auf meine freie Best-friends-forever-Stelle?«

»Hätte ich denn als Mann eine Chance?«

»Du kennst dich mit Frauen wahrscheinlich besser aus, als ich selbst. Es sei denn, sie heißt Lauren.«

»Danke, Sarah. Vielen lieben Dank. Meine Laune, die nebenbei bemerkt gerade gut war, verabschiedet sich wieder.«

»Schmollen kannst du wie eine Frau. Testen wir das nächste Level.« Sie stellt ihre Schorle beiseite und steht auf. Dann reicht sie mir ihre Hand.

»Das nächste Level?«, frage ich irritiert nach, ohne mich zu bewegen.

Sie schnappt sich einfach meine Hand und versucht, mich nach oben zu ziehen. Kraft hat sie, das muss ich ihr lassen. Und ehe wir zusammen auf dem Teppich landen, weil ich doch mehr davon habe, als sie, stehe ich auf.

»Du hast mich zum Essen ausgeführt, ich führe dich zu einem Mädelsabend aus.«

»Kann ich die BFF-Sache zurücknehmen?«

»Nein. Sei ein Mann und steh zu deinem Wort«, triezt sie mich und sammelt ihre Sachen ein.

»Was hast du vor, Sarah?« Ich verschränke die Arme vor der Brust und signalisiere ihr damit, dass ich mich keinen Millimeter bewegen werde, wenn sie mir nicht sagt, welche Höllenpforte sie mir nun zeigen will.

»Kino«, sagt sie mit einer Selbstverständlichkeit, die mir Angst macht. Sofort versuche ich mir ins Gedächtnis zu rufen, was gerade im Kino läuft. Seitdem ich die Highschool verlassen habe, war ich nicht mehr im Kino. Warum auch? Um Frauen abzuschleppen, hat mein Auto gereicht. Die 120 Minuten im Kino, in denen man nicht einmal fummeln kann, ohne zu riskieren, rausgeschmissen zu werden, sind reine Zeitverschwendung, wenn man zwei Stunden Sex im Auto daraus machen kann.

»Ich war seit über zehn Jahren nicht mehr im Kino.«

»Dann wird es wieder Zeit. Du verpasst die besten Sachen.« Sie wirft mir meine Schuhe zu, die sie von der Garderobe genommen hat. Hätte ich sie doch direkt weggeräumt.

Ich fange sie auf und ziehe sie mir missmutig an. Das gehört wohl zu einer heterogenen Freundschaft dazu – Kompromisse machen. Immerhin hat sie bislang alles versucht, um mir mein Leben mit meiner Assistentin erträglich zu machen. Die Jacke nehme ich mir freiwillig von der Garderobe und halte ihr die Tür mit einer Verbeugung auf. Sie lächelt mich glücklich und zufrieden an, als sie an mir vorbeigeht. Im Flur hakt sie sich bei mir unter.

»Du wirst ihn lieben.«

»Den Film?«

»Nein, den Hauptdarsteller. Er ist der heißeste Kerl, den es momentan auf der Leinwand zu sehen gibt.«

Der heißeste Kerl?

Ich schlucke. »Du weißt, dass ich immer noch zwei Eier habe?«

Sie lacht. »Da wir keinen Sex haben, bist du so etwas wie mein schwuler bester Freund.« Ihr Ton ist nebensächlich und salopp. Es ist wahrscheinlich ein Witz oder ein dummer Spruch. Aber er bringt mein Ego gewaltig ins Wanken. Seit Tagen bombardiert Lauren mich mit Sätzen, für die ich jeder anderen Frau den Arsch versohlt hätte - meine Assistentin ist jedoch unantastbar. Aus irgendeinem Grund steht sie über den Dingen und lacht mich von ihrem Podest vor aller Welt aus. Das kann nur geschehen, weil Ralph sie an die Hand genommen und dort platziert hat. Über Aidens Rolle in dem ganzen Spektakel will ich nicht nachdenken.

Sarah steht aber vor mir. Sie ist eine Frau, die eigentlich nicht an meinen männlichen Qualitäten zweifeln sollte. Sie hat sie erlebt, gefühlt und um mehr gebettelt. Und an ihr Flehen werde ich sie erinnern.

Ohne Vorwarnung dränge ich sie an die Wand. Mein Körper drückt gegen ihren und sie keucht erschrocken auf. Ihr Atem geht schnell und sie schaut überrascht in meine Augen. Sie versucht, ihre Erregung zu verstecken, schafft es aber nicht. Mein Schwanz wird bei so viel Körperkontakt steif und sie spürt es. Er drückt sich gegen ihren Unterleib und das Feuer in ihren Augen lodert auf. Ich fühle, wie die Haut an ihren Handgelenken wärmer wird. Ihre Lippen öffnen sich, es kommt aber kein Wort heraus. Stattdessen beben sie vor Verlangen.

Sarah blinzelt - und plötzlich ist alles verschwunden. Die Begierde, die Lust und das Feuer. Ich trete einen Schritt zurück. Die Message kam hoffentlich an.

»Ich bin nicht dein schwuler bester Freund«, stelle ich klar.

»Wann hast du das letzte Mal Sex gehabt?«

Bevor Lauren in mein Leben trat, hätte ich die Frage mit einem Wimpernschlag beantworten können. Oder ich hätte die perfekte Gegenfrage gehabt – *ist es nicht viel wichtiger, wann das nächste Mal sein wird? Und das, Babe, kann ich dir sofort beantworten ...*

Aber wir sind in der Zeitrechnung *n.L.* - nach Lauren - und ich muss in meinem Gedächtnis kramen, um mich überhaupt an Sex erinnern zu können. Mein Zustand ist einfach nur erbärmlich. Je länger ich mir über Sarahs Frage den Kopf zerbreche, desto breiter wird ihr Grinsen.

»Wenn du mir nicht gleich antwortest, mache ich mir ernsthaft Sorgen.«

»Sie war blond«, erwidere ich. An die Haarfarbe kann ich mich noch erinnern, weil sie mir einen geblasen hat und ich mir ihre Haarpracht dabei angeschaut habe. Aber ein Gesicht? Nicht in meinem Kopf zu finden und ein Name schon gar nicht.

»Wow«, antwortet Sarah mit einem Pfeifen. »Entweder bist du der größte Arsch auf Erden oder deine kleine

Assistentin macht ihren Job verdammt gut.«

»Es ist wahrscheinlich eine Mischung aus beidem.« Ich blicke sie unentschlossen an. Meiner Mimik kann sie die Gedanken in meinem Kopf blendend entnehmen.

»Aaron«, seufzt sie meinen Namen und verschränkt die Arme vor der Brust. »Ich werde keinen Sex mit dir haben.«

»Wir hatten schon Sex. Der nebenbei bemerkt grandios war. Und das behaupte ich wirklich nicht von jeder.«

Sie legt ihren Kopf leicht schief. »Das ist einer der Gründe, warum ich dankend ablehne.« Sie stößt sich von der Wand ab und geht weiter den Flur entlang. Ich folge ihr.

»Darf ich anmerken, dass das bereits viele Frauen behauptet haben und trotzdem nackt und willig in meinem Bett lagen?«

Sie schenkt mir ein zufriedenes Lächeln. »Es macht mir viel zu viel Spaß, mit dir befreundet zu sein. Das riskiere ich nicht für einen guten Fick.«

»Grandioser Fick.«

»Grandios, welterschütternd, affengeil. Nenne es, wie du willst - ich bin nicht interessiert.«

Wir betreten den Fahrstuhl und ich drücke auf dem Tastenfeld den Knopf für die Tiefgarage. Aus den Augenwinkeln beobachte ich Sarah, die mich ganz genau im Blick hat. »Versuch es gar nicht erst, Aaron«, warnt sie mich.

Aber sie hat meinen Ehrgeiz geweckt. Sie ist die Beute, ich der Jäger. Und wenn die Beute mir mit ihrem Arsch und den Titten vor dem Gesicht herumwackelt und mir weismachen will, dass ich sie nicht bekomme, kann es dafür nur ein vorstellbares Ende geben – ich werde sie kriegen.

Nackt.

Feucht.

Und bereit in meinem Bett.

»Warten wir ab«, erwidere ich und lächle zufrieden in mich hinein. Mir konnte noch keine Frau widerstehen, wenn ich es drauf angelegt habe. Und dass das eine schafft, die ganz genau weiß, was sie verpasst, ist ein Ding der Unmöglichkeit.

12. Kapitel

Ihre Lippen kleben an meinem Hals. Ich habe die Augen geschlossen und fahre mit den Händen ihren perfekten Körper hinab. Ihre weiche Haut, die festen Brüste, die wunderbaren Hüften. Ihre Zunge leckt nun über mein Ohr und sie stöhnt, als ich ihren Po fest umfasse. Ich weiß, wie ich sie berühren muss, damit sie die Kontrolle verliert und somit an mich abgibt. Es ist ein Kinderspiel. Ich hatte sie einmal im Bett und kann sie jederzeit wieder haben. Wem hat sie versucht, etwas vorzumachen?

»Aaron«, seufzt sie, als ich ihren Slip beiseiteschiebe. Das Stück Stoff ist so klein, dass ich es kaum spüre.

»Ja, Sarah?«, erwidere ich mit einem zufriedenen Lächeln auf den Lippen.

»Dein Schwanz. Jetzt«, keucht sie und krallt sich an meinem Hemd fest.

Mein Lächeln wird breiter. Ich packe ihre Hüften und hebe sie auf die Küchentheke. Ihre Pussy befindet sich jetzt auf perfekter Höhe zu meinem Schwanz, der bereits in der engen Hose zu protestieren beginnt. Wir haben uns beim Hereinkommen nicht einmal die Mühe gemacht, das Licht anzuschalten. Es ist dunkel. Lediglich die spärliche Beleuchtung von der Dachterrasse lässt die Umrisse um uns herum erkennen. Ich brauche kein Licht, um eine Frau zu verführen. Ich brauche zehn Sekunden, um sie an den richtigen Stellen zu berühren und sie ist Wachs in meinen Händen. Sie zerfließt und fleht mich um mehr an.

So wie Sarah.

So wie all die Frauen vor ihr.

So wie all die Frauen nach ihr.

Sie reißt an meinem Hemd, sodass die Knöpfe abspringen und sich auf den Fliesen verteilen. Mit ihren Fingernägeln fährt sie über meine Brust. Dann folgen wieder ihre Lippen und ihre Zunge. Gott. Die Frau weiß, was sie tut. Sie saugt an meiner Brustwarze, während sie meine Gürtelschnalle öffnet. Viel zu schnell schafft sie es. Mein Schwanz springt heraus. Sie umfasst ihn direkt. Streichelt ihn, liebkost ihn. Ich wünschte, sie würde sich mit ihrer Zunge an ihm austoben. Aber sie will ihn tief in sich und diesen Wunsch will ich ihr nicht verwehren. Die Nacht ist jung und vor Sonnenaufgang wird sie ihn mehr als einmal zwischen den Lippen gehabt haben. Sie lässt ihn los und streift mir die Hose samt Shorts über die Hüften. Ich trete einen Schritt an sie heran. Ihre Beine schlingen sich um meine Hüften und sie lehnt sich in freudiger Erwartung zurück. In der Dunkelheit kann ich erkennen, wie sie sich sehnsüchtig die Lippen leckt und dann auf die Unterlippe beißt.

»Bitte, Aaron.« Da ist es wieder. Das Flehen.

Ich beuge mich über sie, packe meinen Schwanz und blicke zu ihr auf. Ich liebe es, den Gesichtsausdruck zu beobachten, wenn ich in sie eindringe.

Sie ist feucht. So feucht, dass sie nicht lange brauchen wird, bis sie meinen Namen rücksichtslos in die Welt schreit.

Ein Stoß und ich werde ihr diesen Traum erfüllen.

Plötzlich geht das Licht an und ich halte inne. Ich blicke mich um und sehe niemanden, der das Licht hätte angeschaltet haben können. Sobald ich mich wieder Sarah zuwende, zucke ich zusammen. Sie ist verschwunden. Stattdessen sitzt dort Lauren. Ich bin wieder angezogen. Lauren hingegen trägt nicht mehr als einen roten BH und ein passendes Spitzenhöschen. Mit übereinander geschlagenen Beinen betrachtet sie mich. Ich sehe die Skepsis, aber auch die Neugierde und einen Hauch Angst davor, dass ihr gefallen könnte, was ich mit ihr anstelle. Ich strecke die Hand aus und will sie anfassen. Ehe ich sie berühren kann, wache ich auf.

Verschwitzt liege ich auf dem Bauch in meinem Bett.

Alleine.

Mit einem Ständer.

Ich brauche drei Sekunden, um die Orientierung wieder zu erlangen. Dann strecke ich die Hand aus, um den Wecker an meinem Handy auszustellen, ehe ich mich auf den Rücken drehe, um eine angenehmere Position für meinen Schwanz zu finden. Meine Finger fahren über mein Gesicht und ich lasse meine Hände einfach dort liegen. Vielleicht hilft das ja dabei, mich nicht mit der Realität auseinandersetzen zu müssen.

In zwei Wochen habe ich den fünften Traum von Lauren in Unterwäsche gehabt. Dass mein Schwanz bei Sarah wie eine Eins steht, kann ich nachvollziehen. Dass er aber nicht das Interesse verliert, sobald Lauren vor meinem inneren Auge auftaucht, macht mir Angst. Insbesondere, da sie immer dann auftaucht, wenn es zur Sache gehen sollte.

Lauren.

Sie will vielleicht in meinen Träumen an meinem Schwanz lecken, aber mit Sicherheit nicht im realen Leben. Dafür ist sie zu ... kontrolliert, frigide und nervtötend. Wahrscheinlich würde sie mir während des Sexes die Termine für den nächsten Tag ins Ohr flüstern. Aber selbst diese Vorstellung bringt meinen Schwanz nicht dazu, einen anderen Zustand einzunehmen.

»Gottverdammt«, murmle ich und starre das Zelt an, das sich um meine Hüften gebildet hat.

Ich greife das Kissen neben mir und drücke es mir auf das Gesicht. Sauerstoffmangel hilft vielleicht.

Vor zwei Wochen war ich mit Sarah im Kino. Die schlimmsten zwei Stunden in einer sehr, sehr langen Zeit. Der Saal war gefüllt mit Frauen, die die Leinwand ansabberten, sobald der Hauptdarsteller zu sehen war. Als er sein Shirt an der einen oder anderen Stelle auszog, startete das Gekreische, das ich bei einer Stripper-Show erwarte. Aber nicht im verdammten Kino. Sarah aß ihr Popcorn und grinste mich zwischendurch zufrieden an. Am Ende tätschelte sie meine Hand. Das war soweit der einzige Körperkontakt zwischen uns beiden. Intimer wurde es nicht. Jede Charmeoffensive und anzügliche Bemerkung ließen sie kalt. Es wurde zu einem Spiel zwischen uns beiden. Ich grabe sie an, sie spielt zwei Sekunden mit, ehe sie mich abblitzen lässt. Der Abend war nicht einmal zu Ende, ehe ich wusste, dass sie nicht mehr mit mir im Bett landen würde. Meine männliche Intuition hat mich in der Hinsicht noch nie getäuscht. Was Laurens Erscheinung in meinen Träumen jedoch zu bedeuten hat, kann und will ich nicht verstehen.

Allein der Gedanke an sie lässt meinen Schwanz zucken. Verräter. Ich stöhne und schlage die Decke beiseite. Mein Handy piept. Ich nehme es in die Hand und lese die SMS auf dem Weg ins Badezimmer.

›*7.30 Uhr Telefonkonferenz Prince Deal.*‹

Ich verdrehe die Augen. In einer Studie, die genau drei Tage andauerte, hat Lauren herausgefunden, wann mein Wecker morgens klingelt und nimmt diese Uhrzeit zum Anlass, mich mit den Terminen für den heutigen Tag zu nerven.

Diese. Frau. macht. mich. wahnsinnig.

Aber wir haben so etwas wie einen stillschweigenden Waffenstillstand getroffen. Sie gibt mir Kaffee - zumindest vier Becher am Tag - und ich spioniere ihr nicht mehr hinterher. Wir schaffen es sogar, wie normale Menschen miteinander zu kommunizieren. Immerhin brauche ich tatsächlich jemanden, der mir die nervigen Anrufe und E-Mails aus allen Abteilungen vom Hals hält. Wäre Ralph hier, würde er damit belästigt werden. Aber wenn 50 Prozent der Geschäftsführung im Urlaub sind, fixieren sich alle auf die Hälfte, die noch anwesend ist. Zu meinem Leidwesen bin ich das. Lauren hat das glücklicherweise im Griff.

Wir führen eine nüchterne Beziehung, die sich voll und ganz auf die Arbeit beschränkt. Sie mischt sich nicht in meine privaten Angelegenheiten ein und ich mache alles, was sie mir sagt - sofern es mit meinem Job zu tun hat.

Eins muss ich ihr tatsächlich lassen – sie ist verdammt gut, in dem, was sie macht. Immerhin dafür hat Ralph den richtigen Riecher gehabt. Hätte er mir eine Nervensäge, die auch noch inkompetent ist, vor die Tür gesetzt, wäre das Chaos vorprogrammiert gewesen.

Ich lege das Handy beiseite und will die Dusche anstellen, als es erneut ein Geräusch von sich gibt. Genervt verdrehe ich die Augen und greife nach dem Gerät. Überraschenderweise ist es aber nicht Lauren, die mir schreibt, sondern Sarah.

›*Wie lange braucht der Plastikverschluss einer Frischmilch-Verpackung, bis er verrottet ist?*‹

Um kurz nach 6 Uhr schickt sie mir so eine verdammte Frage?

Von den letzten zwei Wochen war Sarah vier Tage in der Stadt und hat sie mit mir verbracht. Da sie auf ihren Dienstreisen augenscheinlich jede Menge Langeweile hatte, haben wir dieses Spiel erfunden, dass wir *unnützes Wissen* getauft haben. Wenn einer von uns beiden über eine völlig banale Information stolpert, wird sie direkt dem anderen unter die Nase gerieben.

Ich lese die SMS erneut. Der Plastikverschluss von Frischmilch? Womit zum Teufel beschäftigt sich die Frau um diese Uhrzeit?

›*Zehn Jahre*‹, lautet meine Antwort.

›*450!!! Jahre.*‹

Wunderbar. Wieder ein bisschen unnützes Wissen mehr in meinem Kopf.

›*Wieso beschäftigst du dich um 6 Uhr morgens mit*

Plastikverschlüssen von Frischmilch-Verpackungen?‹

Die Antwort erfolgt prompt. ›*Bei mir ist es 21 Uhr abends und ich sitze mit ein paar Umweltschützern zusammen :) Ich wünsche dir einen wunderbaren Arbeitstag.‹*

›*Und dir eine gute Nacht X*‹, schreibe ich zurück und stelle mich endlich unter die Dusche.

Eine Viertelstunde später stehe ich in meinem begehbaren Kleiderschrank und ziehe mir einen dunkelblauen, dreiteiligen Anzug für den heutigen Arbeitstag an. Ich habe gerade die Krawatte gebunden und streife das Sakko über, als es an meiner Tür klingelt.

Bitte, lass es keine böse Überraschung sein. Nicht am heutigen Morgen. Ich schnüre mir die Schuhe in aller Ruhe zu. Wer auch immer um diese Uhrzeit den Weg auf sich genommen hat, wird die Geduld besitzen, vor meiner Tür zu warten. Da mein ungebetener Besucher am Sicherheitsdienst vorbeigekommen ist, steht er auf der Liste von Personen, die freien Zutritt zu dem Gebäude haben. Lauren steht nicht drauf. So viel ist sicher. Sarah sitzt irgendwo am Ende der Welt und betrinkt sich mit Umweltaktivisten. Bleiben meine beiden beste Freunde und meine Familie. Für einen Moment bete ich, dass es Ralph ist. Ihm würde ich gleich hier vor meiner Apartmenttür die Faust ins Gesicht schlagen. Selbst die Sicherheitskameras, die meine Tat filmen würden, wären mir egal. Hauptsache ich kann meinem Frust endlich Luft lassen.

Ich greife die Klinke und ziehe die Tür auf. Mit dem Rücken zu mir gewandt steht Aiden vor mir. Er hätte einen Kinnhaken genauso verdient wie Ralph. Er dreht sich zu mir um und blickt mich unschlüssig an. Wahrscheinlich kann er meine Gedanken lesen und ist sich noch unsicher darüber, ob ich in den letzten zwei Wochen genügend Antipathien gegen ihn gesammelt habe, um ihm tatsächlich eine reinzuhauen. Verdient hätte er es. Aber ich hätte vor ein paar Jahren auch jede Menge verdient. Eine Prügelei wäre das Mindeste gewesen.

»Wieder im Lande?«, begrüße ich ihn tonlos. Nur weil ich meine Hand schonen möchte, heißt es noch lange nicht, dass ich Aiden freundlich behandeln muss. Ich warte nicht einmal eine Antwort ab, sondern gehe zurück in meine Wohnung, um mich für die Arbeit fertigzumachen. Wie Lauren mir wunderbarerweise in Erinnerung gerufen hat, findet in einer guten halben Stunde eine Telefonkonferenz statt, an der ich teilnehmen muss.

Aiden folgt mir zwar, schließt die Tür aber nicht hinter sich. Am Ende des Flurs bleibt er stehen. An den Türrahmen gelehnt beobachtet er mich. »Wie läuft es?«

»Ende der Woche habe ich die Quartalsberichte. Dann kann ich dir mehr dazu sagen.« Ich spüre seinen bohrenden Blick im Rücken und drehe mich um, damit ich diesen Blick erwidern kann. »Wenn du die Situation mit meiner reizenden Assistentin meinst - warum fragst du nicht einfach sie? Ihr seid ja beste Buddys.«

»Meine Nachfrage war auf dein Leben gerichtet.«

»Du widersprichst mir nicht einmal? Wie oft telefoniert ihr? Zweimal täglich?«

Aiden schüttelt den Kopf. »Wird das jetzt immer zwischen

uns so ablaufen? Wir scheißen uns zehn Minuten lang an, ehe wir uns wieder vernünftig unterhalten können?«

»Hört sich nach einer guten Idee an. Obwohl ich zwanzig Minuten für passender halten würde.«

»Wir kennen uns seit dem College. Wir haben so viel Mist zusammen gemacht, dass uns die Geschichten für unsere Enkel nie ausgehen werden. Willst du das alles wegschmeißen, weil wir uns mit dir einen kleinen Spaß erlaubt haben?«

»Einen kleinen Spaß?«, fluche ich und gehe ein paar Schritte auf ihn zu. »Die Frau ist kein *kleiner Spaß*. Sie dringt in meinen Kopf ein und kontrolliert plötzlich mein ganzes Leben! Der einzige Grund, warum ich noch lebe, ist, meine Gabe zu wissen, wenn etwas stinkt. Und das, was ihr da abzieht, stinkt gewaltig. Vom Kopf bis zum Schwanz. Sie erlaubt mir mittlerweile meinen Kaffee, damit ich nicht weiter nachbohre. Was auch immer es ist, was ich nicht herausfinden soll – das Geheimnis gilt es augenscheinlich um jeden Preis zu hüten. Aber weißt du was, Aiden? Ich will es gar nicht wissen. Sechs Wochen. Nicht mehr, nicht weniger. Danach bin ich vielleicht wieder in der Lage, mit dir normal zu reden. Bis dahin wirst du dich mit meinem Sarkasmus anfreunden müssen. Oder einfach in London bleiben.«

»Ich bin nur kurz hier. Heute Nachmittag geht mein Flieger nach Madrid.«

»Liegt Ralph in Spanien am Strand und du willst ihm unter seiner Palme Gesellschaft leisten?«

Aiden deutet ein Kopfschütteln an. »Komm, ich fahr dich zur Arbeit, dann reden wir.« Er klingt ernst. Ich bin zwar sauer und werde aller Wahrscheinlichkeit nach noch eine ganze Weile wütend sein, aber das hindert mich nicht daran, ein guter Freund zu sein. Ich nehme meine Sachen und verlasse das Apartment. Diesmal zieht Aiden die Tür hinter sich zu. Bis wir Aidens Leihwagen erreicht haben, schweigen wir. Ich lege meine Sachen auf die Rückbank und steige an der Beifahrerseite ein. Einer der Fahrer kann mich heute Abend nach Hause bringen. Trotzdem trauere ich der verpassten Heimfahrt in meinem Ferrari hinterher. Sie hat meine Laune jeden Abend gehoben und ließ mich beinahe beschwingt meine Wohnung betreten. Aber Aiden hat augenscheinlich Redebedarf, also verzichte ich auf mein Feierabendritual.

Nachdem wir uns angeschnallt haben, startet er den Motor und die zwanzigminütige Fahrt zur Konzernzentrale beginnt.

»Ich habe Sex gehabt.«

Langsam drehe ich den Kopf und betrachte Aiden. Er hat Sex gehabt? Was ist daran so weltbewegend, dass er mit mir über diese Erfahrung reden muss? Immerhin hat er welchen, im Gegensatz zu mir. »Schön für dich«, erwidere ich und kann die miese Laune nicht aus meiner Stimmlage fernhalten. Ich sitze hier mit ihm in diesem beschissenen Leihwagen und er muss mir unter die Nase reiben, wie phänomenal sein Sexleben momentan ist? Der Kerl hat wirklich Nerven.

»Es war das erste Mal, nachdem Christina ...« Er hält inne und für einen Moment scheint es, als würde er den Satz nicht zu Ende sprechen. Dann fährt er jedoch fort. »Nachdem sie abgehauen ist. Und es hat sich so verdammt falsch angefühlt. Alles daran. Ich dachte erst, es würde an der Frau liegen, also bin ich ein bisschen um die Häuser gezogen. Aber bei jeder hat es sich nicht richtig angefühlt.«

»Sex mit schlechtem Gewissen?«

»Ja.«

»Wenigstens hast du welchen«, seufze ich wehleidiger als beabsichtigt.

»Glaub mir – es fühlt sich scheiße an. Ich habe die ganze Zeit nur Christinas Gesicht vor Augen gehabt. Ihren Duft, ihr Lachen, ihre ganze Art.«

»Du weißt, dass du ihr nicht fremdgehst? Sie ist abgehauen. Sie hat den Schlussstrich gezogen. Nicht du. Es ist dein gutes Recht, jede Frau auf diesem Planeten zu beglücken. Sie hat kein Anrecht mehr auf deine Gefühle.«

»Das ist einfacher gesagt, als getan.« Ich kann ihm die Verzweiflung ansehen. Das schlechte Gewissen bringt ihn um. Zudem weiß er, dass es völlig deplatziert ist, auch nur noch einen Gedanken an Christina zu verschwenden. »Sie hat mich angerufen«, sagt er plötzlich.

Ich habe mit vielem gerechnet. Nicht damit. »Sie hat dich angerufen?«

Er nickt.

»Und was hat sie gesagt?«

»Ich weiß es nicht. Ich hatte diese Frau mit ins Hotel genommen. Wir haben eine gute Zeit gehabt und ich bin ins Bad gegangen. Als ich wiederkam, stand sie mit meinem Handy in der Hand vor dem Bett.«

»Dein Betthäschen hat das Gespräch angenommen?« Das wird ja immer besser. Und ich dachte, mein Leben wäre die beste Comedyshow in ganz Los Angeles. Dabei hat Aiden das Potenzial, mir diesen Rang abzulaufen.

»Nein. Hat sie nicht. Sie hat aber das Kontaktbild gesehen und dachte, ich wäre verlobt. Dann ist sie abgehauen.«

»Und Christina?«

»Keine Mailbox-Nachricht. Ich habe sie sofort zurückgerufen, aber die Nummer war wieder nicht erreichbar.«

»Vielleicht wurde ihr das Handy geklaut?«

»Sie ist in Madrid.«

»Woher willst du das wissen?«

»Weil ich Leute kenne, die Leute kennen und die kennen wiederum Leute, die so etwas herausfinden können.«

»Ich dachte, du wolltest sie nicht finden.«

»Das dachte ich auch. Ich brauche aber diesen verdammten Schlussstrich. Sie muss mir gegenüber stehen, mir in die Augen schauen und mir sagen, dass da nichts mehr zwischen uns ist und sie mich nicht heiraten wird. Ich brauche das für meinen Seelenfrieden, Aaron.«

Seltsamerweise kann ich das nachvollziehen. »Dann flieg nach Madrid und hol dir deinen Seelenfrieden. Wenn du aber einen Tipp haben willst - binde ihr nicht auf die Nase, dass du ihr nur nachgereist bist, weil es mit dem Sex nicht so funktioniert, wie du dir das vorstellst.«

Aiden kann sich zu einem Lächeln durchringen. »Das ist der Humor, den ich vermisst habe.«

»Dann komm mir entgegen.«

Wir erreichen meinen Arbeitsplatz und Aiden fährt in die

Drop off Area. Dann widmet er sich wieder mir. »Es war Laurens Idee, Aaron. Wir haben versucht, ihr Vernunft einzureden, aber in diesem Dickkopf ist dafür kein Platz gewesen.«

»Ihre Idee?«, frage ich fassungslos nach. »Warum zum Teufel sollte sie auf so eine Idee kommen? Wir kannten uns nicht einmal, bevor sie plötzlich vor meinem Schreibtisch stand!«

Aiden schweigt und das lässt mir einen kalten Schauer den Rücken hinunterlaufen.

»Aiden, Lauren und ich, wir kannten uns vorher nicht, oder?«

Er zögert, antwortet dann aber doch. »Ich habe dir schon zu viel gesagt. Es ist nicht an mir, dich über die äußeren Umstände aufzuklären. Das müssen Ralph und Lauren tun.«

Ich schlucke alle Fragen, die ich am liebsten alle auf einmal stellen würde, hinunter. Mit einem Schulterklopfen verabschiede ich mich stattdessen von ihm. Schließlich habe ich eine Telefonkonferenz, die in fünf Minuten beginnt. »Halt mich auf dem Laufenden«, sage ich, als ich aussteige.

»Halt die Ohren steif!«, erwidert Aiden. Ich schlage die Tür zu und werfe ihm einen letzten Handgruß zu, ehe ich seinem Auto dabei zusehe, wie es vom Platz fährt.

Woher sollen Lauren und ich uns bitte kennen? Und da ist sie wieder – die Theorie von der besten Freundin, die ich nicht gut behandelt haben soll und wegen der Lauren auf ihrer persönlichen Rachemission ist.

Frauen haben ein verrücktes Gehirn. Und das von Lauren

ist das verrückteste von allen. Niemand anderes schafft es, mich so in den Wahnsinn zu treiben. Ich schiebe die Gedanken aber sofort beiseite, als ich einen Blick auf die große Uhr im Foyer werfe. Ich bin zu spät. Diese Verspätung will ich ungern mit Frauenproblemen begründen müssen. Im Fahrstuhl lehne ich mich an die Rückwand und atme tief durch. Es ist furchtbar egal, warum Lauren hier ist. Sie ist hier und es läuft zu meinem Glück wesentlich besser als am Anfang. Daran sollte ich nichts ändern.

Mit diesem Vorsatz verlasse ich den Fahrstuhl und steuere geradewegs den Konferenzsaal an, in dem die Telefonkonferenz stattfindet. Lauren war so weitsichtig, mir die Nummer zu schicken, weil ich noch nicht da bin. Immerhin: Unsere Arbeitsbeziehung funktioniert. Mit einem erzwungenen Lächeln betrete ich den Raum, in dem die anderen bereits auf mich warten.

13. Kapitel

Mein Blick schweift immer wieder zu meinem Handy und damit auf die Uhrzeit. Es sind jetzt bereits über vier Stunden, in denen ich in meinem Büro sitze und ich kein Lebenszeichen von Lauren zu sehen oder zu hören bekomme. Das ist ungewöhnlich. Normalerweise findet sie alle 30 Minuten einen Grund, in mein Büro zu stürmen, um sicherzustellen, dass sich nichts ihrer Kontrolle entzieht. Dass ich so lange ihre Gegenwart nicht genießen konnte, lässt mich nervös werden. Dabei sollte ich froh darüber sein, sie für eine so lange Zeit los zu sein. Dafür hätte ich vor drei Wochen mein linkes Ei gegeben.

Aber jetzt?

Jetzt verunsichert es mich.

Und der Grund dafür ist simpel. Lauren und ich funktionieren mittlerweile auf beruflicher Ebene, weil wir wissen, was wir von dem anderen erwarten können. Wir haben unsere Routine. Ein blöder Kommentar meinerseits und ich habe wieder ekligen Tee und vegane Gurkensandwiches auf dem Tisch. Eine dämliche Aktion von ihr und ich schnüffle in ihrem Privatleben weiter. Auch wenn ich nicht weiß, wie. Aber mit Geld erhält man schließlich einige Informationen. Außerdem bleibt mir immer noch die altmodischste Art und Weise – ihr einfach nach Hause folgen.

Ich schiebe die Gedanken beiseite und kümmere mich lieber um das aktuelle Problem. Die Mappe zuschlagend erhebe ich mich von meinem Schreibtisch, nehme mein Handy und schreite durch mein Büro. Zuerst lausche ich, ob ich irgendwelche Geräusche von der anderen Seite hören kann. Es ist aber mucksmäuschenstill. Normalerweise gibt sie mir Bescheid, wenn sie sich mehr als zwei Meter von ihrem Arbeitsplatz entfernt. Es könnte ja sein, dass ich in genau den drei Minuten, die sie auf der Toilette ist, etwas von ihr brauche.

Ich lege meine Hand auf die Türklinke und drücke sie langsam hinunter. Dann ziehe ich die Tür einen Spalt auf und linse hindurch. Unwillkürlich stiehlt sich ein breites Grinsen in mein Gesicht und ich lasse die Tür aufschwingen. Lauren hat die Arme übereinander gekreuzt, liegt mit ihrem Gesicht darauf und schläft. Ihre Brille sitzt ihr schief im Gesicht und der Pferdeschwanz ist zerzaust. Von ihrer geknitterten Bluse möchte ich gar nicht erst anfangen.

Ohne darüber nachzudenken, ziehe ich mein Handy aus der Hosentasche, halte es hoch und mache ein Foto von dem Anblick. Vielleicht brauche ich es irgendwann. Lauren nimmt ihren Job so verbissen ernst, dass es für sie eine innerliche Katastrophe wird, wenn ich ihr das Mittagsschläfchen vorhalte. Ich verstaue mein Handy wieder und gehe leise auf sie zu. Neben ihr bleibe ich stehen. Sofort fällt mein Blick auf die Papiere, auf denen sie eingeschlafen ist. Ich kann aber nur Bruchstücke sehen. Dennoch sieht es dem Quartalsbericht, den ich erwarte, verdammt ähnlich. Lauren hat Stellen markiert, Kommentare daran geschrieben und Fähnchen in den Tabellen verteilt. Was verdammt noch mal macht sie da?

Ihre Aufgabe wäre gewesen, den Bericht auszudrucken und mir auf den Schreibtisch zu legen. Ich beuge mich vor, um die Kommentare zu lesen. Immerhin hat sie eine für Frauen übliche sehr leserliche Handschrift. Es sind streng genommen keine Kommentare, sondern Fragen, die sich auf die Ausgaben beziehen.

Ich kneife die Augen zusammen und versuche, mir einen Reim darauf zu machen. Aber eine spontane Erklärung, die zudem logisch ist, fällt mir im Augenblick nicht ein. Vielleicht sollte ich doch wieder schnüffeln ...

Immerhin hat meine Assistentin keinen Anlass, den gesamten Quartalsbericht durchzuarbeiten. Es sei denn ...

Es sei denn, *was*?, werfe ich mir die Frage selbst vor. Wahrscheinlich war ihr langweilig und sie sieht es als ihre Aufgabe an, alles über den Konzern zu wissen, was es zu wissen gibt. Sie ist schließlich eine besserwisserische Alleswisserin. Warum sollte sie das aber wollen, wenn sie nur noch drei Wochen hier ist?

Meine Gedanken werden von dem Klingelton für Textnachrichten meines Handys unterbrochen. Entsetzt zucke ich zusammen. Zum einen, weil mich mein Handy erschrocken hat, zum anderen, weil Lauren die Augen öffnet und geradewegs auf meinen Schritt glotzt, ehe sie die verschlafenen Augen langsam nach oben gleiten lässt und in meinem Gesicht ankommt. Sie rührt sich nicht, ich bewege mich ebenso wenig.

Immerhin hat sie mich gerade beim unverschämten

Beobachten erwischt und das ist mir auf eine seltsame Weise unangenehm. Ihr scheint es ebenso peinlich zu sein, während der Arbeitszeit ein Nickerchen gemacht zu haben.

Ich räuspere mich, um etwas zu sagen. Mir fällt aber nichts Intelligentes ein. Lauren setzt sich langsam aufrecht hin und rückt ihre Brille auf der Nase gerade. Ihr scheint plötzlich bewusst zu werden, dass ich nun auf die Unterlagen auf ihrem Schreibtisch blicken kann und beugt sich gleich wieder nach vorne und versucht auf eine subtile Art und Weise, die Blätter zu verstecken.

»Was gibt es?«, fragt sie und schlägt eine Tonlage an, die nichts mit der Situation, in der wir uns befinden, zu tun hat. Sie klingt beiläufig. So als wäre es völlig normal, dass ...

Mein Handy klingelt wieder. Dankbar für die Ablenkung ziehe ich es aus der Hosentasche und blicke auf das Display.

Es ist Sarah mit einer ihrer blöden Fragen. Ich seufze auf und will das Handy wieder wegstecken, als Lauren dazwischenfährt.

»Kann ich helfen?« Sie blickt mich erwartungsvoll an. In den letzten Wochen hat sie mich zu lesen gelernt. Probleme stehen mir im Gesicht, wie alle anderen Emotionen, die ein Mann haben kann.

»Das glaube ich kaum«, erwidere ich.

»Wieso?«

»Weil Sie das mit Sicherheit nicht wissen.«

»Was?« Sie ist hartnäckig und stur. Wenn ich ihr die Frage nicht vorlese und ihr somit beweise, dass sie mir nicht helfen kann, wird sie keine Ruhe geben.

Ich atme tief ein, gehe wieder in die Konversation mit Sarah und lese die Frage vor. »Warum gibt es vier Jahreszeiten auf der Erde?« Ich blicke nicht einmal zu Lauren auf, sondern will das Handy direkt wieder wegstecken und mich vom Acker machen, als sie losredet und mich dazu bringt, ihr doch ins Gesicht zu sehen.

»Wegen der Neigung der Erdachse.«

Wieder einmal starre ich sie sprachlos an. Mein Schweigen interpretiert sie als Aufforderung, die Materie genauer zu erklären. Mit Worten und der passenden Gestik erhalte ich um 13 Uhr am Mittag eine Einführung in die Geschichte unseres Planeten.

»Die Achse der Erde hat eine Neigung von 23,4 Grad. Am Anfang war sie gerade, aber dann krachte vor ein paar Milliarden Jahren dieser marsgroße Körper in unseren Planeten und sorgte dafür, dass sich die Achse neigt. Und das führt dazu, dass die Nord- und Südhalbkugel eine unterschiedliche Intensität von Sonneneinstrahlung ...«

»Stopp!«, fahre ich mit erhobener Hand dazwischen. Sie hält sofort die Klappe. »Woher zum Teufel wissen Sie so etwas?«

Sie streicht sich unbeholfen eine Haarsträhne, die sich aus dem Pferdeschwanz gelöst hat, hinter das Ohr und hat Schwierigkeiten, meinem Blick standzuhalten. »Viel Zeit zum Lesen?«, antwortet sie eher mit einer Frage. Diese Unsicherheit passt nicht zu ihr.

»Ist das der Quartalsbericht?« Mit dem Kopf deute ich auf die von ihr farbig markierten Papiere. Ich sehe ihr im Gesicht deutlich an, dass sie mit sich ringt, es abzustreiten. Aber ich habe genug von den Zetteln gesehen, um ihre Lüge auffliegen zu lassen.

»Ja, das ist er«, sagt sie schließlich.

»Und warum liegt der hier bei Ihnen und nicht bei mir?«

Sie beißt sich auf die Unterlippe. »Rechtschreibfehler«, platzt es plötzlich aus ihr heraus. »Da sind noch jede Menge Fehler drin, die ich erst noch korrigieren wollte.«

Sie lügt. Und sie weiß, dass ich weiß, dass sie lügt. Trotzdem tut sie es.

Ich wäge alle meine Optionen ab und entscheide mich für die klügste - den Rückzug.

»Dann legen Sie ihn mir vor, wenn keine unnötigen Rechtschreibfehler den Lesefluss stören.«

»Heute Abend haben Sie ihn spätestens«, verspricht sie.

Ich nicke und gehe zurück in mein Büro. Ich schließe die Tür und gehe zum Fenster. Der Platz, an dem ich soweit wie möglich von der Tür weg bin. Dann wähle ich Aidens Nummer. Er nimmt direkt ab.

»Ja?«

»Wir haben ein Problem«, sage ich leise. Ich will um jeden Preis vermeiden, dass Lauren etwas von dem Gespräch mitbekommt.

»Was für eins?«

»Lauren.«

Sobald Aiden den Namen hört, stöhnt er genervt auf. »Aaron ..., ich bin auf dem Weg nach Europa und jage meine verdammte Verlobte. Hatten wir das Thema mit Lauren nicht schon durch?«

»Nein!«, erwidere ich frustriert. »Sie hält den Quartalsbericht zurück und markiert ihn mit farbigen Fähnchen«, erläutere ich.

»Und das ist warum genau ein Problem?«

»Wieso sollte sie so etwas tun? Sie hat ihn mir einfach weiterzuleiten und nicht darin herumzuschnüffeln!«

Aiden schweigt. Ich kann ihn lediglich atmen hören.

»Wenn du mir nicht einen guten Grund lieferst, warum mir das keine Sorgen machen sollte, dann gehe ich der Sache auf den Grund.«

»Du solltest dir Sorgen machen. Aber aus einem ganz anderen Grund.« Er klingt ernst. Viel zu ernst für meinen Geschmack.

»Wovon zum Teufel sprichst du?«

»Hör zu ... Es ist …«

Ich weiß nicht, was er sagen will. Es interessiert mich auch nicht mehr. Ich habe das Gespräch beendet. Die Person, die mir alle meine Fragen beantworten kann, sitzt vor meiner Tür. Ich werde mir jetzt alle Antworten holen, die ich haben will. Eher werde ich sie nicht gehen lassen. Ich schreite durch den Raum und reiße die Tür auf.

Zum zweiten Mal an diesem Tage überrascht mich der Anblick.

Diesmal ist ihr Schreibtisch leer. Alle Papiere sind verschwunden, der PC wurde heruntergefahren und alle Utensilien fein säuberlich an ihren Platz geräumt. Hat sie Feierabend gemacht?

Dann erblicke ich den Zettel.

Musste dringend weg. Lauren

Sie musste dringend weg?!

Ich zerknülle das Papier in meiner Faust und wähle sofort ihre Nummer. Es springt aber direkt die Mailbox an. Dann rufe ich Aiden wieder an. Ich lausche dem Freizeichen, während ich mich durch Laurens Schreibtisch wühle. Ich setze mich auf ihren Stuhl und öffne alle Schubladen.

»Es ist unfreundlich, mitten im Gespräch aufzulegen«, begrüßt er mich.

»Es ist unfreundlich, ständig meinen Fragen auszuweichen«, kontere ich und blättere ein paar Dokumente durch. Nichts davon sieht nach Quartalsbericht aus oder Notizen dazu aus. »Sie ist weg.«

»Wer?«, fragt Aiden irritiert nach.

»Lauren. Sie ist abgehauen.«

Und wieder ist da dieses beschissene Schweigen in der Leitung.

»Aiden, ich schwöre dir, wenn du nicht –«

»Gib ihr 24 Stunden, okay?«

»Was?« Ich kann nicht glauben, was ich da höre.

»Sie hat ihr Handy ausgeschaltet und ich erreiche sie nicht. Aber ich verspreche dir, dass es einen völlig plausiblen Grund dafür gibt. Du wirst mir am Ende noch den Arsch küssen wollen, wenn ich recht habe.«

»Womit recht?«

»Vertrau mir einfach.«

»Gott, Aiden!«, fluche ich. »Ihr schleppt mir eine Verrückte an, die sich jetzt mit wichtigen Firmenunterlagen aus dem Staub gemacht hat! Das hat nichts mehr mit einem Spaß unter Freunden zu tun!«

»24 Stunden! Um mehr bitte ich dich nicht. Es gibt dafür einen guten Grund und sie wird ihn dir erklären. Ich muss jetzt auflegen. Mach dir keinen Stress.«

Dann ist die Leitung tot.

Ich fahre mir durch die Haare und lege das Handy auf Laurens Schreibtisch ab. Das darf nicht wahr sein ...

Scheiße.

Verdammte Scheiße!

Wie soll ich mir keinen Stress machen?

Ralph wird mir die Eier abreißen, wenn er ins endlose Chaos zurückkehrt. Selbst wenn ich ihm unter die Nase reiben kann, dass er an allem schuld ist, wird es uns nicht helfen. Der Schaden ist angerichtet und wird, je nachdem, wie er ausfällt, nicht ohne Weiteres zu beheben sein.

Ich strecke die Hand aus und nehme den Hörer von Laurens Telefon in die Hand. Dann wähle ich die Kurzwahl für die Finanzabteilung. Es meldet sich sofort jemand, den ich nicht kenne. Wenn ich meine Zeit aber damit vertrödeln würde, jeden einzelnen Mitarbeiter des Konzerns kennenlernen zu wollen, könnten wir dicht machen.

»Hey Laurie! Steht unser Treffen heute Abend noch?«

Perplex nehme ich den Hörer vom Ohr und starre ihn an, als wären ihm gerade grüne Hörner gewachsen. Ein schneller

Blick auf das digitale Feld des Telefons bestätigt mir, dass ich definitiv in der Finanzabteilung gelandet bin.

»Hier ist Aaron Anderson«, beantworte ich die Frage meines unbekannten Gesprächspartners.

»Oh«, lautet die peinliche Antwort. Es erfolgt ein Räuspern. »Mr. Anderson, was kann ich für Sie tun?«

»Mir verraten, warum Sie meine Assistentin daten?« Da er sie bereits mit Spitznamen anredet, hat er bereits ihre Unterwäsche angefasst. Auch wenn es mich weder interessieren noch kümmern sollte, stört es mich gewaltig. Ich spüre in meinem Bauch ein Grummeln, das mir gar nicht gefällt und sitze unruhig auf Laurens Stuhl, während ich auf eine Antwort warte.

»Also ... Wir daten nicht wirklich«, ist die gestotterte Erklärung.

»Sie machen sich also an meine Assistentin ran, um sich lediglich von ihr einen blasen zu lassen?«

»Nein. Sie haben eine völlig falsche Vorstellung –«

»Wie war Ihr Name noch gleich?«, unterbreche ich die dämlichste Ausrede von allen.

»Joshua Vesta.«

»Halten Sie sich von meiner Assistentin fern, Joshua«, knurre ich in den Hörer.

»Ja. Natürlich, Sir. Alles, was Sie wünschen.«

Ich lege auf. Was zum Teufel treibt die Frau den ganzen Tag, wenn ich in meinem Büro sitze oder in Meetings bin? Mit Mitarbeitern aus der Finanzabteilung anbandeln ist augenscheinlich eine mögliche Antwort auf die Frage. Mich juckt es beinahe in den Fingern, die Kurzwahl für jede Abteilung im Haus zu wählen, um zu hören, was die anderen Kollegen zur Begrüßung zu sagen haben.

Momentan brennt mir aber eine andere Frage unter den Nägeln. Ich nehme den Hörer wieder vom Telefon und lasse mich zur Personalabteilung durchstellen. Es klingelt und diesmal nimmt eine Frau das Gespräch entgegen.

»Hey Süße! Hast du schon die Nummer von dem süßen Typen vom Empfang herausgefunden?«

Oh, das wird spaßig!

»Hi Aaron Anderson hier«, erwidere ich, anstatt die gewünschte Handynummer herunterzubeten. Bei längerer Überlegung könnte ich ihr die Nummer von Joshua Vesta geben, damit er Lauren in Ruhe lässt.

Und wieder erfolgt ein peinliches Räuspern. »Mr. Anderson! Wie schön! Wie kann ich Ihnen weiterhelfen?« Ihr liebreizendes Gesäusel kann sie sich sparen.

»Stellen Sie mich zu Clive durch«, fordere ich mit einer Tonlage, die ihr mitteilen sollte, was ich von ihrem privaten Geplänkel mit meiner Assistentin halte.

»Sofort, Sir.«

Wenige Momente später spreche ich mit Clive.

»Ich hoffe, du willst nicht wieder über deine Assistentin sprechen?« Er lacht.

Mir könnte nicht weniger zum Lachen zumute sein. »Nein. Ich brauche die Akte von Joshua Vesta.« *Und von dem süßen Typen an der Rezeption ...,* füge ich in Gedanken hinzu. Schlimm genug, dass sich dazu ein Gedanke in meinem Kopf formt.

»Ich schicke sie dir sofort.«

»Danke, Clive«, erwidere ich und lege auf.

Genau zwei Minuten später piept mein Handy und ich habe eine E-Mail von der Personalabteilung. Im Anhang befindet sich die Akte. Ich öffne sie und Joshua Vesta strahlt mich an. Er ist 24, arbeitet seit zwei Jahren für den Konzern und sieht genauso aus, wie jede Mutter sich ihren Schwiegersohn wünscht. Ein charmantes Lächeln, ein gepflegtes Äußeres, und wenn ich eine Frau wäre, würde ich das Wort ›süß‹ verwenden. Zwei Fragen rasen mir durch den Kopf. Was zum Teufel findet so ein Kerl an Lauren und was findet sie an ihm?

Und warum zum Teufel beschäftigt mich das? Sie kann es mit dem ganzen Konzern in den sechs Wochen treiben, die sie hier ist. Es könnte mich nicht weniger jucken! Aber trotzdem tobt die Wut in mir und ich sehe rot. Wenn sie hier wäre, dann würde ich sie ...

Ich führe den Gedanken nicht zu Ende, da ein Bild durch meinen Kopf flackert. Ein Bild, das mir ein Ziehen im Unterleib beschert.

Meine Hände auf ihrem Körper.

Meine Lippen auf ihrem Mund.

Und ihre Hände in meiner Hose.

Mein Schwanz zuckt und meine Eier kribbeln.

Abrupt stehe ich von dem Stuhl auf, als hätte ich mich verbrannt. Das erste Mal in meinem Leben kann ich mit dem Begriff ›krankhafte Eifersucht‹ etwas anfangen. Das ist wahrscheinlich einfach ein Überbleibsel der Evolution. Ich betrachte Lauren als etwas, das ich vor diesen Arschlöchern beschützen muss, weil sie für mich arbeitet. So wird es sein.

Ich tigere vor ihrem Schreibtisch auf und ab und versuche, wieder einen klaren Kopf zu bekommen. Mein Blick fällt auf Laurens leeren Arbeitsplatz und mir fällt wieder ein, warum ich in der Finanzabteilung überhaupt angerufen habe.

Eine Assistentin, die mit wichtigen Unterlagen verschwunden ist.

Das sollte mein Problem sein und nicht, wessen Schwänze die Assistentin in der Mittagspause lutscht.

Und dann kommt mir eine Idee. Ich greife wieder nach dem Telefon und lasse mich zu Joshua durchstellen. Es dauert diesmal länger, bis er abnimmt. Wahrscheinlich starrt er das klingelnde Telefon an und denkt angestrengt darüber nach, was besser ist – annehmen oder ignorieren. Immerhin ist er ein kluger Mensch und beantwortet den eingehenden Anruf.

»Ja?«, lautet diesmal die nüchterne Begrüßung. Er hat dazugelernt. Applaus für einen meiner Mitarbeiter.

»Ich brauche Laurens Adresse«, trage ich direkt mein Anliegen vor. Ich will mich nicht länger als nötig mit der Dumpfbacke unterhalten.

»Die weiß ich nicht. Soll ich in der Personalabteilung für Sie anrufen?«

»Sie vögeln meine Assistentin und wissen nicht einmal, wo sie wohnt?« Das wird ja immer besser.

»Ich wiederhole mich ungern, aber ich vögle sie nicht.«

Ohne ein weiteres Wort lege ich wieder auf. Dann rufe ich

in der Personalabteilung an und habe wieder die Dame am Telefon, die mich zuvor mit ›hey Süße‹ begrüßt hatte und mich diesmal direkt mit Mr. Anderson anspricht. Clive sollte definitiv eine Gehaltserhöhung bekommen. Immerhin hat er ein Händchen dafür, Personen einzustellen, die sehr schnell anpassungsfähig sind. Aber auch sie kennt Laurens Adresse nicht.

Frustriert gehe ich zurück in mein Büro. Wenn ich weiterhin mit Laurens Anschluss telefoniere, platzt mir am Ende noch der Kopf. Die Dinge, die ich dort erfahren könnte, werden mich tatsächlich frühzeitig ins Grab befördern. Ich setze mich an meinen eigenen PC und gebe wie so oft in den letzten Wochen Laurens Namen in eine der Suchmaschinen ein. Alle Treffer, die mir angezeigt werden, haben aber nichts mit meiner Assistentin zu tun. Ich klicke mich wieder bis auf Seite 12 durch, kann jedoch wieder nichts finden. Es ist so, als würde sie nicht existieren. Als wäre sie eine bloße Erfindung meiner Gedanken.

Dann macht es plötzlich Klick in meinem Kopf.

Lauren ist nicht ihr echter Name.

Ralph hat ihr eine neue Identität verpasst.

Der Gedanke manifestiert sich in meinem Kopf und alles macht plötzlich Sinn. Einfach alles. Wenn ich ihren richtigen Namen wüsste, wäre das Rätsel wahrscheinlich gelöst.

Ich lehne mich in meinem Stuhl zurück und schließe die Augen.

Es ist egal, wie sie heißt. Ich habe keine Lust mehr, jede Sekunde meines Lebens einem Gespenst hinterherzujagen.

Dafür liebe ich mein Leben zu sehr, als es auf eine derartige Weise zu verschwenden. Aiden und Ralph haben sie angeschleppt. Von mir aus war es auch ihre Idee. Es interessiert mich nicht mehr. Sie kann mit Joshua und dem süßen Typen vom Empfang einen Dreier in Konferenzraum 2 schieben. Sie kann ihre Mittagspausen mit Tratsch verbringen. Sie kann alles tun, was sie möchte. Ich bin endgültig aus der Nummer raus.

Ich richte mich auf und logge mich in das interne Netzwerk ein. Sobald ich die Durchwahl von Cole, dem Leiter der Finanzabteilung, habe, rufe ich ihn an und bitte ihn, mir den Quartalsbericht erneut zu schicken. Er wirkt irritiert, kommt meiner Bitte aber sofort nach.

Sobald ich die Mail habe, öffne ich den Bericht und sehe ihn durch. Weit und breit kein Rechtschreibfehler. Was auch immer Lauren für ein Problem mit dem Bericht hat – es ist mir egal. Ich werde ihn durchlesen, dann abzeichnen und hoffentlich vor morgen Früh in die Finanzabteilung zurückgehen lassen.

14. Kapitel

Das erste Mal, seitdem ich Lauren vor vier Wochen begegnet bin, konnte ich durchschlafen. Kein Porno, an dem ich mitten in der Nacht unfreiwillig teilnehmen musste - vielleicht auch wollte -, keine unruhige Nacht, die mich beinahe jeden Schlaf gekostet hat. Ich bin mit einem Lächeln eingeschlafen und ebenso zufrieden wieder aufgewacht. Der Tag fängt gut an und ich werde ihn mir von nichts und niemandem vermiesen lassen. Das ist mein Motto für den heutigen Tag. Das Leben einfach genießen, wie es einem in den Schoß fällt. Sei es eine hübsche Frau.

Ich sollte wieder auf ein Date gehen. Caroline würde platzen, wenn sie zurückkommt und ich eine beziehungstaugliche Frau an der Seite habe, mit der sie zum Lunch ausgehen kann. Vielleicht ist es wirklich an der Zeit, etwas ernster an das Thema heranzugehen und Frauen nicht als Kleidungsstück anzusehen, das man abends anzieht, um es am nächsten Morgen wieder abzulegen.

Ich sollte Sarah anrufen. Sie kennt jede Menge Frauen. Darunter wird mit Sicherheit auch eine sein, die mich glücklich machen kann. Während ich an meinem Kaffee nippe und an meinem Marmeladen-Toast knabbere, greife ich nach meinem Handy, das noch neben meinem Toaster liegt. Mit vollem Mund scrolle ich die Kontakte durch, ehe ich bei Sarah lande.

Mein Daumen schwebt über dem Hörer, der direkt das Gespräch aufbauen wird. Ich schlucke und beschließe, das Thema nicht am Telefon, sondern besser in einer SMS-Konversation anzugehen. Wer weiß, wie sie darauf reagieren wird.

Mit einer Hand öffne ich die Konversation. Die Fragezeichen, die sie mir nach der letzten ›unnützes Wissen‹-Frage geschrieben hat, weil keine Antwort von mir kam, starren mich an. Das hatte ich total vergessen.

Was hatte Lauren gesagt? Es hat irgendetwas mit der Schieflage der Erdachse zu tun. Ich tippe Laurens Antwort ein und warte darauf, dass mich Sarah wieder auslacht, weil mein Gehirn über kein unnützes Wissen verfügt. Es dauert keine drei Sekunden und das Zeichen erscheint, dass sie etwas schreibt.

›*Streber! Du hast geschummelt! Gib es zu! x*‹

›*Ja, meine Assist…*‹ Mitten im Satz halte ich inne. Lauren existiert für mich nicht mehr. Ich lösche die letzten beiden Worte und schreibe stattdessen ›*ich habe gegoogelt.*‹

›*Das verstößt gegen die Spielregeln, mein Lieber.*‹

›*Kommst du jetzt her, um mir den Arsch zu versohlen?*‹

›*Ich mache mir die Hände an dir nicht schmutzig. Du darfst mir aber meinen Lunch bezahlen. 14 Uhr, dein Büro?*‹

›*Bist du wieder hier?*‹ Dämliche Frage, da sie ansonsten nicht mit mir zum Lunch ausgehen könnte.

›*Noch nicht. Aber bis 14 Uhr werde ich es sein. Bis nachher X*‹

Ich schreibe, dass ich mich freue und stecke das Handy ein. Für einen Moment ergreift mich der Impuls, es wieder herauszuholen, um Lauren darüber zu informieren, dass ich auswärts zum Lunch verabredet bin. Das Bedürfnis schlucke ich aber genauso schnell herunter, wie es gekommen ist. Ich kam vor ihr alleine zurecht und werde es nach ihr erst recht schaffen.

Der restliche Toast landet in meinem Mund, ich nehme mein Sakko und verlasse meine Wohnung.

Mir steht ein großartiger Arbeitstag bevor, Lunch mit einer guten Freundin, die mich hoffentlich verkuppeln kann, und heute Abend ein gemütlicher Abend, dessen Inhalt ich im Laufe des Tages noch ausfüllen werde.

Ich bin gut gelaunt und das gibt mir das überschwängliche Gefühl, dass nichts schiefgehen kann.

Sie ist nicht da.

Lauren Hastings befindet sich eine Stunde nach dem Start ihres Arbeitstages nicht an ihrem Schreibtisch. Ich stehe davor und halte nach einer neuen Notiz Ausschau, die mir mitteilt, dass sie wieder etwas Dringendes zu tun hatte. Ich finde aber nichts.

»Kim!«, rufe ich ein Mitglied des Vorstands, die ihr Büro auf demselben Flur hat, wie meins. Sie bleibt stehen und dreht sich fragend zu mir um. »Hast du Lauren heute schon gesehen?«

»Nein, sorry, Aaron«, erwidert sie mit einem entschuldigenden Gesichtsausdruck und setzt ihren Weg fort. Dabei entgeht mir nicht ihr wunderbarer Arsch, der in dem

Etuikleid besonders betont wird. Ich reiße die Augen von ihr los und starre wieder Laurens verlassenen Arbeitsplatz an.

Es sollte mich freuen, da mir das Problem praktisch aus den Händen genommen wurde. Ich kann zur üblichen Arbeitsroutine zurückkehren.

Genau das will ich gerade tun, als ich eine Bewegung aus den Augenwinkeln wahrnehme. Ich drehe den Kopf und blicke geradewegs Lauren an, die auf mich zukommt. Sie trägt eine Mütze, die ihr schief im Gesicht hängt. Ihre Gesichtsfarbe ist noch fahler als sonst und ihre Augen leicht gerötet. Entweder hat sie die ganze Nacht geweint oder kein Auge zugetan. Vielleicht sind wir wie Gut und Böse - ich kann nur schlafen, wenn sie es nicht kann.

Sie begegnet meinem Blick und weicht ihm dann wieder aus. Sie umklammert ihre Handtasche mit beiden Händen und geht unbeirrt zu ihrem Arbeitsplatz, neben dem ich stehe. Es folgt weder eine Begrüßung noch eine Erklärung. Sie setzt sich auf ihren Stuhl, stellt die Tasche ab und fährt den PC hoch. Dann streift sie sich die Mütze vom Kopf und versucht, ihre Haare zu glätten, die von der Wolle kraus geworden sind.

»Guten Morgen, Lauren«, ergreife ich das Wort und beobachte sie genau.

»Morgen«, murmelt sie. Kein süffisantes Lächeln, kein Rezitieren meines Tagesablaufs, keine Lauren, die mir den Tag in eine Hölle verwandelt.

Ich beschäftige mich nicht weiter mit einem Problem, das gar nicht existiert. Kurzerhand wende ich mich von ihr ab und betrete mein Büro. Wahrscheinlich hat sie ihre Tage. Das würde ihr seltsames Verhalten erklären.

Gestern Abend habe ich es nicht geschafft, den gesamten Quartalsbericht durchzusehen, weswegen ein Teil noch fehlt, den ich vor meinem ersten Meeting bewältige. Dann setze ich meine wundervolle Unterschrift darunter und habe einen Punkt weniger auf meiner To-do-Liste. Wenn Sarah um 14 Uhr in meinem Büro aufkreuzt, möchte ich sie weder vertrösten, noch einen Haufen unerledigter Aufgaben zurücklassen.

Egal wie man es dreht und wendet – Lauren hat auf eine ungewohnte Art und Weise auf mich abgefärbt. Ich nehme meine Arbeit ernster, bemühe mich, Deadlines tatsächlich einzuhalten, da ich es auch von meinen Mitarbeitern fordere, und habe eine andere Einstellung zu meiner Arbeit bekommen. Wenn sie in drei Wochen geht, schenke ich ihr einen Gutschein für ein Spa-Wochenende. Den hat sie sich damit ehrlich verdient. Sofern sie noch so lange durchhält. Wenn ich mir ihre Gestalt von eben zurück ins Gedächtnis rufe, bezweifle ich, dass sie den Vormittag überleben wird.

Ich nehme den Quartalsbericht zur Hand und vergesse für die nächsten Stunden jeden Gedanken an meine wundervolle Assistentin, die es schafft, meinen Kopf zu blockieren, obwohl sie mich einmal nicht alle zwanzig Minuten nervt.

Den Vormittag über wurde ich immer wieder von dem Quartalsbericht weggerissen. Entweder waren es Telefongespräche oder wichtige E-Mails, die mich mit ihrem ständigen ›Ping‹ nervten. Als ich den letzten Satz des Berichtes gelesen habe, ist es 13.35 Uhr. Lauren hat sich kein einziges Mal in meinem Büro blicken lassen. Als ich mir selbst einen Kaffee geholt habe, saß sie nicht einmal an ihrem Schreibtisch. Wahrscheinlich war sie mit dem süßen Kerl vom Empfang oder Joshua zugange. Ein Abschiedsfick, bevor sie heute in mein Büro kommt, um den Job hinzuschmeißen.

Ich nehme meinen Füllfederhalter zur Hand und zeichne den Bericht ab, damit er in die PR-Abteilung kann. Ich puste über die Tinte, damit sie schneller trocknet, als die Tür zu meinem Büro auffliegt.

Lauren stampft auf mich zu und ihrem Gesicht nach zu urteilen, ist sie wütend. Richtig wütend. Gott, habe ich das vermisst.

»Lauren«, schätze ich ihre Anwesenheit.

Sie bleibt vor meinem Schreibtisch stehen, stemmt die Hände in die Hüften und blafft dann los. »Haben Sie noch alle Tassen im Schrank?«

Wow. Das sind definitiv neue Töne und ich bin gespannt, weswegen sie plötzlich wieder mit mir redet. Und dann in diesem Tonfall und dieser Wortwahl.

»Als ich heute Morgen gezählt habe, waren sie noch vollzählig.« Ich begegne ihrem Blick, puste ein letztes Mal auf meine Unterschrift und lege die Seite auf meinen Schreibtisch.

»Wie kommen Sie auf die verrückte Idee, ich würde mit Joshua Vesta Sex haben?«

Ich weiß nicht, was mich mehr überrascht. Dass der Kerl bei ihr gepetzt hat oder dass sie das Wort ›Sex‹, ohne rot zu werden, in den Mund genommen hat.

»Ich habe nicht den blassesten Schimmer, von was Sie reden, Lauren.« Das ist eine glatte Lüge, aber mir macht das Gespräch zu viel Spaß.

»Das wissen Sie genau!« Sie hebt die Hand, nimmt sie aber direkt wieder herunter, als ihr bewusst wird, was sie da tut. So viel Selbstbeherrschung hat sie also noch. Ich ignoriere sie einfach. Soll sie vor meinem Schreibtisch ihren ersten Aufstand proben. Ich bin für alles gewappnet. Seelenruhig lege ich die Papiere für den Quartalsbericht zusammen. Einige Änderungen müssen noch vorgenommen werden, die entsprechenden Stellen habe ich markiert. Im Großen und Ganzen kann ich den Bericht aber absegnen, was ich bereits mit meiner Unterschrift getan habe.

»Das ist eine Unverschämtheit!«, fährt Lauren fort.

Mehr als ein trockenes Lachen habe ich für ihren Vorwurf nicht über. »Eine Unverschämtheit? Ich vertreibe mir nicht meine Arbeitszeit mit Flirtereien.«

Ihre Augen nehmen ein böses Funkeln an, das ich an ihr noch nie gesehen habe. »Ich flirte nicht. Ich knie mich vor keinem Mann nieder und mache die Beine nicht breit. Was fällt Ihnen überhaupt ein, mir hinterherzuspionieren?«

Ich beuge mich zu ihr vor. »Was fällt Ihnen ein, einfach Ihren Arbeitsplatz zu verlassen?«

»Sagen Sie bloß, Sie haben mich vermisst?«

»Im Leben nicht. Für den ersten freien Nachmittag in drei Wochen hätte ich nicht dankbarer sein können.«

»Vielleicht ändern Sie darüber Ihre Meinung noch.« Die Arroganz in ihrer Stimme lässt mich plötzlich aufhorchen. Ich verliere den Fokus aber, als mein Handy klingelt. Ich werfe einen flüchtigen Blick auf das Display. Sarah ist gerade in der Lobby angekommen.

»Lauren, so sehr ich auch das sinnlose Diskutieren mit Ihnen liebe – ich muss das in die Finanzabteilung geben, bevor ich zum Lunch außer Haus gehe. Sobald ich wieder da bin, können wir das Gespräch gerne fortsetzen.« Ich nehme mein Sakko vom Stuhl und ziehe es an. Laurens Augen sind auf den Quartalsbericht geheftet. Ich nehme ihn an mich, schenke ihr ein zufriedenes Lächeln und gehe auf die Tür meines Büros zu.

»Nicht!«, ruft sie plötzlich hinter mir und folgt mir. Ich ignoriere sie wieder.

Ich öffne die Tür und schreite auf den Flur. Dann packt sie mich plötzlich am Arm. »Sie dürfen den Bericht auf keinen Fall absegnen!«

Abrupt bleibe ich stehen. Zum einen, weil ihr fester Griff um meinen Oberarm alles andere als unangenehm ist, und zum anderen, weil mich ihre Worte stutzig werden lassen. Ich drehe mich zu ihr um, sie lässt mich aber nicht los.

»Und warum sollte ich den Bericht nicht absegnen?«

Sie starrt mich unschlüssig an.

»Einen guten Grund. Mehr brauche ich nicht, Lauren.«

Sie öffnet den Mund, um etwas zu sagen. Dann lässt sie mich plötzlich los, tritt einen Schritt zurück und ist augenscheinlich peinlich berührt.

»Aaron!«, flötet Sarah hinter mir.

Ein Blick nach hinten und ich sehe Sarah in einem umwerfenden Kostüm auf mich zukommen. Sie trägt ihre blonden Haare offen und schenkt mir ein freundliches, aber zugleich verführerisches Lächeln. Das ist neu. Sie leckt sich ihre Lippen. Als sie bei mir ist, schmiegt sie sich direkt an mich und haucht mir die Begrüßung ins Ohr. »Hallo, Fremder.« Es folgt ein betörender Augenaufschlag und ein Spiel mit einer ihrer Haarsträhnen.

Bin ich im falschen Film gelandet?

»Sie müssen Lauren sein«, säuselt sie nun und streckt meiner Assistentin die Hand hin. Lauren blickt erst die Hand an, dann Sarah und am Ende mich.

»Freut mich«, sagt sie schließlich mit einem erzwungenen Lächeln und schüttelt Sarahs Hand.

»Können wir kurz in dein Büro? Ich möchte da noch etwas erledigen, bevor wir essen gehen.« Sie zwinkert Lauren verschwörerisch zu und zieht mich dann in mein Büro. Die Tür fällt hinter uns ins Schloss und sie schließt ab.

»Sarah? Was zum Teufel –«

»Scht!«, zischt sie mir zu und hält mir mit ihrer Hand den Mund zu. »Spiel einfach mit.«

»Wobei?«

»Erkläre ich dir gleich«, erwidert sie und beginnt an meiner Krawatte zu fummeln. Dann zupft sie an meinem Hemd herum. Ich lege den Bericht in meinen Händen auf den Sessel und greife dann nach ihren Händen.

»Was soll das?«, frage ich sie diesmal ungeduldiger als beim ersten Mal.

»Du hast gesagt, sie hat keine Schwäche.« Ich brauche einen Moment, um ihre Worte in den richtigen Kontext zu bringen. »Dabei hat sie eine.«

»Und um diesen Triumph zu feiern, willst du mich hier verführen?«

Sarah lacht. Sie lacht mich doch tatsächlich aus. »Kein Wunder, dass sie dich die letzten Wochen bei den Eiern hatte.«

»Die erste Woche hatte sie das. Danach hatten wir eine Art Waffenstillstand.«

»Ach?« Sarah legt den Kopf leicht schief. »Bist du heute Morgen mit dem falschen Fuß aufgestanden?«

»Eigentlich war ich davon ausgegangen, dass ich endlich mal den richtigen erwischt habe.«

»Sie steht auf dich.«

Sprachlos blicke ich Sarah an und warte auf den Witz. Aber er kommt nicht. Sie meint das ernst. »Lauren soll auf mich stehen? Hast du heute Morgen schon was getrunken?«, erwidere ich und blicke ihr in die Augen, um nach Anzeichen für einen übermäßigen Alkoholkonsum Ausschau zu halten.

»Ich brauche die Frau zwei Sekunden anzusehen, um es zu wissen. Glaub mir, sie würde unter deinen Händen zerfließen, wenn du es versuchen würdest.«

»Du irrst dich, Sarah. Das ist Lauren. Meine Assistentin, die mir gerade aus der Hölle geschickt wurde.«

»Sie. steht. auf. dich. Aaron.«, sagt sie und betont jedes Wort. »Und ich bin gerade dabei, es dir zu beweisen.« Dann schlingt sie ihre Arme um mich, zieht mich an sich und vergräbt ihr Gesicht an meinem Hals. »Du riechst gut«, murmelt sie, als sie sich wieder löst. »Ich habe Hunger. Aber so wie ich das sehe, hast du da draußen einen Fan sitzen, der gleich mächtig angefressen sein wird.«

»Das war sie schon, bevor du hier aufgetaucht bist.«

»Dann wird es gleich um ein Vielfaches schlimmer werden. Wir treffen uns morgen zum Lunch? Ich will wirklich alles über das Gespräch hören, was du gleich mit ihr führst.« Sie löst sich von mir. »Es war wirklich toll, dich zu sehen. Auch wenn es nur drei Minuten für einen gefakten Blowjob waren.« Sie schenkt mir ein Lächeln, schultert ihre Handtasche und rauscht zur Tür. Ehe ich meine Gedanken sortiert habe, ist sie verschwunden und Lauren taucht in der Tür auf.

»Ich dachte, Sie wollten zum Lunch mit der Dame?« Ihr Blick gleitet über meine Erscheinung und etwas verändert sich in ihrem Gesicht. Grundgütiger! Bitte lass Sarah nicht recht haben. Lauren Hastings steht auf Kerle wie Joshua Vesta und süße Typen vom Empfang. Aus der Wut in ihrem Gesicht wird binnen weniger Sekunden ein Gefühl, das wahrscheinlich nur Frauen empfinden können und das ich mit Trotz aufgrund verletzter Gefühle beschreiben würde.

Sie kneift die Augen zusammen und beendet die Musterung, als sie sich ohne ein weiteres Wort abwendet. Aber so schnell kommt sie mir nicht davon.

»Lauren!«, ermahne ich sie und folge ihr. Sie dreht sich aber nicht um, sondern geht stur den Flur entlang. »Verdammt, Lauren!« Diesmal packe ich sie und drehe sie zu mir. Sie starrt mich mit einer Mischung aus unterschiedlichsten Gefühlen an.

»Sie haben da noch Lippenstift am Kragen.« Ich senke den Blick und starre auf einen roten Striemen, den Sarah mir da mit

Sicherheit absichtlich hingesetzt hat.

»Sie wollten mir vorhin etwas erklären«, wechsle ich das Thema. Über Lippenstifte, gespielte Blowjobs und die Tatsache, dass Sarah eventuell recht hat, will ich gerade nicht nachdenken. Das würde mich maßlos überfordern.

»Vergessen Sie's!«, zischt sie und will sich wieder abwenden.

»Oh nein, Lauren! Warum soll ich den Quartalsbericht nicht absegnen?«

Für einen Moment wird ihr Blick sanfter. Das kann aber auch Einbildung gewesen sein, da ihre Sturheit wieder zurückkehrt, ehe ich näher darüber nachdenken kann. Anstatt zu antworten, schweigt sie mich wieder an. Ich will bis fünf zählen, schaffe es aber nur bis drei.

»Mitkommen«, knurre ich in einer Tonlage, die keine Widerworte zulässt. Ich fasse sie fest am Arm und ziehe sie mit mir zu den Fahrstühlen. Wir erwischen direkt eine Kabine. Erst als sich die Türen schließen, lasse ich sie los. Sie reibt sich den Arm. Für einen Augenblick bin ich versucht, mich dafür zu entschuldigen, tue es aber nicht.

»Was wird das?«

»Wir gehen jetzt in ein Restaurant und werden zusammen unsere Lunchpause verbringen.«

Ungläubig beobachtet sie mich von der Seite. »Was ist, wenn ich nicht will?«

»Dann werde ich dich zwingen, Lauren. Leg es nicht drauf an.« Ich funkle sie an. Sie presst ihre Lippen aufeinander und wendet den Blick ab.

»Und dann?«, fragt sie, während sie die Stahlverkleidung mustert.

»Dann reden wir beide.«

Sie erwidert nichts. Genau genommen schweigt sie, als wir durch die Lobby gehen und auf dem gesamten Weg zu dem Lokal, das zu Fuß zehn Minuten von unserem Arbeitsplatz entfernt ist. Wir werden an einen ruhigen Tisch in einer Ecke am Fenster geleitet und nehmen Platz. Ich schaue ihr unverblümt ins Gesicht und sie erwidert meinen Blick erstmals seit unserer Unterhaltung im Fahrstuhl. Ich lege die Karte beiseite, ohne den Blickkontakt zu unterbrechen.

»Also?«, beginne ich.

»Du solltest bei deiner Freundin sein«, ist ihr sarkastischer Kommentar. Ein heftiger Streit und wir sind offiziell beim Du. Das wird immer besser.

»Sarah ist nicht meine Freundin«, stelle ich klar. Warum, weiß ich selbst nicht.

»Genauso wie du Joshua geglaubt hast, dass ich nicht mit ihm schlafe?«

»Es reicht ja, wenn du seinen Schwanz im Mund hast.«

Mit offenem Mund starrt sie mich an. Unwillkürlich kommen mir Bilder in den Kopf, die diese süßen Lippen beinhalten und den Inhalt meiner Hose. Unruhig ändere ich die Position auf meinem Stuhl.

»Ich habe auch nicht seinen ...«, sie senkt ihre Stimme, »sein Ding im Mund gehabt«, zischt sie. Ihr Blick bohrt sich in meinen.

»Es ist mir egal, was du in deiner Freizeit tust.«

»Joshua und ich spielen Schach zusammen.«

Schach? Ist das ein Codewort für Strippoker?

»Und Sarah und ich schauen uns Tierdokus an«, erwidere ich.

Ihre Augen blitzen wieder auf und sie holt tief Luft. In dem Moment kommt der Kellner, um nach unserer Getränkebestellung zu fragen. Am liebsten würde ich mir eine ganze Flasche Whisky kommen lassen. Sobald ich mit Lauren fertig bin, muss ich aber zurück ins Büro und diese blöde To-do-Liste zu Ende bringen. Den inneren Drang habe ich ganz allein der Frau vor mir zu verdanken.

Lauren bestellt sich ein Wasser und ich tue es ihr gleich. Der Kellner verschwindet und Lauren schenkt ihre Aufmerksamkeit wieder mir. »Hast du den Bericht gelesen?«, fragt sie in einer sanfteren Tonlage, zu der sie sich zwingen muss. Das sehe ich ihr an.

»Ja und ich habe ihn bereits unterschrieben, wie du weißt.«

Sie atmet tief durch. »Es gibt Unregelmäßigkeiten.«

»Was für Unregelmäßigkeiten?«

»Dinge, die dir nie auffallen würden.«

»Aber meiner Assistentin?«, frage ich sarkastisch nach.

Offensichtlich habe ich damit einen wunden Punkt getroffen. »Du hast keine Ahnung.«

»Nein, die habe ich nicht. Aber von dem Verdacht, dass du eine Industriespionin bist, bis zu der Auffassung, dass du mir mein Leben zur Hölle machst, weil du eine deiner Freundinnen rächen willst, hat alles meine Gedanken gestreift.« Ihre Mundwinkel zucken. Das sollte aber kein

Lächeln werden. Dafür ist ihr Blick zu hart. »Was für Unregelmäßigkeiten?«, wiederhole ich meine Frage.

»Ich glaube, dass Cole Westwood Firmengelder für private Zwecke abzwackt.«

»Cole soll korrupt sein? Ist das ein Witz?« Ich lache auf. Ich habe mit allem gerechnet, aber nicht mit einer solchen Anschuldigung. Der Mann arbeitet bereits seit über vierzig Jahren für den Konzern. Ich würde ihm mein gesamtes Vermögen anvertrauen, wenn es darauf ankäme.

»Nimm das gefälligst ernst!«

»Ich soll einem geschätzten Mitarbeiter mit deinem Vorwurf konfrontieren, weil du glaubst, etwas gefunden zu haben?«

»Ich *weiß*, dass ich etwas gefunden habe!«, erwidert sie frustriert.

»Wieso habe ich es dann nicht gesehen, als ich den Bericht gelesen habe? Und ich habe jedes Wort und jede Zahl gelesen.«

»Weil der Kerl gut ist. Er macht das schon seit Jahren. Nur dieses Jahr hat er es übertrieben.«

»Seit Jahren?« Das wird immer lächerlicher ...

»Ich habe die ganze Nacht damit verbracht, die alten internen Berichte zu überprüfen.«

»Wie bist du da überhaupt dran gekommen?«

»Joshua«, murmelt sie. »Aber das spielt jetzt keine Rolle. Bislang sind es über 25 Millionen Dollar.«

Jetzt hat sie tatsächlich meine Aufmerksamkeit. Das ist eine ordentliche Summe. »Nehmen wir mal an, du hast recht. Wie kommt es, dass eine einfache Assistentin diesen Betrug aufdeckt, weil sie den Quartalsbericht liest?«

Wenn sie von ihrem Verdacht wirklich so überzeugt ist, wie sie gerade vorgibt, wird sie mir die Frage beantworten. Dessen bin ich mir sicher. Andernfalls ist die Story erstunken und erlogen.

Das Wasser wird serviert und der Kellner fragt nach unserer Bestellung. Ich bestelle mir das Übliche und Lauren tut es mir gleich, da sie nicht einmal einen Blick in die Karte geworfen hat. Der Kellner verschwindet mit den Karten und meine volle Aufmerksamkeit gilt Lauren.

»Weil ...«, beginnt sie, stockt dann aber. Sie holt tief Luft und versucht es erneut. »Weil das mein Job ist.«

»Was?« Ich verstehe nicht, was sie mir sagen will.

»Es ist mein Job, korrupte Mitarbeiter zu finden.«

»Hat Ralph dich deswegen geholt? Damit du den Konzern auf undichte Stellen überprüfst, während er unter eine Palme liegt und sich die Sonne auf den Bauch scheinen lässt?« Das ist das erste Mal, dass irgendetwas in meinem Kopf Sinn macht, seitdem Lauren in mein Leben getreten ist.

Sie schüttelt den Kopf. »Ralph hat damit nichts zu tun.«

»Es war deine Idee«, spreche ich die einzige Information aus, die Aiden mir gegeben hat.

Sie antwortet wieder nicht.

»Aiden hat es mir vor ein paar Tagen gesagt.«

Sie fährt sich unsicher über ihren Pferdeschwanz. »Hat er das?« Sie schenkt mir ein hilfloses Lächeln.

»Ja, hat er. Dein Job ist es also, korrupte Mitarbeiter zu enttarnen. Wie bist du auf Cole gekommen?«

Das ist für sie augenscheinlich sicheres Terrain und ihr Selbstbewusstsein nimmt sogleich zu. Ihre Stimme wird fester und ihre Körpersprache überzeugender. »Der Umsatz für einen unwichtigen Teilbereich des Geschäfts, das unter seiner Aufsicht steht, ist gestiegen, der Gewinn aber gesunken. Das ist ein deutlicher Indikator, dass etwas nicht stimmen kann. Manchmal geschieht das aufgrund von Kostensteigerungen bei den Materialien. Ich habe aber die Rohstoffpreise verglichen. Sie sind im letzten Jahr fast alle gesunken oder stabil geblieben. Es gibt also keine logische Erklärung dafür. Dann habe ich mir die Quartalsberichte und Jahresabschlüsse der letzten Jahre vorgenommen. Ich bin bis 2012 gekommen. Es ist überall das gleiche Muster. Der Umsatz steigt, der Gewinn aber nicht in gleicher Proportion. Zudem gibt es Unterschiede zwischen den internen Berichten, die du oder Ralph abgezeichnet haben, zu den Berichten, die dann veröffentlicht wurden. Die Zahlen wurden im Nachhinein noch einmal frisiert.«

Abwartend beobachtet sie mich. Diesmal bin ich aber die Person, die schweigt. Ich fasse mir in den Nacken. »Das sind heftige Anschuldigungen, Lauren. Vielleicht gibt es doch noch eine andere –«

»Unwahrscheinlich. Ich habe mir die Konten für die Projekte angesehen. Da stimmt etwas nicht. Er war schlau. Er hat alles gut verschleiert und sich genau die Sparte ausgesucht, auf die sowieso niemand einen Blick wirft, solange dort keine Verluste geschrieben werden. Um aber Genaueres zu sagen, muss ich die Belege sehen, auf die ich online keinen Zugriff hatte. Auch ein Anzeichen dafür, dass etwas nicht stimmt.«

»Wie alt bist du?« Die Frage fliegt über meine Lippen, ehe ich es verhindern kann. Ich habe nicht einmal eine Ahnung, was sie mit der Situation zu tun hat.

»Du zweifelst ernsthaft meine Kompetenz an?«

»Du verlangst gerade von mir, dass ich einen meiner besten Mitarbeiter zum Teufel jage.«

»Ich verlange gar nichts. Ich teile dir die Fakten mit, weil du der Geschäftsführer bist, der da ist.«

»Ansonsten wärst du zu Ralph gelaufen?«

»Ja«, lautet die unverblümte Antwort. »Mit ihm würde ich diese ganze Diskussion nicht führen. Er würde sich den Kerl sofort schnappen.«

»Er hat auch einen kleinen Informationsvorsprung.«

Sie nimmt einen Schluck von ihrem Wasser, knibbelt an ihrer Serviette und hebt dann wieder den Kopf. »Ich bin 27. Ich habe in Oxford studiert. Seit dem Abschluss, den ich im Übrigen mit Bestnote bestanden habe, arbeitete ich für einen renommierten Wirtschaftsprüfer. Mein Spezialgebiet - Korruption.«

»Lieblingsfarbe? Lieblingsessen?«

Ein Lächeln zuckt über ihre Lippen. Sie beantwortet die Fragen aber nicht.

»Ich brauche stichfeste Beweise.«

»Wenn ich mehr Zeit und Zugang zu den Buchungsbelegen habe, kann ich dir alles schwarz auf weiß geben.«

»Wie lange brauchst du dafür?«

»Bis morgen Mittag. Sofern ich die Belege finde. Wenn ich sie nicht finde, wissen wir definitiv, dass die Sache bis zum Himmel stinkt, haben aber keine Beweise.«

»Okay.«

»Okay?«, fragt sie beinahe irritiert nach. »Du glaubst mir das auf einmal einfach so?«

»Ich gebe dir eine Chance, mich zu überzeugen, Lauren. Das ist kein Kinderspiel, was du behauptest. Und jeder kann sich irren. Liefere mir die Beweise. Bis morgen Nachmittag halte ich den Bericht zurück. Wenn du mich dann nicht überzeugen konntest, geht er raus.«

»Deal«, erwidert sie mit einem knappen Nicken.

Das Essen kommt.

Bis wir wieder das Bürogebäude betreten, sprechen wir kein einziges Wort miteinander.

15. Kapitel

Ich blicke mein trostloses Erdnussbutter-Sandwich an. Zwei labbrige Weißbrotscheiben, dazwischen eine dicke Schicht Erdnussbutter. Mit beiden Händen nehme ich es in die Hand und beiße hinein. Es schmeckt genau, wie es aussieht - beschissen. Seit dem Mittagessen mit Lauren heute Mittag habe ich aber das Gefühl, unterzuckert zu sein. Erdnussbutter ist die effektivste Methode, gegen dieses Gefühl anzugehen. Ich nehme noch einen Bissen und lasse den Rest wieder zurück auf den Teller fallen. Manche Dinge sollten verboten gehören - und dazu zählen mit Sicherheit auch vegane Avocado-Sandwiches.

Mit einer Serviette putze ich mir den Mund ab, gehe zu meinem Lieblingsschrank in der ganzen Wohnung und nehme die teuerste Flasche Whisky heraus, die ich besitze. Ich fülle das Glas weitaus voller, als es angebracht wäre, und nehme einen kräftigen Schluck.

Lauren Hastings ist eine Wirtschaftsprüferin, spezialisiert auf Korruption.

Cole Westwood, einer meiner besten Mitarbeiter, steht in ihrem Verdacht.

Verdammte Scheiße.

Ich schüttle den Kopf. Bereits den ganzen Nachmittag habe ich damit verbracht, diese beiden Neuigkeiten zu verarbeiten, bislang bin ich nicht weit gekommen. Ich traue Cole nicht zu, dass er Ralph und mich so hintergehen würde. Er hat unter unseren Vätern als einfacher Angestellter angefangen. Sie erkannten sein Potenzial und belohnten ihn für sein Engagement. Nach über 20 Jahren hat er sich einen der bestbezahltesten Jobs im Konzern verdient. Warum zum Teufel sollte er das riskieren wollen?

Hat er Schulden? Andere private Probleme?

Selbst wenn das so wäre, fällt mir nichts ein, was ihn dazu veranlassen könnte, diesen Betrug seit so vielen Jahren durchzuziehen.

Ist es vielleicht blanke Geldgier?

Ich seufze und nehme noch einen Schluck. Gedankenverloren streife ich mit dem Finger über den Rand des Glases. Ein Bild von Lauren blitzt in meinem Kopf auf. Sie ist verdammt gut, in dem was sie macht. Wenn sie mit so einer Anschuldigung auf mich zukommt, wird sie sich ihrer Sache sicher sein. Auch wenn ich sie lediglich ein paar Wochen als meine persönliche Assistentin bewundern durfte, weiß ich, was sie drauf hat. Sie ist ehrgeizig, zielstrebig und stur.

Drei Eigenschaften, die ich in dieser Kombination noch an keiner Frau erlebt habe, die sich in meinem Umfeld bewegt hat. In der Regel sind die Frauen durchschaubar. Sie verhalten sich genauso, wie ich es erwarten würde. Und es ist ein Leichtes, sie zu manipulieren. Aber nicht bei Lauren. Sie würde auf keinen Mann hereinfallen, weil sie dafür zu schlau ist. Vor allem ist sie mehr wert, als von einem Bett in das nächste zu hüpfen. Ihr Selbstwertgefühl schöpft sie aus ihrer

Karriere. Von den Zielen, die sie sich selbst steckt und die sie am Ende erreicht, egal wie lange es dauert. Sie braucht keinen Kerl, der ihr sagt, wie geil sie blasen kann.

Ich nehme mein Handy in die Hand und scrolle in der Liste mit den Kontakten nach ganz unten, bis ich Sarahs Nummer habe. Sie hat mir unzählige Nachrichten geschrieben und wollte wissen, was passiert ist. Ich habe sie ignoriert, da ich nicht den Nerv hatte, mich mit ihrer Tratschsucht auseinanderzusetzen. Normalerweise finde ich es ganz unterhaltsam, da sie mich auf andere Gedanken bringt. Und wer weiß - vielleicht rettet es mir irgendwann das Leben zu wissen, welche Gerüchte gerade über die Kardashians kursieren. Aber heute Nachmittag stand mir der Kopf nicht danach.

Ich wähle ihre Nummer. Freunde ignorieren sich nicht, auch wenn sie einem noch so sehr auf die Nerven gehen. Einer der Grundsätze in Sarahs Freundschaftskodex, den sie mir bereits an Tag 2 unserer offiziellen Beziehung ohne Sex eingetrichtert hat.

»Hey«, begrüßt sie mich und beginnt sofort zu kichern.

»Sarah?«, frage ich irritiert nach.

»Ja, das ist mein Name.« Wieder ein Kichern.

»Hast du getrunken?«

Schweigen. »Ein bisschen vielleicht«, sagt sie schließlich. Ich höre sie leicht lallen.

»Was hast du getrunken?«

»Sie waren so schön bunt«, verteidigt sie sich. Dann höre ich zwei weitere, weibliche Stimmen kichern.

Alles klar.

Cocktailabend mit ihren Girlfriends.

»Kannst du mir Chens Nummer geben?«

»Chen?«, erkundigt sie sich stutzig, so als hätte ich sie nach der Handynummer vom Weihnachtsmann gefragt.

»Ja, Chen. Dieser asiatische Typ aus deiner IT-Abteilung.«

»Achsoooo!« Wieder ein Kichern.

Grundgütiger ...

Ungeduldig trommle ich mit den Fingern auf dem Tisch und frage mich, ob ich den restlichen Whisky nicht exen soll. Das würde dieses Gespräch vielleicht erträglicher machen.

»Kannst du mir die Nummer gerade schicken?«

»Ja, sicher doch!«

»Super, danke!« Ich will bereits auflegen, als sie noch etwas hinzufügt.

»Ich liebe dich, Aaron Anderson.« Das Gegacker im Hintergrund nimmt eine Tonlage an, die für jedes männliche Ohr schmerzhaft ist. Sarah lacht ebenfalls wieder. Diesmal so heftig, dass ich befürchte, sie gleich umkippen zu hören, weil sie keine Luft mehr bekommt.

»Ich dich auch, Schatz«, erwidere ich und lege auf.

Frauen.

Frauen und Alkohol - eine Kombination, die auf jedem Kontinent verboten werden sollte. Dummerweise ist mehr als die Hälfte der Erdbevölkerung weiblich und eine Petition würde viel zu viel Gegenwind bekommen. Dann wiederum sind die meisten Führungsposten in Politik und Wirtschaft mit Männern besetzt. Ein Hoffnungsschimmer.

Mein momentaner Hoffnungsschimmer, Chens Nummer zeitnah zu bekommen, verflüchtigt sich jedoch sehr schnell, nachdem ich nach fünf Minuten immer noch keine SMS bekommen habe. Wahrscheinlich wird gerade mein ›Ich dich auch, Schatz‹ tot analysiert und noch mehr getrunken. Ich sollte morgen Früh bei Sarah vorbeischauen und mich davon überzeugen, dass es ihr gut geht. So etwas machen gute Freunde eben.

Ich hebe das Glas an meine Lippen und will gerade den nächsten Schluck nehmen, als es an meiner Tür klopft. Für einen Moment glaube ich, mir das eingebildet zu haben. Dann klopft es aber wieder. Diesmal lauter. Ich stelle das Glas ab und gehe zur Tür. Wenn es jemand ist, der keine Befugnis hat, hierher zu kommen, hätte mich der diensthabende Concierge vorher telefonisch informiert, dass Besuch unten wartet. Die einzigen Personen, die uneingeschränkt Zugang haben, sind Ralph, Aiden, Sarah und meine Familie. Sarah betrinkt sich gerade, Aiden ist immer noch in Europa und meine Familie hat Besseres zu tun, als mich zu besuchen. Es bleibt also nur eine Person.

Ralph.

Ich reiße mit der Erwartung, meinem besten Freund einen perfekten Kinnhaken zu verpassen, die Tür auf. Sobald ich meinen Gast erblicke, halte ich inne.

»Hi.« Lauren blickt sichtlich schüchtern zu mir auf. Sie streicht sich unsicher eine lose Haarsträhne hinter das Ohr und wartet darauf, dass ich etwas sage. Ich weiß aber nicht, was. So blicken wir uns eine gefühlte Ewigkeit an. Sie räuspert sich und hält mir eine Mappe hoch, die sie in den Händen hält.

»Ich habe hier was, was ich dir zeigen will. Darf ich reinkommen?«

Ich bekomme immer noch kein Wort über die Lippen, trete einfach zur Seite und gestatte ihr, an mir vorbeizugehen. Sie war bereits hier, als ich sie durch die halbe Stadt geschickt habe, um sie aus dem Büro fernzuhalten. Die Anzüge aus der Reinigung gehören schließlich in meinen Kleiderschrank und nicht in mein Büro, obwohl ich dort immer einen Satz Ersatzkleidung liegen habe.

Zielsicher begibt sich Lauren in das Wohnzimmer, bleibt dann aber unschlüssig in der Mitte des Raumes stehen.

»Möchtest du was trinken?«, biete ich ihr an. Sie schüttelt den Kopf.

Irgendetwas an ihr ist anders. Als ich sie gerade vor meiner Tür erblickt habe, hatte ich das Gefühl, sie wiederzuerkennen. In meinem Kopf hat etwas gezuckt und meine Gehirnzellen angeregt. Es ist dieses Gefühl, das man hat, wenn man sich an etwas erinnern will, es einem aber nicht einfällt. Etwas an ihr kommt mir bekannt vor. So als hätte ich es bereits unzählige Male vorher gesehen. Aber ich komme nicht drauf. Dabei trägt sie die gleiche Kleidung, die gleiche Frisur, die gleiche blöde Brille.

Mit verkniffener Miene starre ich sie an. Dann passiert es wieder. Sie lächelt mich zaghaft an. Dieses Lächeln ...

»Ich habe die Beweise«, reißt sie mich aus meinen Gedanken. Sie hebt die Mappe wieder hoch. Ich schüttle die verschwommenen Gefühle ab und greife nach der Mappe. Im

Stehen schlage ich sie auf und überfliege die Dokumente. »Die Rechnungen sind alle fingiert. Die Firmen existieren nicht. Ich habe alle überprüft.«

Ich hebe den Blick von den Papieren und schaue Lauren wieder an. »Warum sollte jemand fingierte Rechnungen ins Archiv legen? Es wäre doch viel effektiver, überhaupt keine Rechnungen abzugeben. Dann gäbe es keine Beweise, wie du heute Mittag so schön ausgeführt hast.«

»Weil es dann viel eher aufgefallen wäre. Bei so viel Papierkram überprüft niemand, ob die Firmen auch alle existieren. Sie existierten auch. Aber nur für ein paar Monate, damit die Ämter nicht aufmerksam wurden. Ich habe dir da alles aufgeführt. Es ist nur eine grobe Übersicht. Damit das vor Gericht Bestand hat, brauche ich wesentlich mehr Zeit und müsste Kollegen hinzuziehen, da das wirklich ein komplexer Vorgang ist.«

»Nenne es, was es ist – schamloser Betrug.« Ich klappe die Mappe zu und lege sie auf den Tisch neben das Whiskyglas. »Warum macht er das?«

Laurens Gesichtsausdruck nimmt eine sanfte Seite an. »Es gibt die verschiedensten Gründe. Es gibt fast nichts, von dem ich noch nichts gehört habe.«

»Ich muss wissen, warum er das gemacht hat, bevor ich ihn damit konfrontiere.«

»Aaron ...«

»Nein, Lauren. Das ist richtig übel«, ich zeige auf die Mappe, »aber Cole ist ein bodenständiger, ehrenhafter Mensch. Es muss dafür eine plausible Begründung geben.«

»Schraube deine Erwartungen nicht zu hoch. Sonst wirst du am Ende bloß enttäuscht.«

»Es muss dafür eine Erklärung geben.«

»Ja, die Erklärung gibt es immer. Sie ist meist nur nicht so ehrenhaft, wie wir sie uns wünschen würden.«

Mein Handy gibt einen Ton von sich und ich nehme die Augen von Lauren. Stattdessen greife ich nach meinem Smartphone, das neben ihr auf dem Tisch liegt. Sarah hat sich endlich gemeldet und mir statt der Nummer von Chen ihre gesamte Kontaktliste weitergeleitet.

Die Frau wird morgen einen verdammt fiesen Kater haben. So viel ist sicher. Am besten tauche ich mit einer Flasche Wasser und einer Packung Wunderpillen von Lauren auf.

Nichtsdestotrotz ist ebenfalls Chens Nummer in dem Wirrwarr und ich wähle sie direkt. Es klingelt gerade ein Mal, da beantwortet er den Anruf bereits.

»Mr. Anderson«, begrüßt er mich mit Namen.

»Hi Chen«, erwidere ich. Es sollte mich nicht wundern, dass er meine Handynummer kennt. Aus den Augenwinkeln nehme ich Laurens fragenden Gesichtsausdruck wahr. Mit der Hand deute ich ihr an, mir zwei Minuten zu geben. Ich entferne mich ein paar Meter von ihr und schaue aus dem Fenster auf die belebte Straße. »Chen, ich brauche einen Gefallen.«

»Wer hätte das gedacht.«

»Einer meiner Mitarbeiter wird verdächtigt, eine riesige Summe Geld für private Zwecke der Firma entnommen zu haben. Ich muss wissen, ob in seinem Umfeld irgendwelche

Anzeichen für eine Erklärung zu finden sind, ehe ich ihn mit den Vorwürfen konfrontiere.«

»Wie stichhaltig sind die Vorwürfe?«, fragt er in ernster Tonlage nach.

Ich werfe einen Blick zu Lauren. »Sehr stichhaltig«, erwidere ich und wende mich wieder ab.

»Stimmen die Zugangsdaten zu den Servern noch? Ich brauche dann nur einen Namen. Dann ziehe ich mir alle Daten aus der Personalakte und kann von da aus weiterarbeiten.«

»Cole Westwood heißt der Mitarbeiter.«

»Morgen sollte ich etwas haben. Ich melde mich.« Damit legt er auf und das Gespräch ist beendet.

»Das ist nicht legal«, kommentiert Lauren das Telefongespräch. Ich drehe mich wieder zu ihr um und gehe auf sie zu. Sie hat die Arme vor der Brust verschränkt und funkelt mich wieder mit diesem typischen Lauren-Blick an. Wenn mir dieser Blick in meinem Leben bereits begegnet wäre, hätte sich das so tief in mein Hirn gebrannt, dass ich es nicht wieder vergessen hätte.

»Es war mit Sicherheit auch nicht legal, als meine persönliche Assistentin den Quartalsbericht ohne Genehmigung so zu sichten, wie du es getan hast.«

»Intuition«, rechtfertigt sie sich.

»Dann hoffen wir, dass deine Intuition dich in die richtige Richtung geleitet hat.«

»Hier sind doch die Beweise!«

Ich nehme mein Whiskyglas und trinke einen Schluck. Mit einem dumpfen Geräusch stelle ich es wieder ab. Diesmal dichter an Lauren. Ich trete noch einen Schritt an sie heran, sodass ich den Duft ihrer Haare riechen kann.

»Nur weil etwas korrekt ist, ist es nicht immer richtig«, belehre ich sie.

»Gibt es tatsächlich etwas, das einen Diebstahl von rund 25 Millionen Dollar in deinen Augen rechtfertigen würde?«

»Ich weiß, dass Menschen in Ausnahmesituationen dumme Dinge tun. Die nebenbei gesagt jeder von uns tun würde, wenn wir in der Situation wären. Selbst du«, sage ich und zeige mit dem Finger auf sie. Dabei berühre ich den Stoff ihrer Bluse. Anstatt zurückzuweichen, rührt sich Lauren keinen Zentimeter.

»Man kann um Hilfe bitten.«

»Hast du schon mal um Hilfe gebeten?«

Sie weicht meinem Blick aus.

»Es kostet sehr viel Selbstüberwindung, sich einzugestehen, dass man alleine mit der Situation überfordert ist und es nicht schafft. Und nicht jeder hat die Stärke, das zu tun.«

»Es tut mir leid«, flüstert sie und blickt mir in die Augen. »Es ist nur …«

»Es ist nur *was*?«

»Mein Job. Ich arbeite mit vielen Männern zusammen. Das härtet ab. Ich habe mir angewöhnt, nur noch die Fakten zu sehen und die Emotionen auszublenden. Ansonsten würde ich die Tage nicht überleben.«

Unwillkürlich muss ich lächeln. »Du hast mich bei den Eiern gehabt. Du brauchst keine Abhärtung.«

»Ich korrigiere dich nur ungern, aber ich habe dich immer noch bei den Eiern. Du weißt es nur nicht.«

»Ach ja?«

Sie nickt. »Ich lasse dir nur ein bisschen Luft zum Atmen, damit du nicht zerbrichst. Der Konzern braucht dich noch.«

»Der Konzern oder du? Augenscheinlich verlierst du deinen Lebensinhalt, wenn dein Lieblingsopfer den Löffel abgibt.«

Und dann ist es wieder da – dieses ehrliche Lächeln in ihrem Gesicht, das mir etwas sagen will. Tief in meinem Kopf klingelt es, aber ich finde die Tür nicht, die ich öffnen muss.

»Ist das Whisky?«, fragt Lauren plötzlich und zeigt auf mein Glas.

»Zu stark für dich«, erwidere ich.

Sie ignoriert meine Worte, greift nach dem Glas und kippt es in einem Zug hinunter. In Zeitlupe kann ich verfolgen, was ihre Reaktion auf den Drink ist. Zuerst ist es Neugierde, dann Überraschung und schließlich Ekel. Ich nehme ihr das Glas aus der Hand, ehe sie es fallen lässt. Sie greift sich mit den Händen an den Hals und hustet. Sofort gehe ich in die Küche und fülle das Glas mit Wasser. Ich bringe es zurück und reiche es ihr. Dankbar nimmt sie einen kräftigen Schluck.

»Was zum Teufel ist das?«, fragt sie mit Tränen in den Augen und reibt sich die Brust unterhalb des Halses. Bevor ich antworten kann, hat sie die Flasche in der Hand und studiert das Etikett. »Das ist, als würde man an einem Stück Kohle lutschen.«

»Er ist sehr rauchig, Ja«, stimme ich ihr zu. »Ich habe dich gewarnt.«

Herausfordernd funkelt sie mich an. »Ich wette, je mehr man davon trinkt, desto besser wird er.« Ohne um Erlaubnis zu bitten, zieht sie den Korken von der Flasche und gießt erneut Whisky in das leere Wasserglas. Aus den Augenwinkeln wirft sie mir einen Blick zu. Gespannt beobachte ich sie. Wenn sie das jetzt ext, wird sie umkippen. Das sehe ich kommen. Sie verschwendet keine Sekunde mehr, hält sich die Nase zu und kippt den Drink in einem Zug herunter. Dann hüpft sie auf der Stelle, hält sich nach wie vor die Nase zu und wedelt sich frische Luft zu. »Es wird mit der Menge nicht besser«, murmelt sie mit Tränen in den Augen, als sie wieder Luft bekommt.

Ich kann mir ein Lächeln nicht verkneifen. Lauren hat ihre Fassung immer noch nicht wiedererlangt.

»Und das trinkst du freiwillig?«

»Soll ich dir das Geheimnis daran verraten?«

»Das Zeug wirkt bei euch Männern potenzsteigernd?«

Diesmal lache ich laut auf. Humor hat sie. Zumindest wenn der Witz nicht auf meine Kosten geht. »Frauen finden ihn in der Regel so ungenießbar, dass die Gefahr schwindet, ihn teilen zu müssen.«

Obwohl Laurens Augen noch gerötet sind und sie immer noch darum kämpft, Luft zu bekommen, greift sie wieder zur Flasche.

»Was wird das?«, frage ich leicht angespannt.

»Ich trinke dir deinen tollen Whisky weg«, ertönt die Antwort sofort. Der Stöpsel ploppt von der Flasche und die goldene Flüssigkeit ergießt sich wieder in das Glas. Sie hebt es wieder an ihre Lippen, ehe sie aber davon trinken kann, habe ich ihr das Glas weggenommen.

»Zwei Drinks reichen für dich«, erkläre ich.

»Vielleicht schmeckt der dritte ja.«

»Mit Sicherheit nicht, Lauren. Ich habe bereits eine Frau in meiner Kontaktliste, die womöglich ihr Abendessen erneut sehen wird. Noch eine brauche ich wirklich nicht.« Ich nehme selbst einen Schluck von dem Whisky und könnte schwören, dass der Geschmack ihrer Lippen noch an dem Glas hängt.

»Deine Freundin?«, fragt sie nach und ein undurchdringlicher Ausdruck tritt in ihr Gesicht.

»Ich habe keine Freundin.«

»Du hast nie Freundinnen. Dann nenne ich sie eben Betthäschen.«

»Du scheinst ja genau Bescheid zu wissen«, erwidere ich in einem sarkastischen Tonfall.

»Es wird getratscht.«

»Ich hätte dich nicht für jemanden gehalten, der mit den Angestellten den Firmentratsch weiter anheizt.«

»Oh nein. Das meine ich nicht. Ich meine deine beiden besten Freunde.«

»Aiden und Ralph?«

»Ja.« Ihre Wangen röten sich langsam und ihre gesamte Körpersprache wirkt weniger steif. Ich hätte der guten Frau einfach eher Alkohol in den Tee kippen sollen. Das scheint sie zu entspannen.

»Wie viel trinkst du in der Regel?«

»Das geht dich nichts an.«

»Doch. Du stehst angetrunken in meinem Wohnzimmer. Bist du hergefahren?«

»Ich habe ein Taxi genommen.«

»Okay. Dann rufe ich dir direkt eins, das dich wieder zurückbringt.«

»Damit du dich um deine Freundin kümmern kannst?«

Leicht genervt seufze ich auf. »Nein, Lauren. Damit du in ein Bett kommst und wir morgen Früh über den Fall Cole Westwood in aller Ruhe auf der Arbeit reden können.«

»Wieso hast du so ein Problem, mir gegenüber zuzugeben, dass du mit Sarah Watson schläfst?«

Ich fasse mir ins Haar. Selbst angetrunken bringt sie mich zur Weißglut. Wahrscheinlich schafft sie das selbst im Schlaf. »Ich habe nicht den blassesten Schimmer, was dich das überhaupt angeht, aber ich habe keinen Sex mit ihr. Wir sind gute Freunde.«

»Okay«, sagt sie schließlich und wendet den Blick ab.

Ich trinke den Whisky aus und stelle das Glas zurück auf den Tisch. »Ich rufe dir jetzt ein Taxi«, informiere ich sie, rühre mich aber nicht von der Stelle. Aus irgendeinem Grund warte ich auf Widerworte. Die kommen aber nicht. Stattdessen steht Lauren wie angewurzelt vor mir. Dann verschränkt sie wieder die Arme vor der Brust und mustert mich unverhohlen.

»Ich soll dir ein Taxi rufen, richtig?«, frage ich nach.

Nach einem kurzen Moment des Wartens nickt sie. »Ich will hier schließlich nicht übernachten, oder?«

Ich weiß nicht, ob es ihr Blick, diese Tonlage oder ihre

Haltung ist. Aber mein gesamtes Blut schießt in meine Hose. Mein Kopf stellt das Denken ein. Dabei kann ich das gerade gar nicht gebrauchen. Ich muss diese Frau vor meine Tür setzen - und das so schnell wie möglich. Der Whisky in meinem Blut tut aber sein Übriges. Die gesamte Anspannung der letzten Wochen entlädt sich in einem einzigen Gedanken, in dem ich mir immer wieder dieselben Fragen stelle.

Wie würde sie schmecken, wenn ich sie küsse.

Wie würde sie sich anfühlen, wenn ich sie anfasse.

Und wie würde sie aufschreien, wenn ich tief in sie eindringe.

Glücklicherweise funktioniert noch irgendein Teil von meinem Gehirn und ich kann den Impuls, etwas wahrlich Dummes zu tun, unterdrücken. Zumindest noch.

Lauren bewegt sich immer noch nicht. Sie blickt mich starr an. So als würde sie gerade ebenfalls einen inneren Kampf mit sich ausfechten. Und dann ist es mir plötzlich egal.

Ich trete einen Schritt vor, ziehe sie ruckartig an mich und drücke meinen Mund auf ihren. Sobald ich Gewissheit habe, dass sie nicht wild auf mich einprügelt oder schreiend mit der Whiskyflasche nach mir wirft, teile ich ihre weichen Lippen mit meiner Zunge und beginne ein leidenschaftliches Spiel, das sie sogleich erwidert. Sie seufzt wohlig auf, klammert sich an mich und fährt mit ihren Händen meinen Nacken hinauf, bis sie mein Haar erreicht. Ihre Kurven drücken sich an mich und ich kann die Hitze ihrer Haut selbst durch unsere Kleidung hindurch fühlen. Ich hatte vieles erwartet. Eine frigide Abweisung oder ein unbeholfenes Stammeln. Aber definitiv keinen heißen Kuss, der mir eine schmerzhafte Latte in der Hose beschert, die mir jegliches Benehmen nehmen wird, wenn ich Lauren noch einen Moment länger küssen werde. Als könnte sie meine Gedanken lesen, beendet sie den Kuss und schaut mir schwer atmend in die Augen. Ich öffne den Mund, um etwas zu sagen, es kommt aber kein Wort heraus. Was soll ich auch sagen? ›*Lass uns weitermachen?*‹, ›*Bloß nicht aufhören?*‹ oder ›*Welcher Kerl hat dir beigebracht, so zu küssen? Sag's mir, damit ich ihm auf die Fresse hauen kann, weil er dich angefasst hat.*‹

Lauren entschärft die unangenehme Situation elegant, in dem sie sich räuspert, sich aus meinen Armen schält und ihre Kleidung richtet. »Ich kann mir selbst ein Taxi rufen«, sagt sie schließlich, dreht sich um und eilt zum Flur. Plötzlich bleibt sie stehen und fügt, ohne sich umzudrehen, hinzu: »Schönen Abend noch, Mr. Anderson.«

Wunderbar. Jetzt sind wir nach dem heißesten und längsten Vorspiel der Menschheitsgeschichte wieder beim Sie. Ich erwidere nichts und sie stürmt aus meinem Sichtfeld. Sollte ich ihr folgen? Wohl eher nicht. Es würde die Situation lediglich komplizierter machen. Noch nie war Sex für mich dermaßen kompliziert. Und dabei hatten wir nicht mal Sex!

Ich wende mich wieder dem Whisky zu. Die Frau ist weg, der Alkohol noch da. Immerhin weiß ich, auf was ich mich verlassen kann. Ich höre die Tür zuknallen, als ich gerade nach der Flasche greife. Sobald ich sie in den Händen halte, starre ich unentschlossen das Etikett an. Ich sollte nicht mehr davon trinken. Ich brauche einen klaren Kopf. Ich stelle die Flasche wieder auf den Tisch und fasse mir stattdessen an den Kopf.

Gottverdammter Mist!

Lauren Hastings schafft es, mir eine Jahrhundert-Latte zu bescheren! Mit einem einzigen Kuss! Wenn ich ehrlich bin, hat sie das mit der Latte bereits des Öfteren geschafft. Insbesondere in meinen Porno-Träumen, die mit Sicherheit eine ganz neue Dimension erreichen, nachdem ich sie geküsst habe. Obwohl küssen noch untertrieben ist. Das war versautes Knutschen. Ich kann nicht einmal glauben, dass ich diese Begrifflichkeit in Bezug auf Lauren benutze. Sie ist ein Kontrollfreak, eine Nervensäge und trägt Kleidung, die erst für Frauen ab 50 zugelassen werden sollte. Dennoch kann sie so küssen, dass ich alle meine guten Vorsätze vergesse. Allen voran – fange niemals etwas mit einer Angestellten an. Aber dann wiederum ist sie nicht meine Angestellte, weil es keine Personalakte samt Arbeitsvertrag gibt. Und in wenigen Wochen ist sie wieder verschwunden. Das könnten sehr angenehme Wochen werden ...

Whisky.

Ich brauche doch den Whisky.

Ich werde in meinem Vorhaben aber unterbrochen, als ich ein Geräusch hinter mir höre. Ruckartig drehe ich mich um und blicke in Laurens Gesicht. Sie steht im Durchgang zu meinem Wohnzimmer.

»Ich dachte, du wärst gegangen«, stelle ich unnötigerweise fest. »Ich habe die Tür gehört.«

»Willst du, dass ich gehe?«

Eine Frage, deren Antwort an der Beule in meiner Hose abzulesen ist, die ich aber nicht einfach so über die Lippen bekomme.

»Sag's mir, Aaron«, fordert sie mich erneut zu einer Antwort auf.

»Verdammt! Ich habe keine Ahnung, was ich will«, antworte ich ungehaltener als beabsichtigt. Das Verlangen nach dieser Frau treibt mich geradezu in die Verzweiflung. Insbesondere, weil ich es mir nicht erklären kann.

»Gut. Ich nämlich auch nicht.« Ihr Tonfall steht meinem in nichts nach.

»Du machst mich seit Tag 1 wahnsinnig.«

»Das Kompliment kann ich zurückgeben.«

»Ich habe dich nicht mit veganen Gurken-Masken-Sandwiches und einem koffeinfreien Lebensstil malträtiert.«

»Dafür mit deinem bescheuerten Lächeln!«, platzt es aus ihr heraus.

»Was?«, frage ich perplex nach. In welcher Situation soll ich sie angelächelt haben? »Wann soll das denn gewesen sein?«

»Die ganze Zeit! Du hast immer diesen verwegenen Ausdruck in den Augen, der mich ständig ...«

»Der dich ständig ...?«

Sie blickt mir starr in die Augen, presst die Lippen aber absichtlich zusammen. So als würde sie auf jeden Fall verhindern wollen, dass ihre Gedanken in Form von Worten aus ihr heraussprudeln.

Langsam gehe ich auf sie zu, ohne den Blick von ihr zu nehmen. »Dich feucht gemacht hat? Dir Sehnsüchte in den Kopf gepflanzt hat, die du nicht losgeworden bist?« Sie schnappt nach Luft. Ich bin auf dem richtigen Weg. Auf einem verdammt richtigen Weg! »Weil du dich die ganze Zeit gefragt hast, wie es wäre, wenn ich dich in mein Büro rufe und dich auf meinem Schreibtisch vögle?« Ihre Atmung beschleunigt sich. »Weil du dir die ganze Zeit eine heiße Affäre mit deinem Chef ausgemalt hast?«

»Du bist nicht mein Chef«, keucht sie, als ich direkt vor ihr stehe.

»Möglich«, erwidere ich und ziehe sie an der Hüfte wieder an mich. Ihr Körper fühlt sich so verdammt gut an. Ich will sie anfassen, sie spüren. Ich will mich tief in ihr versenken. Bis zum Anschlag. Immer und immer wieder.

Und dann sind ihre Lippen wieder auf meinem Mund.

16. Kapitel

Lauren lässt ihre Handtasche fallen und greift mit beiden Händen nach mir, lässt sie über meinen Oberkörper gleiten, zerrt erst an meiner Krawatte, dann an meinem Hemd

»Bett oder Sofa?«, höre ich sie zwischen zwei wilden Küssen keuchen.

»Tisch«, erwidere ich.

Sie lacht auf und widmet sich meiner Gürtelschnalle. Meine Hände streifen das Jackett von ihren Schultern, ehe ich ihre Bluse aufknöpfe. Normalerweise nehme ich mir Zeit, die Geschenke Gottes an uns Männer auszupacken. Aber dieses Mal will ich sie einfach nur anfassen. Als alle Knöpfe auf sind, ziehe ich die Bluse aus dem Hosenbund und sie folgt dem Jackett auf den Boden. Die heißen Küsse nehmen zu. Ich beiße ihr in die Unterlippe und ihr wohliges Aufstöhnen verrät mir, dass sie das mag. Geschickt öffne ich den BH. Ihre Brüste sind perfekt. Klein, aber trotzdem füllig, und harte Brustwarzen, die nur darauf warten, von mir in den Mund genommen zu werden. Wild küssend ziehe ich sie zurück zu meinem Esstisch, auf dem noch mein Handy liegt und der Whisky steht. Mit der Hand schiebe ich die Sachen weiter in die Tischmitte und setze Lauren auf die Platte. Ich bete, dass der Tisch das Folgende aushalten wird. Er musste den einen oder anderen Akt erdulden. Im Vergleich zu dem, was gleich passieren wird, war das aber nichts.

Ungeduldig zerrt Lauren an meinem Shirt. Sie befreit mich davon und legt ihre Hand flach auf meinen Bauch. Für einen Moment hält sie inne und scheint den Anblick tief in sich einzusaugen. So als würde sie befürchten, diesen Anblick nie wieder genießen zu können. Wenn der Rest des Abends genauso vielversprechend verläuft, wie er es bislang getan hat, wird sie mich noch öfter anfassen dürfen, als ihr lieb ist.

»Gefällt dir, was du siehst?«, necke ich sie.

»Du hast ja keine Ahnung«, seufzt Lauren.

Ich beuge mich vor und verschließe wieder ihre Lippen. Meine Finger schieben sich in den Bund ihrer Hose. Lauren schlingt ihre Arme um meinen Nacken und ich ziehe sie für einen kurzen Moment hoch, um ihr den leidigen Stoff samt Slip vom Körper zu ziehen. Ihre Ballerinas ziehe ich ihr gleich mit von den Füßen. Völlig entblößt sitzt sie vor mir. Ihre Lippen sind von den wilden Küssen leicht geschwollen, ihre Frisur ruiniert und ihre Muschi in Vorfreude auf das, was noch folgen wird, feucht. Vorsichtig strecke ich die Hände aus und nehme ihr die Brille von der Nase. Ich lege sie zu meinem Handy und der Whiskyflasche, ehe ich Lauren wieder ins Gesicht schaue.

»Du kannst so hübsch sein«, sage ich mit einem ehrlichen Unterton. Ohne diese dämliche Brille, die sie sich die ganze Zeit die Nase hochschiebt, sieht sie süß aus. Zum ersten Mal bemerke ich, dass sie wunderschöne braune Augen mit einem zarten Hauch Grün hat.

»An deinen Komplimenten arbeiten wir ebenfalls noch.«

»Genau wie an meiner Kommasetzung?«

»Du hast es erfahhhh...« Ihr letztes Wort geht in einem Aufschrei unter, als ich mit meinem Finger über ihren Kitzler fahre. Sie stützt sich auf den Ellbogen ab und wirft den Kopf nach hinten.

»Das scheint dir auch zu gefallen und du bist wunderbar feucht.«

»Das hast du dir selbst eingebrockt«, stöhnt sie, als ich mit zwei Fingern langsam in sie eindringe. Mit der anderen Hand fahre ich ihren Bauch nach oben bis ich an ihrer rechten Brust angelange. Dann beuge ich mich vor und nehme die rosafarbene Brustwarze zwischen meinen Lippen. Erst fahre ich mit meiner Zunge genüsslich über die Knospe, dann sauge ich. Schließlich beiße ich sanft hinein. Sie stöhnt auf und bäumt sich meiner Hand, die ihre Muschi stimuliert, entgegen.

Die Frau ist eine Sünde.

Unscheinbar verpackt. Reißt man die Verpackung aber herunter, landet man nicht in der Hölle, sondern im absoluten Paradies. Ich habe in meinem Leben mit vielen Frauen geschlafen. Aber noch nie habe ich eine Frau so sehr gewollt wie Lauren. Jede Bewegung schmerzt in meiner Hose. Meine Eier sind angespannt und der Drang, tief in ihr zu sein, wird mit jedem ihrer Atemzüge schlimmer. Was hat diese Frau nur an sich, das mich in jeder Lebenslage an den Rand des Wahnsinns treibt? Es ist die Tatsache, dass ich endlich die Kontrolle über die Situation habe. Sie zerfließt unter meinen Berührungen und spürt zum ersten Mal den Wahnsinn, dem sie mich die letzten Wochen ausgesetzt hat. Ich kann mit ihr tun und lassen, was ich möchte. Das Beste daran ist, dass sie darauf steht und mich anflehen wird, weiterzumachen, sollte ich auf den Gedanken kommen, sie quälen zu wollen.

Ich muss sie einfach schmecken. Ich löse mich von ihrer Brust und küsse einen Weg ihren flachen Bauch hinab. Mit sanftem Druck lege ich meine Lippen um ihren Kitzler. Sauge, lecke, beiße sanft. Sie schmeckt einmalig. So wunderbar weiblich. Heute Abend werde ich mit Sicherheit nicht genug von ihr bekommen können. Es dauert nicht einmal dreißig Sekunden und sie explodiert förmlich unter meinen Berührungen. Ihr gesamter Körper erzittert. Sie flüstert in ihrem Delirium irgendetwas, das ich nicht verstehen kann.

Zufrieden richte ich mich ein Stück auf und beobachte sie fasziniert. Sie hat die Augen geschlossen, ihre Brust hebt und senkt sich nach wie vor atemlos und ihre Hände liegen flach auf der Holzplatte neben ihren Hüften.

»Wenn du jetzt einschläfst ...«

»Ich schlafe nicht. Wie soll eine Frau nach *dem* Erlebnis schlafen können?«, murmelt sie und blinzelt mich an.

»Dann haben wir noch etwas gefunden, das dir gefällt.«

»Wem gefällt Sex nicht?«

»Ich hätte darauf gewettet, dass du noch Jungfrau bist und noch nie einen Schwanz gesehen hast.«

Ihre Mundwinkel verziehen sich zu einem Lächeln. »Das dachtest du von mir?«

»Ja. Und ich fühle mich gerade wie in einem Porno. Die biedere Sekretärin entpuppt sich plötzlich als sexy

Nymphomanin.«

»Stehst du auf Rollenspiele?«

»Wenn sie dich beinhalten, Ja.«

Lauren ist genauso überrascht über meine Worte, wie ich selbst. Wenn sie aber nackt vor mir liegt, kann ich nicht klar denken. Nicht solange sich mein gesamtes Blut noch in meinem Schwanz und in meinen Eiern befindet.

»In dir steckt auch mehr, als ich dachte«, gesteht sie und richtet sich auf. »Dann lass uns mal dein Bett ausprobieren.« Sie hüpft vom Tisch, zwinkert mir zu und stolziert in mein Schlafzimmer.

Was zum Teufel ...?

Sprachlos starre ich ihr hinterher. Und das ist die Frau, die mein Leben in den letzten Wochen in ein Martyrium verwandelt hat? Ist das ein fieser Plan vom Universum? Quäle den Mann bis an seine Grenzen und schenke ihm dann eine Nacht im Paradies?

Ich ziehe meine restliche Kleidung aus und folge ihr. Lauren liegt bereits auf meinem Bett, die Beine gespreizt. Meine Augen sind an ihre Muschi geheftet, die ich gerade noch gefingert habe. Ich werde keine zehn Sekunden mehr aushalten, ansonsten spritze ich ihr auf den Körper. Aus dem Nachtschrank nehme ich ein Kondom, rolle es mir über und positioniere mich über Lauren. Für einen kurzen Augenblick sehen wir uns in die Augen. Dann senke ich meinen Mund auf ihren. In dem Moment, in dem meine Lippen die ihren berühren, dringe ich mit einem kräftigen Stoß in sie ein. Sie ist so verdammt eng. So süß, so bereit, so verführerisch.

Ich schaffe nicht mehr als fünf Stöße, ehe ich mit einem Aufschrei in ihr komme. Sie bäumt sich auf, krallt sich mit ihren Fingern in meinen Rücken und verlängert meinen Orgasmus ins Unermessliche. Es fühlt sich an, als würde es nie aufhören. Als wäre dieses eine Gefühl für die Ewigkeit bestimmt.

Der Höhepunkt ebbt ab, mein Verlangen nach Lauren nicht. Ich lasse mich auf die Seite fallen und begegne ihrem Blick.

»Machst du schon schlapp?«, fragt sie und dieses süffisante Lächeln, das ich sonst an ihr zu hassen wusste, erscheint plötzlich in einem völlig neuen Licht. Es wirkt weit weniger gefährlich. Es ist anziehend. Sie ist eine Frau, die weiß, was sie will. Und das turnt mich gerade unglaublich an.

»Gib dem großen Mann da unten ein paar Minuten. Dann kann es weitergehen. Er hat eine ziemlich lange Trockenphase hinter sich.«

Fragend zieht sie ihre Augenbrauen nach oben. »Wie lange war die Trockenphase? Drei Tage?«

Ich lache auf. »Sie begann, als du in mein Leben getreten bist.«

»Habe ich dir mit meinen Avocado-Sandwiches so sehr den Kopf verdreht, dass du keine andere Frau mehr haben wolltest?« Mit den Fingern fährt sie die Muskelstränge meines Oberkörpers entlang. Allein diese simple Berührung kostet mich wieder all meine Konzentrationsfähigkeit. In der Regel rede ich mit den Frauen nicht so viel beim Sex. Ich will sie auch gar nicht reden hören. Bei Lauren ist es anders. Ich hänge an ihren Lippen und bin nach jedem Wort süchtig, das ihren süßen Mund verlässt.

»Es hatte eher etwas damit zu tun, dass ich damit beschäftigt war, dich loszuwerden.«

»Das hat ja wunderbar geklappt«, erwidert sie und streicht sich eine Haarsträhne aus dem Gesicht.

»Ich bin froh, dass es nicht geklappt hat«, raune ich ihr zu. »Dann würdest du nicht in dieser entzückenden Pracht neben mir in meinem Bett liegen.«

»Hast du dir das vorher schon vorgestellt?«

»Ich dachte, ich werde wahnsinnig, weil ich es mir vorgestellt habe.«

Sie richtet sich auf den Ellbogen auf und küsst mich sanft auf den Mund. »Zwei Minuten sind um.« Ehe ich verhindern kann, was sie da tut, hat sie sich hingekniet, das Kondom von meinem Schwanz gezogen und ihn in den Mund genommen.

Großer Gott!

Meine Finger finden das Laken unter mir. Was die Frau mit ihrem Mund kann, gleicht einem der sieben Weltwunder. Mit einer Hand packt sie meine Eier und hält meinen Schwanz fest, mit der anderen fährt sie langsam meinen Bauch hoch. Es sind zu viele Empfindungen, als dass ich sie alle greifen könnte. Vor wenigen Momenten noch hätte ich schwören können, dass ich mindestens zehn Minuten brauchen werde, bis ich wieder einsatzbereit bin. Ihre Mundtechnik schafft das in wenigen Sekunden.

»Lauren«, stöhne ich beinahe warnend. Wenn sie weitermacht, ist die Party schneller vorbei, als ihr lieb ist. Sie blickt mich an, mein Schwanz immer noch in ihrem Mund und sie hört nicht auf. Das freche Grinsen, das ihr auf den Lippen liegen würde, wenn er nicht voll wäre, kann ich an ihren Augen ablesen. Dieser Anblick gibt mir den Rest und ich komme erneut. Diesmal in ihrem Mund. Und es fühlt sich beinahe besser an, als in ihr gekommen zu sein. Sie schluckt, leckt sich die Lippen und krabbelt auf mich drauf.

»Was hältst du von einer Dusche? Ich könnte eine gebrauchen«, raunt sie mir zu.

»Wer zum Teufel bist du und was hast du mit meiner Assistentin gemacht?«

»Brauchst du ein paar Argumente, die dir die Entscheidung leichter machen?«

»Ich hätte gerne eine Antwort, bevor wir das Spiel in der Dusche fortsetzen.« Sie will abhauen, ich packe aber ihre Handgelenke und halte sie auf mir gefangen. Sie seufzt auf.

»Ich mag Sex. Guten, dreckigen Sex. Ich habe davon einfach zu wenig in meinem Leben. Die meisten Männer lerne ich auf der Arbeit kennen und sie sind technisch gesehen alle meine Klienten, weil sie für den Auftraggeber arbeiten. Abends sitze ich zuhause und arbeite die Akten durch oder mache Überstunden in der Firma, weil ich die Unterlagen nicht mit nach Hause nehmen darf. Mit anderen Worten – ich lerne keine Männer kennen. Wahrscheinlich ist das hier die dümmste Idee, die wir hätten haben können. Aber du hast mich ausgezogen und bis ich mich wieder anziehen muss, wäre es schön, wenn du mir so viele Orgasmen wie möglich bescheren könntest.«

Ihr Blick hat etwas Flehentliches, beinahe Verzweifeltes.

»Erzählst du mir gerade ernsthaft, dass du untervögelt bist und ich dein Opfer bin, das zu ändern?« Ich kann mir nur schwer ein Lachen verkneifen. Bei allen Sätzen, die unsere Sprache hervorbringen kann, hätte ich mein gesamtes Vermögen darauf verwettet, dass dieser Satz niemals Laurens Mund verlassen würde. Doch tut er es.

»Ja, ich bin untervögelt. One-Night-Stands sind in meinem Leben schwer zu finden.«

»Ich bekomme gleich tatsächlich Mitleid, wenn du weiter erzählst.«

»Idiot«, sagt sie und will mir einen Klaps verpassen, da ich ihre Handgelenke noch festhalte, gelingt es ihr nicht.

»Du hättest mich schon viel eher bitten können, deinen Notstand zu beenden.«

»Du hast mich angeschaut, als wäre ich die Vogelscheiße unter deinem Fuß«, verteidigt sie sich. »Du hast mir das Gefühl gegeben, nie mit mir schlafen zu wollen, selbst wenn ich die letzte Frau auf Erden bin.«

Was soll man der Wahrheit entgegensetzen? Deshalb schweige ich einfach.

»Du brauchst dich nicht schlecht zu fühlen. Das war Absicht. Ich bin nicht hergekommen, um mich von dir verführen zu lassen.«

»Und doch hast du es zugelassen.«

»Manche Dinge kann man nicht verhindern.«

»Wieso bist du vorhin nicht gegangen?«

»Als ich die Tür geöffnet habe und davor stand, wurde mir

klar, dass mein Vibrator niemals im Leben den Job so gründlich erledigen könnte wie du.«

»Scheiße, Lauren. Du musst ernsthaft aufhören, solche Antworten zu geben.«

Sie grinst mich zufrieden an. »Ich werde dich immer bei den Eiern haben, Aaron«, flüstert sie in mein Ohr. »Egal in welcher Situation.«

»Darüber will ich gar nicht mit dir streiten. Wie war das mit der Dusche?« Ich lasse ihre Hände los und sie steigt von mir herunter.

»Mitkommen«, sagt sie und präsentiert mir ihre wunderbare Kehrseite. Ohne Widerworte folge ich ihr.

Ja, sie hat mich bei den Eiern.

Aber das ist mir egal.

Es ist mir auch egal, woher sie kommt, weswegen sie da ist und was Morgen für ein Tag ist. Das Einzige, was mich gerade interessiert, ist, meinen Schwanz wieder tief in ihrer Muschi zu versenken und ihr Stöhnen in meinen Ohren zu hören.

17. Kapitel

Sonnenstrahlen wecken mich am nächsten Morgen. Ich blinzle, strecke mich und erwarte die sexy Kurven einer Frau zu fassen zu bekommen. Meine Hand greift aber ins Leere. Überrascht öffne ich die Augen und blicke auf eine leere Bettseite. Die Laken sind kalt. Lauren muss schon lange weg sein.

Ich nehme mein Handy vom Nachtschrank.

6.34 Uhr.

Das heißt, sie muss mitten in der Nacht verschwunden sein. Müde reibe ich über meine Augen und lasse das Handy wieder sinken. Es war nur ein Traum. Ein heißer Sextraum mit Lauren. Ihr Stöhnen, ihre Fingerfertigkeit und insbesondere ihr Drang, meinen Schwanz ständig in den Mund nehmen zu wollen.

Stöhnend schlage ich die Decke beiseite und richte mich auf. Sobald mein Fuß den hochwertigen Parkettboden berührt, reiße ich ihn wieder nach oben. Angeekelt blicke ich auf das benutzte Kondom, in das ich getreten bin. Letzte Nacht war wohl doch kein Traum.

In der Küche entsorge ich das Gummi, stelle den Kaffeeautomaten an und gehe danach duschen. Ich habe nicht die geringste Motivation, die neue Sachlage zu analysieren. Ihre Brüste sind perfekt, ihr Arsch ebenso und ihre Küsse sind heiß. Mehr muss ich dazu nicht wissen. Zumal ich weiß, wie wir die restlichen Wochen rumkriegen. Und so viel sei gesagt – sie werden wesentlich aufregender als die vorherigen.

Auch wenn unser Intermezzo gestern angesichts der Tatsache, dass sie auf irgendeine Art und Weise für mich arbeitet, eine denkbar schlechte Idee gewesen ist, ist der Plan, meinen Schwanz erneut in ihrer süßen Muschi zu versenken, noch viel schlechter. Aber die schlechten Ideen sind meistens diejenigen, die man im Altersheim am wenigsten bereut.

Ich werde sie erneut vögeln. Heute. Innerhalb von fünf Minuten, wenn ich gleich auf die Arbeit komme. Alleine bei dem Gedanken wird mein Schwanz wieder hart und ich kann es kaum erwarten, ihren Mund wieder auf meinem zu spüren. Hätte mich der Wahnsinn mal eher gepackt, sodass ich sie ohne Rücksicht auf Verluste geküsst hätte. Das hätte zwei Vorteile gehabt. Zum einen hätte ich wesentlich eher den besten Sex meines Lebens erlebt und zum anderen hätte sie wesentlich eher endlich ihre Klappe gehalten. Obwohl ihr freches Mundwerk während des Sexes eine gelungene Abwechslung war.

Als ich aus der Dusche komme, ist der Kaffee bereits fertig und ich nehme einen kräftigen Schluck. Ich habe gestern nicht sonderlich viel Schlaf bekommen und heute wird ein harter Tag, wenn Lauren das Tempo beim Sex aufrechterhält. Mit der Tasse gehe ich zurück in mein Schlafzimmer und suche die passende Kleidung für den heutigen Tag heraus. Ein dunkelbrauner Anzug, samt hellblauem Hemd. Ich binde mir die passende Krawatte, als mein Handy einen Ton von sich gibt. Sobald der Schlips sitzt, nehme ich das Gerät zur Hand. Lauren hat mir geschrieben. Mit Erwartung öffne ich die Nachricht.

›Ich wünsche einen angenehmen Morgen, Mr. Anderson. Anbei Ihre Termine für heute.‹

Ich scrolle den Chatverlauf in der Hoffnung hoch und runter, irgendeinen Kommentar zur letzten Nacht zu finden. Aber nichts. Lediglich dieser blöde Satz, der mich seit einigen Wochen jeden Morgen begrüßt, und die heutigen Termine. Aber was habe ich erwartet? Eine Danksagung, dass ich ihren weiblichen Hormonhaushalt wieder in Einklang gebracht habe? Das wäre zumindest ein Anfang gewesen.

Zerknirscht stecke ich das Handy ein, trinke meinen Kaffee aus und verlasse meine Wohnung. Bevor ich auf der Arbeit erscheine und Lauren die letzte Nacht in Erinnerung rufe, muss ich Sarah, meiner aktuell besten Freundin, einen Besuch abstatten. Über die Nacht verteilt kamen Textnachrichten von ihr, die kein Geheimdienst in diesem Jahrhundert hätte entschlüsseln können.

Ich fahre mit dem Fahrstuhl direkt in die Tiefgarage, entriegle meinen persönlichen Zufluchtsort und starte den Motor.

Eine gute halbe Stunde später fahre ich bei Sarahs Apartmentblock vor. Ich hatte überlegt, sie vorher anzurufen, den Gedanken aber verworfen, da sie mit Sicherheit noch in einer komatösen Verfassung ist und den Klingelton ihres Handys nicht hören wird. Da sie mir vor einer Woche den Zweitschlüssel zu ihrer Wohnung gegeben hat, werde ich mir einfach Zugang verschaffen. Beste Freunde dürfen das. Für den Fall, dass sie wirklich ins Koma gefallen ist, halte ich mein Vorhaben für einen Anstandsakt.

Vorsichtshalber klopfe ich dennoch an ihre Wohnungstür, ehe ich den Schlüssel ins Schloss stecke. Ich öffne die Tür und rufe nach Sarah. Es ist keine Antwort zu hören.

Langsam bewege ich mich durch die Wohnung. Im Flur liegt eine Handtasche, deren Inhalt über den Boden verstreut ist. Vorsichtig steige ich darüber. Auf dem Sofa werde ich fündig. Sarah liegt eingekugelt zwischen den Kissen. Ihr Make-up ist völlig verschmiert und hat auf ihrem Gesicht Striemen gebildet, die an die Bemalung einer indianischen Ureinwohnerin erinnern. Ein Schuh hängt noch an ihrem Fuß, der andere liegt auf dem Teppich vor dem Sofa. Ihr Kleid ist zudem so weit hochgerutscht, dass ich ihren Tanga bewundern darf.

Ich gehe auf sie zu, hocke mich neben sie und streiche ihr sanft über den Kopf.

»Sarah?«, flüstere ich. Ihre Lider flattern, sie öffnet die Augen aber nicht. Stattdessen grummelt sie etwas Unverständliches vor sich hin und dreht sich auf dem schmalen Sofa um. Der Versuch misslingt und sie landet prompt in meinen Armen.

Sofort kuschelt sie sich an mich und spricht im Schlaf weiter.

»Sarah! Hey!«, versuche ich es nun in meiner normalen Stimmlage.

»Hmm ...«, murmelt sie.

»Ich bin's Aaron. Wach auf.«

»Hi Ron«, glaube ich zu verstehen. Dann schüttle ich sie sanft.

»Ich bin der Kerl, dem du gestern am Telefon deine Liebe gestanden hast. Ich habe sie erwidert und keine halbe Stunde später eine andere Frau gevögelt.«

Augenblicklich reißt sie die Augen auf. »Was?«

»Werde erst einmal wach. Hast du Kaffee da?«

»Aspirin wäre mir lieber«, flüstert sie, kneift die Augen wieder zusammen und reibt sich die Stirn. »Wie schlimm ist es?« Sie lallt immer noch leicht.

»So schlimm, dass ich dir gleich einen Waschlappen hole, damit du die Kriegsbemalung aus deinem Gesicht entfernen kannst. Danach verfrachte ich dich in dein Bett und da bleibst du bis heute Abend.«

»Ich muss arbeiten«, legt sie Widerworte ein und versucht aufzustehen.

»Das mit dem Arbeiten kannst du heute vergessen«, erwidere ich und setze sie wieder gerade auf den Boden. Das Sofa ist mir zu heikel. »Bleib hier sitzen«, ermahne ich sie und nehme langsam meine Hände von ihr. Sie kippt nicht um und ich erhebe mich, um einen Waschlappen und ein Glas Wasser aufzutreiben. Um an den Lappen zu kommen, muss ich das halbe Badezimmer durchwühlen. Als ich endlich ein Gästehandtuch gefunden habe, das den gleichen Zweck erfüllt, lasse ich es mit lauwarmen Wasser vollllaufen, wringe es aus und bringe es zu Sarah. Sie sitzt mit geschlossenen Augen auf dem Platz, an den ich sie gesetzt habe. Den Kopf hat sie nach hinten auf die Sitzfläche des Sofas gelehnt.

»Sarah?«, spreche ich sie mit sanfter Stimme an.

Als Antwort gibt sie ein Grummeln von sich. Sie ist zumindest noch ansprechbar. Ich falte das feuchte Handtuch und beginne damit ihr Gesicht sauber zu wischen.

»Ist es schlimm, wenn ich das toll finde?«, murmelt sie und entlockt mir ein Lachen.

»Nein. Ist es nicht. Wir haben uns immerhin gestern unsere Liebe gestanden.«

Bei den Worten öffnet sie vorsichtig die Augen. »Mit wem hast du mich denn betrogen?«

Mist.

Ich schlucke und konzentriere mich darauf, die Make-up-Reste aus ihrem Gesicht zu entfernen.

»Aaron, sag schon. Ich bin eine sehr verständnisvolle Ehefrau.«

»Lauren.«

Augenscheinlich hat der Name ausgereicht, um Sarah innerhalb von zwei Sekunden nüchtern werden zu lassen. »Die reizende Lauren, die vor deinem Büro Wache hält?«

»Genau die.«

Mit offenem Mund starrt Sarah mich nun an und ich lasse den Waschlappen sinken. Immerhin sieht sie wieder wie ein menschliches Wesen aus.

»*Und?*«

»Nichts *und*«, erwidere ich und beschäftige mich mit dem feuchten Tuch in meinen Händen.

»Gottverdammt, Aaron! Musstest du sie zwingen? Hat sie

jetzt ein Trauma, nachdem sie deinen Schwanz gesehen hat?«

Ich hole tief Luft. »Sie ist ein Vamp. Ein richtiger Vamp. Wahrscheinlich verspeist sie drei Schwänze, bevor sie überhaupt das Haus verlässt.«

Die Ungläubigkeit, die ich in Sarahs Mimik ablesen kann, hätte ich in meinem Gesicht ebenfalls wiedergefunden, wenn mir jemand gestern Früh erzählt hätte, wie der Abend enden wird.

»Hast du deinen noch?« Provokativ starrt sie mir auf den Schritt.

»Alles an Ort und Stelle«, beruhige ich sie.

»Das ist eine Wendung, mit der ich nicht gerechnet hätte.«

»Ich auch nicht«, gestehe ich.

»Und wie war das erste Gespräch danach?«

»Geschäftlich.«

»Die Frau hat es drauf.«

»Sie ist die Nacht verschwunden und das erste Lebenszeichen, das ich von ihr erhalte, ist die übliche Guten-Morgen-SMS mit all meinen Terminen für heute.«

Sarah beißt sich auf die Lippe und kichert. »Das ist gut. Das ist wirklich gut«, seufzt sie. »Ich bin auf eure Kinder gespannt.«

»Wir hatten einmal Sex. Das führt zu keinem Lebenslänglich.«

»Nur einmal Sex?«

»Ich korrigiere – wir hatten die ganze Nacht Sex. Das führt ebenfalls zu keinem Lebenslänglich.«

»Du bist beeindruckt von ihr«, stellt Sarah in einer

sachlichen Tonlage fest und nimmt mir das Handtuch aus der Hand.

»Möglich.«

»Erst hat sie dich bei den Eiern, dann lutscht sie sie dir und schafft das, was alle weiblichen Geschöpfe vorher nicht geschafft haben.«

»Das da wäre?«

»Dir unwiderruflich den Verstand rauben.«

Für einen Moment denke ich über ihre Worte nach. Ist es so einfach? Ist das die Erklärung, warum ich sie, seitdem ich aufgestanden bin, nicht mehr aus dem Kopf bekomme? Um ehrlich zu sein, habe ich sie seit dem Moment, in dem sie das erste Mal vor meinem Schreibtisch stand, nicht mehr aus dem Kopf bekommen. Auch wenn es andere Gründe waren.

»Wirst du wieder mit ihr schlafen?«

»Oh ja«, erwidere ich.

»Dann wünsche ich dir viel Spaß, wieder an ihr Höschen zu kommen. Die Frau wird es dir nicht einfach machen.«

»Nach letzter Nacht bin ich mir bewusst, dass ich sie einfach eher auf meinen Schreibtisch hätte verfrachten sollen, um mit ihr unanständige Dinge anzustellen. Das hätte unserer beider Leben gutgetan.«

»Das meine ich nicht. Ich rede von dem Grund, warum sie bei dir aufgetaucht ist. Sie ist nicht das Mädchen, das ihre attraktive Freundin rächt, sie ist der Vamp, der sich den Mann schnappt, bevor die attraktive Freundin es tut.«

»Weißt du was? Das ist mir egal. Ich habe sie genau da, wo ich sie die ganze Zeit haben wollte.«

»Unterschätz die Frau nicht.«

»Mein Problem war, dass ich sie überschätzt habe. Sie ist auch nur eine Frau. Und ich verfüge über das Allheilmittel, sie verstummen zu lassen, beziehungsweise sie die Dinge über die Lippen bringen zu lassen, die ich will.«

»Ein *Oh*, *Ah* und *Uh*?«

»Exakt. Und das Erste, was sie gleich erleben wird, ist meine ungehaltene Laune, wenn man sich ohne Erlaubnis aus meinem Bett schleicht.«

»Da bin ich aber erleichtert, dass ich diesen fatalen Fehler nicht begangen habe.«

Ein Lächeln stiehlt sich in mein Gesicht. »Du bist morgens so süß, das hätte selbst ich dir nicht übelnehmen können. Schaffst du es alleine unter die Dusche und dann ins Bett?«

»Ja, Dad«, antwortet sie mit einem Augenverdreher.

»Ich meine das ernst, Sarah. Du gehst duschen und verbringst den restlichen Tag im Bett. Wenn ich dich auf der Arbeit erwische, schleife ich dich eigenhändig hierhin zurück.«

»Weißt du, was schräg ist? Das glaube ich dir sogar.«

Ich erhebe mich und halte ihr meine Hand hin. Dankbar ergreift sie sie und lässt sich von mir hochziehen. An mir festhaltend streift sie sich den zweiten Schuh vom Fuß.

»Siehst du, ich kann alleine stehen. Das ist nicht mein erster Kater.«

»Aber das war der erste Alkoholexzess, während dem du mir deine gesamte Kontaktliste geschickt hast.«

»Was habe ich getan?«, fragt sie erschrocken nach.

»Wo wir gerade bei dem Thema sind – wer ist *›heißer Kerl mit geilem Arsch?‹*. Für einen Moment habe ich tatsächlich überlegt, die Nummer zu wählen und nachzufragen.«

»Löschen! Aaron, alles löschen! Verstanden?«

»Im Leben nicht«, gebe ich mit einem Lachen wieder. Mit einem Kuss auf die Wange verabschiede ich mich von ihr. »Tabletten gegen deinen dicken Kopf liegen in deiner Küche.«

»Ich hasse dich manchmal!«

»Ich dich auch, Liebling!«, rufe ich zurück und verlasse Sarahs Wohnung. Sobald die Tür in meinem Rücken zufällt, ziehe ich mein Handy aus der Hosentasche, das in den letzten zehn Minuten unaufhörlich vibriert hat.

Lauren.

Ich tippe eine knappe Antwort, in der ich ihr mitteile, dass ich auf dem Weg bin und sie den Laden für die nächsten 45 Minuten am Laufen halten soll. Ich hege nicht die geringsten Zweifel daran, dass sie das schaffen wird. Mit einem Lächeln bei dem Gedanken, wie ich Lauren in weniger als einer Stunde einen guten Morgen wünschen werde, steige ich in meinen Ferrari.

Das Leben könnte süßer nicht sein.

»Wo waren Sie?«, zischt Lauren mir zu.

»Warum auf einmal so förmlich?«

Ein böser Blick ist die Antwort. Sie steht vor ihrem Schreibtisch, die Hände vor ihrer Brust verschränkt. Wenn ihr jemals ein Denkmal gebaut werden sollte, dann wird es diese

Pose sein, die verewigt wird. Ihr Haar ist in einem strengen Knoten nach hinten gebunden, die Brille sitzt ihr wieder perfekt auf der Nase und die grusligen Klamotten hat sie ebenfalls wieder ausgegraben. Das Einzige, das mich an gestern Nacht erinnert und mir beweist, dass es keine Halluzination war, ist ihr dezentes Parfüm, das ich vorher nie wahrgenommen habe. Jetzt nehme ich aber jede Nuance wahr und würde am liebsten meine Nase über die Haut in ihrem Nacken gleiten lassen, um alles von dem Duft riechen zu können.

»Gestern Abend waren wir schon beim Du, wenn ich mich recht entsinne.«

Die Furche zwischen ihren Augenbrauen wird tiefer und ich trete noch einen Schritt auf sie zu. Für Außenstehende stehe ich gerade noch weit genug von ihr entfernt, damit es nicht zu intim wirkt. Für Lauren ist es aber viel zu intim. Sie wird unruhig und nervös. »Wieso bist du einfach verschwunden?«

Die Frage trifft sie völlig unvorbereitet. »Weil es ein Fehler war«, erwidert sie nüchtern.

»Wenn sich Fehler so anfühlen, sollten wir die öfter machen.«

»Nein«, ertönt sofort das Wort, das gestern vorübergehend ihren Wortschatz verlassen hatte.

Ich lasse mich diesmal nicht auf eine Diskussion ein, die sie möglicherweise am Ende noch gewinnt. Behutsam packe ich sie an den Ellbogen und schiebe sie geradewegs in mein Büro.

»Aaron!«, empört sie sich.

»Meinen Vornamen konntest du dir also merken«, stelle ich amüsiert fest.

Sie will etwas antworten, ich lasse ihr aber keine Möglichkeit. Ich drücke sie mit meinem Gewicht gegen die geschlossene Tür und verschließe ihren Mund mit meinem. Aus den Widerworten wird ein wohliges Seufzen. Ihr Körper wölbt sich gegen meinen und sie gibt sich endlich der unwiderruflichen Tatsache hin, dass ich sie solange küssen werde, wie mir danach ist.

»Das war eine einmalige Sache«, flüstert sie zwischen zwei Küssen, macht aber nicht den Eindruck, als würde sie das wirklich ernst meinen.

»Es fühlt sich wirklich einmalig an«, erwidere ich und lasse meine Hände über ihre Hüften gleiten. Seit gestern weiß ich, dass sie welche hat. Und was für welche. Diese Klamotten hätten alles andere vermuten lassen.

»Aaron!«, seufzt sie meinen Namen erneut, als ich über den Stoff in ihrem Schritt streiche.

»Scht«, murmle ich und küsse sie, während ich ihre Hose öffne. Als sie bemerkt, was ich vorhabe, werden ihre Augen vor Schreck groß.

»Nicht hier«, sagt sie in meinen Kuss hinein.

»Wärst du heute Nacht nicht aus meinem Bett geflüchtet, müssten wir das nicht hier machen.«

»Aaron, nein«, wiederholt sie sich.

»Oh doch«, lautet mein abschließendes Statement, ehe ich ihr den Hosenbund samt schwarzem Spitzenslip über die

Pobacken ziehe. »Du hast Glück gehabt, dass ich nicht eher herausgefunden habe, dass du ein Faible für schwarze Spitze hast.«

»Nicht –«, bekommt sie noch über die Lippen, ehe meine rechte Hand zwischen ihre Beine wandert. Sie schließt augenblicklich die Augen, wirft den Kopf zurück und stellt sich auf die Zehenspitzen.

Das zum Thema Widerworte.

Meine Lippen fahren über ihre Wange und ich spüre ihren beschleunigten Atem, je näher ich sie dem Höhepunkt bringe. Eine Nacht mit dieser Frau hat ausgereicht, um zu wissen, wie ihr Körper funktioniert. Zumal sie mir bei jeder Stellung gesagt hat, wie sie es braucht. Ihre Finger krallen sich in mein Sakko, ihr Körper wird zittrig. Meine Finger fahren ihre feuchte Spalte entlang, finden immer wieder ihren Kitzler und dringen in sie ein. Als sie kurz davor ist, presse ich meinen Daumen auf ihre Klit, fahre sanfte Kreise und sie explodiert augenblicklich in meinen Armen.

Zufrieden finden meine Lippen für einen sanften Kuss ihre. Langsam öffnet sie die Augen. Ihr Haarknoten ist verrutscht und ein leichter Schweißfilm hat sich in ihrem Dekolletee ausgebreitet.

»Mach das nie wieder«, flüstert sie in dem strengen Ton, den sie eigens für mich erfunden haben muss.

»Ich werde das so oft machen, wie ich Lust dazu habe.«

Ich gehe in die Knie und ziehe ihren Slip und die Hose wieder nach oben. Nachdem der Slip sitzt, schließe ich den Bund ihrer schwarzen Stoffhose. Ich ziehe ein Taschentuch aus der Hosentasche, das ich heute Morgen vorsorglich dort deponiert habe und wische mir die Finger meiner rechten Hand ab. Lauren hat sich immer noch nicht bewegt. Ihr Blick ist geradewegs auf mein Gesicht gerichtet.

»Ich freue mich bereits auf die neue Welle ekliger veganer Mittagsgerichte und den grünen Tee«, teile ich ihr mit und kann mir ein blödes Grinsen nicht verkneifen. »Aber ich bezweifle, dass ich hierfür bestraft werde«, flüstere ich nun dicht vor ihrem Gesicht. »Weil du drauf stehst.«

Ihr Mundwinkel zuckt und verrät sie. »Es war nett«, sagt sie schließlich. »Aber das darf sich wirklich nicht wiederholen.«

»Und warum?«

»Weil ich für Sie arbeite, Mr. Anderson.«

»Wenn du mich weiterhin siezt, macht mich das an. Meinst du, dass das ein Zeichen dafür ist, dass ich im Bett dominieren will?«

»Könntest du das vielleicht ein bisschen ernster nehmen?«, entgegnet sie nicht amüsiert.

»Lauren, du bist nicht mehr lange hier hier. Das bedeutet, wir können die restliche Zeit unseren Alltag versüßen. Danach gehst du in deinen alten Job zurück und wir sehen uns nie wieder. Sieh es als das, was es ist – einen sexy Fling.« Ich stecke das Taschentuch in ihre Hand. »Entsorg das bitte.« Ich zwinkere ihr zu und öffne die Tür, vor der wir stehen. Lauren tritt drei Schritte beiseite. Ehe ich durch die Tür gehe, wende ich mich ihr erneut zu. »Das wird sich bis Feierabend noch mindestens einmal wiederholen.« Ich warte ihre Antwort nicht ab, sondern gehe direkt zu den Toiletten, um mir die Hände zu waschen. Dann ziehe ich mein Handy hervor, checke meine Termine und überlege, wie ich die drei verpassten Meetings so elegant wie möglich zusammenlege, um an diesem Morgen nicht weiter in Verzug mit Laurens sorgfältig ausgetüftelten Terminplan zu geraten.

›Nervös?‹

Die SMS wird abgeschickt und ich warte geduldig auf die Antwort. Wie bei allen anderen Fragen an diesem Tag lässt Lauren sich Zeit.

›Weswegen?‹

›Wegen des Zeitpunktes, an dem ich beschließe, dich am heutigen Tage mit meiner Zunge zu beglücken.‹

Stille.

Bis gerade eben habe ich noch gehört, wie sie an ihrem Schreibtisch Papiere sortiert. Meine Bürotür steht neuerdings offen, damit ich mitbekomme, wenn Lauren auf die Toilette oder in die Küche verschwindet. Zwei Orte, an denen ich sie ab sofort gedenke in den Wahnsinn zu treiben. Ihr Stuhl bewegt sich, dann höre ich ihre Schritte, ehe sie in meinem Sichtfeld erscheint.

»Wenn Sie beabsichtigen, mir wieder arbeitsrelevante Nachrichten zu schicken, geben Sie mir Bescheid. So lange ist mein Handy ausgeschaltet.« Es folgt ein ermahnender Blick, sie schließt die Tür mit einem leisen, aber eindeutigen Knall und ich sitze zufrieden auf meinem Stuhl.

Es funktioniert.

Die letzten Wochen hat sie den Ton angegeben und jetzt bin ich es. Sie steht auf alles, was ich mit ihr mache. Das lese ich an ihrer Körperspannung ab, die jedes Mal zunimmt, wenn ich in ihre Nähe komme. Bei dem Gedanken an unser kurzes Intermezzo heute Morgen wird mein Schwanz direkt wieder hart. Das geht schon den ganzen Tag so und ich versuche, mich mit Arbeit abzulenken. Leider funktioniert das eher dürftig, da ich Laurens Seufzen, ihre Berührungen und ihre Lippen immer noch überall spüre.

Ich öffne mein E-Mail-Programm und schicke ihr eine Mail. Das kann sie schließlich nicht abschalten.

›*Heute Abend, 20 Uhr, mein Apartment. Keine Unterwäsche. Und schon gar nicht einer deiner seltsamen Hosenanzüge.*‹

Erwartungsvoll starre ich die Tür an. Lauren liest E-Mails sofort. Ihr PC macht Ping und sie hat die Mail schon verinnerlicht. Das ist ihre Arbeitsmoral, die ich in den letzten Wochen gehasst habe, mir jetzt aber zugutekommt.

Entspannt lehne ich mich zurück, verschränke die Arme hinter dem Kopf und warte auf Laurens nächste Reaktion. Ich habe endlich die Wunde gefunden, in die ich immer wieder meinen Finger drücken kann, um das zu bekommen, was ich will.

Die Tür geht auf und Lauren erscheint wie erwartet. Sie trägt jedoch ein freundliches Lächeln im Gesicht, bleibt stehen und deutet jemandem an einzutreten. Ich setze mich auf und blicke geradewegs Chen an, der unentschlossen neben Lauren steht.

»Ich leite dann für die nächsten 15 Minuten keine Telefongespräche weiter«, informiert sie mich und schließt die Tür beim Hinausgehen.

Chen kommt langsam auf mich zugeschlendert. Er trägt zwar ein Hemd und eine Krawatte, der dunkelblaue Hoodie, passend zu seiner Stoffhose, zerstört aber den eleganten Eindruck. Seine schwarzen Haare stehen ihm etwas wirr vom Kopf ab.

»Hi.«

»Chen«, begrüße ich ihn erwartungsvoll. »Ist das Internet kaputtgegangen oder warum darf ich dich persönlich begrüßen?«

Er setzt sich auf einen der beiden Stühle vor meinem Schreibtisch und zieht einen Memstick aus der Jackentasche. »Das hier. Manche Dinge überbringt man persönlich.« Er hält den Stick in die Höhe, macht aber keine Anstalten, ihn mir zu reichen. »War das Lauren Hastings?« Er deutet mit dem Daumen hinter sich.

»Ja, das war sie.«

»Und? Wissen Sie mittlerweile, aus welchem Loch sie gekrochen kam?«

»So in etwa«, erwidere ich. »Erfahre ich nun, was auf dem Stick ist?«

»Alles zu Cole Westwood, was ich gefunden habe.«

»Es gibt da also was?«

»Etwas, weswegen er es nötig hat, 25 Millionen Dollar zu klauen? Ja, definitiv.« Er wirft mir den Stick zu, ich fange ihn auf. Ich ziehe den Deckel ab und stecke ihn in den USB-Slot meines PCs.

»Sie ist heiß.« Für einen Moment begreife ich nicht, von was Chen redet. Dann fällt der Groschen.

»Sie ist off limits, mein Freund«, erwidere ich harsch.

»Weil Sie sie bereits –«

Mit einer Handbewegung bringe ich ihn zum Schweigen. »Sie ist meine Assistentin. Und ich wiederhole mich noch einmal – sie ist off limits.«

»Schon gut, schon gut«, lenkt er ein und beobachtet mich dabei, wie ich den einzigen Ordner auf dem Stick öffne. Jede Menge Dokumente erscheinen. Ich klicke das Erste an. Es ist ein Statement von einer Bank. Ich überfliege es. Coles Frau, Janine, hat augenscheinlich die gesamten Immobilien erneut belastet. Zu einem Wert, der den tatsächlichen Wert sogar weit überschreitet. Ich klicke weiter. Immer wieder taucht Coles Frau in den Dokumenten auf.

Ich blicke zu Chen. »Der Typ ist gut. Er hat alle Unterlagen auf einer externen Festplatte gesichert, die nicht ans Internet angeschlossen ist. Um die Dokumente aber auf die Festplatte übertragen zu können, mussten sie zuerst auf seinen Laptop, der glücklicherweise ans Internet angeschlossen ist. Er hatte die Daten alle gelöscht, aber ich konnte aus den Fragmenten einiges rekonstruieren.«

»Auf was genau schaue ich?«, frage ich nach.

»Auf einen Mann, der eine Frau mit einem ordentlichen Problem geheiratet hat.«

Fragend ziehe ich meine Augenbrauen nach oben. »Geht es konkreter?«

»Janine Westwood ist spielsüchtig. Aber nicht nach dem Besuch im Kasino, sondern nach den richtig fetten illegalen Zockerrunden, die unter den Chickas in der High Society immer beliebter werden. Da wird gekokst, Stripper werden gebucht und die Millionen verzockt, als wären es Cent-Beträge. Leider hat Janine Westwood kein Händchen zum Gewinnen und verzockt das gesamte Vermögen ihres Mannes. Er hat immer wieder versucht, das fehlende Geld aufzutreiben, kam aber sehr schnell an seine Grenzen. 2010 und 2014 machte sie sogar eine Therapie, die nicht gerade billig war, aber geholfen hat es nicht.«

Ich höre Chen aufmerksam zu und reibe mir über die Stirn. Ich kenne Janine. Sie ist höflich, charmant und hält sich immer im Hintergrund. Ich hätte darauf gewettet, dass sie niemals das Selbstbewusstsein hätte, in solchen Zockerrunden mitzumischen. Aber dann wäre ich im Glücksspiel genauso gut wie sie.

»Der Mann besitzt keinen Cent mehr«, reißt Chen mich aus meinen Gedanken. »Er ist überschuldet, all seine Vermögenswerte gehören seiner Bank. Die Frau hat ihn ruiniert.«

»Er ist ein guter Kerl«, erwidere ich.

»Das mag sein. Ein Idiot ist er trotzdem.«

»Das eine schließt das andere nicht aus.«

»Brauchen Sie sonst noch was?«

»Nein, danke«, sage ich und erhebe mich. Chen tut es mir gleich. »Wie kann ich mich erkenntlich zeigen?«, frage ich freiheraus.

»Sie können mir die Nummer von Lauren geben.« Mein Gesicht wird ernst und er rudert sofort zurück. »Das war ein Witz.«

»Kein besonders komischer«, erwidere ich nüchtern.

»Sie sind ein Freund von Sarah. Das geht aufs Haus. Schönen Tag noch«, sagt er, hebt zum Abschiedsgruß die Hand und verschwindet aus meinem Büro. Ich folge ihm, um sicherzustellen, dass er Lauren nicht belästigt. Der Einzige, der sie belästigen darf, bin ich.

»War das der Typ, der Cole hinterherschnüffeln sollte?«, fragt sie mich, als sie mich sieht.

»Ja.«

»Und?«

»Er hat was gefunden. Komm mit.«

Ich gehe zurück in mein Büro, Lauren folgt mir. Ich deute ihr an, an meinem Schreibtisch Platz zu nehmen und sie kommt der Einladung nach. Es ist ein seltsamer Anblick, sie auf der Seite des Tisches zu sehen. Ich schiebe den Gedanken aber beiseite. Mein Fokus sollte auf anderen Dingen liegen.

Lauren klickt sich durch die Dokumente und ich erzähle ihr, was Chen herausgefunden hat.

»Ich habe davon gehört«, sagt sie schließlich.

»Von was genau?«

»Von diesen illegalen Glücksspieltreffen. Da geht es nur darum, welcher Mann die höchsten Verluste seiner Ehegattin verkraften kann. Es geht um Ansehen und Macht.«

»Sag bloß, du bist bei so etwas schon mal dabei gewesen?« Mittlerweile traue ich ihr alles zu.

»Nein«, erwidert sie sofort. »Ich stehe auf der anderen Seite des Gesetzes. Alles, was mit illegalen Machenschaften zu tun hat, ist mit meinen Prinzipien nicht kompatibel. Außerdem habe ich keinen reichen Kerl, dessen Vermögen ich bei so etwas verpulvern könnte.«

»Niemanden?«

Sie dreht den Kopf und schießt mir einen bedeutsamen Blick zu. »Willst du gerade herausfinden, ob ich vergeben bin? Für was hältst du mich? Eine untreue Schlampe? Wenn es jemanden geben würde, wäre das gestern Abend nie passiert.«

»Und das heute Morgen«, ergänze ich.

»Und das heute Morgen«, wiederholt sie.

»Und all die Dinge, die noch passieren werden.«

»Hast du nicht andere Probleme als meine Vagina?«

»Deine Vagina ist kein Problem«, erwidere ich und beuge mich zu ihr vor. »Ich werde mich heute Abend ab 20 Uhr sehr gut um sie kümmern.«

»Ist das eine Drohung?«

»Das ist ein Versprechen, Lauren. Und ich bin mir sehr sicher, dass du herausfinden willst, was es beinhaltet.«

»Hören dann die Textnachrichten und E-Mails auf?«

»Vielleicht.«

»Vielleicht?«

»Es kommt darauf an, wie unartig du heute Abend bist«, flüstere ich ihr ins Ohr. Sie reißt die Augen auf, kann ein Lächeln aber nicht unterdrücken.

»Wir statten Cole jetzt einen Besuch ab.«

»Was ist mit dem 13-Uhr-Termin?«

»Den kannst du mit deinen Fähigkeiten mit Sicherheit anderweitig platzieren. Cole ist ein Freund und er hat ein Problem. Darum kümmere ich mich jetzt.«

Ich nehme das Sakko von der Stuhllehne, ziehe es über und verlasse mit Lauren zusammen mein Büro.

18. Kapitel

Mit den Fingerkuppen fahre ich das Tal zwischen Laurens Brüsten entlang. Diesen perfekten Brüsten, die mein Leben seit exakt 24 Stunden versüßen. Als ich ihren Bauch erreiche, lacht sie leicht auf und dreht sich weg.

»Ich bin da kitzelig.«

»Ich weiß«, erwidere ich. Seitdem ich mit ihr gestern unter der Dusche stand, ist mir das bewusst. Ich weiß so viel mehr, seitdem sie gestern bei mir im Apartment aufgetaucht ist. Nachdem wir bei Cole im Büro waren, ist sie zu ihrer üblichen, unterkühlten Art mir gegenüber zurückgekehrt und keiner meiner Annäherungsversuche fruchtete. Sie entwand sich der Situation jedes Mal, wenn ich ihr zu nahe kam, ignorierte alle versauten Mails, die ich ihr schickte und zerriss die Nachrichten, die ich ihr auf den Schreibtisch legte. Selbstbeherrschung hat die Frau. Aber nicht genug, um zu verhindern, dass ich sie nach Feierabend auf ihrem Schreibtisch geleckt habe. Keiner der Mitarbeiter war mehr auf unserer Etage und die Arbeit konnte Lauren nicht länger abhalten. Nachdem sie kam, habe ich sie direkt mit zu mir genommen. Im Auto konnte sie es sich nicht nehmen lassen, mir einen zu blasen. Es war so verdammt gut, dass ich rechts ranfahren musste, um keinen Unfall zu provozieren, kurz bevor ich kam. Aber es war jede Sekunde wert. Sobald wir die Wohnung betraten, dauerte es exakt drei Sekunden, bis Lauren nackt war, fünf, bis ich meiner Kleidung entledigt war und zehn, bis mein Schwanz in ihrer wunderbaren Muschi steckte. Wir schafften es nicht einmal bis zum Sofa, geschweige denn zu einem Bett. Ich nahm sie an der Wand in meinem Flur.

Und jetzt - zwei Stunden später - liegen wir nackt in meinem Bett, das Laken halb über uns und blicken uns an.

»An was denkst du?«, frage ich sie.

Lauren legt sich auf den Rücken und schaut die Decke an. Ihre Finger verschränkt sie auf ihrem Bauch. Wenn sie so daliegt, könnte ich sie ewig anschauen. Ihr süßes Gesicht, die perfekten Kurven, dieses gewisse Etwas, das sie in allen Bewegungen preisgibt.

»Heute in Coles Büro ...« Bevor sie weiterspricht, dreht sie doch wieder den Kopf zu mir und sieht mir in die Augen. »Was war das?«

»Was genau meinst du?« Ich tue so, als wüsste ich nicht, wovon sie spricht. Dabei weiß ich es genau.

Sie atmet tief ein. »Er hat nicht einmal versucht, es abzustreiten. Du hast ihm meine Unterlagen wortlos auf den Schreibtisch gelegt und er hat alles gestanden. Er hat alle Vorwürfe restlos eingeräumt. Jeder Mensch mit normalem Verstand hätte ihn fristlos entlassen. Die rechtliche Grundlage hättest du gehabt. Und das wusstest du auch.«

»Warst du schon mal verliebt?«

Lauren weiß nicht, wie sie die Frage einordnen soll, da sie vollkommen aus dem Zusammenhang gerissen ist. »Was hat das damit zu tun?«

»Beantworte einfach die Frage.«

»Ja, war ich schon.«

»Dann hast du schon mal etwas Dummes aus Liebe getan.«

»Nein, habe ich nicht. Ich kann Gefühle von vernünftigem Verhalten trennen.«

»Dann warst du noch nie richtig verliebt. Cole liebte seine Frau. Er kennt sie seit der Kindheit. Sie ist abgerutscht und er konnte die Sicherungsleine nicht loslassen und sie riss ihn mit in den Abgrund, als sie stürzte. Ich beschönige nicht, was er getan hat. Er hat von meiner Firma gestohlen. Das wird Konsequenzen haben. Aber die will ich nicht im Affekt treffen. Du hast gehört, was er gesagt hat. Vor einer Woche hat er die Scheidung eingereicht, weil er die Frau, in die er sich verliebt hat, nicht mehr wiedererkennt. Er weiß, dass er einen Fehler gemacht hat und bereut es zutiefst.«

Wahrscheinlich werde ich mir von der gesamten Rechtsabteilung einen langen Vortrag anhören müssen, warum ich die Sache nicht auf den offiziellen, internen Wegen gelöst habe. Ralph wird aber auf meiner Seite stehen. Für jede Situation gibt es mehrere Möglichkeiten der Handhabe. Ich habe nicht die Besten, aber die Richtige gewählt. Es wird definitiv Zeit, dass Ralph sich von seiner Palme verabschiedet. Ich habe Cole in unbezahlten Urlaub geschickt. Ein Wohlfahrtsverein bin ich nicht. Ich will das aber mit Ralph klären, sobald er wieder da ist. Das ist keine Entscheidung, die ich alleine treffen kann oder will.

»Wieso bist du so?« Laurens Frage reißt mich aus den Gedanken.

»Weil ich es kann.«

»Du hast mir meine Frage nicht beantwortet. Wieso hast du ein weiches Herz?«, ergänzt sie. »Du bist attraktiv, du hast ein tolles Auto, einen super Job, gefüllte Bankkonten, die Frauen liegen dir zu Füßen. In der Regel sind solche Männer arrogant, exzentrisch und denken, die Welt dreht sich nur um sie, ihre Ansichten und ihre Bedürfnisse. Jeder, der einen Fehler macht, wird gnadenlos niedergemacht.«

»Du bist viel in der Welt herumgekommen, oder?«, erwidere ich mit einem Lachen. Sie stupst mich gegen die Brust.

»Ich meine das ernst. Warum?«

Ich seufze auf und das Lächeln verschwindet aus meinem Gesicht. »Wegen Aiden.«

Warum erzähle ich ihr das? Sie ist lediglich eine von vielen Frauen, die nackt in meinem Bett liegen. Es sollte mich nicht kümmern, ihre Fragen auf eine aufrichtige Art und Weise zu beantworten. Ich sollte beim Smalltalk bleiben und alle ernsthaften Themen mit einem Lächeln abtun. So wie ich es immer tue, wenn Frauen zu neugierig werden. Aber Lauren ist anders. Und das lässt mich komplett aus der Rolle fallen. Spätestens jetzt sollte ich ihr ihre Klamotten in die Hand drücken und selbst mit einem blöden Kommentar unter der Dusche verschwinden. Aber alleine der Gedanke, sie nicht mit unter die Dusche zu nehmen, verursacht mir Schmerzen in der südlichen Region. Ich bin noch lange nicht fertig mit ihr und ihrem Körper. Mich hat eine Sucht nach ihr gepackt, die so schnell nicht zu stillen sein wird. Immerhin bleiben mir noch zwei Wochen, um mich mit diesem Problem auseinanderzusetzen.

Lauren setzt sich ein Stück auf und zieht sich prompt das Laken über die Brüste, als mein Blick wieder dorthin wandert und magisch dort festhängt. Aber was soll ich tun? Ich bin schließlich ein Mann, der seit einer gefühlten Ewigkeit keinen Sex mehr hatte und erst die Akkus wieder aufladen muss, bis der animalische Trieb bei nackten Brüsten unter Kontrolle zu bringen ist.

»Aiden gehört zu den Typen, von denen ich gerade gesprochen habe. Er ist selbstverliebt, er meint, die Welt liegt ihm zu Füßen – die Frauen sowieso – und in seiner Karriere ist er auch schon über Leichen gegangen.«

»Das ist der Aiden, den er nach außen gibt. Da ist viel mehr, das in ihm steckt. Er hat es nie leicht im Leben gehabt. Aber das müsstest du doch alles wissen? Ihr seid doch beste Buddys.«

»Sind wir nicht«, stellt Lauren nüchtern klar. »Er sollte mich babysitten.«

Bei dem Satz muss ich wieder lachen. »Das ist nicht dein Ernst.«

»Oh doch. Du glaubst gar nicht, wie froh ich war, als er wieder weg war.«

»Woher kennst du ihn überhaupt?« Sie hat augenscheinlich nicht viel für Aiden übrig und sie passt mit ihrem Auftreten ebenfalls nicht in sein Beuteschema. Hat sie ebenfalls für ihn sechs Wochen die ungenießbare Assistentin gespielt?

Die lockere Atmosphäre schlägt urplötzlich in Anspannung um. Lauren weicht meinem Blick aus, knibbelt an dem Laken und tut so, als hätte sie die Frage nicht gehört. Eine seltsame Reaktion für die Frau, die ansonsten vor Selbstbewusstsein strotzt.

»Ist es so schlimm?«, bohre ich in einem neckenden Tonfall nach.

»Ja. Ist es.« Eine Antwort, mit der ich nicht gerechnet hätte.

»Okay, dann lassen wir das Thema.« Auch wenn ich das Rätsel gerne lösen würde, liegen meine Interessen mittlerweile woanders. Und zwar auf Laurens Mund, ihren Brüsten und ihrer süßen Muschi. Bei dem Gedanken werde ich sofort wieder hart. Lauren hat aber andere Pläne für den Moment.

»Erzähl mir von Aiden. Wieso ist er der Grund dafür, dass du so etwas wie ein Herz besitzt?«

»Ich sollte es dir nicht sagen.«

»Du solltest auch nicht nackt mit mir in einem Bett liegen.«

»Das zwischen Aiden und mir hat etwas mit dem Männerkodex zu tun.«

Genervt stöhnt Lauren auf und verdreht die Augen. »Du kommst mir mit dem Scheiß jetzt? Dieser Männerkodex zählt doch nur, so lange euch keine Brüste in die Quere kommen.«

»Das ist nicht wahr.«

»Ich will nur verstehen, was da heute in Coles Büro passiert ist.«

»Warum?«

»Weil ich dich die ganze Zeit für jemanden gehalten habe, der du augenscheinlich nicht bist.«

»Ein arroganter Mistkerl?«

Sie erwidert nichts, aber ihr Lächeln ist Antwort genug. »Was kann einen Menschen wie dich dazu bringen, ein Herz zu bekommen?«

»Ein Kerl, der während des Studiums Drogen verkauft, um seiner kranken Mutter die Arztrechnung bezahlen zu können.« Ich kann hören, wie Lauren die Luft einzieht und mich verblüfft anblickt. »Ich sagte dir doch, da ist mehr in ihm, als die meisten Leute glauben.«

»Ich wusste nicht, dass seine Mutter so krank ist.«

»Ich sollte mit dir wirklich nicht darüber reden. Ich weiß überhaupt nicht, warum ich damit angefangen habe.«

Lauren zeigt auf ihre Brüste. »Der Männerkodex ist nur so lange wirksam, solange keine Brüste im Spiel sind«, erwidert sie mit dem Anflug eines Lächelns. Und dieses Lächeln in ihrem Gesicht und die pure Neugierde, die ich in ihren Augen aufflackern sehe, sind der Grund, warum ich dieser Frau genug Vertrauen entgegenbringen kann, ihr aus der Vergangenheit zu erzählen und alle meine Regeln mit den Füßen trete. Ich greife nach ihrer Hand und spiele mit ihren Fingern, während ich ihr erzähle, wie Aiden und ich beste Freunde geworden sind.

»Aiden ist mit keinem goldenen Löffel im Mund geboren worden. Sein Vater ist vor seiner Geburt abgehauen und seine Mutter hat einen kleinen Imbiss gehabt, dessen geringer Gewinn gerade alle Rechnungen deckte. Aiden wollte seiner

Mutter ein besseres Leben ermöglichen und dafür wollte er aufs College. Also büffelte er wie bekloppt, schrieb Bestnoten und bekam schließlich ein Stipendium für Yale. Wir waren im selben Jahrgang, aber er war der Außenseiter, mit dem niemand etwas anfangen konnte. Er hatte nicht den dicken Trustfond seines Daddys im Rücken, der ihm half, das Leben locker zu sehen. Für ihn war das Studium das Ticket in ein besseres Leben und nicht eine leidige Station, bis man in der Gesellschaft ankam und noch mehr Geld aufs Konto bekam. Er konnte sich einen normalen Job nicht leisten, weil er die Zeit zum Lernen brauchte. Also begann er Drogen zu verkaufen. Das war lukrativ und nicht sehr zeitaufwendig. Eines Abends sah ich ihn. Ich war mit ein paar Mädchen aus, die hatten aber zu viel getrunken, sodass nichts mehr lief. Ich ging über den Parkplatz und sah, wie er an eine Gruppe Studenten Drogen vertickte. Direkt neben meinem Auto wohlgemerkt. Ich bin ausgeflippt. Bin hin und habe ihn geschubst und angeschrien, dass er seinen Scheißdreck irgendwo anders verkaufen soll. Seine Antwort war ein Faustschlag direkt in mein Gesicht.«

»Ihr habt euch geprügelt?«, fragt Lauren mit angehaltenem Atem nach.

»So kann man es nennen. Ich weiß nicht, wie lange wir aufeinander einprügelten. Ich nannte ihn einen Versager, er beschimpfte mich als arroganten Mistkerl, der keine Ahnung vom Leben hat. Irgendwann rief jemand die Polizei und einen Notarzt und wir wurden in ein Krankenhaus gebracht. Ich hatte ihm seine Nase gebrochen, er mir zwei angeknackste Rippen verpasst. In der Notaufnahme setzten sie uns nebeneinander, weil nicht genug Platz war. Der Polizist sagte, wenn wir uns nicht benehmen, nimmt er uns mit auf die Wache. Wir benahmen uns, weil wir uns effektiv ignorierten. Jedoch fragte ich mich die ganze Zeit, warum die Polizisten ihn nicht verhaftet haben. Immerhin musste er Drogen bei sich gehabt haben. Irgendwann, als die Polizisten außer Hörweite waren, brach er die Stille und sagte: ›Ich habe die Drogen bei dir im Auto versteckt, bevor die Bullen kamen.‹ Ich hätte ihm am liebsten die Nase noch einmal gebrochen.«

»Hört sich nach einem wunderbaren Anfang für eine wunderbare Freundschaft an«, kommentiert Lauren mit einem amüsierten Lächeln. Mit den Fingerkuppen fahre ich ihren Handrücken entlang und nehme die Gänsehaut, die sich auf ihrem Arm ausbreitet zufrieden zur Kenntnis.

»Ja«, erwidere ich mit einem Grinsen im Gesicht, als ich an den Abend zurückdenke. »Ich sagte ihm, dass ich das Zeug finden werde und meinem Klo als Frühstück serviere. Da ist er plötzlich ganz ruhig geworden. Erst dachte ich, dass er es wirklich darauf anlegen will und festgenommen werden möchte. Doch dann bemerkte ich, dass seine Hände zitterten. Er hob den Kopf und sah mich an. Dann bat er mich, das nicht zu tun, und ihm die Drogen wiederzugeben. Ich sagte dazu nichts mehr. Dann wurden wir getrennt behandelt und entlassen. Am nächsten Tag fand ich die Drogen. Ich schüttete sie aber nicht in die Toilette. Ich steckte sie ein, suchte Aiden und drückte sie ihm kommentarlos an die Brust. Ehe ich weitergehen konnte, hielt er mich fest und bedankte sich und lud mich auf ein Bier ein. Er erzählte mir von seiner Mom, die ein anderes Leben verdient hat. Und von ihrer Krankheit, den Rechnungen und all der Scheiße in seinem Leben. Das war das erste Mal, dass ich begriff, wie es wäre, zu den anderen zu gehören. Zu den Menschen, die nicht jeden Morgen darüber nachdenken, wie sie ihr Vermögen am besten um drei Nullen vermehren können, sondern zu den Menschen, die darüber nachdenken, wie sie den Tag überhaupt überleben sollen. Es hat mich zum Nachdenken gebracht.« Zumindest bis zu dem Moment, in dem Aiden nach London verschwand und ich in einen Lebensstil abdriftete, der nicht nur mir schadete, sondern auch Ralph.

»Das ist auf eine traurige Art und Weise eine schöne Geschichte«, sagt Lauren. Ihre Augen sind glasig. »Ich wusste davon nichts.«

»Niemand weiß davon. Selbst Ralph nicht. Und dass Aiden es jemals Christina erzählt hat, bezweifle ich. Er redet darüber einfach nicht. Es gibt ihm wahrscheinlich das Gefühl, dass es nie passiert ist.«

»Danke, dass du es mir erzählt hast. Ich werde mir Mühe geben, ihn nicht mehr als arrogantes Arschloch zu sehen.«

»Dafür komme ich in die Männerkodex-Hölle«, grummle ich.

Lauren lächelt mich sanft an. »Ich werde keiner Menschenseele davon erzählen. Ehrenwort.« Sie verschränkt Zeige- und Mittelfinger ihrer rechten Hand.

»Wenn du mich so anlächelst, kommst du mir unheimlich vertraut vor«, spreche ich meine Gedanken aus und starre ihr nachdenklich ins Gesicht. Aber auch jetzt will mir die

Verbindung nicht einfallen. Aber irgendwas ist da, das mein Gehirn mir sagen will.

»Ich habe ein Allerweltsgesicht«, spielt sie meinen Kommentar herunter und wendet den Blick ab.

»Hast du nicht. Vor allem nicht diese Haare.«

Sie nimmt eine Strähne zwischen die Finger. »Was ist an meinen Haaren so schlimm?«

»Sie sehen aus wie ein altes Vogelnest.«

»Weil ich sie toupiere.«

»Was zum Teufel bedeutet das denn?«

»Du nimmst eine Strähne«, erklärt sie und hält eine in ihren Fingern hoch. »Und dann kämmst du in die entgegengesetzte Richtung.«

»Warum sollte man so etwas tun?«

»Damit die Haare nicht aussehen wie gewachste Seide und ihr Männer keine feuchten Tagträume darüber bekommt, wie es sich anfühlen würde, in meinen Schopf zu fassen, wenn ich euch einen blase.«

»Ist das dein Ernst?«

»Mein voller Ernst. Ich muss in meinem Job ernstgenommen, aber vor allem unterschätzt werden.«

»Deswegen kleidest du dich tagsüber wie eine frigide Klosterschülerin?«

Sie schüttelt den Kopf. »Ich fühle mich damit wohl, weil Männer mich nicht wie Frischfleisch angaffen. Und jetzt erzähle mir nicht, dass ich die Ausnahme von deinen vorherigen Assistentinnen gewesen wäre, wenn ich jeden Tag mit dem kleinen Schwarzen zur Arbeit gekommen wäre. Du hast mich selbst mit diesen Klamotten auf deinem Schreibtisch genommen.«

»Nein, habe ich nicht. Ich habe dich auf deinem Schreibtisch geleckt. Das ist ein Unterschied. Aber das mit meinem Schreibtisch können wir morgen nachholen«, kündige ich an und ziehe sie zu mir hinunter. »Meinst du nicht auch, wir sollten weniger reden?«

Und dann blickt sie mir tief in die Augen, als ihre Lippen sich nur wenige Millimeter von meinen befinden. »Wo führt das hin?«, spricht sie schließlich die Frage aus, die mir die ganze Zeit im Kopf herumschwirrt. Ich schiebe das unangenehme Gefühl beiseite, das mich jedes Mal überkommt, wenn ich einen Moment zu lange darüber nachdenke und gebe eine Antwort, die treffender, aber ausweichender nicht sein könnte.

»Zu einem phänomenalen Höhepunkt zwischen deinen Beinen«, erwidere ich, ehe meine Hand wieder ihren Bauch hinabwandert.

19. Kapitel

Ich stehe in meiner Küche und bereite Rühreier zu. Der Toast ist bereits fertig, der Orangensaft auch. Lediglich die Würstchen brauchen noch ein paar Minuten. Ich habe noch nie in dieser Küche für eine Frau Frühstück gemacht. Aber Lauren liegt in meinem Bett und wird Hunger haben. Dieser Gedanke reichte aus, um mich aufstehen zu lassen und den Herd näher in Augenschein zu nehmen.

Alles wegen Lauren.

Lauren Hastings.

Die Frau, die ich vor wenigen Wochen ans Ende der Welt gewünscht habe. Soweit wie möglich aus meinem Leben entfernt. Und jetzt? Jetzt will ich sie nicht einmal mehr aus den Augen lassen. Meine Lippen auf ihre drücken, meine Hände über ihre warme Haut gleiten lassen und meinen harten Schwanz tief in ihr versenken. Und selbst wenn ich das tue, ist es nie genug. Ich will in ihr ertrinken, sie einatmen, sie für immer festhalten.

Ich starre das Frühstück an.

Scheiße.

Ich liebe Sex. Ich liebe Sex mit vielen Frauen. Dennoch bin ich nicht so weltfremd, dass ich nicht weiß, wie es sich anfühlt, wenn sich Emotionen entwickeln, die nicht da sein sollten. Sie ist Lauren. Meine Assistentin, die in weniger als zwei Wochen wieder verschwunden ist. Aber sie ist auch Lauren, die Frau, die kein Blatt vor den Mund nimmt, clever ist und mich auf eine Art und Weise versteht, die mich am Anfang in den Wahnsinn getrieben hat, von der ich jetzt aber nicht genug bekommen kann. Egal wie ich es drehe und wende – ich habe ein Problem.

Ich – Aaron Anderson – beginne meine Assistentin zu mögen. Ein Zustand, der vor drei Wochen noch als absolut unmöglich galt.

»Hey«, höre ich Laurens verschlafene Stimme und drehe mich zu ihr um. Sie steht im Türrahmen und lächelt mich an. Sie hat sich eins meiner schlichten T-Shirts übergezogen, das ihr gerade bis auf die Mitte der Oberschenkel reicht. Es ist das erste Mal, dass ich sie mit offenen Haaren sehe. Obwohl sie ihre Brille aufgesetzt hat und sie sich wieder den Nasenrücken hochschieben muss, sieht sie umwerfend aus. Sie kommt auf mich zugeschlendert und blickt an mir vorbei.

»Frühstück. Wow. Hätte ich gewusst, dass mich so ein phänomenaler Start in den Tag erwartet, wäre ich das letzte Mal tatsächlich geblieben.«

Ich lege den Pfannenwender beiseite und umfasse ihr Gesicht. Dann küsse ich sie. Lange und sanft. Lediglich unsere Lippen berühren sich und es fühlt sich so verdammt gut an. Damit habe ich die Gewissheit. Es entwickelt sich etwas in meinem Bauch, das sich gefährlich nach Schmetterlingen anfühlt.

Ich lasse Lauren los und widme mich wieder dem

Frühstück. Nachdenken, Aaron. Frühstück zubereiten war die denkbar schlechteste Idee. Vor allem, da sie das nicht von dir erwartet hat. Verbissen beschäftige ich mich mit den Eiern und Würstchen in der Pfanne und versuche, mir eine Strategie zurechtzulegen. Aber in meinem Kopf ist nichts, außer diesem tiefen Verlangen, Lauren zu packen, über die Schulter zu werfen und mit ihr in meinem Bett wilde Dinge zu treiben. Und das die nächsten zwei Tage, bis wir wieder im Büro erscheinen müssen, weil der Kalender den nächsten Montag eingeläutet hat.

»Orangensaft für die Dame«, sage ich und reiche ihr ein Glas. Ich habe immer noch keinen Plan. Also bleibe ich bei dem Skript, nachdem ich gespielt habe, bevor mich die Erkenntnis traf, gerade alles falsch zu machen, was falsch sein könnte.

»Danke.« Sie nimmt einen Schluck und leckt sich dann über die Lippen. »Ist alles in Ordnung?«, fragt sie schließlich. Ich spüre ihren bohrenden Blick im Rücken. Sie merkt es ... Sie merkt es ... Sie wird es merken, verdammt! Meine Gedanken rasen wild durcheinander.

»Ja. Warum?« Mit gerunzelter Stirn betrachte ich sie.

»Du wirkst so anders.«

Verliebt?

Wenn das die Ursache ist, dann ja. Als ich das letzte Mal verliebt war, endete es in einer Katastrophe, weil ich mich in ein absolutes Klammeräffchen verwandelt habe. Seitdem habe ich penibel darauf geachtet, dass es nicht wieder passiert. Ich habe mir Frauen für Sex ausgesucht, in die ich mich nie verlieben könnte. Es hat funktioniert. Bis Lauren in meinem

Wohnzimmer vor mir stand und ich sie küsste.

»Alles in Ordnung«, erwidere ich um ein echtes Lächeln bemüht. Da sie es erwidert, war ich wohl überzeugend. »Es war nur eine lange Nacht.«

Lauren stellt das Glas beiseite und kommt einen Schritt auf mich zu. Ihre Finger fahren über meinen nackten Oberkörper.

»Machst du für jede Frau Frühstück, die über Nacht bleibt?« Ihre Lippen berühren meine Brust.

»Nein. Nur für meine persönlichen Assistentinnen.«

Falsche Antwort. Definitiv falsch. Aber sie entspricht der bitteren Wahrheit.

»Gut, dass ich eine von denen bin.« Sie schlingt ihre Arme um meinen Hals und ich hebe sie hoch. Ihre Beine legen sich um meine Hüften und ich setze Lauren auf der Arbeitsplatte ab. Mein Schwanz ist augenblicklich hart und das spürt sie durch die Shorts. »Ich brauche eine Pause«, sagt sie schließlich.

»Bist du wund?«

Sie nickt. »Ich bin das nicht gewohnt.«

Ich lege den Kopf leicht schief. »Sex oder meinen großen Schwanz?«

»Es ist eine Weile her, seitdem ich das letzte Mal so viel Sex auf einmal hatte. Aber ich kann nicht aufhören, dich anfassen zu wollen«, murmelt sie und ihre Hände fahren gedankenverloren über meine Brust. Ihr Körper ist angespannt und erregt. Ihre Brustwarzen sind deutlich zu sehen und ihre Atmung ist flacher. Zwei eindeutige Anzeichen, dass sie sich nicht nur die Lippen lecken will, sondern ganz andere Sachen mit der Zunge spüren will.

»Dann höre damit nicht auf«, flüstere ich, meinen Mund auf ihren Lippen.

»Aber ...« Ich ersticke ihre Widerworte in einem Kuss, den sie gierig erwidert. »Aaron ... Nicht ...«, fleht sie, als meine Lippen an ihrem Hals knabbern und meine Hände unter das T-Shirt fahren. Sie trägt keinen Slip. Mein Schwanz zuckt und meine Eier schmerzen. Ich brauche nicht einmal mit dem Finger in sie einzudringen, um zu wissen, dass sie feucht ist.

»Verdammt«, knurre ich und stütze meine Hände flach neben ihren Oberschenkeln ab, um sie nicht weiter anzufassen. Ansonsten wird sie die nächsten Tage nicht mehr laufen können. So viel ist sicher.

Sie lehnt sich nach hinten und präsentiert mir ihre Brüste, die den Stoff des T-Shirts zum Spannen gedehnt haben. Ich reiße den Blick davon los und atme tief durch. Meine gesamte Konzentration gebührt ihren Augen.

»Wir frühstücken jetzt. Dann überlegen wir uns, wie wir den Tag überleben, ohne dass deine wunderbare Weiblichkeit weiter strapaziert wird.«

»Ich könnte dir einen blasen.« Ihr freches Grinsen vermittelt mir, dass sie das ernsthaft vorhat.

»Nein. Wir fasten. Zusammen.«

»Für einen Gentleman hätte ich dich gar nicht gehalten.«

»Wir Männer sind zu mehr fähig, als ihr Frauen glaubt.«

»Ich weiß«, flüstert sie und richtet sich wieder auf. Dann küsst sie mich flüchtig und rutscht von der Arbeitsplatte herunter. Sie nimmt die beiden Gläser mit Orangensaft und verlässt die Küche.

»Zieh dir was an!«, rufe ich ihr noch hinterher. Ich vernehme jedoch nur ein »Jaja« und ein mädchenhaftes Kichern. Meine Hoffnung, dass sie züchtig bekleidet am Frühstückstisch auftauchen wird, sinkt gegen null.

Die Frau ist mein Verderben.

So viel ist sicher.

Ich stelle den Herd aus, schichte Eier und Würstchen auf einen Teller und folge Lauren. Im Flur kommt sie mir entgegen. »Ich hole den Toast«, flötet sie und verschwindet in der Küche. Ich muss mich zusammenreißen, ihr nicht hinterherzustarren. Ich konzentriere mich auf jeden Schritt ins Wohnzimmer, stelle den Teller dort ab und betrachte Laurens Werk. Sie hat den Tisch gedeckt und Servietten in Herzform gefaltet.

Herzform.

Fuck.

Sie kommt strahlend zurück und stellt den Korb mit dem Brot in die Mitte. »Gefällt es dir?«

Ich nehme eine der Servietten hoch. »Ist heute Valentinstag?«, scherze ich und spiele meinen beschleunigten Herzschlag herunter. Das hier ist genau das Gegenteil von dem, was ich brauche.

»Nein«, sagt sie und reißt mir das Herz aus den Händen, um es wieder ordentlich zu falten und auf meinen Teller zu legen. »Du hast dir so viel Mühe mit dem Frühstück gegeben, da dachte ich, dass ich dir den Gefallen erwidere.«

»Mit Herz-Servietten?«

Sie zuckt mit den Schultern. »Es ist die einzige Form, die

ich falten kann. Den Schwan übe ich für das nächste Mal.« Sie zwinkert mir zu und setzt sich dann auf ihren Stuhl. Ich tue es ihr gleich und sie beginnt sich sofort den Teller zu füllen.

»Hunger?«, frage ich mit einem Glucksen nach.

»Meine Familie wundert sich immer, warum ich bei den Mengen, die ich verdrücke, nicht fett werde.«

»Gute Gene?«

»Möglich.« Sie grinst mich mit vollem Mund an. Ihre Brille rutscht wieder ihre Nase herunter und sie schiebt sie sich wieder an die richtige Stelle.

»Brauchst du die wirklich?«

Sie nickt. Als sie geschluckt hat, antwortet sie. »Ich bin kurzsichtig.«

»Und die hatten beim Optiker keine Brille, die dir passt?«

»Die hat gepasst, bis ich mich aus Versehen draufgesetzt habe.«

Ich muss unwillkürlich lachen. »Und Ralph zahlt dir nicht genug, dass du dir eine neue kaufen kannst?«

»Ich mag sie«, sagt sie und zieht eine Schnute. »Sie verleiht mir einen gewissen Grad Seriosität.«

»Sie verleiht dir vor allem einen gewissen Grad Tollpatschigkeit.«

»Tut sie nicht.«

»Aber es ist süß.«

Aus den Augenwinkeln beobachtet sie mich. »Süß?« Ihre Augenbrauen wandern fragend nach oben.

»Süß«, wiederhole ich das Wort.

»Hast du einen Lolita-Fetisch, von dem ich wissen sollte?«

Ich beuge mich zu ihr vor und flüstere: »Nein, aber einen Lauren-Fetisch. Der ist fast genauso gut.«

»Flirtest du etwa mit mir?«, fragt sie mit einem erstaunten Lächeln nach.

»Sieht so aus.«

Sie schnappt sich noch einen Toast und reißt eine Ecke ab, die sie sich sogleich in den Mund steckt. »Macht man das normalerweise nicht, bevor man die Frau nackt gesehen hat?«

»Du müsstest mich mittlerweile gut genug kennen, dass ich die Sachen so mache, wie sie mir in den Kram passen. Sofern du nicht etwas anderes von mir willst.«

»Du hast mich gehasst, oder?«

»Oh ja. Wärst du von einem Bus überfahren worden, hätte ich mich zusammenreißen müssen, nicht laut loszujubeln.«

»Und ich habe mir diesen Status versaut, indem ich dich geküsst habe. Verdammt«, flucht sie mit einem Lächeln.

»Blöd gelaufen. Jetzt kann ich deine Avocado-Creme und eklige Matsch-Tee-Attacken nicht mehr ernst nehmen.«

»Der Tee ist lecker und die Sandwiches gesund«, verteidigt sie sich.

»Mein Verdauungssystem hat es mir noch zwei Tage lang nachgetragen.«

»Wann hast du aufgehört, mich zu hassen?« Sie legt die Scheibe Toast beiseite und beobachtet mich gespannt.

»Gar nicht«, erwidere ich so nüchtern wie möglich. »Ich kann jemanden hassen und trotzdem verdammt guten Sex mit der Person haben. Auch wir Männer sind multitaskingfähig.« Ich zwinkere ihr zu und sie schüttelt ungläubig den Kopf.

»Gib's zu. Du fandest mich von Anfang an heiß und konntest es gar nicht abwarten, mich zu vernaschen.«

»Vielleicht«, antworte ich vage. »Wir sollten aber definitiv über etwas anderes reden, da es ansonsten die pure Folter wird, die nächsten 24 Stunden enthaltsam zu leben.«

»Das wird nicht schwer sein. Ich werde gleich gehen.«

Sofort sackt mein Herz eine Etage tiefer. »Wohin?«

»Nach Hause.«

»Und das ist wo?«

»Da, wo ich meine langweiligen Klamotten lagere. Ich will an dem offiziellen Bericht wegen der Cole-Westwood-Sache arbeiten. Außerdem sind noch andere Sachen liegen geblieben.«

Ich erwidere nichts. Es ist eine gute Idee, wenn ich meinen Kopf erst klar bekomme. Dagegen fallen mir keine Argumente ein. Außer, dass gute Ideen das Letzte sind, woran ich gerade interessiert bin. Die Frau blockiert wieder alles.

»Stört es dich, wenn ich noch deine Dusche benutze?«

»Nicht im Geringsten. Du müsstest mittlerweile wissen, wie sie funktioniert.«

»Oh ja«, haucht sie als Antwort und leckt sich ihren Zeigefinger ab. »Danach bist du mich los und kannst dein Wochenende wie geplant verbringen.«

Sie steht auf, gibt mir einen Kuss auf die Wange und verschwindet aus meinem Sichtfeld.

Ich verschränke die Arme hinter dem Kopf und blicke aus der Fensterfront in den blauen Himmel. Ich habe keine Pläne fürs Wochenende. Aiden jagt seiner Verlobten in Europa hinterher, Ralph ist nach wie vor spurlos verschwunden und Sarah wird noch eine Woche damit beschäftigt sein, ihren Kater auszukurieren.

Die einzige Person, mit der ich meine Zeit verbringen will, ist Lauren. Und sie will arbeiten. Ich seufze auf. Damit ist es beschlossene Sache. Ich werde ebenfalls arbeiten. Es gibt schließlich genug zu tun, nachdem der Konzern vorläufig keinen Finanzvorstand hat. Das Wasserrauschen der Dusche dringt an meine Ohren. Ich sollte mit ihr in dieser Dusche stehen.

Das wird aber nicht passieren.

Also greife ich mir das letzte Würstchen und esse es, während ich den Tisch abräume. Ich brauche einen klaren Kopf und den bekomme ich nicht, wenn Lauren in meiner Nähe ist.

»Oh mein Goooott ... Das ist sooooo gut. Bitte weitermaaaachen.« Sarah stöhnt, was das Zeug hält und die Masseuse kann sich ein Grinsen in meine Richtung nicht verkneifen. Halb nackt liegt sie vor mir, ihr Po lediglich von einem Handtuch bedeckt, während sie sich von einer hübschen Blonden in schlichter weißer Kleidung verwöhnen lässt. Ich sitze hingegen angezogen daneben auf einer Wellnessliege.

»Wo waren wir stehen geblieben, Aaron?«, murmelt Sarah, ehe sie wieder ein wohliges Aufstöhnen von sich gibt.

»Sicher, dass ich nicht störe?«, frage ich zum wiederholten

Male.

»Du könntest dir auch eine Massage gönnen. Die machen das toll hier.«

»Ich schaue dir lieber zu. Das entspannt bereits.«

»Lauren, du und euer kleiner Fling«, nimmt sie den Faden wieder auf.

Ich habe vergeblich versucht, mich in meiner Wohnung abzulenken. Arbeit, ein Film oder Sport. Aber seitdem ich Lauren nackt überall in meinem Apartment sehe, hat sich meine Konzentration verabschiedet. Ich brauchte dringend Ablenkung und Sarah war die Einzige, die mich mit ihrer lockeren Art auf andere Gedanken bringen kann. Zumal ich sichergehen wollte, dass sie ihren Kater überlebt hat. Ihr Rezept gegen die letzten Nachwirkungen ist ein Tag in einer der angesagtesten Wellness-Oasen in der Stadt. Ich zögerte nicht, schnappte mir den Autoschlüssel und kam direkt hierher. Seitdem folge ich ihr durch all die Räumlichkeiten, trinke mit ihr gesunde Gemüse-Shakes und beobachte sie dabei, wie sie die ultimative Entspannung findet, von der ich meilenweit entfernt bin. Vielleicht sollte ich mir doch selbst eine Massage gönnen. Das könnte auch bei der Verdauung des Shakes helfen.

»Ist der Sex wenigstens gut?«, führt Sarah ihre Inquisition fort.

»Naja«, erwidere ich vage, da mir die Anwesenheit der Masseuse allzu bewusst ist.

»*Naja?*« Erschrocken hebt Sarah den Kopf und die Masseuse unterbricht ihre Arbeit.

»Es ist kompliziert.«

»Das merke ich. So kompliziert war das bei uns damals nicht.«

Du bist auch nicht Lauren, füge ich in Gedanken hinzu. Obwohl die Nummer mit dem Gemüse-Shake an Laurens Lunch-Folter beinahe heranreicht.

»Also?« Sarah wird nicht locker lassen.

»Der Sex ist gut.«

»Aber?«

»Kannst du dich noch an das Gespräch, in dem du mich gebeten hast, die Dinge aufzuzählen, die ich an ihr mag und die ich nicht an ihr mag?«

Sarah nickt.

»Die Liste mit den Dingen, die ich an ihr mag, wächst seit zwei Tagen kontinuierlich an ...«

»Oh«, lautet ihre Antwort. Sie stützt ihren Kopf auf ihrer Hand ab und wendet sich der Masseuse zu. »Ich brauche eine kurze Pause.« Mit einem Nicken verschwindet die Mitarbeiterin und Sarah und ich sind alleine. »Du magst sie«, fasst sie das Problem mit einem breiten Grinsen im Gesicht zusammen.

»Nein«, korrigiere ich sie. »Ich *beginne* sie zu mögen. Das ist ein Unterschied.«

»Ich kann nicht glauben, dass du das den Frauen wirklich antun willst.«

»Was?«

»Dich an eine Frau binden«, seufzt sie und richtet sich auf. Sie wickelt sich das Handtuch um ihre Brust, bleibt aber auf der Liege sitzen.

»Ich bin so weit davon entfernt, mich an eine Frau zu binden«, stelle ich klar und strecke die Arme zur Anschauung soweit es geht aus.

»Und trotzdem hat deine kleine Assistentin es geschafft, dich an eine so kurze Leine zu legen.« Sie hält Daumen und Zeigefinger gerade wenige Millimeter auseinander.

»Du bist keine Hilfe.«

»Gegensätze ziehen sich an, Aaron.«

»Sie ist in nicht einmal zwei Wochen wieder weg.«

»Hat sie das gesagt?«

»Sie hat einen Job in Großbritannien. Einen gut bezahlten Job, der ihr Spaß macht. Was sollte sie noch hier?«

»Du weißt immer noch nicht, warum sie überhaupt hier ist. Selbst für einen Abenteuerurlaub wäre ihr Aufenthalt sehr ungewöhnlich.«

»Wahrscheinlich hat sie Aiden in London kennengelernt und durch irgendwelche dubiosen Zufälle hat sie Ralph ebenfalls getroffen und ruck, zuck war der Plan entstanden, mir sechs Wochen lang die Hölle von innen zu zeigen.«

»Möglich«, erwidert Sarah und steht von der Liege auf. Ihr Handtuch lässt sie dort liegen und steht nun nackt vor mir. Mit einem Lächeln dreht sie sich um und nimmt sich einen der weißen Bademäntel, die für die Gäste zur Verfügung stehen. Sie zieht ihn sich über, schnürt ihn aber nicht zu. Sie kommt auf mich zu. Vor mir bleibt sie stehen und beugt sich vorne über. Ihre Hand streift meine Schulter, fährt meine Brust hinunter, bis sie in meinem Schritt ankommt. Sie drückt den weichen Stoff der Hose und ihre Augen blitzen auf.

»Ich wette mit dir«, flüstert sie in mein Ohr. »Wenn ich Lauren wäre, würde dein Schwanz stehen wie eine Eins und deine Hände wären schon längst überall auf meinem Körper.« Damit lässt sie von mir ab, schnürt sich den Bademantel und setzt sich neben mich. »Wenn der Schwanz eines Mannes nur noch auf eine Frau reagiert, dann ...« Sie lässt den Satz ins Leere gehen, aber ich weiß, was sie sagen will.

»In zwei Wochen ist sie weg und ich habe mein Leben wieder. Bis dahin werden wir wie zwei erwachsene Menschen Spaß miteinander haben.«

»Wir sprechen uns in zwei Wochen, wenn du deinen ersten Flug nach London gebucht hast.« Sie stupst mich von der Seite an.

»Das wird nicht passieren.«

»Wir werden sehen.«

Sarah streckt die Beine aus und stützt sich mit den Armen nach hinten ausgestreckt ab. Von der Seite mustere ich sie.

»Wir haben genug über mich gesprochen. Warum hast du dich so abgeschossen?«

Sie zuckt mit den Achseln. »Das machen wir immer. Girl's night out.«

»Das letzte Mal hast du deine Girls mit den Worten versetzt, dass du keine Lust auf bunte Cocktails und blöde Witze hast und bist mit mir essen gegangen.«

Ihr Blick wird für einen Moment härter. Dann wendet sie sich mir zu und ihre Gesichtszüge werden sofort wieder weich. »Mein Vater hat mir an dem Nachmittag die

Kandidaten vorgestellt, die er sich für seine Nachfolge vorstellen kann. Und ich soll ihm dabei helfen, den geeigneten Mistkerl auszusuchen.«

»Das ist nicht dein Ernst.«

Sie nickt. »Es hat mich ein bisschen aus der Bahn geworfen. Ein Abend mit bunten Cocktails und blöden Witzen und die Sache ist für mich abgehakt.«

»Warum hast du mich nicht angerufen?«, werfe ich ihr vor.

»Ich war ein bisschen verzweifelt und in Verzweiflung tun wir Frauen dumme Dinge. Ich mag dich, Aaron. Ich mag dich viel zu sehr, um unsere Freundschaft mit dummen Dingen zu belasten.«

»Willst du mir gerade erzählen, du hättest Verzweiflungssex mit mir gehabt?«

»Die Möglichkeit hätte bestanden. Und angesichts der Tatsache, dass dein Schwanz momentan einer anderen Frau gehört, hätte das für uns beide misslich geendet.«

»Das nächste Mal rufst du mich an. Wer weiß, was da hätte passieren können.«

»So überfürsorglich kenne ich dich gar nicht«, neckt sie mich.

»Ich habe eben auch meine guten Seiten.«

»Ich will noch so einen Shake haben«, verkündet Sarah und steht auf, um sich zu recken. Fragend trifft ihr Blick den meinen.

»Oh nein. Ohne mich«, wehre ich mit den Händen ab.

»Komm schon. Der ist gut für deine Haut.« Sie greift nach

meinen Händen und zieht mich hoch.

»Meine Haut ist wunderbar, so wie sie ist.«

»Die haben mit Sicherheit auch einen Potenz-Shake.«

»Witzig, Frau Watson. Wirklich witzig«, erwidere ich mit einem müden Lachen.

»Oder einen Energy Shake. Wenn deine kleine Assistentin beschließt, dich sehen zu wollen, solltest du vorbereitet sein.«

»Du weißt, dass ich sie genauso gut anrufen kann?«

»Du tust es aber nicht. Weil du zu viel Angst hast, dass sie Nein sagt.«

»Das ist Schwachsinn.«

»Ist es das wirklich?«

Wir erreichen eine der Bars des Spa. Während Sarah bereits ihre Bestellungen aufgibt, studiere ich die Karte. Anstatt mir die verschiedenen Shakes durchzulesen, hängen meine Gedanken aber an Sarahs Frage.

Habe ich wirklich Angst davor, dass Lauren Nein sagt?

20. Kapitel

Ich halte das Handy in meinen Händen. Seit einer Ewigkeit starre ich den blinkenden Balken in dem leeren Textfeld an. Ich lege das Handy wieder beiseite, stehe von meinem Sofa auf und gehe in die Küche. Nachdem ich mir ein Glas Leitungswasser eingegossen habe, lehne ich mich an die Arbeitsplatte. Lauren wird nicht Nein sagen. Sie wird ... auch nicht Ja sagen.

In einem Zug leere ich das Glas und stelle es in die Spüle. Zurück im Wohnzimmer nehme ich das Handy und tippe, ohne weiter darüber nachzudenken, eine Nachricht an Lauren. Ich drücke *Senden* und warte ab. Sie hat ihr Handy immer bei sich. Es sei denn, sie hat Sex mit mir. Dann ist es ihr egal, wo ihr wichtigstes Accessoire liegt. Die Sekunden ticken vorüber und ich habe ungeduldig mein Handydisplay im Blick.

Wieso braucht sie so lange, um die Nachricht zu lesen?

Dann wird meine Nachricht als gelesen markiert und das Icon erscheint, das mir anzeigt, dass Lauren gerade eine Antwort tippt.

›*Dinner?*‹, fragt sie nach, als hätte sie meine SMS nicht verstanden.

›*Ja, Dinner. Du und ich zusammen in einem Restaurant. Kein Sex.*‹

›*Jetzt?*‹

›Hast du Hunger?‹

›Ein bisschen.‹

›Dann jetzt.‹

Für quälende Sekunden pausiert die Unterhaltung wieder und ich wünschte, ich hätte sie doch angerufen.

›Und es gibt wirklich keinen Sex?‹

Soll das ein Test sein? Wenn ja, werde ich nicht darauf reinfallen. *›Es gibt keinen Sex. Das haben wir heute Morgen schon klargestellt. 24 Stunden Abstinenz.‹*

›In 30 Minuten im La Penne.‹ Ich kenne das Restaurant. Es ist ein angesagtes Szenelokal. Nicht zu fein, nicht zu rustikal. Eine gute Mischung für einen angenehmen Abend, der von Unterhaltung und nicht von Zwängen bestimmt werden soll.

›Bis gleich‹, erwidere ich und lege mit einem erleichterten Aufseufzen das Handy beiseite.

Sie hat Ja gesagt.

›Warte. Ist das ein Date?‹

Ich stelle mir vor, wie Lauren irritiert vor ihrem Handy sitzt, sich auf die Lippe beißt und nicht weiter weiß.

›Nein‹, erwidere ich sofort. Das ist schließlich kein Date. Zwei Menschen treffen sich lediglich zum Essen. Ein Date würde weitere Absichten beinhalten, die wir beide nicht haben, da wir bereits im Vorfeld klargestellt haben, dass es keinen Sex geben wird.

›Gut. Bis gleich.‹

Ich betrachte ihre letzten Worte.

Wir haben kein Date.

Punkt.

Was mache ich mir vor? Das ist ein Date.

Ich war fünfzehn Minuten zu früh im La Penne. Es gab keinen Verkehr und ich bekam direkt einen Parkplatz vor dem Lokal. Lauren ist bislang noch nicht erschienen. Aber sie ist eine Frau. Es ist praktisch ihre Pflicht, zu spät zu kommen. Ich blicke immer wieder auf meine Armbanduhr. Mittlerweile ist Lauren gut zehn Minuten zu spät. Vor mir steht bereits mein zweites Soda. Aufgrund des Lokals, in dem sie mich treffen wollte, entschied ich mich für schlichte, dunkle Jeans und ein weißes Hemd. Stilvoll, aber nicht zu elegant.

»Warten Sie auf jemanden?«, fragt mich der Barkeeper, als er zum wiederholten Male zur Kenntnis nimmt, wie ich auf meine teure Armbanduhr sehe.

»Ja«, gebe ich wieder. »So offensichtlich?«

»Leider ja«, gibt er mit einem Lachen wieder. »Darf's ein richtiger Drink sein?«

Ich überlege. Ich bin mit meinem Auto hier und das will ich nicht über Nacht hier stehen lassen. Wenn ich gleich aber noch etwas esse, sollte ein Drink in Ordnung sein.

»Single Malt Whisky, bitte«, sage ich.

»Alles klar«, erwidert der Kerl, den ich auf Ende 30 schätze, und bereitet mir den Drink zu. Genauso, wie ich ihn mag - ohne Eis. Er schiebt ihn mir über den Tresen und ich nehme das Glas entgegen. Zuerst rieche ich daran, dann nehme ich einen Schluck. Die Flüssigkeit brennt in meiner Kehle.

»Glen Garioch?«

»Da kennt sich jemand aus.«

»Lediglich ein altes Laster«, antworte ich. »Ich schätze fünfzehn Jahre?«

»Fast. Zwölf.« Er stellt mir die Flasche neben den Drink. Ich studiere das Etikett. Das lenkt mich zumindest ab. Ich nehme noch einen Schluck und spüre, wie ich lockerer werde. Der Whisky ist nicht so gut wie meine Hausmarke, aber trinkbar.

»Ich glaube, Ihre Verabredung ist da«, raunt mir mein Gegenüber verschwörerisch zu und deutet mit dem Kopf zum Eingangsbereich, der hinter mir liegt. »Zumindest hoffe ich das für Sie. Denn die Dame weiß, wie sie Blicke auf sich zieht.«

Verwundert drehe ich mich um. Hat Lauren wieder eins ihrer grauen, langweiligen Kostüme ausgepackt?

Ich hätte falscher nicht liegen können. Mit offenem Mund starre ich sie an. Nichts mit langweiligem Kostüm. Sie hat das kleine Schwarze aus den Tiefen ihres Schranks gekramt. Das Kleid formt sich perfekt an ihre Kurven. An den Schultern wird es von zwei breiten Streifen gehalten. Der Ausschnitt liegt so weit oben, dass er züchtig alles verbirgt, was für fremde Augen nicht gestattet sein sollte. Der enge Schnitt lässt aber nicht viel Platz für ein kreatives Kopfkino. An den Füßen trägt sie mörderische High Heels, die ich ihr nie zugetraut hätte. Sie läuft aber auf den Schuhen, als hätte sie seit dem Kindergarten nichts anderes getan.

Ich greife nach meinem Drink und kippe ihn in einem Zug herunter. Kein Sex an diesem Abend? Unmöglich.

»Hi«, begrüßt sie mich und lässt sich auf dem Barhocker neben mir nieder. Ihre Clutch legt sie auf den Tresen und mustert mich. »Wartest du schon lange?«

Mein ganzes Leben lang ...

»Nein.«

»Gut.« Sie schlägt die Beine übereinander und wendet sich dem Barmann zu. Ich bekomme nicht einmal mit, was sie sich bestellt, so sehr fesselt mich ihr Anblick. Dieses Outfit war definitiv nicht abgemacht.

»Du bist overdressed«, sage ich schließlich.

Sie dreht den Kopf zu mir und ihre Haare, die sie locker im Nacken zusammengebunden hat, fallen über ihre Schulter. Durch ihre Brillengläser schaut sie mich an. »Du bist einfach underdressed.«

»Ich dachte, das hier wäre kein Date. Aber das Kleid schreit nach einem Date mit explizitem Ausgang.«

Das süffisante Lächeln platziert sich um ihre Mundwinkel. »Ich wollte deine Willensstärke testen.«

»Du weißt, dass ich zu meinem Wort stehe.«

»Das werden wir am Ende des Abends sehen.« Sie zwinkert mir zu. Ihr Drink wird serviert, sie nimmt ihn und prostet mir in der Luft zu. »Auf einen wundervollen Abend.« Dann trinkt sie einen Schluck und leckt sich die Lippen. »Hast du dich schon entschieden, was du essen möchtest?«, fragt sie und schnappt sich die Karte.

Dich. Heiß oder kalt, unter oder über mir. Das ist mir egal. Hauptsache, du bist Vorspeise, Hauptgang und Dessert in einem.

»Nehmen wir eine Vorspeise?«

»Ja«, erwidert sie und reibt sich den Bauch. »Was meinst du, wie der Kalorienverbrauch nach oben schießt, wenn man auf solchen Schuhen läuft?«

»Du musst einen sehr schizophrenen Kleiderschrank besitzen.«

Sie lächelt mich an. »Lass deine Erwartungen nicht zu hoch werden, Aaron. Das ist das einzige Paar High Heels, das ich besitze. Und Kleider sind allgemein nicht mein Ding.«

»Und doch sitzt du in einem nicht ganz unscheinbaren Exemplar neben mir, bei einem Treffen, das kein Date sein soll.«

Ihre Augen blitzen mit einem breiten Grinsen auf. »Du hast für mich heute Morgen Frühstück gemacht. Ich dachte, ich erwidere dir den Gefallen des unkonventionellen Verhaltens. Ich nehme einen Salat als Vorspeise und den Burger als Hauptgang«, sagt sie zu dem Barkeeper, der unsere Bestellung notiert.

»Dasselbe für mich, bitte«, erwidere ich und schlage die Karte zu.

»Wir setzen uns dahinten ans Fenster«, fügt sie noch hinzu, nimmt sich den Drink - irgendein bunter Cocktail -, ihre Handtasche und geht voran.

Ich folge ihr mit meinem halb vollen Glas Soda. Mein Blick klebt an ihrer Kehrseite. Insbesondere in der südlichen Hälfte. Aber dieses Kleid macht aus dieser Frau genau den Vamp, der sie im Bett ist.

»Du wirst für die nächsten Tage meine Füße nicht angucken dürfen«, sagt sie, als sie sich mir gegenüber hingesetzt hat.

»Du weißt, dass ich dir nur in die Augen schaue.«

»Lügner«, neckt sie mich und streicht sich über ihre Frisur.

»Dank der Schuhe werden meine Füße nicht sehr appetitlich aussehen.«

»Lass sie einfach an. Beim Sex kann das Vorteile haben.«

»Hatten wir uns nicht darauf geeinigt, keinen Sex zu haben?«

»Die ersten zwölf Stunden sind bereits rum«, informiere ich sie. Als Sarah heute Mittag nackt vor mir herumgetänzelt ist, hat sich in meiner Hose nichts bewegt. Jetzt sitze ich Lauren gegenüber und alleine die Tatsache, dass ich ihr ins Gesicht schauen kann, lässt das achte Weltwunder in meiner Hose entstehen.

Mit der Zunge fährt sie sich langsam über die Unterlippe. »Dann auf die nächsten zwölf Stunden«, prostet sie mir erneut zu und saugt an ihrem Strohhalm.

»Wie war dein Tag?«, betrete ich neutralen Boden.

»Ich habe das Dossier und den Quartalsbericht überarbeitet.«

»Warum?«

»Du kannst die Version, die Cole erstellt hat, nicht rausgeben. Sie ist falsch. Die echten Zahlen müssen rein.«

»Lauren«, sage ich vorsichtig. »Wir haben noch nicht entschieden, wie wir die Sache handhaben.«

Sie lässt von ihrem Drink ab und blickt mir geradewegs in die Augen. Sie braucht nicht nachzufragen, sie kann die Antwort auf ihre Frage bereits dort ablesen. Sie stellt sie trotzdem. »Du denkst darüber nach, die Sache zu vertuschen?«

Ich schweige, da sie die Antwort bereits kennt.

»Aaron«, ermahnt sie mich nun mit diesem belehrenden

Tonfall, der mich die ersten drei Wochen in den Wahnsinn getrieben hat. Mittlerweile habe ich mich daran gewöhnt. »Das ist Betrug. Und wenn du das vertuschst, machst du dich strafbar.«

»Der Konzern hat keine Shareholder, denen wir Rechenschaft schuldig sind. Es ist mein Vermögen. Wenn ich es nicht zur Anzeige bringe, ist es keine Straftat. Wo kein Kläger, da kein Richter.«

»Es ist zu 50 Prozent aber auch Ralphs Vermögen.«

»Cole wollte es zurückzahlen. Sobald er die Scheidung durch hat und wieder mit beiden Füßen im Leben steht. Betrachten wir es als Darlehen.«

»Das ist Wahnsinn.«

»Das ist Vergebung. Es wäre uns nicht einmal aufgefallen, dass diese Beträge fehlen. Sie werden dem Konzern wieder zugeführt und damit ist das Thema durch.«

»Wenn ich die Ungereimtheiten gefunden habe, wird sie auch jemand anderes finden. Und auch wenn du es nicht zur Anzeige bringst, ist es Steuerbetrug. Einnahmen wurden dem Konzern entzogen, die nicht versteuert wurden. Wenn das die zuständige Behörde spitz bekommt, dann kommt ihr nicht mit einer Verwarnung davon. Wenn du es jetzt publik machst, können wir es vielleicht schaffen, dass sie euch glauben, nichts davon gewusst zu haben. Aber wenn ihr es weiter verschweigt …«

»Was wäre, wenn du die Zahlen so frisierst, dass es plausibel ist und keiner herausfinden wird, was passiert ist?« Die Frage ist schneller aus meinem Mund, als ich denken kann.

Laurens Augen verengen sich. »Du fragst mich gerade, ob ich beim Betrug helfe? Meine Pflicht ist es, so etwas den Behörden zu melden!«, zischt sie mir nun zu.

»Dann vernachlässige deine Pflicht einmal im Leben. Cole war wie ein zweiter Vater für mich und Ralph. Er hat uns geholfen, als wir am Anfang blauäugig einen riesigen Konzern übernommen haben und Entscheidungen treffen mussten, die beweisen sollten, ob wir der Aufgabe gewachsen sind oder nicht. Er ist auf allen Gartenpartys meiner Eltern eingeladen gewesen, meine Mutter ist Patin seiner Tochter. Er hat bereits alles verloren. Willst du ihm jetzt auch noch seinen Job nehmen? Dann hat der Mann überhaupt nichts mehr im Leben, wofür er jeden Morgen aufstehen soll.«

Lauren sitzt stumm vor mir. Ich sehe, dass sie nachdenkt. Jedoch weiß ich nicht, ob sie darüber nachdenkt, meinen Vorschlag anzunehmen oder ob sie gleich Montag früh bei den Behörden anruft.

»Was ist, wenn Ralph dagegen ist?«

»Dann diskutiere ich das mit ihm aus. Aber ich bezweifle, dass er eine andere Ansicht haben wird.«

»Was ist, wenn es nicht seine Entscheidung ist?« Ihre schlanken Finger sind krampfhaft um das Cocktailglas geschlungen.

»Warum sollte es nicht seine Entscheidung sein? Ihm gehören 50 Prozent.«

Sie öffnet den Mund, um etwas zu sagen, es kommen aber keine Worte heraus. Stattdessen scheint sie in sich zu gehen und ihre ungesagten Worte unausgesprochen herunterzuschlucken. Eine ganze neue Reaktion an ihr.

»Können wir über etwas anderes reden?« Ihr Lächeln ist ein Flehen.

»Tut mir leid«, entschuldige ich mich und greife nach ihrer Hand. »Du hast mit der Situation so gut wie nichts zu tun. Ich sollte dich da nicht mit hineinziehen. Das ist eine Sache zwischen Ralph und mir. Du bist in zwei Wochen wieder in London und das ist alles nicht mehr deine Angelegenheit.« Ich schenke ihr ein Lächeln, das sie versucht zu erwidern, aber das gelingt ihr nicht. Ein Schatten legt sich über ihren Ausdruck. »Was ist es?«, frage ich sofort nach.

In dem Moment wird die Vorspeise serviert. Ich ziehe meine Hand zurück. Lauren faltet ihre Hände im Schoß und ich sehe ihr das Unbehagen an. Irgendetwas von dem, was ich gesagt habe, hat sie verstört. Ich weiß nur nicht, was.

Die Kellnerin wünscht uns einen guten Appetit und Lauren greift sofort zu ihrer Gabel. »Dann wollen wir mal«, sagt sie und der seltsame Ausdruck ist aus ihren Augen verschwunden. Sie spießt ein paar Salatblätter auf und steckt sie sich in den Mund. Etwas Dressing rinnt ihren Mundwinkel herab. Mit vollem Mund wischt sie mit ihrem Finger über die Stelle und grinst mich an. Als sie geschluckt hat, sagt sie: »Ich habe eben Hunger.«

»Du bist eine Überraschungstüte, das muss ich dir lassen.«

»Ist das ein Kompliment?«

»In deinem Fall, Ja«, erwidere ich und bin froh, dass wir die Beklommenheit des vorherigen Gesprächsthemas überwunden haben.

»Hast du noch mehr mit mir heute vor?«

»Eigentlich bist du nur als Gesellschaft für mein Abendessen gebucht.«

»Und ich dachte, der Romantiker in dir fährt alle Geschütze auf. Vom romantischen Geigenspieler, der mit einem Strauß Rosen gleich auftaucht, bis hin zur privaten Kinovorstellung meiner Lieblingsschnulze.«

»Dafür müsste ich wissen, was deine Lieblingsschnulze ist.«

Sie hebt den Blick und schiebt sich die Brille wieder den Nasenrücken hoch. »Willst du das wirklich wissen?«

»Würde ich sonst fragen?«

Sie schluckt den letzten Bissen hinunter. »Also ...«, beginnt sie. »Du darfst nicht lachen«, ermahnt sie mich mit erhobener Gabel.

»Ehrenwort«, erwidere ich und hebe die rechte Hand.

»Selbst ist die Braut.«

»Mit Sandra Bullock und Ryan Reynolds?«

»Du kennst den Film?«, fragt sie erstaunt nach.

Ich räuspere mich. »Halb.«

»Halb? Wieso nur halb? Wie kannst du mittendrin aufhören, diesen Film zu schauen?«

Gott. Wie erkläre ich ihr das? Es war mir noch nie unangenehm, über andere Frauen zu sprechen. Aber bei Lauren würde ich gerne alle Sexerlebnisse vor ihr aus meinem Leben streichen.

»Wenn man mittendrin abgelenkt wird?«, helfe ich ihr auf die Sprünge, ohne dass ich es aussprechen muss.

»Mit was? Arbeit?«

»Nein«, erwidere ich und frage mich, wie man wirklich so ein Brett vor dem Kopf haben kann.

»Nein? Was dann?«

»Lauren. Das ist ein Frauenfilm und ich bin ein Mann. Wenn ich mir so etwas also anschaue, dann mit Sicherheit nicht alleine. Was folgerst du also daraus?«

»Oh«, erwidert sie. »War's wenigstens die Unterbrechung wert?«

»Ich weiß es nicht mehr. Aber wahrscheinlich ja. Ansonsten hätte ich den Film nebenbei weitergeschaut.«

Ihre Augen verengen sich zu Schlitzen und ich meine, sie so etwas wie ›Arschloch‹ murmeln zu hören. »Du hast gefragt«, verteidige ich mich.

»Nur weil man gefragt wird, heißt es noch lange nicht, dass man auch antworten muss.«

»Du hättest so lange nachgebohrt, bis ich jeden Buchstaben einzelnd ausgespuckt hätte.«

»Auch wieder wahr. Isst du das nicht mehr?«, fragt sie und zeigt auf den restlichen Salat in meiner Schüssel. Ich schüttle den Kopf und sofort greift sie über den Tisch zu meinem Teller. »Ich muss aufpassen, dass ich nicht als Fettklops aus dem Restaurant rolle. In diesem Kleid sieht man alles, was man gegessen hat.«

»Dafür haust du aber ganz schön rein.«

»Wie gesagt – ich habe einen gesunden Appetit.«

»Meinen Burger esse ich ganz. Darauf kannst du dich einstellen«, warne ich sie vor.

»Dann muss ich schnell genug sein, um dir ein paar Pommes zu klauen.«

»Du kannst es versuchen.«

»Ich nehme die Herausforderung an«, erwidert sie mit einem siegessicheren Lächeln, schiebt den zweiten Salatteller von sich und winkt den Kellner für einen neuen Drink heran.

Zwei Stunden später ist es sicher – Lauren ist die Meisterin des vom Teller Stibitzens. Sie hat mindestens die Hälfte meiner Pommes gegessen. Zusätzlich zu ihrer eigenen Portion. Fairerweise muss man sagen, dass die Portionen nicht dem amerikanischen Durchschnitt entsprechen, und seitdem Lauren in diesem Kleid und den Schuhen in mein Augenlicht getreten ist, hat mein Appetit sich auf andere Dinge als einen guten Burger verlagert.

»Du bist also auf diesen Baum geklettert, weil du deiner Nachbarin beweisen wolltest, wie mutig du bist?«

»Genau«, sage ich. »Und dann kam ich nicht wieder herunter, weil es doch höher war, als es von unten aussah. Also musste Susi losrennen, um den Gärtner zu holen, damit er mich aus der misslichen Lage befreite.«

Lauren lacht herzlich auf und hält ihren Bauch. »Das ist so gut. Ralph hat davon nie etwas erzählt.«

»Er war zu dem Zeitpunkt mit der neuen Carrera-Bahn beschäftigt. Frauen standen noch nicht auf seiner Agenda.«

»Hat Susi den Gärtner geholt?«

»Ja. Und der kam direkt mit einer Leiter, um mich von

dem Baum herunterzuholen. Die Mutprobe hat sich aber nicht gelohnt, da Susi lieber mit einem anderen Jungen gespielt hat.«

Wieder lacht Lauren auf und diesmal muss sie sich die Augenwinkel abtupfen. Es ist herrlich, sie lachen zu hören, weswegen ich seit dem Dessert – das sie nicht ganz geschafft hat und bei dem ich ihr zur Hilfe eilen musste – die peinlichen Geschichten aus meiner Kindheit erzähle.

»Also war Susi die erste Frau, die dir dein Herz gebrochen hat?«

Ich nicke und fasse mir theatralisch an die Brust. »Ich habe den ganzen Sommer über gelitten.«

»Armer Kerl«, tröstet mich Lauren und streckt ihre Hand über den Tisch, die ich sogleich ergreife. Ihre Finger verschränken sich mit den meinen. »Danke für den tollen Abend«, sagt sie.

»Ich habe mich zu bedanken. Wer hätte gedacht, dass die Dinnereinladung so vielversprechend enden würde?«

»Was machen wir jetzt?«, fragt sie und fährt mit ihren Fingern gedankenverloren mein Handgelenk hinauf.

»Die Rechnung bezahlen?«

»Und dann?«

»Nehme ich an, dass du wieder einen Ort hast, an dem du dringend sein musst.« Immerhin ist sie die letzten Male immer abgehauen, wenn es ihr in den Kram gepasst hat. Warum sollte das jetzt anders sein? »Oder?«, füge ich hinzu.

»Ja, ich habe noch unzählige Dinge zu erledigen«, seufzt sie und zieht ihre Hand zurück.

Hatte sie gehofft, dass ich sie dränge, doch mit zu mir zu

kommen? Ich hatte nie ein Problem damit, Frauen zu lesen. Aber Lauren ist ein Exemplar, bei dem mir das nicht so einfach gelingen will. Ich lasse die Rechnung kommen und bestehe darauf, Lauren einzuladen, auch wenn es kein nennenswerter Betrag ist. Sie aber für ihren Teil zahlen zu lassen, behagt mir nicht.

»Ich habe dir die Hälfte deiner Pommes weggegessen«, sagt sie und steckt ihre Karte wieder ein.

»Ich habe dich eingeladen. Außerdem hätte ich damit rechnen können.«

»Danke«, sagt sie schließlich und erhebt sich.

Ich tue es ihr gleich und wir gehen zusammen zum Ausgang. Wir verabschieden uns von dem Barmann und ich öffne die Tür, um Lauren den Vortritt zu lassen, als ihr Handy klingelt. Mit einem entschuldigenden Lächeln zieht sie es aus der kleinen Handtasche und liest offensichtlich etwas, das all ihre Gesichtszüge einfrieren lässt. Aus dem fröhlichen Lächeln ist eine eisige Maske geworden. Starr blickt sie auf ihr Display.

»Lauren?«, frage ich nach. »Alles okay?«

Erschrocken hebt sie den Kopf, als hätte ich sie bei etwas Verbotenem erwischt.

»Ja«, haucht sie kaum hörbar und schließt zu mir auf. Sie tritt zuerst auf den Bürgersteig und bleibt dann wie versteinert dort stehen. Die Dämmerung hat begonnen und die Luft hat sich spürbar abgekühlt.

»Soll ich dich nach Hause fahren?«, biete ich ihr an, als ich direkt neben ihr stehe.

»Nein«, flüstert sie. Dann dreht sie sich zu mir, schlingt die

Arme um meinen Hals und drückt sich an mich. Meine Hände umfassen automatisch ihre Hüften. »Schlaf mit mir, Aaron«, sagt sie und sieht mir entschlossen in die Augen.

Wow. Von allen Sätzen, mit denen ich heute noch von ihr gerechnet habe, stand dieser ganz hinten auf der Liste.

»Es sind noch mindestens zehn Stunden von unserer Abmachung übrig«, scherze ich, um ihre Bitte in Relation zu rücken. Sie lächelt aber nicht einmal. Ihr Blick ist ernst. Viel zu ernst für diese Frau. Diesen Ausdruck habe ich noch nie in ihren Augen gesehen. »Was ist los, Lauren?«, frage ich besorgt nach.

»Schlaf mit mir«, wiederholt sie ihre Bitte, ohne meine Frage zu beantworten.

»Jetzt? Hier?«, frage ich verblüfft nach.

»Ja.« Ihr Mund nähert sich dem meinen.

»Lauren.«

»Bitte«, fleht sie. Sie weicht ein Stück zurück. Dann nimmt sie meine Hand und zieht mich quer über den Parkplatz. Die Diskussion ist damit beendet. Wir schlängeln uns durch die geparkten Autos hindurch, bis wir in einer dunklen Ecke ankommen. Ein Van steht neben uns, der uns verdeckt. Dennoch sind wir in der Öffentlichkeit. Und sie will Sex?

Lauren dreht sich zu mir um, ihre Handtasche fällt zu Boden und ihr Mund kracht gierig auf meinen. Wie auf Kommando richtet sich mein Schwanz in meiner Hose auf. Dabei ist es eine unangebrachte Reaktion angesichts des Ortes, an dem wir sind. Aber ich kann nicht anders. Ihr süßer Geschmack nach dem Drink, den sie hatte, ihre Kurven, ihr gieriges Verlangen, das sich durch diesen einen wilden Kuss in meinen Körper überträgt. Meine Hände fahren in ihr Haar und der Knoten löst sich. Ihre wilde Mähne fällt ihr über die Schultern. Meine Lippen finden immer wieder ihren Mund, während ihre Finger über den dünnen Stoff meines Hemdes fahren. Sie krallt sich so an mir fest, dass ich ihre Fingernägel beinahe auf meiner Haut spüren kann.

»Mehr«, flüstert sie wollüstig. Ihre Hände finden meine Gürtelschnalle und sie beginnt, daran herumzuhantieren. Das ist der Moment, in dem ich wieder in der Realität ankomme. Ich fasse ihre Hände, ziehe sie nach oben und drücke sie gegen die raue Steinwand. Außer Atem starrt sie mich an. Ihr Blick hat jede Unschuld verloren. Pures Verlangen sprüht aus ihren Augen. Ihre Wangen sind gerötet und ihre Lippen von den wilden Küssen leicht angeschwollen, da ich mich heute Morgen nicht rasiert habe.

»Was ist los, Lauren?«

»Ich brauche dich. Jetzt.« Ihre Stimme ist kaum wiederzuerkennen.

»Halt mich für einen Idioten, aber ich habe kein –«

»Ich verhüte«, fliegt es über ihre Lippen. »Und ich vertraue dir.«

Das hier ist so falsch. Es fühlt sich auf allen Ebenen falsch an. Irgendetwas stand in dieser SMS, was Lauren von diesem lustigen Mädchen zu diesem sexsüchtigen Biest werden ließ.

»Bitte, Aaron«, fleht sie erneut. Langsam lasse ich ihre Hände los. Ihre Finger berühren mich an der Brust und gleiten dann wieder nach unten. Diesmal halte ich sie nicht auf. Ich nehme ihr Gesicht in meine Hände und küsse sie.

Bei Gott, ich brauche sie auch.

So sehr, dass es wehtut.

So sehr, dass ich alle guten Vorsätze wieder einmal vergesse.

Sie zieht meine Jeans so weit nach unten, dass sie meinen Schwanz greifen kann. Dann liegen ihre Arme um meinen Nacken, ich hebe sie hoch und drücke sie wieder gegen die Wand. Sie trägt lediglich einen Tanga, weswegen ich einfach in sie hineingleiten kann. Und das fühlt sich so verdammt gut an, dass ich sofort in ihr explodieren könnte. Mit Kondom kam es dem Himmel gleich. Sie aber ohne zu spüren, ist das Paradies und der Himmel in einem.

»Fuck, Lauren ...«, knurre ich und stoße immer wieder zu. Ihre Umklammerung wird fester, ihre Atmung nimmt zu.

»Nicht aufhören«, flüstert sie kaum hörbar und vergräbt ihr Gesicht an meinem Hals. Ihr Körper spannt sich an und dann keucht sie laut auf. Just in dem Moment, in dem ich ebenfalls komme. Ich halte in der Bewegung inne und sauge all die Gefühle auf. Die Welle, die über mich hinwegschwappt, nur um wieder zurückzukommen. Laurens Seufzen, ihren Geruch, ihre Wärme, die Erleichterung, die sie zu überkommen scheint.

»Alles okay?«, frage ich sie sanft, als ich wieder zu Atem komme. Sie antwortet aber nicht. Sie klammert sich an mich, als würde davon ihr Leben abhängen. »Lauren?«, setze ich besorgt hinterher.

»Ich muss dir was sagen«, murmelt sie in mein Hemd,

ohne sich zu bewegen.

»Was denn?«

Ich lausche ihren schweren Atemzügen. Nach einer gefühlten Ewigkeit regt sie sich endlich. Vorsichtig lasse ich sie wieder zu Boden. Als ich sicher bin, dass sie sich auf den Beinen halten kann, lasse ich sie los. Sie zieht sich ihr Kleid über den Po, ich schließe meine Hose. Beinahe gleichzeitig schauen wir auf und unsere Blicke verhaken sich sofort ineinander.

In ihren Augen kann ich plötzlich Schmerz ablesen. Habe ich ihr wehgetan?

Ich strecke die Hand nach ihrer Wange aus und berühre sie dort. Sie schmiegt sich an die Berührung.

»Ich muss dir wirklich was sagen«, wiederholt sie und die Zerrissenheit in ihrem Blick nimmt zu.

»Du kannst mir alles sagen.«

»Ich ...« Sie stockt. Ihr Unbehagen ist greifbar. Es ist dasselbe, das ich am Anfang des Abends in ihrer Gegenwart gespürt habe. Irgendetwas bedrückt sie und sie kann es mir nicht sagen.

»Sag's mir«, muntere ich sie erneut auf und versuche, ein Lächeln zustande zu bringen.

Sie holt tief Luft und ich meine, Tränen in ihren Augenwinkeln zu sehen. Diesmal sind es keine Lachtränen, sondern Tränen aus Verzweiflung.

»Lauren, rede mit mir«, flehe ich nun beinahe.

»Ich mag dich. Ich mag dich so sehr«, kommt es aus ihr heraus. Sie streckt die Hände nach mir aus und schlingt ihre

Arme um meine Brust. Dann drückt sie ihr Gesicht in mein Hemd. Ich halte sie so fest ich kann, aber ich habe dennoch das Gefühl, dass das nicht genug ist.

»Weißt du, was witzig ist?«, sage ich so beiläufig klingend wie möglich. »Ich mag dich auch.« Ihr Schluchzen nimmt zu und ich kann nichts tun, als sie einfach festzuhalten und zu hoffen, dass es kein Fehler war. Kein Fehler, sie überhaupt so nah an mich heranzulassen.

21. Kapitel

Kann ich heute Nacht bei dir bleiben?«

»Natürlich«, sage ich sofort und trockne ihre Augen mit meinen Fingern.

»Danke.« Sie nimmt meine Hand und schmiegt sich an meinem Arm, als wir zu meinem Auto gehen. Ich entriegle den Ferrari und halte Lauren die Tür auf. Sie steigt ein und ich nehme auf der Fahrerseite Platz. Die gesamte Fahrt über schweigen wir. Ihre Hand findet immer wieder meine Finger, wenn ich schalten muss. Sie wagt es aber nicht, mich anzublicken. Da ich das Gefühl habe, dass es an ihr liegt, die Situation zu bestimmen, beginne ich kein unbedeutendes Gespräch. Sie scheint mir dankbar zu sein. Ich fahre in die Tiefgarage meines Apartmenthauses und stelle das Auto auf dem mir zugewiesenen Parkplatz ab.

Sobald wir aus dem Auto gestiegen sind, schmiegt Lauren sich wieder an mich. Wir betreten den Fahrstuhl und fahren in das Stockwerk, wo meine Wohnung liegt. Ich schließe auf und lasse ihr den Vortritt.

»Ich gehe ins Bad, mich frisch machen«, sagt sie, ohne mich anzuschauen, und verschwindet im Badezimmer. Ich ziehe die Schuhe aus, lege Schlüssel, Handy und Portemonnaie auf meinen Esszimmertisch und starre in den mittlerweile dunklen Nachthimmel. Wer kann ihr geschrieben haben? Und vor allem: Was kann sie so sehr aus dem Konzept gerissen haben? Sie will es mir augenscheinlich nicht sagen. Stattdessen eröffnet sie mir, dass sie mich mag. Welche Ironie.

»Aaron?« Lauren reißt mich aus meinen Gedanken. Ich drehe mich zu ihr um. Sie steht im Halbdunkeln mit meinem Bademantel gekleidet im Raum. »Ich bin müde. Macht es dir was aus, wenn ich mich hinlege?«

Ich schüttle den Kopf und gehe mit einem Lächeln auf sie zu. »Ich bleibe bei dir.« Diesmal bin ich es, der sie an die Hand nimmt. Ich führe sie in mein Schlafzimmer. Sie kriecht sofort ins Bett und ich lege mich zu ihr. Sie schmiegt sich an mich und ich gebe ihr einen Kuss auf die Schläfe.

»Danke für alles«, flüstert sie. Dann wird es still. Lediglich ihre langsamen Atemzüge durchbrechen die Ruhe. Ich halte sie in den Armen, berühre sie sanft, streichle sie. Aber diese eine Frage lässt mich einfach nicht los.

Eine Stunde liege ich reglos bei Lauren, ehe ich beschließe aufzustehen. Ich lege ihren Kopf vorsichtig auf eins der Kissen und decke sie zu. Leise schleiche ich aus dem Schlafzimmer und schließe die Tür. Im Flur schalte ich das Licht ein und gehe zielstrebig auf ihre Handtasche zu. Ich nehme sie und setze mich damit an meinen Esstisch. Einen Moment überlege ich erneut, ob ich das tun sollte. Ihre Privatsphäre verletzen und damit eine Grenze zu überschreiten. Es frisst mich aber innerlich auf, nicht zu wissen, was in Laurens Leben vor sich geht. Ich öffne die Tasche. Ihr Handy liegt auf all dem anderen Krimskrams, den sie als Frau mit sich herumschleppt.

Ich halte das Smartphone in meiner Hand und es fühlt sich schwerer an, als es sein sollte. Wahrscheinlich, weil das Gewicht meines schlechten Gewissens mit dazu kommt. Ohne einen weiteren Gedanken zu verschwenden, drücke ich den Homebutton. Ich wische am unteren Bildrand nach rechts und atme erleichtert auf, als ich keinen Code vorfinde, den ich eingeben muss. Ich befinde mich im Hauptmenü und finde sofort das Symbol für ihre Textnachrichten. Ich drücke auf das Icon und mir gefriert das Blut in den Adern.

Die letzte SMS ist von Ralph.

Ich checke die Uhrzeit. Sie kam, als wir das Restaurant verließen.

Immer wieder fliegen meine Augen über die Worte, die surrealer nicht sein könnten.

›*Bin auf dem Weg zurück. Wir sehen uns Montag im Büro. Ich freue mich auf dich. X*‹

Jeder einzelne Buchstabe brennt sich in meinen Kopf. Ralph kommt zurück. Zwei Wochen eher als geplant. Hat sie das so sehr aus dem Konzept gebracht? Wollte sie mir das sagen?

Ein Handy klingelt und ich zucke vor Schreck zusammen. Ich brauche eine halbe Ewigkeit, um zu realisieren, dass es nicht Laurens ist, sondern meins. Ich schalte Laurens Handy wieder in den Stand-by-Modus und verstaue es in ihrer Handtasche. Dann greife ich nach meinem eigenen und nehme das Gespräch an.

Es ist Aiden.

»Hey«, begrüße ich ihn und hoffe, dass er mir gute

Nachrichten mitteilen kann. Dass er Christina gefunden hat, die Hochzeit wieder planmäßig stattfinden kann und ich mit der Braut in eine Diskussion treten muss, die ich eigentlich nur verlieren kann. Aber ich hätte jetzt ein Date, das ich gerne mitbringen würde. Ein Date, das augenscheinlich übermorgen bereits nach London zurückfliegt.

»Alles gut? Du klingst ziemlich fertig.«

»Langer Tag«, seufze ich.

»Was hat Lauren angestellt?«, lautet sofort Aidens Nachfrage.

»Sie hat herausgefunden, dass Cole Westwood ein mieses Ding am Laufen hatte.«

»Cole? Der Cole, der euch bereits so oft den Arsch gerettet hat?«

»Genau der«, erwidere ich müde und reibe mir über die Stirn.

»Scheiße.«

»Du sagst es. Und bei dir? Bist du weitergekommen?«

»Nein. Sie war eine Woche in Madrid und ist dann wieder in die Staaten geflogen.«

»Kommst du wieder her?«

Eine kurze Pause entsteht. »Ich weiß es nicht, Aaron.«

Mir liegen so viele Sprüche auf der Zunge, die ich noch vor ein paar Tagen ohne Zögern alle vom Stapel gelassen hätte. Aber jetzt käme ich mir dumm vor, sie zu sagen. Ich kenne Lauren knapp einen Monat und trotzdem ist sie für mich nicht austauschbar. Zum ersten Mal kann ich Aiden nachfühlen, was in ihm vorgehen muss.

»Was ist dein Plan?« Immerhin muss er irgendeinen Plan haben.

»Verkünden, dass ich eine andere Frau gefunden habe und hoffen, dass Christina aus Eifersucht zurückkommt?«

»Es wäre einen Versuch wert«, steige ich auf seinen Scherz mit ein.

»Wie läuft es mit Lauren?«

Sie liegt nackt in meinem Bett und hat bereits mehr als einmal meinen Schwanz zwischen den Lippen gehabt.

»Gut. Ralph kommt wieder.«

»Dass er irgendwann zurückkommt, war klar«, erwidert Aiden.

»Nein. Er kommt *jetzt* wieder. Ab Montag ist er wieder im Büro.«

»Hat Lauren dir das gesagt?«

»Ja«, lüge ich. Auf eine gewisse Art und Weise stimmt es auch.

»Dann versteht ihr euch endlich?«

»So könnte man es ausdrücken«, antworte ich mit einem Räuspern. Ich kann nicht mehr still sitzen. Ich erhebe mich von dem Stuhl und tigere die Fensterfront auf und ab. Es regnet und die nassen Straßen reflektieren die Lichter der Stadt.

»Das ist gut, Aaron.«

»Warum?«, frage ich und reibe mir das Kinn.

»Weil es ein Problem gewesen wäre, wenn ihr euch weiterhin bekriegen würdet.«

»Aiden, sie reist in spätestens zwei Wochen wieder ab. Wahrscheinlich schon eher, wenn Ralph wieder da ist.«

»Hat sie dir das gesagt?« Sein Tonfall hat sich geändert.

Fieberhaft überlege ich, ob sie das gesagt hat. Ich kann mich nicht erinnern. Aber warum sollte sie hierbleiben? Ihr Job ist in London. Ihr ganzes Leben ist London. Sie hätte keinen Grund hierzubleiben. Außer mir vielleicht. Aber davon weiß Aiden nichts.

»Nein, hat sie nicht. Aber warum sollte sie in L.A. bleiben?«

Aiden schweigt. Ich kann mir bildlich vorstellen, wie er nachdenkt. »Ich weiß, es nicht«, sagt er schließlich. Ich werde aber das Gefühl nicht los, dass er lügt. »Ich melde mich, wenn ich wieder in die Staaten fliege.«

»Viel Glück«, wünsche ich ihm zum Abschied. Mit Erfolg hat das, was er macht, nichts zu tun.

»Danke«, sagt er. Dann ist die Leitung tot.

Ich lege das Handy zurück auf den Tisch und starre Laurens Handtasche an. Wahrscheinlich würde ich die Antworten auf alle meine Fragen erhalten, wenn ich noch einen Blick in ihr Handy werfen würde. Aber ich lasse es. Ich hätte die SMS von Ralph nicht lesen sollen. Ich hätte ihr Zeit geben sollen, es mir von sich aus zu sagen.

Ich schalte das Licht aus und ziehe mich auf dem Weg ins Schlafzimmer aus. Die Klamotten werfe ich in den Behälter für Dreckwäsche und lege mich dann lediglich mit meiner Shorts bekleidet zu Lauren. Sie wird kurz wach und schmiegt sich an mich. Ihr Körper ist so warm und weich.

»Wo warst du?«, murmelt sie schlaftrunken.

»Ich musste noch was erledigen. Schlaf weiter.« Ich nehme

ihre Hand und gebe ihr einen Kuss auf den Handrücken.

Morgen Früh werden wir reden müssen. Und es ist das erste Mal in meinem Leben, dass ich vor dem Ausgang eines Gesprächs Angst verspüre.

Ich schließe die Augen, um ebenso wie Lauren Schlaf zu finden.

Als ich am nächsten Morgen aufwache, ist das Bett neben mir leer.

Nein.

Sie wird nicht wieder abgehauen sein!

Ich liege auf dem Bauch und stütze mich ab. Ich kümmere mich nicht einmal darum, etwas, abgesehen von den Shorts, anzuziehen. »Lauren?«, rufe ich sie. Vielleicht ist sie schon duschen gegangen. Die Tür zum Badezimmer steht aber auf und das Wasser läuft nicht. »Lauren?«, rufe ich sie erneut.

»Ja?«, erwidert sie und Erleichterung durchflutet meinen Körper. Die Antwort kam aus dem Wohnzimmer. Ich betrete den Raum und sehe Lauren im Schneidersitz auf meinem Sofa sitzen. Sie trägt den Bademantel und hat eins meiner Bücher über Wirtschaftsgeschichte in der Hand.

»Ich dachte du wärst ...« Ich spreche den Satz nicht zu Ende. Stattdessen gehe ich auf sie zu, setze mich neben sie und lege meinen Arm um sie.

»Guten Morgen«, flüstert sie in mein Ohr und drückt mir einen Kuss auf die Wange.

»Auch dir einen guten Morgen.«

»Was machen wir heute?« Es ist, als wäre gestern Abend nichts passiert. Sie ist wieder die quirlige, lustige Frau, als die ich sie in den letzten Tagen kennengelernt habe.

»Wir reden«, stelle ich unmissverständlich klar.

»Worüber?« Sie blättert weiter in dem Buch, das in ihrem Schoß liegt.

»Über dich. Und mich. Und das, was in zwei Wochen passiert.« *Oder auch schon morgen,* füge ich in Gedanken hinzu.

Für den Bruchteil einer Sekunde kann sie ihre fröhliche Maske nicht aufrechterhalten. »Was meinst du?« Ihr Lächeln ist aufgesetzt. Hatte sie ernsthaft vorgehabt, heute in ihrer Blase zu leben, bis sie morgen Früh platzt?

»Du weißt, was ich meine.«

Sie klappt das Buch zu und legt es auf den Wohnzimmertisch. Dann faltet sie ihre Hände in ihrem Schoß und starrt sie an.

»Lauren«, sage ich und nehme ihre rechte Hand in die meine. Sie wendet sich endlich wieder mir zu. »Du gehst in zwei Wochen zurück nach Europa.«

»Gehe ich nicht.« Ein müdes Lächeln platziert sich in ihrem Gesicht.

»Gehst du nicht?«, frage ich nach, für den Fall, dass ich sie missverstanden habe.

»Ich habe einen Job hier in L.A.. Deswegen bin ich hier. Aaron –«

Sie wird mitten im Satz unterbrochen, weil jemand an meine Tür klopft. Es ist nicht einfach ein Klopfen, die Person hämmert förmlich dagegen. Ich ignoriere Laurens fragenden

Blick und stehe auf. In Shorts bekleidet gehe ich in den Flur und öffne die Tür.

Vor mir steht der Mann, dem ich vor nicht allzu langer Zeit just in diesem Moment einen Kinnhaken vom Feinsten verpasst hätte.

»Ralph«, begrüße ich meinen verschollenen besten Freund. »Du bist wieder da. Wie schön.«

»Was ist mit Cole Westwood passiert?«

»So freundlich, wie eh und je.«

Ralphs Gesicht wird hart. »Ich meine das ernst, Aaron. Was ist passiert?«

Ich fasse mir in den Nacken. »Möchtest du reinkommen?« Ich trete zur Seite und deute ihm an, einzutreten. Er folgt meiner Geste. Ich schließe die Tür und folge ihm den Flur entlang ins Wohnzimmer. Ich hoffe, Lauren hat sich derzeit ins Schlafzimmer geschlichen.

»Er hat über 25 Millionen Dollar aus unserem Konzern -«, starte ich die Erklärung, halte aber inne, als Ralph im Wohnzimmer angekommen abrupt stehen bleibt und auf die Stelle starrt, an der Lauren eben noch gesessen hat. Oder besser gesagt immer noch sitzt. Mit weit aufgerissenen Augen blickt sie Ralph an.

»*Lo*?«, fragt er verwirrt nach. Sein Gehirn scheint noch im Urlaub zu sein. Er blickt sie an, dann mich, dann wieder sie. Erst dann scheint ihm klar zu werden, dass ich nicht viel anhabe, sie auch nicht und dass wir kein Business Meeting haben. »Du ...« Er zeigt mit dem Finger auf sie. Dann sieht er doch wieder mich an. Was hat er denn geglaubt? Dass ich mich wehre, wenn sie mich anspringt?

»Ich kann das erklären«, sagt Lauren und springt auf.

Ralph reagiert darauf nicht. Seine Augen kleben auf mir und ich weiß nicht warum. Er hat einen Ausdruck im Gesicht, den ich nicht deuten kann. Er ist mein bester Freund, seitdem wir im Abstand von drei Wochen das Licht der Welt erblickt haben. Wir können uns in Meetings nur mit Blicken verständigen. Aber das hier ist neu. Es ist eine Mischung aus Mitleid, Verzweiflung und purer Reue. Er reißt den Blick von mir los, geht drei Schritte zurück und lässt sich auf einen der Sessel fallen. Dann vergräbt er das Gesicht in seinen Händen und murmelt »Fuck«.

Lauren geht nun auf ihn zu und legt die Hand auf seine Schulter. »Ich kann das erklären«, wiederholt sie ihre Worte. Ralph hebt den Blick. Er sieht sie an, dann richtet er seine Aufmerksamkeit wieder auf mich.

Und dann macht es Klick.

In dem Moment, in dem ich die beiden nebeneinander sehe.

Es knallt so heftig in meinem Kopf, dass ich glaube, mein Gleichgewicht zu verlieren. Alles macht einen Sinn. Das unnahbare Gefühl, wenn Lauren mich angelächelt hat. Woher sie Aiden und Ralph kennt. Warum sie so viel über mich wusste. Wieso sie ...

Meine Gedanken verstummen. Lauren begreift, was in mir vorgeht. Panik steht in ihrem Gesicht. »Ich kann es erklären!«, sagt sie nun an mich gewandt und will auf mich zukommen. Ich hebe aber die Hände und sie bleibt stehen.

»Du bist *Lo?*« Mein Tonfall könnte härter nicht sein.

Sie braucht nicht zu antworten. Ich kann es in ihrem Gesicht ablesen. Sie ist es. Erst jetzt, wo ich sie neben Ralph stehen sehe, erkenne ich die Ähnlichkeit. Wenn sie mich anlächelt, sind es Bruchstücke aus Ralphs Gesichtszügen.

Sie ist Lo, Ralphs Schwester.

Tränen lösen sich aus ihren Augenwinkeln und laufen ihr stumm über die Wangen. Ich will sie trösten, sie in meine Arme schließen. Aber ich bleibe auf meinem mickrigen Fleck stehen.

Sie ist Lo.

Die Worte schlagen Saltos in meinem Kopf. Ich versuche, die Information zu begreifen und gleichzeitig zu verarbeiten, aber es funktioniert nicht. Da ist ein riesiges schwarzes Loch und ich kann es nicht schließen. Stattdessen saugt es alle meine Gedanken und Gefühle auf und lässt sie verschwinden. Ich trete ein paar Schritte zurück, um mich dieser Situation zu entziehen. Aber der erhoffte Effekt tritt nicht ein. Die Fassungslosigkeit bleibt. Der Schmerz und das Gefühl des Verrats auch. Obwohl Lauren vor mir steht, ist sie in unerreichbare Entfernung gerückt.

Ich muss hier weg.

Ohne ein Wort zu sagen, drehe ich mich um und stürme ins Schlafzimmer.

»Aaron!«, höre ich sie rufen. Ralph schnappt sie sich aber und redet auf sie in undeutlichen Worten ein. Ich reiße irgendwelche Klamotten aus dem Schrank und streife sie mir über. Socken und Schuhe.

Aus dem Nachttisch hole ich meinen Reisepass und stecke ihn in meine Sakkoinnentasche.

»Bleib.« Ralph erscheint im Türrahmen.

»Warum sollte ich?« Ich bin wütend. Wütend auf ihn, auf mich, auf Lauren. Wütend auf die ganze gottverdammte Welt!

»Wohin willst du?«

»In den Urlaub. Deine Palme ist jetzt ja frei.«

»Wir brauchen dich hier, Aaron.«

»*Wir?*« Ich spucke das Wort förmlich aus. »Wäre es nicht dein verdammter Job, mich zu Kleinholz zu verarbeiten, weil ich meine Hände an deiner Schwester hatte?«

»Sie ist alt genug, um zu wissen, was sie tut.« Er meint das ernst. Oder er hat gerade wichtigere Probleme, als sich über den sexuellen Verkehr seiner kleinen Schwester Gedanken zu machen.

»Das ist sie in der Tat«, erwidere ich, meine es aber nicht auf die wohlwollende Art und Weise, die er ausgesprochen hat. »Geh aus dem Weg, Ralph.« Er versperrt mir die Tür.

»Hör dir wenigstens an, was sie zu sagen hat.«

»Nein.«

»Aaron ...«

»Nein, Ralph! Ich bin nicht euer Spielzeug! Du und sie – ihr könnt mir gestohlen bleiben!«

Ich drücke mich an ihm vorbei und gehe zurück ins Wohnzimmer. Lauren steht wie angewurzelt in der Mitte des Raumes. Ihr Gesicht ist blass, ihre Wangen nass. Sie versucht, sich das Gesicht trocken zu wischen, aber ihre Tränenflut nimmt kein Ende.

Die Frau, die ich zu kennen glaubte, ist eben gestorben. Lauren gibt es nicht mehr, sondern nur noch Lo.

Dennoch steigt in meiner Brust das unbändige Verlangen auf, sie zu berühren. Sie in die Arme zu schließen und all den Scheiß zu vergessen. Ich kann es aber nicht. So sehr ich wollen würde – die Frau, die ich bis gerade eben zu kennen glaubte, existiert nicht.

»War das alles ein Spiel für dich?« Die Frage spießt sie auf. Sie zuckt zusammen, ihre Augen werden vor Panik und Verzweiflung noch größer.

»Nein, Aaron.« Ihr Schluchzen nimmt zu.

»Was war es dann?«

»Es war die Wahrheit. Das zwischen uns. Das ...«

»Wie soll irgendetwas davon echt sein, wenn alles andere eine riesige fette Lüge ist?« Ich schreie sie an. Sie hat es verdient. Sie hat so vieles verdient. Sie hat es geschafft, dass ich sie mag. Dass ich sie halten will, obwohl ich so scheiße wütend bin. Es zerreißt mich, sie so zu sehen. Es sollte so nicht sein. Sie sollte lachen, kichern und den Sonnenstrahlen Konkurrenz machen. Sie steht aber weinend, schluchzend und verzweifelt vor mir. Und der Grund dafür bin ich. Weil ich ihr gerade das Herz breche, wie sie es mit mir gemacht hat.

Sarah hatte recht. Ich hätte den ersten Flieger nach London gebucht, um sie wiederzusehen. Ich hätte es keine Nacht ohne sie ausgehalten, wenn ich bei ihr hätte sein können.

»Caroline ist schwanger.« Ich drehe mich zu Ralph um. »Deswegen sind wir in den Urlaub gefahren. Sie brauchte die Ruhe. Es ist eine Risikoschwangerschaft. Die Wahrscheinlichkeit einer Fehlgeburt ist extrem hoch. Sie darf sich nicht viel bewegen. Sie braucht mich jetzt, Aaron.«

Mein Gehirn will verstehen, was er mir damit sagen will. Aber der Schmerz in meiner Brust ist zu stark, als dass ich es tatsächlich begreifen könnte.

»Was willst du mir damit sagen?«

»Ich werde vorerst meinen Aufgaben im Konzern nicht gerecht werden können.«

Lauren wird nicht zurück nach London gehen. Sie wird hierbleiben. In Los Angeles. Und sie wird Ralphs Job machen. Deswegen ist sie hier.

Ich schließe die Augen.

Das ist nicht wahr.

Ich muss hier raus. Ich nehme meine Sachen vom Esszimmertisch und verlasse, ohne einen Blick zurückzuwerfen, meine Wohnung. In der Tiefgarage angekommen schalte ich mein Handy aus, starte den Motor und kenne lediglich mein nächstes Etappenziel.

Los Angeles International Airport.

22. Kapitel

Lauren - *Lo* - Hastings.

Sie ist das sechs Jahre jüngere Produkt einer unehelichen Beziehung von Ralphs Vater, weswegen sie nicht Ralphs Nachnamen trägt. Das hat ihn - oder sonst irgendjemanden - nie gestört. Sobald Lauren auf der Welt war, haben alle sie vergöttert. Sie war das süßeste Wesen, das je das Licht der Welt erblickt hat. Wie gesagt - für alle anderen. Nicht für mich. Sie war eine Nervensäge. Hat mir die Zunge rausgestreckt und mich Blödmann genannt. Ich habe sie Sommersprossen-Gesicht genannt, weil sie davon viel zu viele im Gesicht hatte.

Als sie zehn Jahre alt war, zog ihre Mutter nach Großbritannien und ich sah sie nie wieder. Ralphs Mutter hatte genug von der Scharade und konnte das uneheliche Kind nicht mehr ertragen. Ralph telefonierte fast jeden Abend mit ihr und besuchte sie, wann auch immer es ihm möglich war. Ich blieb in L.A. und vergnügte mich derweil mit Frauen. Ich hätte Lauren an Ralphs Hochzeit das erste Mal wiedergesehen, wenn das Schicksal nicht ein paar Asse im Ärmel gehabt hätte. Wegen einer Aschewolke über Europa verpasste sie den Flug. Ralph weigerte sich zu heiraten, wenn sie nicht anwesend ist. Lauren schaffte es aber, ihn dazu zu überreden, Caroline nicht länger warten zu lassen. Sie würde den nächsten Flug nehmen.

Somit saß Lauren in Heathrow am Flughafen und wartete darauf, dass die Wolke weiterzog, während Ralph heiratete und sie alles per Telefon mithörte. Bevor sie eintraf, war ich wieder auf der Arbeit verschwunden, da es einen Notfall gab und Ralph sich offensichtlich nicht darum kümmern konnte. Lauren flog wieder zurück, ehe ich sie zu Gesicht bekam. Ich hatte auch kein Bedürfnis, sie wiederzusehen. Sie war eine Rotzgöre, verzogen vom Vater und vom Bruder.

Ich war davon ausgegangen, dass sie den Lebensstil ihrer Mutter fortführt – sich mit dem Geld der Bakers ein schönes Leben machen. Meiner Vorstellung nach bestand ihr Leben aus Wellness, Shoppen und It-Girl-Partys. Falscher hätte ich nicht liegen können.

Alle haben sie von klein auf mit Lo, ihrem Spitznamen, angeredet, weswegen ich nie darauf gekommen wäre, dass sie es ist. Dabei gab es so viele Anzeichen. So verdammt viele Hinweise. Ich war zu verblendet.

Ihre Schnüffelei in den Firmenunterlagen, ihr Drang, auf die Außentermine mitzukommen, ihr allgemeines Interesse an der Firma. Dann die Tatsache, dass sie wusste, wie sie mich auf die Palme bringt. Das hat sie als kleines Mädchen schon geliebt. Hätte sie mir nur einmal die Zunge rausgestreckt, hätte mich der Blitz sofort getroffen.

Und ich soll mit ihr zusammenarbeiten? Mit ihr einen Konzern führen, dessen Erbanteile sie großzügig an Ralph abgetreten hatte? Ich hätte ihr für nichts anderes dankbarer sein können. Hätte ich eine freche Rotzgöre mit in der Konzernleitung gehabt, die zu jeder Entscheidung aus Prinzip ein Veto eingelegt hätte, hätte ich mich vergessen ...

Das Problem ist nur, dass sie keine freche Rotzgöre ist. Sie ist intelligent, hat einen scharfen Verstand und weiß, was sie tut. Und jetzt ist sie in L.A., um Ralph zu helfen. Weil er ihr großer Bruder ist und keinen Kopf für das Geschäft hat, wenn er jeder Zeit fürchten muss, sein ungeborenes Kind zu verlieren.

Fuck ...

Ralph hat das nicht verdient und Caroline schon gar nicht.

Ich laufe barfuß über den heißen Sand, in den ich immer wieder einsinke. Als ich eine Palme finde, breite ich das mitgebrachte Handtuch aus und lege es in den Schatten des Baumes. Ich ziehe das T-Shirt aus und lasse mich lediglich mit meinen Badeshorts bekleidet auf das Handtuch nieder. Ein leichter Wind geht und ich schaue den Wellen des Meeres zu, die immer wieder auf den Strand schlagen. Da ich mich auf dem Privatstrand des Luxushotels befinde, in das ich mich auf den Bahamas einquartiert habe, sind außer mir kaum Leute hier. Seit vier Tagen bin ich hier und versuche, mein Leben zumindest in meinem Kopf in den Griff zu kriegen. Aber es will mir nicht gelingen.

Gestern Abend habe ich mein Handy eingeschaltet. Unzählige Nachrichten von Ralph und Aiden.

Und Lauren.

Sie bat mich um Rückruf. Mehrmals. Sie sagte, es tue ihr leid. Sie fühlt sich schrecklich. Sie vermisst mich.

Dumm, dass ich sie auch vermisse. Eine halbe Stunde habe ich mit mir gekämpft, ob ich sie zurückrufe. Ich habe es nicht getan. Warum auch?

Es gibt nichts mehr zu sagen.

Ich checkte meine E-Mails. Darunter mehrere Rundmails vom Konzern. Die Mitarbeiter wurden darüber informiert, dass Lauren Ralphs Posten auf unbestimmte Zeit ausführen wird. Das bedeutet für mich so viel, dass ich auf unbestimmte Zeit auf den Bahamas bleiben werde. Die Frau hat den Laden im Griff. Sie kann alle Entscheidungen alleine treffen. Lauren ist fleißig, sie lernt schnell und sie lässt sich nicht unterbuttern. Schon gar nicht von irgendwelchen Lackaffen, die meinen, sie über den Tisch ziehen zu können. Sie hat die Eier, die man für den Job braucht.

»Hallo Fremder.«

Ich nehme die Sonnenbrille von der Nase und schaue zu Amelie hoch. Sie ist eine hübsche Rothaarige aus Frankreich. Das hier sollte ihre Hochzeitsreise werden. Hätte sie ihren Verlobten nicht drei Tage vorher beim Fremdgehen erwischt. Männer sind Arschlöcher. Und die, die es nicht sind, sind zu leichtgläubig und haben irgendwann die Schnauze voll von Frauen.

»Hallo Fremde«, erwidere ich die Begrüßung. Sie steckt sich ihre Sonnenbrille in ihre roten Locken, zieht ihr Strandkleid aus und lässt sich in ihrem Bikini neben mich in den Sand sinken. Wir lernten uns an meinem ersten Tag am Mittagsbuffet kennen. Wir sind die einzigen Gäste, die alleine in dem Hotel wohnen und genossen die Gesellschaft bei den Mahlzeiten.

»Du hast dir ein sehr schönes Fleckchen ausgesucht«, sagt

sie mit einem leichten französischen Akzent.

»Halt den Platz frei und ich gehe Holz hacken, um uns hier eine Hütte zu bauen.«

Sie lacht und das freut mich. Auch wenn sie es nicht zugibt. Ich bemerke ihre geröteten Augen jeden Morgen. Sie war mit Luc über sechs Jahre zusammen und es hat ihr Herz gebrochen, die Hochzeit absagen zu müssen. Sie erzählte mir, dass er sie um Verzeihung gebeten hat und einen frischen Start wollte. Aber sie konnte nicht.

Heute ist der erste Tag, an dem ihre Augen nicht gerötet sind. Unweigerlich muss ich an Lauren denken und frage mich, ob sie ebenfalls jeden Morgen eine halbe Stunde früher aufsteht, um die Spuren der Nacht zu überschminken. Oder ob sie die Phase bereits hinter sich hat. Ich liege jeden Abend schlaflos in dem großen Kingsize-Bett meiner Suite und frage mich, was falsch gelaufen ist.

Sie hätte die Wahrheit sagen sollen.

Spätestens als ich sie geküsst habe.

Das ist falsch gelaufen.

»Denkst du wieder an sie? An Lauren?« Amelie legt ihren Kopf leicht schief und mustert mich.

»Ja.«

Wir verstehen uns, weil wir ehrlich sind. Wir reden über alles. Auch darüber, dass Sex eine nette Ablenkung wäre, aber keinem von uns beiden helfen würde. Unsere Herzen gehören anderen Personen. Es wäre kein guter Sex.

»Ruf sie an«, schlägt sie mir vor und streicht sich ihre Haare aus dem Gesicht. Der Wind hat zugenommen.

»Und dann?«

»Dann sagst du ihr, dass du eine scharfe Frau am Strand kennengelernt hast, du aber keine Augen für sie hast, weil sie eben nicht sie ist.«

Meine Augenbrauen wandern nach oben. »Sie hat was falsch gemacht. Nicht ich. Sie sollte mir erzählen, dass sie den netten Typen am Empfang nicht mehr süß findet.«

»Wir alle machen Fehler. Du hast mit Sicherheit auch den einen oder anderen gemacht.«

Ich lehne mich zurück und denke über ihre Worte nach. Habe ich das? Ja, ich habe mit ihr geschlafen, obwohl ich nicht wusste, wer sie war. Ich habe in ihr Handy geschaut, als sie meiner Frage immer wieder ausgewichen ist. Und ja, ich bin abgehauen, anstatt mich wie ein erwachsener Mann der Situation zu stellen. Aber auch erwachsene Männer sind zerstörbar. Wäre ich in L.A. geblieben, hätte sie mich ganz gebrochen.

»Möglich«, beantworte ich vage Amelies Frage. »Man kann es nicht mehr ändern. Außerdem gefällt es mir hier unter einer Palme mit dir.«

Sie erwidert das Kompliment mit einem Lächeln. »Ich habe heute Morgen in meine Mails geschaut.«

Gestern Abend hatten wir beschlossen, die Realität wieder in unser Leben zu lassen und zumindest unsere Handys wieder anzuschalten.

»Und?«, frage ich nach.

»Er hat sich kein einziges Mal gemeldet.« Ihr Gesicht nimmt traurige Züge an. Ein Lächeln kommt trotzdem zum

Vorschein. »Aber meine Schwestern haben mir lustige Fotos geschickt.« Sie zieht ihr Handy aus der Strandtasche, öffnet die Fotos und reicht mir das Gerät. Ich scrolle durch die Bilder. Zwei Frauen, die definitiv Ähnlichkeit mit Amelie haben, veranstalten mit der Hochzeitstorte eine Schlacht und sind am Ende von oben bis unten eingesaut. Auf den nächsten Bildern sieht man sie in der Hochzeitskutsche eine Fahrt machen. Dann zerreißen sie alle Namenschilder, machen Konfetti daraus und brennen den Haufen in einer Auffahrt an.

»Die beiden hatten Spaß.«

Sie nickt. »Ja.« Sie nimmt das Handy wieder und steckt es weg, »Wie lief es bei dir?«

»Sie vermisst mich.« Von all den Textnachrichten, die kamen, sind das die drei Worte, die mich seitdem verfolgen.

»Ist es ihr Bruder, wegen dem du abgehauen bist?«

Ich schüttle den Kopf. »Er gehört zu den fortschrittlichen Kerlen, die realistisch genug sind, um zu wissen, dass ihre Schwestern kein Nonnendasein führen.«

»Was ist es dann?«

»Ehrlich gesagt weiß ich es nicht. Sie hat mich angelogen. Sie hätte so viele Möglichkeiten gehabt, mir die Wahrheit zu sagen. Und seitdem ich weiß, wer sie ist, sehe ich nur noch das kleine zehnjährige Mädchen vor mir, das mir tierisch auf die Nerven ging.«

»Vielleicht hatte sie einfach Angst, dich zu verlieren. Weißt du, wir Frauen, wir machen dumme Dinge, wenn wir verliebt sind.« Sie malt mit der Hand irgendetwas in den Sand, blickt bei den Worten aber plötzlich zu mir auf.

Ich erinnere mich an das Gespräch mit Lauren, als wir zusammen in meinem Bett gelegen haben und ich sie fragte, ob sie schon mal etwas Dummes aus Liebe getan hat. Sie verneinte. Dabei war sie die ganze Zeit dabei, etwas verdammt Dummes zu tun.

»Du hast recht«, stimme ich Amelie schließlich zu. »Aus Liebe macht man verdammt dumme Sachen.«

»Aber meistens, um die andere Person zu beschützen oder nicht zu verlieren. Man muss nur genau hinschauen, um zu wissen, was von beidem zutrifft.«

»Ich sollte zurückfliegen«, höre ich mich sagen. Immerhin habe ich einen Freund, der meine Unterstützung gebrauchen kann.

»Das freut mich.« Amelie streckt die Hand aus und berührt mich freundschaftlich an der Schulter.

»Er ist ein Arsch. Ich hoffe, das weißt du.«

»Er ist die Person, die ich immer noch liebe. Auch wenn ich es besser weiß – er ist einfach der Mensch, an den ich mich am meisten gewöhnt hatte. Es war alles geplant. Das Haus, die Kinder. Und dann wird es dir unter den Füßen weggerissen.«

»Das macht ihn zu einem noch größeren Arschloch. Mein anderer bester Freund steht auch eine kleine Hochzeitskrise durch. Seine Braut ist ihm wortlos abgehauen und nun sucht er sie überall. Selbst nach Madrid ist er geflogen.«

»Hochzeiten sollten verboten werden.«

»Damit würdest du dir viele Frauen zu Feindinnen machen. Und die gesamte Hochzeitsindustrie erst.«

»Ich bin Weddingplanerin. Habe ich dir das erzählt?«

Ich schüttle lachend den Kopf. »Nein. Wirst du jetzt umschulen?«

»Im Leben nicht. Ich werde jeder Braut vorher mit einem einstündigen Vortrag ins Gewissen reden.«

»Die Bräute werden sich freuen.«

»Oder vielleicht mache ich doch was anderes. Ich kann jetzt schließlich tun und lassen, was ich möchte.«

»Ich mag die Einstellung.«

»Du fliegst also morgen zurück?«

»Wenn ich einen Flug erwische.«

»Dann erweise mir die Ehre, heute Abend ein letztes Mal meine Dinner-Gesellschaft zu sein.«

»Aber gerne doch. Ich sollte den Hummer noch probieren, ehe ich abreise.«

»Eine gute Wahl.« Sie hebt die Hand hoch und ich schlage ein.

»Heute Abend lassen wir es krachen«, kündige ich an.

»Ich freue mich.« Sie schenkt mir ein dankbares Lächeln, das ich erwidere.

Am Abend sitze ich auf dem Sofa in meiner Suite und wähle Ralphs Nummer. Ungewohnt, dass seine Mailbox nicht direkt anspringt und mich mit dämlichen Bandansagen nervt. Er nimmt sofort ab.

»Aaron?«

»Nein, der Weihnachtsmann«, erwidere ich, obwohl mir nicht nach Scherzen zumute ist.

»Wo bist du?«

»Bahamas.« Jetzt, wo ich beschlossen habe, zurückzufliegen, kann ich ihm sagen, wo ich stecke.

»Da soll es schön sein.«

»Ich fliege zurück.«

Ich höre ihn erleichtert aufatmen. »Wann?«

»Sobald ich einen Flug bekomme.«

»Geht's dir gut?«

»Was für eine beschissene Frage, Ralph«, erwidere ich viel zu harsch. Er hat aber bereits seit unserer Jugend die Angewohnheit, die falschen Fragen in den noch falscheren Situationen zu stellen.

»Aber du kommst zurück?«

Ich weiß, dass er nicht L.A., sondern die Firma meint. »Ich habe das Gefühl, sie schafft das auch wunderbar alleine.«

»Lo könnte deine Hilfe gebrauchen. Das weißt du.«

Alleine ihren Namen zu hören, sticht in mein Herz. »Dann kennst du sie nicht. Wir bereden alles, sobald ich wieder da bin.«

»Alles klar.«

»Und Ralph?«

»Ja?«

»Gratulation. Caroline bekommt das schon hin.«

»Danke.«

Ich lege auf und platziere das Handy auf den Nachttisch. Immerhin habe ich eine bezaubernde Frau, die ich heute Abend zum Lächeln bringen möchte.

23. Kapitel

Der Rückflug verläuft ohne Komplikationen. Mein brandneuer Koffer, den ich auf den Bahamas samt Inhalt gekauft habe, ist das zweite Gepäckstück, das über das Band läuft und innerhalb von wenigen Minuten kann ich das Flughafengebäude hinter mir lassen. Mein Ferrari steht unversehrt an der Stelle, an der ich ihn zurückgelassen habe. Ich löse das Parkticket und fahre auf die Interstate, die mich zurück in die Stadt bringt. Die Sonne scheint und es sind lediglich ein paar Wolken am sonst strahlend blauen Himmel.

Den Flug über habe ich überlegt, ob ich direkt in die Firma fahre oder erst in meiner Wohnung vorbeischaue. Ich habe mich für die Wohnung entschieden. Ich brauche frische Kleidung und eine Dusche nach dem Flug.

Ich schließe die Tür zu meinem Apartment auf und halte inne. Es riecht nach ihr, als wäre sie noch immer hier. Als würde sie auf mich warten. Aber die Wohnung ist leer. Das Bett ist gemacht und alle Spuren, das Lauren je hier war, wurden beseitigt. Wahrscheinlich von meiner Putzfrau, die einmal die Woche vorbeischaut

Als mein Blick auf den Wohnzimmertisch fällt, bleibe ich stehen. Dort liegt ein dunkelbrauner Umschlag. Langsam gehe ich darauf zu und nehme ihn hoch. Es steht mein Name drauf. In Laurens Schrift. Ihre Handschrift würde ich überall wiedererkennen, da ihr a immer einen kleinen Kringel in der Mitte hat. Ich reiße den Umschlag auf und ziehe eine Blu-Ray hervor, an der ein Notizzettel klebt.

Ich wünschte, ich hätte so viel Mut wie Margaret in der richtigen Situation gehabt ...
Du fehlst mir so sehr.
x

Ich ziehe den Zettel von der Blu-Ray. Es ist der Film *Selbst ist die Braut*. Ich habe Lauren damals nicht die volle Wahrheit erzählt. Ich kenne das Ende. Die Frau, die bei mir war, hat so schlecht geblasen, dass ich gezwungen war, den Film zu Ende zu schauen, während sie sich abmühte. Vor allem weiß ich, welche Szene Lauren meint. Der Moment, in dem Sandra Bullock die gesamte Hochzeit vor dem Altar platzen lässt, weil ihr Ryans Familie zu sehr ans Herz gewachsen ist, als dass sie sie weiter belügen will.

Ich lege den Film beiseite und gehe duschen.

Lauren hat zu oft eine Chance gehabt und sie nicht genutzt.

Punkt.

Eine gute Stunde später betrete ich meinen Arbeitsplatz. Es sieht alles aus wie immer. Aber etwas ist anders. Ich fühle mich anders. Wahrscheinlich werde ich die Orte, die mich an Lauren erinnern, nie wieder mit den gleichen Augen sehen.

Ich scanne meinen Mitarbeiterausweis und passiere die Security. Nach dem Duschen stand ich eine Weile vor meiner Reihe Anzüge und konnte mich nicht entscheiden, welchen ich anziehen soll. Am Ende fiel meine Wahl auf einen schwarzen Dreiteiler. Weißes Hemd, dunkle Krawatte. Ich könnte damit genauso gut auf eine Beerdigung gehen.

Der Weg zu meinem Büro kam mir noch nie so lang vor. Unzählige Gänge, Menschen und Türen, die ich passieren muss. Obwohl ich weiß, dass ich gleich unweigerlich Lauren begegne, habe ich keine Ahnung, wie ich mich verhalten soll. Ignorieren? Wütend sein? Ich weiß es nicht.

Es wird eine spontane Aktion. Darin war ich schon immer ein Weltmeister.

Kurz bevor ich mein Büro erreiche, werden meine Schritte langsamer. Ich weiß nicht, was ich erwartet hatte, aber dass sie den Schreibtisch vor meinem Büro geräumt hat, war abzusehen. Alle Utensilien sind fein säuberlich verstaut, der Stuhl steht akkurat an seinem Platz und kein Staubkorn ist zu sehen. Laurens Gründlichkeit ist selbst zu spüren, wenn sie nicht mehr da ist. Ich hole tief Luft und ignoriere das beklemmende Gefühl in meiner Brust.

Ich werde definitiv eine neue Assistentin brauchen. Jetzt wo Caroline nicht wiederkommt und ich mich an eine Assistentin gewöhnt habe, die tatsächlich nützliche Arbeit verrichten kann, werde ich jemanden einstellen müssen. Am besten eine Frau, jenseits der 50, die mit der neuesten Technik vertraut ist. Die kess ist und sich nicht unterbuttern lässt. Eine ältere Lauren-Version.

Ich betrete mein Büro. Die letzten zehn Jahre habe ich in diesem Büro verbracht und noch nie kam mir der Ort so fremd vor. So austauschbar. Ich gehe auf den Schreibtisch zu und betrachte alle die Papiere, die dort liegen. Sie sind fein säuberlich nach Dringlichkeit sortiert. Das deuten die Fähnchen an. Handgeschriebene Notizzettel informieren mich, was damit zu tun ist. Unterschreiben, überprüfen oder bearbeiten.

Ich will gerade nach dem ersten Ordner greifen, als jemand an den Türrahmen klopft, obwohl die Tür offen steht. Ich drehe mich um und erblicke Lauren, die unsicher in der Tür steht. Sie trägt ihre Haare offen. Das ist aber auch die einzige Veränderung. Die Brille sitzt perfekt auf der Nase, die lausigen Kostüme hat sie nicht abgelegt. Lediglich ihr Schuhwerk hat sie ebenfalls aufgepeppt. Sie trägt nun Absätze, die sie größer erscheinen lassen.

Sie steht zu weit weg, als dass ich in ihren Augen ablesen kann, was sie fühlt. Ich weiß nur, dass ich mich beschissen fühle. Aber ich bin hier, um Ralph zu helfen. Das ist der Grund, warum ich zurückgekommen bin. Alles andere ist nebensächlich.

»Hast du endlich gelernt, dass man anklopft, bevor man ein Zimmer betritt?«, frage ich.

»Darf ich reinkommen?« Ihre Stimme ist kühl.

Ich nicke, wende mich aber wieder von ihr ab. Ihr Anblick ist für mich kaum zu ertragen. Zu viel Erinnerungen und damit verbundene Hoffnung kommen dabei hoch. Stattdessen tue ich so, als würde ich mich mit den Stapeln auf meinem

Schreibtisch beschäftigen. Ich höre Laurens Schritte näher kommen. Dabei spüre ich ihre Präsenz, ohne dass ich sie sehen oder hören muss.

»Das ist dein Einverständnis, dass ich Ralphs Funktion übernehme.« Sie zeigt auf die Mappe, die das rote Fähnchen trägt. Die Farbe für die richtig wichtigen Sachen. »Wir brauchen nur deine Unterschrift.«

Ohne Zögern nehme ich die Mappe und schlage sie auf. Ich überfliege den Text. Das übliche Blabla für eine solche Personaländerung. Ich klappe die Mappe wieder zu.

»Nenne mir einen Grund, warum ich das unterschreiben sollte.«

Sie stockt. Sie ist unsicher und weiß nicht, was sie sagen soll. Das passt nicht zu der Frau, die ich kennengelernt habe. Überhaupt nicht.

»Schüchtere ich dich ein?« Fragend beobachte ich sie.

»Nein«, antwortet sie.

»Dann beantworte die Frage.«

»Weil es das Richtige wäre.«

»Das sagt die Frau, die damit sehr viel Erfahrung hat, hm?«

»Aaron ...«

Ich hebe die Hand und sie verstummt. Ich will keine Diskussion. Nicht mit ihr über Dinge, die zu sehr schmerzen. Ich beuge mich über den Schreibtisch, nehme meinen Füllfederhalter zur Hand und setze meine Unterschrift unter das Dokument. Dann reiche ich ihr die Mappe.

»Glaub nicht, dass ich das deinetwegen gemacht habe.

Ralph ist der einzige Grund.«

»Ich weiß«, erwidert sie mit brüchiger Stimme. Sie nimmt mir die Mappe aus der Hand. »Wenn du noch irgendwas brauchst ... Du weißt, wo du mich findest.«

»Ralphs Büro, nehme ich an?«

»Ja.« Sie dreht sich um und verlässt ohne ein weiteres Wort mein Büro.

Fuck.

Ich fasse mir in den Nacken.

Was habe ich erwartet? Dass sie vor mir auf die Knie sinkt, mir ihre unbändige Liebe gesteht und mich um Verzeihung anfleht? Das wäre nicht die Lauren, die ich kennengelernt habe und die sich in mein Herz geschlichen hat. Aber irgendeine Hoffnung loderte tief in mir, die gerade zerbröckelt. Und das tut verdammt weh. Sie will eine nüchterne und kühle Arbeitsbeziehung?

Die kann sie haben.

Damit sind wir wieder an dem Punkt, an dem ich so wenig Zeit wie möglich mit ihr verbringen will. Dabei wird sie so viel Zeit wie möglich mit mir verbringen müssen, um zu begreifen, wie der Laden läuft. Das Leben ist eine Endlosschleife von gequirlter Scheiße.

Ich lasse mich auf meinen Schreibtischstuhl sinken und betrachte die Zettelhaufen. Die Arbeit hat noch nie so wenig Spaß gemacht. Der einzige Gedanke, den ich habe, ist, hier wegzuwollen. Mich irgendwo in meinem Elend suhlen, bis es aufhört.

Hätte ich ihr verziehen, wenn sie mich darum gebeten

hätte? Hätte ich ihr all den Mist geglaubt, den sie mir vorgespielt hat? Ein Teil von mir sehnt sich nach dieser Vorstellung, wünscht sich, dass sie real werden würde. Da waren ihre SMS und diese verdammte Blu-Ray. Wenn sie etwas zu sagen gehabt hätte, dann hätte sie gerade eben die Chance gehabt. Ich stand live und in Farbe vor ihr. Sie hätte nur den Mund aufmachen müssen. Aber sie hat es nicht getan. Sie hat sich für einen anderen Weg entschieden.

Ich will einfach nur vergessen, dass ich sie je nackt gesehen habe. Ihre Küsse, ihre Berührungen, das Seufzen, wenn sie gekommen ist. All das will ich aus meinem Gedächtnis radieren. Einmal Schnippen und die Erinnerungen wandern in einen großen Mülleimer. Ich bezweifle, dass das in naher Zukunft passieren wird. Irgendwann werde ich es vielleicht vergessen. Bis dahin muss ich das wilde Tosen in meiner Brust ignorieren. Wenn ich die Gefühle nicht zulasse, verschwinden sie letztendlich. Wie eine Flamme, der der Sauerstoff ausgeht.

Ich suche auf dem Schreibtisch die Mappe mit dem blauen Fähnchen und beginne damit. Danach kommen gelb und grün, am Ende orange. Laurens Prioritätensystem, das sie sich wahrscheinlich eigens ausgedacht hat, um mir auf die Nerven zu gehen. Damit war sie sehr erfolgreich. Wie mit allem, was sie getan hat.

Bis zum Nachmittag beschäftige ich mich mit den Unterlagen auf meinem Schreibtisch. Ich bin versunken in der Arbeit, bis ich den neuen Quartalsbericht in die Hände bekomme. Jemand aus der Finanzabteilung bringt ihn mir höchstpersönlich vorbei. Lauren hat bereits unterschrieben.

Ich hatte gehofft, dass ich sie heute nicht mehr sehen muss, aber da habe ich mich getäuscht.

Wir haben noch ein wichtiges Thema auszudiskutieren.

Cole Westwood.

Mit Ralph wäre die Sache klar gewesen. Aber nicht mit Lauren. Ich kenne ihren Standpunkt in der Sache nur zu gut.

Mit dem Bericht in den Händen verlasse ich mein Büro und steuere Ralphs ehemaligen Arbeitsplatz an. An dem Schreibtisch, den vorher Caroline besetzt hat und den ich für verwaist wie meinen eigenen gehalten habe, sitzt aber ein allzu vertrautes Gesicht.

»Joshua«, spreche ich seinen Namen aus und er blickt sofort hoch.

»Oh. Hallo, Sir ... Mr. Anderson«, stottert er und weiß nicht, ob er sich erheben soll oder nicht. »Was kann ich für Sie tun?«, fragt er schließlich und bleibt auf seinem Stuhl sitzen.

»Was machst du hier?« Mein Tonfall ist unfreundlich.

»Ich ... Äh ... Also ...«

»Er ist mein persönlicher Assistent, Aaron.« Lauren erscheint im Türrahmen. Sie verschränkt ihre Arme vor der Brust und der arrogante Blick, den sie am Anfang unserer komplizierten Beziehung immer zur Schau getragen hat, kehrt langsam, aber sicher zurück.

»Schön«, erwidere ich an Joshua gewandt und gehe an Lauren vorbei in ihr Büro. Sie schließt die Tür. »Du hast dich ja schnell eingelebt.«

»Ich brauchte jemanden, der mir hilft, einen detaillierten Überblick über die Finanzen zu verschaffen.«

»Wie wunderbar, dass du Joshua bereits kanntest.« Ich klinge verdammt eifersüchtig, obwohl ich dazu keinen Grund habe. Nicht den geringsten. Lauren ist in dem Moment für mich gestorben, in dem sie sich als die kleine nervige Lo entpuppte.

»Müssen wir uns auf das Niveau begeben?« Ihre Augen blitzen genervt auf.

»Cole Westwood«, spreche ich das Thema an, weswegen ich überhaupt den Weg in ihr Büro angetreten bin, und hebe den Bericht hoch.

»Was ist mit ihm?«

»Wir müssen das noch ausdiskutieren.« Ich werfe den Bericht auf ihren Schreibtisch. Sie nimmt ihn und blättert zu der Stelle, an der unsere Unterschriften sein sollten.

»Du hast nicht unterschrieben«, stellt sie fest.

»Richtig.«

»Warum nicht?«

»Ich sagte, wir müssen das ausdiskutieren. Cole ist –«

»Hast du dir den Bericht überhaupt durchgelesen?«, fragt sie mich anklagend und hält mir diesmal den Ordner vor die Nase.

»Nein.«

»Dann mach das mal.«

»Wieso? Ich weiß doch, was drin steht.«

»Tust du das?« Ihr Ausdruck ist verbissen.

»Du hast mir deinen Standpunkt mehr als einmal deutlich dargelegt.«

»Dreimal darfst du raten, warum ich Joshuas Hilfe

brauchte«, erwidert sie.

Ich will etwas antworten, kann es aber nicht. Dafür sind meine Gedanken zu sehr auf Lauren fokussiert. Auf diese beschissene Situation zwischen uns beiden. Wir sollten uns nicht unwohl in der Gegenwart des anderen fühlen. Die Mauer zwischen uns ist aber nicht überwindbar. Zumindest nicht für mich. Die Vertrautheit, die zwischen uns bestand, ist restlos verschwunden. Als hätte jemand einen Schalter umgelegt und das Licht ausgeknipst. Und nun stehen wir im Dunkeln und haben völlig die Orientierung verloren.

»Ich habe die Zahlen angepasst«, erklärt sie in nüchterner Tonlage. »Es macht jetzt alles Sinn. Keiner wird darauf stoßen, wenn er nicht weiß, wonach er suchen muss. Die 25 Millionen Dollar habe ich Cole über ein firmeninternes Darlehen vorübergehend gegeben. Damit die Bücher stimmen. Er zahlt alles zurück. Er hat seinen Posten geräumt, bleibt aber in der Abteilung. Irgendwie muss er schließlich das Geld zurückbezahlen.« Ein schiefes Lächeln platziert sich in ihrem Gesicht. Ein Lächeln, das in ihrem hübschen Gesicht völlig fehl am Platz wirkt.

»Warum hast du das gemacht?«

»Weil du es gemacht hättest.«

Wortlos nehme ich ihr den Bericht aus der Hand, schlage die entsprechende Seite auf, schnappe den erstbesten Stift von ihrem Schreibtisch und setze meine Unterschrift neben ihre.

»Danke«, flüstert sie und nimmt mir die Unterlagen aus den Händen.

Ich drehe mich um und gehe zur Tür. Ich habe die Klinke

bereits in der Hand, als ich mich wieder Lauren zuwende. Ihr Blick ist geradewegs auf mich gerichtet. Sie hat mich beobachtet und es nicht schnell genug geschafft, ihren traurigen Ausdruck vor mir zu verschließen.

Ich lasse den Griff los und drehe mich wieder ganz zu ihr um. Wenn sie mir etwas ins Gesicht sagen will, hat sie jetzt die Chance. Noch ist ein Fünkchen Hoffnung da. Und auf diesen Funken setze ich all meinen Einsatz.

»Warum?«

Die Frage steht wie ein riesiger rosa Elefant im Raum. Die Luft wird drückend und ich habe das Gefühl, nicht mehr atmen zu können, solange ich auf Laurens Antwort warte. Ich sollte die widersprüchlichen Gefühle in meiner Brust ignorieren, verdrängen und am Ende damit abschließen. Und doch stehe ich hier und drücke den Finger noch tiefer in die Wunde in der Hoffnung, dass das alles ein Ende hat. Dass das Herumgeschleiche, das soeben in meinem Büro begonnen hat, nicht der Anfang vom Ende war.

»Es war eine dumme Wette«, sagt sie mit leiser Stimme. »Wir hatten getrunken, Aiden, Ralph und ich. Es war das letzte Mal, als Ralph in London war. Er sagte mir, dass Caroline schwanger ist und dass er seinen Job nicht mehr machen kann. Also bot ich ihm an, das zu machen. Er lehnte lachend ab. Er wusste, dass wir bereits als Kinder immer aneinandergeraten sind und wir den Laden lediglich gegen die Wand fahren würden, weil wir uns aus Trotz immer widersprechen. Ich sagte ihm, dass ich mit dir umgehen kann. Und dann kamen wir auf diese wahnwitzige Idee, dass ich deine Assistentin werde. Wenn das klappt, übernehme ich Ralphs Anteile, bis er wieder zurückkommen kann. Du hast nie eine hohe Meinung von mir gehabt. Also musste ich mich dir beweisen. Ich wollte, dass du mich als gleichwertiges Teammitglied ansiehst und nicht als Anhängsel, das dir im Weg ist.«

Ich nehme die Worte in mich auf und versuche sie zu verstehen. Aber in meinem Kopf kreist nur dieser eine Wunsch – auf sie zuzugehen und sie zu küssen. Dabei ist es das Letzte, das ich tun sollte. Lauren wartet auf eine Antwort, darauf kann sie aber lange warten. Wortlos drehe ich mich um und verschwinde aus ihrem Büro, ehe ich meinem Bedürfnis tatsächlich nachgebe.

Ich habe ihr die Chance gegeben, sich zu erklären und sie hat es getan. Anstatt mir aber zu sagen, dass sie den richtigen Moment immer wieder verpasst hat, um mir zu sagen, dass sie die kleine nervige Lo ist, weil sie Angst hatte, mich zu verlieren, erzählt sie mir die nüchterne Version, warum sie überhaupt hier aufgetaucht ist. Ich habe alles auf eine Karte gesetzt und verloren.

Ich komme mir vor wie der dümmste Mensch auf der ganzen Welt.

Die Tage gleichen sich in ihrer Monotonie. Morgens aufstehen, zur Arbeit fahren, den Tag überleben und abends wieder den Weg nach Hause einschlagen. Ich habe nicht einmal bei Ralph und Caroline vorbeigeschaut, um zu erfahren, wie es der werdenden Mutter geht, da Lauren bei Ralph wohnt. Wenn ich meinen besten Freund sehen will, muss ich unweigerlich auch ihre Anwesenheit in Kauf nehmen, und das ist etwas, worauf ich nicht scharf bin. Auf der Arbeit funktioniert es – irgendwie. Wir sprechen die dringendsten Angelegenheiten persönlich miteinander ab. Den Rest regeln wir über SMS und E-Mails. Oder über Joshua. Wer hätte gedacht, dass ich ihm für seine Existenz einmal dankbar sein werde. Er ist ein netter Kerl, der gut in seinem Job ist. So viel muss ich ihm zugestehen. Dass er die ganze Zeit versucht, Lauren zum Lächeln zu bringen, ist hingegen etwas, das ich verbieten würde, wenn ich könnte. Insbesondere, da er damit Erfolg hat. Sie schenkt ihm dieses kleine, unscheinbare Lächeln, das sie vor nicht allzu langer Zeit nur für mich reserviert hatte. Nur weil meine Gefühle in der Vergangenheit festhängen, bedeutet es noch lange nicht, dass die Erde sich aufhört zu drehen.

Sarah ist wieder in der Welt unterwegs, um sich um die Wohltätigkeitsarbeit ihres Vaters zu kümmern. Dafür reicht ihr hübsches Gesicht dem alten Idioten augenscheinlich. Ich hoffe, dass er eines Tages aufwacht und weiß, welchen Fehler er macht. Bis dahin ist Sarah die Person, die ich versuche aufzumuntern und die mich erfolgreich von meinem persönlichen Elend ablenkt.

›*Was können Elefanten als einzige Säugertiere nicht?*‹ Ich schicke die SMS ab und bezweifle, dass Sarah das weiß. Ich wusste es nicht. Seit einer Woche beziehe ich einen Newsletter, der mir jeden Tag einen skurrilen Fakt mitteilt. Das ist der heutige.

Zu meiner Überraschung antwortet Sarah sofort.

›*Springen!*‹

›*Streber.*‹

›*Neider :)*‹

Ich lege das Handy beiseite und schaue auf die große Wanduhr am Ende meines Büros. Zwei Minuten nach 11. Ich kann nicht länger hier sitzen bleiben, Lauren wartet. Ich nehme die benötigten Unterlagen und begebe mich zu ihrem Büro. Ich grüße Joshua, der ein freundliches Lächeln für mich übrig hat. Zumindest einer, der professionell ist.

Laurens Umgang mit mir könnte hingegen kühler nicht sein. Den Gefrierpunkt haben wir bereits vor einigen Tagen erreicht. Hallo und Tschüss sind die häufigsten Worte, die ich von ihr zu hören bekomme. Obwohl sie den Abschiedsgruß neuerdings einfach weglässt und verschwindet. Unsere Beziehung entwickelt sich zumindest in eine Richtung. Auch wenn sie abwärts ist.

»Hast du mit *Hound & Stevenson* gesprochen?« Was für eine freundliche Begrüßung. Meine Floskeln fallen aber meist nicht besser aus.

»Der Deal steht«, informiere ich sie. Ich hätte ihr gestern Abend auch eine SMS schreiben können. Habe es aber sein lassen, da ich zu viel Angst hatte, noch andere Worte auszusprechen. Worte, die sich schon längst nicht mehr in meinem Kopf formen sollten. Aber sie verschwinden nicht und tauchen immer wieder auf. Die einzige Hoffnung, die ich noch hege, ist, dass die Gedanken nie meine Lippen verlassen.

»Hast du vor, mich zu fragen?«, kommt es aus meinem Mund. Eine Frage, die hinter versiegelten Lippen hätte bleiben sollen. In meiner Brust zieht es sich zusammen und ich wünschte, ich hätte meine Klappe gehalten.

Verwirrt hebt Lauren den Blick und sieht mir seit einer gefühlten Ewigkeit in die Augen. »Was fragen?«

»Die Party.«

»Woher weißt du davon?«

»Ralph.«

»Wenn er dich bereits eingeladen hat, brauche ich das nicht tun.«

»Er hat mich nicht eingeladen.«

»Umso besser«, erwidert sie und will sich wieder ihren Unterlagen widmen, als ich sie davon abhalte.

»Er hat mich darüber informiert, dass du mich einladen wirst.« Warum spreche ich das Thema überhaupt an? Wenn Lauren auf Ralphs Gartenparty sein wird, habe ich genau den Grund, den ich brauche, um dort nicht aufzutauchen. Gestern Abend rief Ralph mich an, sagte diesen einen Satz und legte wieder auf. Er kann nach wie vor ein Arschloch sein, wenn ihm danach ist.

»Willst du kommen?«, fragt sie und klingt leicht genervt.

»Ist das deine Art und Weise, mich einzuladen?«

Sie zögert. Der Stift, den sie bereits in der Hand hält, um Notizen zu machen, landet wieder auf der Tischplatte. Sie richtet sich vor mir auf und schaut mir unverblümt ins Gesicht. »Was soll das, Aaron?«

»Ich frage nach, ob ich eingeladen bin. Ansonsten mache ich andere Pläne.«

»Wenn du bereits andere Pläne hast, dann brauche ich

dich nicht einzuladen.«

»Noch habe ich keine.«

»Dann komm einfach.«

Ein amüsiertes Grinsen platziert sich in meinem Gesicht. Ich dachte, diese Reaktion wäre in Laurens Gegenwart ausgestorben. Ich dachte auch, dass wir nie wieder ein vernünftiges Gespräch miteinander führen würden. Aber das hier ist sehr vernünftig. Sie lässt sich von mir auf die Palme bringen. Erst jetzt wird mir bewusst, wie sehr mir ihre unterkühlte Art zusetzt.

»Du musst mich schon direkt einladen«, trieze ich sie weiter, obwohl ich nicht wissen will, wohin das am Ende führt.

»Sehr geehrter Mr. Anderson, betrachten Sie dies als eine mündliche Einladung«, säuselt sie mit einem aufgesetzten Lächeln herunter.

»Und angenommen.«

»Das ist kindisch«, teilt sie mir ihre Meinung mit.

»Weißt du, was kindisch und obendrauf noch extrem gemein war?«

»Du wirst mich mit Sicherheit gleich darauf hinweisen.«

»Als du mit acht Jahren in diesem teuren Fummel, den deine Mutter dir angezogen hat und den du gehasst hast, absichtlich in eine Pfütze gesprungen und ausgerutscht bist und allen erzählt hast, ich hätte dich geschubst.«

»Du hast dich den ganzen Tag über mich lustig gemacht!«

»Das rechtfertigt nicht im Geringsten den Ärger, den ich bekommen habe.«

»Du hast dein Leben lang nichts anderes getan, als dich

über mich lustig zu machen.«

»Das habe ich nicht getan.«

»Oh doch! Du hast mich blöde Göre genannt und konstant Scherze über meine Sommersprossen gemacht.« Wutentbrannt funkelt sie mich an.

Ich will etwas erwidern, als jemand hinter mir lacht. Lauren schaut über meine Schulter und ihr verkniffenes Gesicht nimmt sanftere Züge an. Das bedeutet, dass sich nur ihr Bruder ins Zimmer geschlichen haben kann.

»Störe ich etwa?« Mit einem Lachen betritt Ralph sein ehemaliges Büro.

»Nein«, erwidern Lauren und ich gleichzeitig.

»Zwei Streithähne wie eh und je. Bei Gelegenheit müsst ihr mir verraten, wie ihr es zusammen ins Bett geschafft habt.«

Alleine bei dem Gedanken zucke ich innerlich zusammen. Ich kann immer noch ihren Duft riechen und ihre Haut spüren, als hätte ich mich heute Morgen erst mit ihr in den Laken gewälzt.

Die Erinnerungen prasseln ungefragt auch auf mich ein. Ich dachte, sie wäre es. Diese eine Frau. Meine persönliche Caroline, die mich hilflos wirken lässt, wenn sie nicht bei mir ist. Hilflos wirke ich, verzweifelt vielleicht auch. Aber nicht, weil Lauren nicht anwesend ist, sondern weil sie mich nach wie vor nicht loslässt. Sie hatte mich an dem Punkt, an dem ich meine chauvinistischen Ansichten über Bord geworfen hätte. Das war aber, bevor ich herausfand, dass die heiße Frau das freche Mädchen aus meiner Kindheit ist.

»Willst du es ihm beantworten?«, frage ich Lauren

angriffslustig.

Sie schweigt, blickt mich lediglich verbissen an.

»Okay. Ich komme später wieder«, sage ich und erhebe mich. Augenscheinlich will Ralph etwas mit ihr besprechen und ich kann mich elegant des Meetings entziehen. Umso besser. Jede Minute, die ich in Laurens Gegenwart verbringen muss, reißt mich zurück in die Vergangenheit. Dabei will ich sie vergessen und hinter mir lassen.

»Bleib doch«, sagt Ralph. Die Einladung spricht er aber nur aus, da es für ihn einen gewissen Unterhaltungswert zu haben scheint, Lauren und mich im selben Raum zu wissen.

»Nein, danke«, lehne ich ab. »Sie hat mich übrigens zur Party eingeladen. Wir sehen uns dann am Wochenende.« Damit verlasse ich das Büro. Beim Rausgehen höre ich Lauren etwas murmeln, das sich nach »er hat mich genötigt« anhört. Ralph lacht.

Immerhin eine Erkenntnis hat mir das Meeting gebracht – eine Möglichkeit, wie diese beklemmende Atmosphäre zwischen uns endlich aufhört. Auch wenn es bedeutet, mit ihr zu streiten. Aber das habe ich bereits einmal im Leben überlebt. Ich bin jetzt abgehärtet. Ein zweites Mal wird es ein Klacks werden. Ein halbwegs normaler Umgang hilft mir vielleicht, diese Frau endlich aus meinem System zu bekommen.

24. Kapitel

Die Gartenparty ist genau das, was ich erwartet habe. Eine Party im riesigen parkähnlichen Gelände von Caroline und Ralph, das sich hinter ihrem Haus erstreckt, und für mich nicht langweiliger hätte sein können. Es sind viele Geschäftspartner da, alte Freunde, ehemalige Studienkollegen und *Lauren*.

Sie ist mit Joshua auf der Terrasse erschienen. Dass sie nicht Händchen gehalten haben, ist das Einzige, was mich davon abgehalten hat, ihn fristlos zu entlassen. Er trägt einen Smoking, wie all die anderen Männer auf dem elitären Fest, und Lauren himmelt ihn ständig von der Seite an.

Warum ich das überhaupt weiß? Weil meine Augen von Lauren angezogen werden, als bestünde eine magnetische Verbindung. Ihr Kleid ist atemberaubend. Ein sexy Traum aus dunkelblauer Spitze. Der Rücken ist frei, der Rest züchtig bedeckt. Das Kleid hat eine kleine Schleppe, die sie zwingt, ständig den Saum hochzuhalten, wenn sie sich bewegt. Joshua, ganz der Gentleman, bietet ihr jedes Mal seine Armbeuge an, die sie dankbar annimmt. Sie lächelt ihn an und verliert ein paar Worte, die ihn zum Lächeln und mich zum Brodeln bringen.

Wieso tue ich mir das hier überhaupt an? Ich hätte zuhause bleiben sollen.

»Du siehst gut aus«, flüstert mir eine vertraute weibliche Stimme von hinten ins Ohr. Ich drehe den Kopf und blicke Caroline ins Gesicht. Sie setzt sich neben mir auf die Bank. »Das letzte Mal hast du einen Smoking angehabt, als Ralph und ich geheiratet haben«, stellt sie fest und streicht mir vertraut über die Schulter.

»Solltest du nicht irgendwo liegen und dich von deinem Mann bevormunden lassen?«, murmle ich und nehme noch einen Schluck von meinem Champagner.

Sie lacht auf. »Einen Abend werde ich mich hoffentlich frei bewegen können. Und wenn mir was passiert, sind hier jede Menge hilfsbereite Männer, die mir gleich zur Seite eilen werden.«

»Darauf kannst du aber wetten«, erwidere ich und spüre, wie ich lockerer werde. Caroline hat den Effekt auf Menschen. Sie versprüht gute Laune und man wird davon angesteckt, wie von einem Lachkrampf, den man nicht mehr los wird.

»Erzähl mal«, fordert sie mich nun auf.

»Soll ich dir schon eine Gutenachtgeschichte erzählen? Ist doch gerade erst nach Neun.«

Sie boxt mich spielerisch gegen den Oberarm. »Du und dein Objekt der Begierde.«

Über den Rand meines Glases blicke ich sie an. »Sarah? Die tummelt sich irgendwo dahinten bei den netten Herren mit der Flasche Champagner«, erwidere ich und deute in irgendeine Richtung. Ich weiß nicht, wo meine Begleitung steckt. Sie tauchte mit mir auf und ließ sich dann von jedem Mann entführen, der sie auf einen Drink einladen wollte oder sie zum Tanzen aufforderte. Wie ein Wanderpokal. Aber sie genießt es und ich gönne es ihr.

»Ich meine sie«, sagt Caroline, legt ihren Kopf auf meine Schulter und deutet mit ihrem Zeigefinger geradewegs auf Lauren.

»Die ist glücklich vergeben«, murre ich und suche mit den Augen nach dem nächsten Kellner, der mit einem vollen Tablett Champagnerflöten an mir vorbeikommen wird.

»Sie hat das Kleid wegen dir angezogen.«

Verblüfft sehe ich Caroline ins Gesicht. »Ah ja ...«, erwidere ich betont gelangweilt.

»Wieso gibst du euch keine Chance? Ihr passt perfekt zueinander. Laut Ralph wart ihr schon als Kinder unzertrennlich.«

Ich lache tonlos auf. »Hat er dir auch erzählt, warum? Weil sie mich immer in den Ärger hineingeritten hat und wir es dann meist zusammen ausbaden mussten.«

Breit grinsend betrachtet mich Caroline. »Du magst sie«, säuselt sie und zwinkert mir zu.

»Ich mag sie nicht. Sie ist eine nervende kleine Göre, die denkt, dass die Welt sich nur um sie dreht.«

»Das war sie vielleicht mal. Aber jetzt«, sie macht eine Pause und wirft einen Blick auf Lauren, »ist sie eine verantwortungsvolle, hübsche, witzige, charmante Frau.«

»Du hast das Adjektiv verlogen vergessen«, füge ich hinzu.

»Ist es dir schon einmal in den Sinn gekommen, dass sie Angst hatte, es dir zu sagen? Dass sie die Verbindung, die ihr hattet, nicht aufgeben wollte?«

Das ist das Einzige, was mir auf den Bahamas im Kopf herumgeschwirrt ist. Es ist der Strohhalm, an den ich mich geklammert habe, um dem Ganzen einen Sinn zu geben. Aber dann komme ich zurück ... Und nichts ... Eine Blu-Ray mit einem Schuldeingeständnis. Das ist bei Weitem nicht genug, um mich von der Version der Dinge zu überzeugen.

»Und deswegen flirtet sie mit Joshua, als wäre er ihre große Liebe?« *Und weicht meinem Blick, den ganzen Abend über aus ...*

»Joshua ist ein Freund. Er kam vorbei und hat mit ihr Schach gespielt, als sie vor Liebeskummer beinahe gestorben wäre.« Caroline fummelt am Saum ihres Kleides herum. Das kleine Lächeln in ihrem Gesicht deutet mir aber an, dass sie gerade etwas von sich gegeben hat, was sie nicht sagen sollte, aber was sie mich wissen lassen wollte. Sie hebt den Blick und schaut mir direkt in die Augen. »Ich kann jeden Abend hören, wie sie sich in den Schlaf weint, Aaron. Ihr Herz ist gebrochen. Joshua kann so viel Schach mit ihr spielen, dass sie Blasen an den Fingern bekommt. Er wird es nicht flicken können. Wohingegen du ...« Sie spricht den Satz nicht zu Ende.

»Ich habe sie gefragt. Ich habe ihr die Chance gegeben, es mir zu erklären. Sie hat sich dagegen entschieden.«

»Hast du dich mal im Spiegel angeschaut? Du schaust die ganze Zeit, als würdest du alle um dich herum auffressen wollen. Ihr Herz ist schon gebrochen. Meinst du ernsthaft, dass sie aus dem Stand heraus den Mut aufbringt, sich völlig aufzuopfern? Das letzte bisschen Leben, das noch in ihr steckt, zu riskieren, wo sie sich doch sicher ist, dass du mit Füßen darauf trampeln wirst?«

Ist das so? Kann die taffe Frau, die nie ein Blatt vor den Mund genommen hat und die nur bei einem Kuss ihre vorlaute Klappe gehalten hat, nicht den Mut aufbringen?

»Du irrst dich«, sage ich und winke einen Kellner heran, der mir sogleich ein neues Glas Champagner bringt. Dabei bräuchte ich einen Whisky. Wenn ich mit dem Drink aber einmal anfange, kann ich in spätestens zwanzig Minuten die Segel streichen. Mir würde es nichts ausmachen, die Party jetzt schon zu verlassen, aber Sarah scheint sich zu amüsieren. Ich will ihr den Spaß nicht verderben. Ich kann zwar eh kein Auto mehr fahren, aber wir hatten abgemacht, zusammen nach Hause zu fahren, damit sie keine Dummheiten anstellt.

»Du irrst dich, Aaron«, erwidert Caroline. »Geh zu ihr hin und frag sie. Oder mach es auf die altmodische Art und küsse sie einfach.«

Finster blicke ich Caroline an.

»Versuch's einfach. Was kannst du verlieren?«

Meine Würde ... Das letzte bisschen, was noch da ist, nachdem Lauren mein gesamtes Leben auf den Kopf gestellt hat. Caroline steht auf, drückt mir einen Kuss auf die Wange und gesellt sich zu Ralph, der sie bereits gesucht hat. Sie blicken sich verliebt an, ehe er sie auf den Mund küsst und sanft ihren Bauch streichelt. Ein kleiner Bauch ist zu sehen, der meinen Blick magisch anzieht. Caroline und Ralph haben ein neues Leben erschaffen. Ich freue mich wirklich sehr für die beiden. Sie vertiefen sich in ein Gespräch und ich wende den

Blick ab, da ich mir dumm dabei vorkomme, sie noch länger zu beobachten. Zu viel Glück kann mit Sicherheit auch schädlich sein.

Ich trinke das halbe Champagnerglas in einem Zug. Ich setze das Glas von den Lippen ab und meine Augen landen wieder auf Lauren. Joshua versucht, sie dazu zu überreden zu tanzen. Aber sie lehnt ab. Er gibt aber nicht so leicht auf.

Ich setze mein Glas erneut an meine Lippen an, kippe den Rest herunter und stehe auf. Meinen Smoking knöpfe ich auf dem Weg zu. Ich gehe geradewegs auf Lauren und Joshua zu. Da ich mich von hinten nähere, sieht Lauren mich nicht. Joshua hingegen schon. Er lässt Lauren sofort los und tritt einen Schritt zurück. Es hat auch Vorteile, so zu schauen, als würde ich alle auffressen wollen.

Ich bitte Lauren nicht, ich fasse sie einfach an der Hand und ziehe sie mit mir mit.

»Was ...«, fliegt über ihre Lippen, sie kann sich meinem Griff aber nicht entwinden. »Aaron, lass mich los.«

Ich schleppe sie bis auf die Tanzfläche, dann drehe ich mich zu ihr um und lege meinen rechten Arm auf ihre Hüfte. Meine linke Hand greift die ihre und ich ziehe sie dicht an meine Brust. Ihre Wangen röten sich. Sie kann die Situation sichtlich nicht einordnen, wehrt sich aber nicht. Ihr Körper bewegt sich im selben Rhythmus wie meiner und das fühlt sich verdammt gut an. Sie riecht noch genauso, wie ich es in Erinnerung habe. Die Frequenz ihrer Atemzüge nimmt zu und eine Gänsehaut bildet sich auf ihren Armen. Ein Anzeichen für ihre Erregung. Sie schaut mir nicht ins Gesicht. Stattdessen sind ihre Augen starr auf meine Fliege gerichtet.

»War es gelogen, dass du mich vermisst?« Die Frage bewegt sie endlich dazu, den Blick zu heben. Ihre Lippen zittern leicht und das erste Mal sehe ich eine verletzte Frau hinter der kühlen Fassade, die sie krampfhaft versucht aufrechtzuerhalten, seitdem ich wieder da bin.

»Nein«, flüstert sie so leise, dass ich es kaum hören kann. Aber das Wort verließ ihre Lippen.

»Und deswegen schmeißt du dich gleich an den Nächstbesten ran?« Mit dem Kopf deute ich auf Joshua, der uns vom Rand aus beobachtet.

»Er ist ein Freund«, stellt sie klar. »Wir spielen Schach zusammen.«

»Das habe ich dir das erste Mal nicht geglaubt und das tue ich immer noch nicht.«

»Mit 17 habe ich die europäische Jugendmeisterschaft im Schach gewonnen. Du kannst das googeln.«

»Das beweist noch lange nicht, dass du mit Joshua nicht eine versaute Form von dem Brettspiel spielst.«

»Du glaubst, wir spielen Stripschach?«

»Wenn es das tatsächlich gibt, warum nicht?«

»Willst du deswegen mit mir tanzen? Um mir vorzuhalten, was ich zu tun und zu lassen habe?«

Ihr verletzter Blick trifft mich geradewegs ins Herz. Ihre Augen werden glasig und ich bleibe abrupt stehen. Sie windet sich aus meinem Griff.

»Such dir jemand anderes für deine blöden Spielchen, Aaron. Ich habe dich wirklich gemocht. Das war nie gelogen.

Und du glaubst gar nicht, wie sehr mein Herz aufging, als ich dachte, dass du anders als die ganzen Idioten auf der Welt wärst. Aber ich habe mich geirrt. Du bist genauso ein Arschloch wie früher. Warum lässt du mich nicht einfach in Ruhe?« Zwei Tränen lösen sich und rinnen über ihre Wange. Ich will nach ihr greifen und ihr auf diese Frage die Antwort geben, als sie sich ruckartig umdreht und von der Tanzfläche verschwindet. Sofort eile ich ihr hinterher. Obwohl das Kleid sie aufhält, kann ich nicht zu ihr aufschließen. Zu viele Menschen, zu viel Gedränge. Zudem hilft der ganze Champagner, den ich getrunken habe, nicht bei einer Verfolgungsjagd im Dunkeln. Ich bleibe stehen und suche die Menge ab. Ich schaue in jede Menge fremde Gesichter. Keins davon ist Laurens. Dann richte ich meine Aufmerksamkeit auf eine Bewegung, die ich aus den Augenwinkeln wahrnehme.

Lauren.

Sie streift sich die Schuhe von den Füßen und lässt sie achtlos auf der Wiese liegen. Ohne sich noch einmal umzudrehen, läuft sie in die Dunkelheit. Ein Teil des Parks ist mit Lichterketten, Fackeln und Lampen ausgeleuchtet. Lauren rennt aber geradewegs in den Teil, der stockfinster ist und in dem jede Menge Bäume stehen.

Verdammte Frau.

Ich eile ihr hinterher. Es ist so dunkel, dass man kaum die Hand vor Augen sehen kann. Ich verlangsame meine Schritte, damit ich nicht über einen Ast stolpere oder gar Lauren umrenne.

»Lauren?« Ich rufe ihren Namen, aber sie reagiert nicht.

»Lauren, sag was, verdammt!« Ich halte inne und lausche. Das Blut rauscht mir in den Ohren und ich muss mir eingestehen, dass ich die Orientierung verloren habe. Lauren hingegen ist hier praktisch aufgewachsen. Sie kennt jeden Stein mit Namen.

Plötzlich höre ich etwas. Ein Schluchzen. Ich folge dem Geräusch. Nach wenigen Metern sehe ich Lauren. Sie steht vor einem Baum. Die Hände und die Stirn gegen die raue Rinde gepresst.

»Lauren«, flüstere ich ihren Namen. Als sie ihn hört, versteift sich ihr Körper,

»Geh weg«, sagt sie, ohne sich umzublicken.

»Nein. Ich werde nicht weggehen.«

Sie wendet mir ihr Gesicht zu, als ich auf sie zugehe. Ihr Make-up ist verschmiert. Das erkenne ich trotz der schlechten Lichtverhältnisse. Aber noch viel wichtiger – ich erkenne den Schmerz in ihrem Gesicht. Den Schmerz, den ich ebenfalls fühle, den sie mir aber nie zuvor gezeigt hat. Direkt neben ihr bleibe ich stehen, schmiege mich an ihren warmen Körper, küsse sie auf den Nacken.

»Warum ...« Ihre Stimme ist ein Flüstern und Flehen zugleich.

»Weil ich dich liebe, Lauren. Deswegen.« Sie atmet scharf die kühle Waldluft ein. »Deswegen lasse ich dich nicht in Ruhe.«

Ich schließe die Augen und halte sie einfach fest. Meine Arme umschlingen sie von hinten und ich gedenke, sie nie wieder loszulassen.

»Ich habe so große Angst.« Ihr Körper beginnt zu zittern.

»Wovor?« Ich verstärke den Druck meiner Hände.

»Dass du mir nicht verzeihst.«

»Dafür müsstest du mich auch erst einmal um Verzeihung bitten.«

Sie dreht sich in meinen Armen um. Ihre Hände liegen nun flach auf meiner Brust und sie schaut zu mir auf. »Ich wollte es dir sagen. So oft. Jedes Mal, wenn du mich angeschaut hast. Die Worte lagen mir dann auf der Zunge. Ich hätte sie nur aussprechen müssen. Aber ich konnte nicht. Der Gedanke daran, dass du mich nie wieder mit diesen warmen Augen anschaust, der nahm mir den Mut. Und dann kamst du zurück. Ich wollte es dir erklären, aber es war zu spät. Du hast mich nicht mehr mit denselben Augen angesehen. Du hast mich angesehen, als wäre ich Lo. Ein kleines Mädchen, das du verachtest.«

»Ich habe dich nie verachtet. Weder als du zehn warst noch jetzt, Lauren. Du warst eine kleine Nervensäge, die einfach wusste, wie sie mit mir spielen musste, um sich meiner vollen Aufmerksamkeit sicher zu sein. Das ist das Einzige, was mich an das kleine Mädchen erinnert. Du bist erwachsen geworden und hast es geschafft, dass ich mich in dich verliebe. Und nur fürs Protokoll, falls du es vorhin nicht schon begriffen hast – ich verzeihe dir.«

Ihre Finger krümmen sich und sie greift feste in mein Hemd, ehe sie schluchzend dagegen sinkt. Erneut schlinge ich meine Arme um ihren zarten Körper.

»Es tut mir so leid.«

»Ich weiß.«

»So leid«, wiederholt sie.

Ich drücke sie ein Stück von mir weg. Meine Finger streichen die nassen Haarsträhnen aus ihrem Gesicht. Ich beuge mich vor und berühre mit meinen Lippen die ihren. Ein salziger Geschmack breitet sich auf meiner Zunge aus.

»Ich liebe dich so sehr, Aaron«, flüstert sie.

»Das sind die besten sechs Worte, die ich je aus deinem Mund gehört habe«, erwidere ich mit einem Lächeln.

»Und ich dachte, es wäre ›*ich will deinen Schwanz lutschen, Aaron*‹.« Ihr Schluchzen vermischt sich mit einem Lachen.

»Die kommen direkt danach.«

Meine Lippen finden erneut die ihren. Sie erwidert den Kuss, als würde diesmal ihr Leben davon abhängen. In gewisser Weise stimmt es auch. Die Tränen auf ihren Wangen sind versiegt und ich wische mit meinen Daumen die letzten beiseite.

»Versprich mir etwas.«

»Was?«

»Ist deine Zeile nicht normalerweise – alles, was du willst?«

»Das hättest du wohl gerne ...«

»Ich hatte darauf gehofft.«

»Um was hättest du mich dann gebeten?«

»Ich hätte dir das Versprechen abgeluchst, deinen Arbeitsplatz unter meinem Schreibtisch einzurichten.«

»Wirst du mit deinen dummen Sprüchen jemals aufhören?«

Diesmal lache ich auf. »Nein. Dafür magst du sie zu sehr.«

»Mögen ist übertrieben«, stellt sie klar. »Ich akzeptiere ihre Daseinsberechtigung.«

»Wie großzügig«, erwidere ich, ehe ich sie wieder küsse. Es fühlt sich zu gut an, als wenn ich auch nur eine Minute existieren könnte, ohne es zu tun. Meine Zunge fährt über ihre Unterlippe. Lauren stöhnt auf, drückt sich mit ihrem Oberkörper fester an mich. »Versprich mir, nie wieder zu weinen.«

»Kann da jemand etwa nicht mit weinenden Frauen umgehen?«, zieht sie mich auf.

»Das dachte ich. Bis du angefangen hast, mir das in der Limousine vorzuspielen. Da begann es mir das erste Mal das Herz zu zerreißen.«

Ich kann die Überraschung in ihrem Gesicht ablesen. »Ich brauchte mein Handy wirklich wieder.«

»Für den Fall, dass ich darin herumgeschnüffelt hätte?«

»Für den Fall, dass meine Reinigung mich angerufen hätte.«

»Nie wieder weinen, okay?«

»Ich versuch's«, verspricht sie mir.

»Außer bei einer Gelegenheit. Dafür hast du einen Freischein. Um ehrlich zu sein, wäre ich gekränkt, wenn du nicht in Freudentränen ausbrechen würdest.«

»Die da wäre?«

»Das wirst du noch früh genug herausfinden.«

Diesmal reckt sie den Kopf und ergreift die Initiative, mich zu küssen. Ihre Lippen treffen auf meine. Sie knabbert an meiner Lippe. Ich kann das glückliche Lächeln deutlich in ihrem Gesicht spüren.

»Davon werde ich nie genug bekommen können«, murmelt sie.

»Du wirst dich nie wieder weiter als zwei Meter von mir entfernen können, damit ich dich jederzeit küssen kann, wenn mir danach ist. Und das wird verdammt oft passieren.«

»Dafür müssten wir unsere Schreibtische zusammenstellen. In einen Raum. Und das wäre der Untergang für Anderson & Baker.«

»Weil die Führungsetage ihre Zeit mit wildem Sex totschlägt?«

»Weil wir uns irgendwann die Köpfe einschlagen. Auch wenn du mich jetzt nur küssen willst, es kommt der Punkt, an dem du mir wieder den Hals umdrehen willst, Aaron.«

»Ich will gerade viel mehr, als dich nur küssen.«

»Zu dir oder zu mir?«

»Technisch gesehen sind wir gerade schon bei dir.« Meine Hände fahren ihren Oberschenkel hinauf.

»In dem Kleid kannst du mich nicht hier nehmen«, seufzt sie, als ich den empfindlichen Punkt unterhalb ihres Ohres an ihrem Hals küsse und mich ihren Hals hinabarbeite.

»Wie weit ist es von hier bis in dein Zimmer?«

»Eine halbe Stunde? Wir müssen uns durch jede Menge Gäste schlängeln.«

»Das dauert zu lange.« Ich umfasse ihre Brüste. Ihre Brustwarzen sind durch den dünnen Stoff deutlich zu spüren. Sie trägt nicht einmal einen BH.

»Wir kommen von hier aus aber ungesehen zum

Parkplatz«, murmelt sie.

»Ich habe schon zu viel getrunken. Ich kann nicht mehr fahren. Meine Lippen fahren über ihr Schlüsselbein.

»Ich habe nichts getrunken.«

Augenblicklich halte ich inne und richte mich auf. »Schlägst du gerade vor, dass ich dir den Autoschlüssel für meinen Ferrari gebe?«

Sie beißt sich auf die Unterlippe.

Das sieht so verdammt verführerisch und heiß aus, dass mein Schwanz beinahe in meiner Hose explodiert. Verdammt …

Ich könnte ihr das Kleid hier vom Leib reißen. Dann müsste sie aber nackt durch all die Gäste zurück ins Haus. Oder … ich lasse sie mein Auto fahren. Dann wären wir in nicht einmal zwanzig Minuten in meiner Wohnung und müssten uns keine Gedanken um jemand anderen machen.

Ich greife in meine Tasche und ziehe meinen Autoschlüssel hervor. Dann lege ich ihn in Laurens Hand.

Aus Liebe begeht man schließlich die größten Dummheiten. Aber das sind schließlich die, die man am wenigsten bereut.

Epilog

Drei Monate später

Lauren

Ich liebe mein neues Büro.

Es ist hell, großräumig und liegt perfekt. Die Toilette und die Küche sind genau gleich weit entfernt. Die Innenarchitektin, die Ralph unbedingt anheuern wollte, damit ich mich auf das Geschäft konzentrieren kann und nicht den ganzen Tag Kataloge wälze, hat trotz meiner geringen Erwartungen einen hervorragenden Job gemacht. Die abstrakten Kunstwerke an der Wand fügen sich in das Gesamtbild genauso wunderbar ein, wie die Topfpflanzen, die ich in Unmengen haben wollte.

Ein perfekt gelungenes Büro.

Okay, okay. Ich *liebe* das Büro, aber nur weil Aaron es gestern mit mir auf jede erdenkliche Art und Weise eingeweiht hat. Er hat mit mir Dinge angestellt, die ich in der Konstellation bislang nicht erlebt habe. Ich habe seinen Namen geschrien, als wäre er ein griechischer Gott, habe seinen Schwanz an beinahe allen Stellen gespürt, die ihn verlangt haben, und habe nach dem dritten Orgasmus aufgehört zu zählen. Um ehrlich zu sein, hatten wir es auch bitter nötig. Er war für drei Wochen in Asien unterwegs und ein Vibrator und ein bisschen Dirtytalk am Telefon sind nicht das gleiche, wie seine Lippen auf meinem Körper zu spüren. Mein neues Büro kam ihm gerade recht, mir die Flausen der letzten drei Wochen aus dem Kopf zu treiben. Aaron war nicht da und ich konnte nach Lust und Laune meinen Dickkopf durchsetzen.

Die Zusammenarbeit läuft wesentlich besser, als gedacht. Zumindest so lange er mir abends den Arsch versohlen kann. Ausgleichsvögeln nennt er das. Manchmal erwische ich mich dabei, dass ich mich extra querstelle, damit er am Abend viel zu tun hat.

Ich lächle stupide vor mich hin, als ich daran denke, wie er mich gestern vor den bodentiefen Fenstern zum Stöhnen gebracht hat.

»Lauren?« Joshua klopft an die offenstehende Tür.

Ich drehe mich zu ihm um. »Was gibt es?«

»Das hier kam gerade.« Er hält zwei Autoschlüssel in die Höhe.

Mein Grinsen wird breiter. »Wo steht er?«

»P5«, antwortet mein Assistent, der zu einer wahren Goldgrube geworden ist. Er kann alles, er weiß alles, er macht alles. Und das Beste - er ist witzig, charmant und bringt mich immer zum Lächeln, wenn Aaron mich auf die nächste Palme schickt, was häufiger passiert, als mir lieb ist.

»Wunderbar«, erwidere ich und nehme ihm die Autoschlüssel aus der Hand. »Ich bin dann mal ...«

»Deinen Freund beglücken?«, füllt Joshua die Lücke mit einem viel zu wissenden Grinsen.

»Nein«, erwidere ich amüsiert. Ich will nicht wissen, was Joshua bereits alles gehört hat oder eben nicht gehört hat. Ich spüre immer noch eine gewisse Scham, wenn ich an die zahlreichen Meetings denke, die Aaron und ich hatten. Und gesprochen wurde sehr, sehr wenig. »Ich werde mich entschuldigen.«

»Du entschuldigst dich? Wofür?« Die Verwirrung steht Joshua ins Gesicht geschrieben.

Aaron und ich entschuldigen uns nicht bei dem anderen. Wir machen es wieder gut. Mit Sex. Aber das in meinen Händen ist fast so gut wie Sex. Wenn etwas an Sex herankommt, dann das.

»Ich entschuldige mich dafür, dass ich Aaron vor drei Monaten zum Weinen gebracht habe. Er streitet es seit jeher ab. Aber ich habe es genau gesehen.« Ich zwinkere Joshua zu. »Halt die Stellung hier. Das könnte etwas länger dauern.« Ich tätschle ihm die Schulter, als ich mein neues Büro verlasse. Die Schlüssel schiebe ich in meine Hosentasche. Das ist die Geheimsprache zwischen Aaron und mir – trage ich eine Hose, bin ich dank ihm wund, trage ich einen Rock, hat er am Vorabend keine gute Arbeit geleistet oder er war zu lange geschäftlich unterwegs.

Ich gehe den weiten Flur entlang, grüße ein paar Mitarbeiter, wechsle den ein oder anderen Satz wegen eines Meetings am Nachmittag und betrete dann das Treppenhaus. Der Fahrstuhl lohnt sich nicht für die eine Etage, die ich nach oben muss. Aaron hat sein Büro behalten, ich bin umgezogen. Die Entscheidung resultierte aus einem riesen Streit, der dazu führte, dass wir zwei Tage und drei Stunden kein Wort miteinander sprachen. Er will mich jederzeit anfassen können, ich will jederzeit arbeiten können. Die ersten Tage klebten wir aneinander wie zwei verliebte Teenager in einer schlechten Hollywoodkomödie. Danach wurde es mit zu bunt. Vor allem, weil ich alle paar Stunden mein Höschen wechseln musste, um mich konzentrieren zu können. Für mich stand die einzige Alternative fest - ich brauche ein Büro, das auf einer anderen Etage liegt. Nun habe ich es, Aaron hat sich damit abgefunden und der Konzern kann wieder an die erste Stelle aufrücken. Zumindest in meiner Liste. Aaron hat dazu andere Ansichten.

Ich nähere mich seinem Büro. Jocelyn hält wie immer Wache.

»Hey Joss«, begrüße ich seine neue Assistentin. Sie kommt gerade frisch von der Uni, hat es aber faustdick hinter den Ohren. Sie ist verdammt hübsch, verdammt intelligent und hat eine verdammt clevere Klappe, mit der sie sich in wenigen Tagen im Konzern bereits den Ruf als unüberwindbares Hindernis für einen Termin bei Mr. Anderson eingefangen hat. Wer keinen guten Grund innerhalb von fünf Sekunden liefert, bekommt keine Audienz. Es sei denn, man heißt Lauren Hastings und ist ihre beste Freundin, seitdem wir auf der Damentoilette herausgefunden haben, dass wir beide an keinem Victoria's Secret Store vorbeigehen können, ohne unsere Kreditkarten zum Glühen zu bringen. Wir Frauen sind eben einfach gestrickt.

»Hey«, erwidert sie die Begrüßung und unterbricht ihre Arbeit.

»Ist er da drin?«

Sie nickt. »Er hat schlechte Laune«, verrät sie mir. »Immer

wenn er das leere Büro anstarrt, wird sein Blick ganz verhangen«, erläutert sie und zeigt auf meine ehemaligen vier Wände.

»Geschieht ihm recht«, sage ich mit einem Lächeln.

»Ein bisschen, ja«, pflichtet sie mir bei. »Aber heitere ihn ein wenig auf. Da stehen heute einige Telefonkonferenzen mit China und Südkorea an und die Jungs merken das, wenn er nicht gut drauf ist.« Sie deutet mit ihrem Daumen hinter sich.

»Oh, er wird strahlen wie ein frisch gepudertes Baby«, verspreche ich und gehe an ihr vorbei. Ohne anzuklopfen, betrete ich das Büro, das mir beinahe so vertraut ist, wie Aaron selbst. Er sitzt an seinem Schreibtisch, seinen Kopf auf eine Hand gestützt und liest missmutig ein Dokument.

»Du hast immer noch nicht gelernt, anzuklopfen«, lautet seine Begrüßung.

»Das werde ich auch nie«, erwidere ich und gehe auf ihn zu. Seine Miene wird noch düsterer, als sein Blick auf meine Hose fällt.

»Vermisst du mich oder warum hast du den weiten, weiten Weg auf dich genommen?« Er hat tatsächlich schlechte Laune.

»Die fünf Wetterlagen auf dem Weg hierher haben mir zugesetzt, aber um dich zu sehen, ist mir kein Weg zu weit.«

»Ist das deine neue Art und Weise, mir zu sagen, dass du mir einen blasen willst?«

»Besser«, sage ich mit zuckersüßer Stimme, die ihn direkt aufhorchen lässt.

»Besser als ein Blowjob von dir? Hast du dich klonen

lassen?«

»Reicht dir ein Exemplar von meiner Sorte nicht? Ich dachte, du hättest schon alle Hände voll mit mir zu tun.«

»Ein Klon, der nicht sprechen kann, sondern nur gewisse Taten folgen lässt, wäre eine gewinnbringende Abwechslung.«

»Am besten noch mit Halsband.«

»Du verstehst mich.« Immerhin kann ich ihm ein Lächeln entlocken. »Also, was bringt dich her?«

»Ich möchte mich in aller Förmlichkeit entschuldigen.« Ich sage es mit dem nötigen Ernst in der Stimme, der Aaron deutlich macht, dass ich jedes Wort genauso meine, wie ich es gesagt habe.

»Entschuldigen?« In seinem Gesicht kann ich die gleiche Verwirrung sehen, wie in Joshuas Miene. »Wenn du vor hast, mir Joss wegzuschnappen, beschwörst du den nächsten Weltkrieg hervor.«

Er liebt sie. Nicht auf die Art und Weise, wie er mich liebt. Vielmehr auf die Art und Weise, wie man als Chef eine Assistentin lieben kann, die einem das Leben zu einem Paradies macht. Sie ist eine jüngere Version von mir, nur dass sie noch taffer ist und im Gegensatz zu mir ihm fast jeden Wunsch von den Augen abliest. Kaffee, ordentliche Sandwiches und reichlich Freizeit, um mich zu beglücken, sind ihre Kernkompetenzen.

»Joss ist deins«, beruhige ich ihn. »Es geht um den Vorfall vor drei Monaten.«

Er schluckt. »Vor drei Monaten gab es keinen Vorfall.«

»Doch, den gab es. Ich weiß, du verdrängst es, weil du

mich ansonsten abgrundtief hassen müsstest, aber –«

»Ich könnte dich nie abgrundtief hassen. Ich hasse dich manchmal. Das gebe ich zu. Aber auf eine positive Art und Weise. Auf die Art und Weise, die für guten Versöhnungssex sorgt.«

»Phänomenal guten Versöhnungssex meinst du«, korrigiere ich.

»Richtig. Phänomenal mega guten Versöhnungssex. Ich könnte dich aber nie für ...« Er bricht ab und weicht meinem Blick aus.

»Aaron. Ich habe dein verdammtes Auto zu Schrott gefahren. Dir steht es zu, mich ein bisschen zu hassen.«

Seine Augen blitzen für einen Moment auf, als ich seine ehemalige Göttin erwähne. Seinen Ferrari. Den Gegenstand in seinem Leben, den er beinahe so sehr angebetet hat, wie meinen Arsch, nachdem er ihn einmal nackt gesehen hat. Es war die Nacht nach der Gartenparty meines Bruders. Aaron händigte mir die Schlüssel zu dem Auto aus, damit wir in seine Wohnung fahren konnten, um ein bisschen was von diesem phänomenal mega guten Versöhnungssex zu haben. Ich schaffte es bis in sein Parkhaus. Da war aber dieser Pfosten im Weg, den ich übersah, weil Aaron seine Hand in meinen Schoß gleiten ließ und ich lieber seinen Fingern zusah, als nach vorne zu gucken. Es war kein großer Blechschaden, ich erwischte den Pfosten aber auf eine so selten dämliche Art und Weise, dass der Motorraum sich verzog, die gesamte Karosserie einen Schaden nahm und die Versicherung ›Totalschaden‹ dazu sagte. Wir hatten in der Nacht sehr viel Sex. Aber nur, weil

Aaron zu betrunken war, um zu begreifen, was in der Tiefgarage passiert war. Als wir am nächsten Morgen zusammen zur Arbeit fahren wollten, stand er sprachlos vor seinem Auto. Seine Augen waren glasig, seine Stimme brüchig und ihm fehlten die Worte, um überhaupt irgendetwas dazu zu sagen. Er vermied es, mich anzublicken, weil er mich ansonsten zu Kleinholz verarbeitet hätte.

Ich hatte es geschafft, ihn zu brechen.

Zumindest für ein paar Tage. Mein Körper schaffte es, sich bei ihm wieder gut zu stellen. Aber ich hatte es genau gesehen – da lief mindestens eine Träne seine Wange hinunter, als ich den Abschleppdienst anrief und mich abwandte.

Seitdem haben wir darüber nie wieder gesprochen. Er hat nicht einmal daran gedacht, ein neues Auto zu kaufen. Der Ferrari war sein ein und alles und nicht zu ersetzen. Ich kann es nachvollziehen, da ich eine Puppe hatte, die ich ebenso verehrte. Und Aaron hat sie in einen Haufen Kuhscheiße gesteckt, als er mich ärgern wollte. Vielleicht hätte ich diesem Pfosten gar nicht ausweichen können, weil es vom Schicksal vorherbestimmt gewesen ist. Als Rache für die zerstörte Puppe.

Seit drei Monaten fährt er einen Audi, den er von der Dienstfahrzeugflotte des Konzerns geklaut hat. Aber in dem Auto macht ihm das Fahren keinen Spaß mehr. Es ist, als würde er plötzlich Bobbycar fahren müssen. Also entschloss ich mich dazu, der Trauernummer ein Ende zu bereiten.

»Ich kann dich aber nicht hassen. Und weißt du warum?« Sein Blick ist sanfter geworden.

Ich deute ein Kopfschütteln an und frage mich, worauf er hinaus will.

»Weil du die unglaublichste Frau bist, der ich je begegnet bin. In Kindertagen habe ich genug Zeit damit verplempert, dich nicht zu mögen. Das war die reinste Zeitverschwendung, die ich nicht gedenke zu wiederholen.« Er erhebt sich und kommt auf mich zu. Dann berühren seine Hände mich, er zieht mich zu sich und küsst mich sanft auf den Mund. »Das ist viel besser«, raunt er mir zu und streicht mir meine Haare hinter das Ohr.

»Ich will mich trotzdem entschuldigen«, greife ich das Thema wieder auf. Ich fasse in meine Hosentasche und ziehe einen der beiden Schlüssel hervor. Vor seiner Nase lass ich ihn baumeln.

»Was ist das?«, fragt er nach, ohne den Gegenstand aus den Augen zu lassen.

»Meine Entschuldigung. Ich bin zu tiefst beschämt darüber, dass ich nicht besser auf dein Auto –«

»Es war nicht nur ein Auto.«

»Auf deinen Ferrari aufgepasst habe«, beende ich den Satz. »Aus Erfahrung weiß ich, dass man gewisse Dinge nicht ersetzen kann, weswegen ich dir keinen neuen Ferrari besorgt habe. Aber etwas genauso Gutes.«

Er nimmt mir den Schlüssel aus der Hand und betrachtet das Logo. »Aston Martin?«

Ich nicke. »Fast genauso gut«, korrigiere ich meine Aussage, als ich seine kritische Miene sehe. »Einen One 77.« Meine Stimme hat einen flehentlichen Unterton angenommen, da ich mit ein bisschen mehr Euphorie seinerseits gerechnet hätte, die bislang ausbleibt.

»Einen One 77?«, fragt er nach, als hätte er mich nicht verstanden.

»Ja. In Schwarz. Ich fand schwarz irgendwie ...«

Er lässt mich nicht zu Ende sprechen, stattdessen hält er mir seine andere Hand ausgestreckt hin. »Den Zweitschlüssel«, verlangt er.

Ohne Zögern hole ich ihn hervor und lege ihn in seine Handfläche. Er steckt ihn sofort ein.

»Ich dachte ...«

»Dass ich dich noch einmal mit einem solchen Auto fahren lasse? Ich liebe dich bis zum Mond und zurück, aber lebensmüde bin ich nicht.« Seine Mundwinkel verziehen sich endlich zu dem Lächeln, auf das ich gehofft hatte.

»Du magst ihn?«

»Wenn du wissen willst, ob ich deine Entschuldigung annehme oder nicht, muss du noch ein bisschen tiefer in die Trickkiste greifen.« Ich halte die Luft an, als er mich wieder zu sich zieht. Dann flüstert er mir ins Ohr: »Einweihungssex im Auto.«

Mein gesamter Körper beginnt zu kribbeln. »Aber gestern ...«

»Du unterschätzt wieder einmal meine Fähigkeiten.« Oh ja. Der Fehler, den ich am meisten mache. »Du, ich, das Auto. Jetzt«, sagt er mit Nachdruck und diesem Tonfall, der keine Widerworte duldet. Beim Sex bekommt er auch nie welche zu hören.

»Wir haben zwanzig Minuten, dann muss ich in ein Meeting«, sage ich.

Aaron blickt auf seine Armbanduhr. »Schaffen wir.«

Dann nimmt er mich an die Hand und eilt mit mir aus dem Büro. Aus den Augenwinkeln kann ich gerade noch wahrnehmen, wie Joss mir den ausgestreckten Daumen zeigt und ein wissendes Lächeln nicht unterdrücken kann.

Mit einem zufriedenen Kribbeln auf meiner Haut lasse ich mich von Aaron in den Fahrstuhl führen. Dann drückt er mich gegen die Verkleidung und küsst mich auf die Art und Weise, die mich immer vergessen lässt, dass sich die Welt trotzdem weiter dreht.

15284509R00229

Printed in Poland
by Amazon Fulfillment
Poland Sp. z o.o., Wrocław